André Brink

Kupidos Chronik

ANDRÉ BRINK

Kupidos Chronik

Aus dem Englischen von
Inge Leipold

OSBURG VERLAG

Titel der englischen Originalausgabe:
Praying Mantis

Die Übersetzung aus dem Englischen
wurde mit Mitteln des
Auswärtigen Amtes unterstützt
durch litprom – Gesellschaft zur Förderung
der Literatur aus Afrika, Asien und
Lateinamerika e.V.

www.osburgverlag.de
Lektorat: Bernd Henninger, Heidelberg
Herstellung: Prill Partners producing, Berlin
Umschlaggestaltung: Toreros, Lüneburg
Satz: Dörlemann Satz, Lemförde
Druck und Bindung: GGP Media GmbH, Pößneck
Printed in Germany
ISBN 978-3-940731-27-2

Der Name Hottentotte wird dem Vergessen anheimfallen oder als der Name einer Person minderer Bedeutung in die Erinnerung eingehen.

John Barrow, *Travels into the Interior of Southern Africa* (1806)

Die Ungläubigen bedürfen der Gläubigen. Sie verzehren sich nach einem, der glaubt [...]. Unsere Aufgabe in dieser Welt ist es, zu glauben, was niemand sonst für ernst nimmt. Wollte die menschliche Rasse derlei Glauben vollkommen entsagen, sie stürbe aus. Dafür sind wir da. Eine winzige Minderheit. Um alten Glauben mit Leben zu erfüllen. Teufel und Engel, Himmel und Hölle. Gäben wir nicht vor, an all dies zu glauben, die Welt bräche in sich zusammen.

Don DeLillo, *White Noise* (1984)

Erasmus drängt zu der Frage: Kann ein Mensch beschließen, verrückt zu sein? Doch es gibt noch eine andere, nicht minder wichtige Frage: Kann ein Mensch beschließen, nicht verrückt zu sein?

Philip Edge, *A Fool in his Wisdom* (1992)

Kupidos Chronik

ist meinen Lesern gewidmet
ohne die ich kein Schriftsteller wäre

I

ca. 1760–1801

VOM KOUP IN DIE KAMDEBOO

1. Eine Art Geburt

Kupido Kakerlak kroch nicht auf die übliche Weise aus dem Mutterleib, sondern schlüpfte aus den Geschichten, die sie erzählte. Vielerlei Gestalt nahmen sie an, diese Geschichten. In einer hieß es, seine Mutter sei Jungfrau und riemendünn, und niemand habe auch nur geahnt, dass sie schwanger war. Bis der kleine Kümmerling da war. Ein andermal sagte man, sie sei seltsam lange recht deutlich schwanger gewesen, habe einen richtig dicken Bauch gehabt, drei oder vier Jahre lang, ehe dann der Berg eine Maus gebar. Je nachdem, wie sie gelaunt war und in welcher Phase der Mond gerade stand, behauptete sie, es sei gar nicht ihr Kind, sondern einfach von einem Fremden, der zufällig des Nachts vorbeigekommen sei und dessen Gesicht sie nie gesehen habe, in ihrer Hütte abgelegt worden, gleich nach der Geburt; die Nachgeburt habe noch an der Nabelschnur gehangen. (Nur eines konnte sie mit Gewissheit sagen: Anders als sie, eine Kontraktarbeiterin, war er ein ›freier Mann‹, konnte kommen und gehen, wie es ihm beliebte, gerade so wie der Wind.) Von da war es nur einer kleiner Schritt zu der Behauptung, der Fremde sei gar kein Mensch gewesen, sondern ein Nachtwandler, einer der *sobo khoin*, der ›Menschen aus dem Reich der Schatten‹, die den Lebenden nachstellen. Oder ein Gespenst aus einem Traum. Vielen, die ihr zuhörten, war die Darstellung am liebsten, Kupido sei ein Zwilling gewesen, offensichtlich der schwächere, und deshalb sei er gemäß der uralten Sitte der Khoikhoin (oder, wie man sie gegen Ende des 18. Jahrhunderts, als all dies geschah, gemeinhin nannte, der Hottentotten) einfach im Busch ausgesetzt worden. Irgendwann sei dann, so erzählte man, ein Adler, ein herrlicher Bateleur von den fernen Bergen, auch Gaukler genannt, vom Himmel herabgestoßen, habe mit den Krallen den kaum sich regenden Säugling gepackt und ihn dann auf die Art, wie solche Vögel eine Schildkröte töten, weit, weit weg von hier, in den gottverlassenen nördlichen Regionen der Großen Karru, Koup genannt, wo Entfernungen jegliche Bedeutung verlieren und alles zu unermesslichem Raum wird, verloren oder fallen lassen. Der Säugling sei im Schoß der Frau, die dort auf freiem Feld schlief, gelandet; als sie aufwachte, sei das Kind da und das ihre gewesen.

Was seinen Namen, ›Kupido‹, angeht, so war dies ein recht gebräuchlicher Name, mit dem Sklaven und Eingeborene von ihren weißen Herren gerufen wurden. ›Kakkerlak‹, Kakerlake also, ist schon etwas zweifelhafter. Wie wir wissen, gibt es bis zum heutigen Tag ein Kakkerlaksvlei (oder Kakerlakental) in der Provinz Ostkap, nicht weit vom heutigen Port Elizabeth, wo Kupido seine mittlere Lebenszeit verbrachte, aber das war vielleicht weder hier noch dort. Eher wurde die Gegend nach ihm benannt als umgekehrt.

Es gibt eine einleuchtendere Erklärung für seine Geburt (oder sein wundersames Auftauchen, je nachdem, wie man es sehen will): Man könnte – wenn auch nicht mit allzu großer Gewissheit – sagen, dass es um das Jahr 1760 geschah. Laut dieser Darstellung hatte seine Mutter sich einfach, ohne um Erlaubnis zu fragen, einen Tag von der Feldarbeit freigenommen. Sie war eine gewöhnliche Frau vom Stamm der Hottentotten, faul und dreckig wie die alle (das hätte der Farmer gewiss bezeugt), doch ohne Arg oder Tücke. Ihr Baas hatte sie Jahre zuvor in Namaqualand gefunden; dorthin war er mit ein paar Nachbarn auf der Jagd nach Wild und Arbeitern aufgebrochen. Unterwegs hatte der Trupp diese Beute gemacht:

elf Löwen
zweiundvierzig Elefanten
sieben Flusspferde
achtundneunzig Springböcke
dreiundzwanzig Kuhantilopen
zwei Nashörner
siebzehn Zebras
einunddreißig Gnus
eine einzige Giraffe (ein seltenes Tier, fast so unwahrscheinlich wie ein Einhorn)
und acht Buschmänner

Man fing etliche Buschmannkinder ein, schlang ihnen einen langen *riem* um den Hals, der am Pferd des Anführers der Farmer festgebunden wurde, und nahm sie mit, um sie als Feldarbeiter und Wagenführer abzurichten. Auf dem Rückweg, landeinwärts in einiger Entfernung von Saldanha Bay, kreisten die Farmer außerdem eine kleine Horde marodierender Hottentotten ein und überzeugten sie auf die eine oder andere Weise, mit ihnen ins Koup zu kommen, um sie dort als Lohnarbeiter an sich zu binden. Wie sich herausstellte, war die Frau eine Unruhestifterin, da sie die unglückselige Neigung hatte, sich davonzumachen. Das bedeutete, man musste wertvolle Zeit darauf verwenden, sie wieder einzufangen, zurückzubringen und gebührend zu bestrafen, wie das Wort Gottes es verlangte. Für den Farmer war es recht peinvoll (und er fügte, das muss gesagt werden, auch große Pein zu), ihr ein Gefühl dafür einzuimpfen, dass sie eine Kontraktarbeiterin war. Am Ende trug seine Beharrlichkeit, so schien es, Früchte, da sie offenbar zu gegebener Zeit ihre anfängliche Unwilligkeit und Verweigerung wie eine alte Haut ablegte und fügsamer wurde. Schließlich fand sie sich wohl damit ab, dass sie für den Rest ihres Lebens an diese Farm gekettet bleiben würde. Und es war ja auch genügend Platz dort, selbst für jemanden, dessen Stamm es gewohnt war, mit den Jahreszeiten und im Gefolge von Wild, frischen Regengüssen, den Sternen und dem Wind durch das weite Land zu streifen.

Die Farm war riesig und erstreckte sich von dem kleinen Haus aus Stein in der Mitte in alle Richtungen, so weit das Auge reichte: Zu Anbeginn der Zeit hatte der Farmer selbst an einem schier nie endenden Mittsommertag von Sonnenaufgang bis Sonnenuntergang auf dem Pferderücken den Grund abgesteckt. Es gab also eigentlich für niemanden einen Grund, sich eingesperrt zu fühlen. Und im Lauf der Zeit hatte die Frau offenbar gelernt, sich zu fügen. Vielleicht hatte sie auch einfach nicht mehr genügend Willenskraft, um aufzubegehren. Umso mehr Grund zur Beunruhigung hatte der Farmer, als sie an jenem Tag nicht auf den Bohnenfeldern auftauchte.

Mit seiner brandneuen Reitpeitsche aus Nilpferdleder erschien er vor ihrer Hütte, um sich zu erkundigen, warum sie nicht erschienen war, und ihr auf seine bewährte Art zuzureden, sich wieder an die Arbeit zu machen. Angesichts des armseligen, verschrumpelten kleinen Wesens auf dem Schoß der Frau, die inmitten von Tränken und Speisen, die all die Nachbarn ihr dargebracht hatten, dasaß, schluckte er seinen Ärger hinunter; da es ihm nun verwehrt war, die prächtige Peitsche einzuweihen, blieb ihm – denn er war ein gerechter Mann – nichts anderes übrig, als vor sich hin zu murren: »Diese gottverdammten Kaffern vermehren sich wie verfluchte Kakerlaken, anscheinend zieht der Geruch von Essen sie an.«

Daraufhin drehte er sich auf dem Absatz um und trollte sich, wobei er verdrossen mit der jungfräulichen Peitsche auf seine Hosenbeine aus Moleskin schlug. Hinter ihm und ohne dass er etwas davon merkte, wimmerte der Säugling, zitterte, verfiel in einen lautlosen Krampf und starb.

2. Statt eines Begräbnisses

Das Begräbnis konnte erst nach Einbruch der Dunkelheit stattfinden, denn die Arbeiter auf der Farm – zwei Sklaven, sieben Hottentotten und fünf Hottentottinnen sowie ein paar gezähmte Buschmänner (nicht alle Kinder, die man auf jenem Streifzug vor langer Zeit eingefangen hatte, waren am Leben geblieben) – mussten warten, bis lange nach Einbruch der Dunkelheit die Tagesarbeit getan war, ehe sie sich daranmachen konnten, ein Grab zu schaufeln; die Erde war hart wie Fels. Um die Zeit war der Mond herausgekommen, ein bloßer Lichtsplitter am Himmel, und die Milchstraße war übersät von Sternenstaub, der den Weg bezeichnete, den der böse Gott Gaunab eingeschlagen hatte, als er vom Ort der letzten von vielen mit dem guten Gott Tsui-Goab ausgefochtenen Schlachten floh, um ungesehen in Frieden zu sterben. Sie wickelten den toten Säugling in einen zerlumpten alten Mantel, den man einer Vogelscheuche auf dem Bohnenfeld ausgezogen hatte, und legten ihn an den Rand des flachen Grabes, damit die Männer erst noch Erfrischungen zu sich nehmen konnten, ehe sie mit der Zeremonie weitermachten.

Angeblich gehörten zu diesen Erfrischungen aus Honig gebrautes *Karie*-Bier, so stark, dass es eine Straußeneischale auflösen konnte, eine gehörige Menge *Dagga* oder wilder Hanf und ein Schaf, das sie sich aus dem Kraal des Baas geholt hatten (ein Vergehen, das dem Farmer später sicherlich genügend Gelegenheit böte, seine neue Nilpferdpeitsche zu gebrauchen – doch in ihrem Taumel des Trauerns und Feierns konnten sie sich nicht allzu viele Gedanken über das Morgen machen). Schwer zu sagen, ob dies irgendetwas mit dem zu tun hatte, was gegen Ende des Festes geschah, als sich am Himmel bereits der erste blutrote Schimmer der Morgendämmerung zeigte. Doch als die jetzt beträchtlich lauter krakeelenden Arbeiter sich erneut zu dem Grab begaben, neben dem das winzige Bündel nach wie vor geduldig ihrer Rückkehr harrte, nahm das Geschehen eine höchst unerwartete Wendung. Als die kleine, nun völlig hemmungslos singende und tanzende Schar bei dem flüchtig ausgehobenen Loch ankam und die Mutter sich vorbeugte, um ihr totes Kind zur Ruhe zu betten, taumelte sie voll heiliger Scheu zurück. Auf dem unförmigen kleinen, fest in sein Leichentuch aus dem Mantel der Vogelscheuche gewickelten Bündel thronte eine leuchtend grüne Gottesanbeterin, inbrünstig ins Gebet versunken.

Wie jedermann weiß, wird in der Welt der Khoikhoin die Gottesanbeterin als Glücksbringerin verehrt; der afrikaanse Name, *hotnotsgot,* bedeutet sogar ›Hottentotten-Gott‹. Die Leute wichen, urplötzlich nüchtern, zurück. Dann schlurften sie weg, setzten sich schließlich nieder und warteten. Gerade als die Sonne sich über den niedrigen Hügeln am östlichen Horizont zeigte, stieß einer einen schrillen Schrei aus und deutete mit dem Finger. Alle schauten. Und alle sahen es. Die Gottesanbeterin war verschwunden. Vielleicht war sie gar nicht da gewesen. Nur dass alle sie gesehen hatten. Sie war da gewesen.

Mehr noch – als die Mutter sich ein zweites Mal dem Bündel näherte, regte es sich. Wie um ganz sicherzugehen, dass sie nicht glaubten, sich zu irren, gab es sogar ein schwaches kleines Wimmern von sich. Und als man die schwarzen Fetzen des Vogelscheuchenfracks auffaltete, war der Säugling am Leben und sah sie leicht belustigt an. Die Mutter entblößte eine Brust und presste den Kümmerling dagegen. Unverzüglich begann er, gierig an der Brustwarze zu saugen, die wie der geschuppte Kopf einer Schildkröte an seinem kleinen Mund lag. Mittlerweile stand die Sonne schon zwei Handbreit über den Hügeln, und es war schon weit über der Zeit, zu der man mit der Tagesfron hätte beginnen müssen.

Wie unter einem Bann trudelten die Leute zu dem schmuddeligen kleinen Haus aus unbehauenem Stein, das ihrem Herrn und Meister gehörte. Als sie im Hinterhof anlangten, tauchte er in der Stalltür auf und rieb sich die Augen, als wäre er gerade aufgewacht. Nie zuvor hatte er je verschlafen, und er schien gar nicht zu merken, dass sie alle viel zu spät zur Arbeit dran waren. So wie er auch nie merkte, dass im Kraal ein Schaf fehlte. Wahrhaftig, wunderliche Dinge geschahen in dieser Welt.

»Und das alles nur wegen der Gottesanbeterin«, sagte die Mutter, nicht so sehr, als habe sie sich mit all dem abgefunden, sondern eher hellsichtig-wissend, vielleicht beflügelt von den letzten Resten des *Karie*-Biers. Und fügte mit einem Blick auf das sich windende kleine Wesen an ihrer Brust hinzu: »Dieser Winzling wird einen langen Weg durch diese Welt gehen. Über die Grenzen dieser Farm hinaus, über die Hügel und Berge, über alles hinaus. Wenn ihr mich fragt – er ist dazu erwählt, ein Mann zu werden wie kein anderer. Er wird nicht so sein wie ich, wie irgendeiner von uns, er wird ein freier Mann sein.«

3. Stimmen im Dunkel

Nach der Geburt, wenn es denn eine Geburt war, als in der frühen Morgendämmerung alle wieder auf den Feldern waren, band die Frau sich das Kind in einem Tragetuch auf den Rücken und brachte es weit hinaus in den Busch, zu einem tiefen Einschnitt zwischen den Hügeln, wo die Leute ihres Volks einen Steinhaufen aufgeschichtet hatten, einen heitsi-eibib; ein heitsi-eibib war es, der vom Anbeginn der Zeit stammte, als die Welt noch ganz neu und noch nass von der Geburt war. Jene Zeit war es gewesen, in welcher der Jäger-Gott Heitsi-Eibib noch unbeschwert unter den Menschen umherging, viele Male und auf vielerlei Art starb und immer und überall wiedergeboren wurde. Und wer an einem solchen Haufen vorbeikam, musste einen Stein dazulegen, um mit den Menschen eins zu werden, die vor ihm gelebt hatten und jetzt lebten und noch leben würden, vereint im Sterben und Leben Heitsi-Eibibs. Dies sicherte dem Vorüberkommenden ein glückliches Leben. Die Frau legte also einen Stein für sich und einen, nur einen Kieselstein, für das Kind dazu.

An dem Abend blieb sie, als alle schon schlafen gegangen waren, im Dunkeln ihrer Hütte sitzen. Sie hatte die Gabe des zweiten Gesichts, und sie sah den langen Weg, den ihr Volk gegangen war, vorbei an all den für Heitsi-Eibib errichteten Steinhaufen weit und breit im ganzen Land, um dort anzulangen, wo sie jetzt war und auf ihrem Schoß das kleine Wesen stützte, das sie nicht gewollt und nicht erwartet hatte, das aber irgendwie jetzt ihres war. Vieles sah sie mit ihren anderen Augen. Nicht nur, was geschehen war, sondern auch, was in den Jahren, die noch kämen, geschehen würde. Zum Beispiel wie eines Nachts in sechs, vielleicht acht Jahren der Junge hinausgeht, um im Mondschein ganz für sich allein zu spielen, lange nachdem alle anderen Kinder schon hineingegangen sind. Und wie er sich schließlich hereinschleicht und in der Hand etwas Glänzendes hält.

»Was ist das, was da so glänzt?«, fragt sie ihn.

Zuerst versucht er, es zu verstecken, aber dann erklärt er: »Es ist ein Stern, Ma. Ich habe ihn gepflückt.«

»Wie bist du denn an den rangekommen?«

»Um diese Jahreszeit, im Sommer, hängen sie *mos* so niedrig, dass sie einem in den Weg geraten.«

»Dann geh und häng ihn wieder auf.«

»Wenn man einen Stern gepflückt hat, kann man ihn nicht wieder aufhängen.«

»Du hättest ihn gar nicht erst pflücken dürfen. Nicht, solange er noch grün ist. Du solltest warten, bis er reif ist und von selber runterfällt.«

»Und was soll ich jetzt damit machen? Jetzt hab ich ihn nun mal.«

»Dann bring ihn raus, damit er von selbst zurückfindet. Zwei Sachen bringt man nie mit herein: einen Stern und eine Gottesanbeterin. Sie bringen Glück, beide, aber wenn man sie mit reinbringt, gerät man in Schwierigkeiten. Draußen gehören sie Tsui-Goab. Aber drinnen nimmt Gaunab sie weg und bringt sie in den schwarzen Himmel der Nacht, wo er haust.«

»Ist gut, Ma.«

Aber es ist dunkel, und sie kann nicht sehen, wie er den Stern wieder loswird.

Ein anderes Bild, das an ihren Augen vorbeizog, war wahrscheinlich aus sehr ferner Zukunft gekommen, denn darauf sah sie ihr Kind als verschrumpelten alten Mann, der sich durch eine leere, ausgedörrte Landschaft schleppt. Er wedelt mit den Armen, auf und ab, auf und ab. Und sie sieht, wie aus seinen langen, spindeldürren Armen Federn sprießen, lange Federn, braune, und andere, weiß gestreifte wie die des Gauklers, und vor ihren Augen hebt er vom Boden ab und fängt an zu fliegen, fliegt höher als der Wind. Und auf irgendeine unerklärliche Weise war sie neben ihm und sah alles, was er sah, unbekannte Flüsse und Bergketten, die unter ihnen vorbeizogen, ferne Länder und Orte, die von seltsamen Menschen und Tieren bevölkert waren. Sie sah fliegende Elefanten und Trappen mit Rhinozeroshörnern und Leute, denen der Kopf aus der Brust wuchs, und hochgewachsene Frauen mit riesigen funkelnden Diamanten an ihren großen Zehen. Sie sah Dinge, die sie nie für möglich gehalten hätte: einen Löwen und ein Schaf, die friedlich nebeneinander lagen, eine Kuhantilope, die eine Gans säugte, einen Leoparden, der ein paar Küken hütete, eine Elenantilope und eine Gottesanbeterin, die sich paarten.

Zuerst ängstigte sie, was sie sah. Doch schnell beschloss sie, sich dem zu überlassen und keine Fragen zu stellen. Nur einer Sache war sie gewiss – dieses ihr Kind war etwas Besonderes. Was vor ihm lag, hätte nicht ein Einziger ihrer Vorfahren erahnen können.

All das sah sie des Nachts; sie konnte nichts als seufzen. Und versuchen, nicht mehr nachzudenken. Was auch immer geschehen sollte, würde geschehen. Sie schob ihre Brustwarze wieder in den Mund des Säuglings. Während er nuckelte, sprach sie weiter. Gut möglich, dass Leute, die draußen vorbeigingen, stehen blieben, um den Stimmen zu lauschen. Denn bei dieser Frau konnte man nie sicher sein, ob sie Besuch hatte oder mit verschiedenen Stimmen zu sich selber sprach; und hätte man sich die Mühe gemacht zu fragen, hätte man wohl kaum gewusst, was man von der Antwort halten sollte. »Das war Heitsi-Eibib«, hätte sie vielleicht gesagt. »Er ist gekommen, um seinen Sohn zu besuchen.« In einer solchen Nacht konnte man deutlich den tiefen Bass einer Männerstimme erkennen. Genauso gut hätte es aber auch ein Fremder sein können, einer wie der Wanderer, der vor neun Monaten hier verweilt und seinen Samen in ihren Leib gesät hatte. Oder sogar der Adler, der ihn gebracht hatte. Wenn derlei Dinge geschahen, glaubten viele, die Welt sei immer noch so, wie sie in der Zeit vor aller Zeit gewesen war, als alles sprechen konnte: Mensch und Affe, Maus und Gottesanbeterin, Adler und Schlange und Steine, so wie Heitsi-Eibib sie nach dem Gebot Tsui-Goabs gemacht hatte.

»Und was hat Heitsi-Eibib gesagt?«, fragte einer vielleicht.

»Er hat gesagt, dieses Kind muss mit viel Umsicht aufgezogen werden, denn es wird ein großer Mann werden.«

»Schwer zu glauben, wenn man ihn so sieht. Hat er doch kaum die Größe einer Kakerlake.«

»Das stimmt.« Noch ein Seufzer. »Aber vergiss nicht, am Anfang hat Heitsi-Eibib auch nicht anders ausgesehen. Es steht uns nicht zu, daran zu zweifeln oder darüber zu spotten.« Unbeirrt, gelassen deckte sie dann den erbärmlichen kleinen Gnom wieder zu und erklärte: »Es ist Zeit für dich, zu gehen. Ich erwarte Gäste.«

Dann warfen die Leute einander vielsagende Blicke zu und schickten sich zum Gehen an. Ein paar lungerten vielleicht noch eine Weile draußen herum. Und drinnen fingen mit Sicherheit wieder die Stimmen an.

4. Federn für einen Adler

Mit diesen Stimmen wird Kupido Kakerlak aufwachsen. Denn seine Mutter behält ihn immer bei sich, aus Furcht, ihm könnte etwas geschehen. Bei einem so zerbrechlichen kleinen Ding kann man nie wissen … Wenn einer ihm im Vorbeigehen einen Schubs gäbe, was würde dann mit ihm geschehen?

Meistens nimmt sie ihn mit zum Haus des Farmers,

wo sie jetzt, nach Jahren der Arbeit zusammen mit den anderen auf den Feldern, Dienstmagd ist. Hier kann er ihr von klein auf beim Fegen und Staubwischen, bei der Wäsche, beim Leeren der Nachttöpfe, beim Bespritzen der Böden mit Spülwasser, damit der Staub sich setzt, bei der Jagd auf Fliegen mit Hilfe eines belaubten Zweigs, beim Verscheuchen der Hühner und Moschusenten und beim Sammeln von Holz für den großen Herd in der Küche zur Hand gehen.

Manchmal, wenn vor Sonnenuntergang noch zu viel zu tun ist, schlafen er und seine Mutter in der Küche, in der hintersten Ecke beim Herd, wo noch Wärme hockt wie ein großer fauler Hund. An diesen Abenden müssen sie beim Beten dabei sein, das auf das einfache Mahl – Brot und Milch, ein Schöpflöffelvoll Kürbis oder Süßkartoffeln, gelegentlich ein winziges Stück Fleisch –, von dem ihnen die Reste zustehen, folgt. Mit diesem Ritual weiß Kupido nichts Rechtes anzufangen. Er versteht nur, dass es irgendwie etwas mit den Göttern zu tun hat. Dann muss seine Mutter es ihm erklären, obgleich auch sie mehr oder weniger im Dunkeln tappt. So viel wird ihm klar: Dieser Jesus, von dem der Baas spricht, muss mit Heitsi-Eibib verwandt sein, denn auch er ist gestorben und wieder zum Leben erweckt worden. In Kupidos Ohren klingt das gotteslästerlich. Bestimmt würde Heitsi-Eibib den Eindringling, wenn er ihm auf dem freien Feld begegnete, durch einen Hieb mit einem Feuerstein töten.

Was ihm dabei gefällt, ist das Singen, das die Reden des Baas begleitet. Für Kupido ist Singen wie Regen an einem heißen Tag. Allen Versuchen seiner Mutter, ihn davon abzuhalten, zum Trotz stimmt Kupido in dem Augenblick, wenn der Baas, seine Frau und ihre sieben Kinder zu singen anfangen, mit ein, so laut er nur kann, und singt nach einer eigenen Melodie und eigenen Worten, die er von seiner Mutter gelernt hat:

O Heitsi-Eibib
Du, unser Großvater
Bring mir Glück
Bring mir Wild
Lass mich Wurzeln und Honig finden
Damit ich dich wieder anrufen kann
Dich, der du unser Urgroßvater bist
O Heitsi-Eibib!

Seine Stimme übertönt alle anderen, hell und klar wie eine Rohrflöte, eine Stimme, viel zu groß für den kleinen, spindeldürren Körper. Nach einiger Zeit muss der Baas ihm sagen, dass er den Mund halten soll, denn er stört ihr Einswerden mit Gott. Dann schweigt er still und hebt sich sein Singen für später auf, wenn er wieder mit seiner Mutter allein ist oder durch den Busch streift, weiter noch als bis zu all den vertrauten Felsen und Hügel und Ebenen, dorthin, wo die Welt noch ganz leer ist und darauf wartet, dass ein Wort sich mit seinem Schatten oder seinem Gewicht auf sie legt.

Noch etwas mag er an diesen Betstunden. Die Tatsache, dass der Mann, der als Vater von Baas Jesus eingesprungen ist, ein Zimmermann war. Denn von dieser Beschäftigung ist er regelrecht besessen, so wie man die Augen nicht vom grellen Schein brennender

Kohle, die man anstarrt, wenden kann. Wo immer auf der Farm es etwas zu tischlern gibt, findet er sich mit Sicherheit ein. Der Geruch von Sägespänen verdreht ihm den Kopf, gerade so wie das *Karie*-Bier, von dem er manchmal, wenn die Arbeiter in Neumond- oder Vollmondnächten im Hof tanzen, heimlich den Bodensatz schlürft. Es genügt, dass er ein Stück Holz in seiner Hand fühlt, seiner Glätte oder Maserung nachspürt, und schon fängt er an zu träumen, zu was es wohl werden mag – dies leicht gebogene Stück wird bestimmt ein Stuhlbein, die zwei dicken Bretter da taugen nicht zu einer Tischplatte, aus diesem in den Hinterhof geworfenen Hartholzstumpf wird sicher die Nabe eines Wagenrads, das auch noch dem holprigsten Boden standhält. Nur selten erlaubt der Baas ihm, bei den Tischlerarbeiten zu helfen, doch das hindert ihn nicht daran, wie verzaubert zuzusehen und alles in den innersten Falten seines Denkens zu horten.

»Eines Tages«, so erklärt er seiner Mutter, »eines Tages werde ich uns einen Wagen bauen und dann fahren wir fort, nur wir zwei, und niemand wird uns je wieder finden.«

Verstohlen blickt sie um sich, ob auch bestimmt keiner das gehört hat. »Halt den Mund, Kupido«, schimpft sie. »Wenn der Baas dich hört, schlägt er dich mausetot.«

»Ich verstehe nicht, wie du einfach hier rumsitzen kannst«, sagt er. »Heitsi-Eibib hat uns nicht nur Hintern gegeben, um drauf herumzusitzen. Sondern auch Füße, um damit zu laufen. Wir müssen gehen.«

Wenn ihr sein Herumquengeln zu viel wird, erzählt sie ihm, wie oft sie früher versucht hat wegzulaufen, wie sie jedes Mal weiter und noch weiter gelaufen ist und wie der Baas hinter ihr her ist und sie zurückgebracht und sie fast totgeschlagen hat, bis sie keine Kraft mehr hatte, es zu versuchen.

»Du hättest nicht aufgeben dürfen, Ma«, sagt er.

»Du hast noch nie die Reitpeitsche dieses Mannes auf deinem Rücken gespürt«, erklärt sie. »Setz du deinen Fuß gar nicht erst auf diese Straße. Es ist die Straße zum sicheren Tod.«

»Was war das Weiteste, was du gegangen bist?«

»Weit.«

»Weiter als diese Farm groß ist?«

»Viel weiter.«

»Weiter als bis zu den Hügeln dort?«

»Verdammt viel weiter.«

»Und wie sieht es da aus, Ma?«

»Genauso wie hier. Nur anders.«

»Wie anders?«

»Kahl.«

»Wie kahl?«

»Einfach kahl. Noch hat sich kein Wort darauf gelegt, um ausdrücken zu können, wie kahl es ist. Also ist es einfach kahl.«

»Ich will mir das selber anschauen, Ma.«

»Du halt dich davon fern. Es wäre dein Tod.«

»Ich will das Leben, Ma.«

»Was weißt du denn schon vom Leben?«

»Ich weiß nur, wie es hier ist. Und das kann nicht Leben sein.«

»Du weißt überhaupt noch nichts.«

»Was ich weiß, habe ich von dir gelernt. Leben ist bestimmt wie Heitsi-Eibib. Heute hier, morgen irgendwo anders, immer an einem anderen Ort, immer in anderer Gestalt. Mann, Löwe, Tauchervogel, dann Gottesanbeterin oder Schmetterling oder Schildkröte oder Blutstein; an dem einen Tag ist er ein Mond, am nächsten ein Stern. Er bleibt nie der Gleiche, und er bleibt nie an einem Ort. Du musst mich gehenlassen, Ma.«

Sie wollte das nicht sagen, aber plötzlich bricht es aus ihr heraus, ein Gedanke, den sie seit dem Tag seiner Geburt in ihrem Inneren gehegt hat: »Warte lieber auf den Adler, der dich mitnimmt und von hier wegbringt.«

»Welcher Adler?«, fragt er.

Sie würde lieber schweigen, doch sie weiß, er wird sie nicht in Ruhe lassen, wenn sie es ihm nicht sagt. »Schau, Kupido, du erinnerst dich doch an den Vogel, von dem ich dir erzählt habe, an den Adler?«

»Du hast so viele Geschichten erzählt.«

»Schon, aber die mit dem *arend*. Der Adler, der dich hoch oben am Himmel in seinen Krallen gehalten und dann in meinen Schoß fallen lassen hat.«

»Ist das so passiert?«

»Kupido, ich kann dir nicht mit Sicherheit sagen, ob es so war. Ich sage nur, wenn es so war, dann musst du warten, bis eines Tages ein anderer *arend* kommt und dich wieder holt. Dann brauchst du dir keine Gedanken mehr wegen einem Wagen zu machen. Wenn du erst einmal fliegen kannst, wirst du viel weiter kommen, als du es je mit einem Wagen schaffen würdest.«

Und dann erzählt sie ihm eine andere ihrer Geschichten. Von dem Farmer, der nach einem Sturm auf seiner Farm in allen Ecken und Winkeln nach einem verirrten Kalb suchte und ein eben erst geschlüpftes Adlerjunges fand, das aus seinem Nest in den Bergen gefallen war. Der Farmer nahm das kleine Ding mit nach Hause, wo es im Hinterhof zusammen mit den Küken aufwuchs. Wie das andere Federvieh scharrte es nach Körnern und Würmern, und abends hockte es sich zum Schlafen auf eine Stange. Bis eines Tages ein Mann kam, den seltsamen Vogel nur kurz ansah und ausrief: »Das ist ja gar kein Huhn, das ist ein *arend!*« Die Leute wollten ihn aufhalten, aber er schüttelte sie ab und nahm den Adler mit in die Berge. Zuerst weigerte sich der Vogel, auch nur den kleinsten Flugversuch zu unternehmen. Schließlich brachte der Mann an einem herrlichen Sommertag den Vogel bei Sonnenaufgang auf den höchsten Gipfel und sagte zu ihm: ›Schau, dort ist dein Platz. Dort oben am Himmel, bei der Sonne, nicht hier unten auf der Erde.‹ Und mit diesen Worten schleuderte er den Vogel zum Himmel hinauf, gerade als die riesige rote Sonne sich vom Horizont löste. Und der *arend* breitete seine mächtigen Schwingen aus und stieg empor, frei wie eine Wolke und so hoch wie der Wind, weit über die Sonne hinaus. Denn nun hatte er endlich begriffen, was es bedeutete, ein Adler zu sein.

Kupido sitzt da und lauscht, ohne auch nur einmal mit der Wimper zu zucken, fast ohne zu atmen.

Die Geschichte setzt in seinem Kopf eine ganze Kette von Gedanken in Gang, die über die Jahre hinweg immer länger wird. Er fängt an, das Buschland von einem Ende zum anderen zu durchforschen, und sammelt so viele Federn, wie er finden kann, und versteckt sie im Dachstroh auf der Hütte seiner Mutter. Bis er dann zu dem Schluss kommt, dass er jetzt genügend hat. Er reibt sich Gummiharz von Dornenbüschen und klebrigen Wurzeln auf Schulterblätter und Arme und mischt – nur um sicherzugehen – Honig aus einem großen Ameisenhaufen darunter. Mit Federn bedeckt, wirklich ein seltsamer Vogel, klettert er vorsichtig auf den Felsvorsprung hinter dem Gehöft des Farmers, stellt sich auf die höchste Kante, schließt die Augen und springt.

Als er nach ungefähr drei Wochen wieder herumhinken kann, humpelt er sogleich in den Busch und fängt erneut an, Federn zu sammeln.

Nach dem dritten Absturz findet er sich, ein wenig traurig, damit ab, dass er seiner Mutter glauben und warten muss, bis der *arend* kommt und ihn holt.

5. Granatäpfel und Quitten

Eines Tages, als Kupido sich mehr oder weniger erholt hat, schickt man ihn mit einem Korb voller Granatäpfel zur benachbarten Farm, wo die Schwester der Nooi wohnt. Das bedeutet, bei Sonnenaufgang aufzubrechen und zu gehen, bis die Sonne direkt über einem steht. Einen Erwachsenen kann der Baas nicht von der Arbeit wegholen, und die Nooi kann nicht selber gehen, weil sie mit den neugeborenen Zwillingen im Bett liegt. Also muss Kupido los.

Sie schickt einen Korb mit zwölf rotglänzenden Granatäpfeln, zusammen mit einem zusammengefalteten Brief für die Frau auf der benachbarten Farm.

Er geht und geht und geht. Als ihm das Gehen zu viel wird, macht er im Schatten eines großen Steinbrockens auf dem Felsvorsprung eines niedrigen Berges Rast. Nachdem er gründlich darüber nachgedacht hat, isst er zwei von den Granatäpfeln. Kein Mensch wird das je erfahren.

Das hat er sich so ausgerechnet. Aber als er bei der Nachbarsfarm ankommt und den Korb übergibt und die Schwester der Nooi den Brief auffaltet und liest, kommt sie noch einmal an die Küchentür und fragt: »Wo sind die beiden anderen Granatäpfel?«

»Von was reden Sie denn da?«, fragt er aschfahl vor Angst. »Das sind alle, die sie mir mitgegeben hat.«

»In dem Brief da steht, dass deine Madam einen Korb mit zwölf Granatäpfeln geschickt hat. Und jetzt sind es nur noch zehn. Ich will also wissen, was mit den beiden anderen passiert ist.«

Kupido verschlägt es die Sprache, dass der Brief eine solche Macht hat. So verwirrt ist er, dass er selbst die zwölf Schläge mit der Nilpferdpeitsche des Nachbarn kaum spürt, die ihm ins Hinterteil und den Rücken schneiden wie Messerhiebe. Den ganzen Heimweg über – erst jetzt spürt er den Schmerz so richtig – zupft und zerrt sein Verstand am Geheimnis des zusammengefalteten Briefes. Seiner Mutter sagt er jedoch kein Wort davon, verbirgt es in seinem Inneren. Als sie ihn nach den Striemen und Schnitten auf seinem Rücken fragt, antwortet er einfach nicht, und da sie damit vertraut ist, wie unergründlich die Verhaltensweisen weißer Leute sind, dringt sie nicht weiter in ihn.

Etwa ein Jahr später wird er erneut auf einen Botengang zu der Schwester auf der Nachbarsfarm geschickt. Diesmal wegen eines Todesfalls in der Familie (eines der Kinder ist von einer Giftschlange gebissen worden); in dem Korb sind zwanzig Quitten. Und ein zusammengefalteter Brief.

Unterwegs überkommen ihn Müdigkeit und Hunger. Der Geschmack einer Quitte ist nichts im Vergleich zur Süße eines Granatapfels. Aber er kann der Versuchung nicht widerstehen. Er weiß, er findet keine Ruhe, wenn er nicht vorher eine Quitte kostet. Diesmal wird er sich aber nicht ertappen lassen wie beim letzten Mal. Er nimmt also zuerst den Brief, den die Nooi mitgeschickt hat, und versteckt ihn unter einem flachen Stein hinter einem großen Felsbrocken. Und erst, als er die Quitte aufgegessen und sorgsam alle Spuren seines Festmahls beseitigt hat, holt er den zusammengefalteten Brief unter dem flachen Stein hervor und macht sich wieder auf den Weg.

Aber dann kommen sie ihm, so sicher, wie es Heitsi-Eibib gibt, auch diesmal auf die Schliche und fragen nach der fehlenden Quitte.

Mit Tränen in den Augen erklärt er der Frau, was alles für Vorkehrungen er mit dem Verstecken des Briefes getroffen hat. Bestimmt hat Gaunab, so erklärt er, den Brief mit einem Fluch belegt, um ihn zu verderben. Zu seinem Erstaunen bricht die weiße Frau in Lachen aus, bis auch ihr Tränen über die Wangen rinnen.

»Jetzt hör mal gut zu, Kupido«, setzt sie an, und er merkt an ihrer Stimme, dass er diesmal nicht ausgepeitscht werden wird. »Nicht der Brief hat dich ausspioniert. Aber beim letzten Mal hat deine Madam geschrieben, dass sie dich mit zwölf Granatäpfeln, und heute, dass sie dich mit zwanzig Quitten losgeschickt hat.«

»Aber der Brief ist doch stumm«, wendet er ein. »Er hat keinen Mund, er kann nicht sprechen.«

»Nein, Mund hat er keinen. Aber ich werde dir zeigen, auf welche Weise er spricht. Hör gut zu.« Und langsam und deutlich, Wort für Wort liest sie ihm vor, was der Brief sagt.

Kupido versteht das immer noch nicht so recht. Er weiß nur, das ist etwas, das größer ist als er. Auf irgendwie geheimnisvolle Weise hat der Brief etwas mit dem großen braunen Buch zu tun, das der Baas bei der Abendandacht zur Hand nimmt, wenn er betet und sich in langen Reden über Gott und Baas Jesus und jede Menge anderer Leute, von denen keiner je gehört hat, ergeht.

Diesmal spricht er mit seiner Mutter über die Angelegenheit.

»Ich möchte auch Worte auf Papier setzen, Ma«, sagt er. »Das ist ein starker Zauber. Was sie Schreiben nennen, hat Leben in sich und kann weiter und schneller rennen, als du je gelaufen bist.«

»Das wäre dein Tod, Kupido«, warnt sie ihn, so wie immer.

Doch bei der erstbesten Gelegenheit, die sich bietet, spricht er furchtlos die Frau des Baas an. Sie findet das so komisch, dass sie, wie ihre Schwester auf der Nachbarsfarm, zu lachen anfängt. Doch er bleibt geduldig vor ihr stehen, bis sie ausgelacht hat, und sagt dann: »Wird die Madam mir also das Schreiben beibringen?«

»Nein«, sagt sie.

Er spürt, wie alles Leben aus ihm sickert, so wie Spucke im Sand versickert. »Madam!«

Sie erklärt, für derlei Torheiten habe sie keine Zeit. Sie werde aber ihre großen Töchter Cornelia und Jacoba fragen. Vielleicht könnten die es mal versuchen.

6. Begegnung mit einem Löwen

Aber das hält nicht lange vor. Für die beiden Mädchen – Cornelia ist fünfzehn, Jacoba dreizehn – ist es ein Riesenspaß, ihm etwas beizubringen. Für sie ist er wohl so etwas wie der kleine Affe, den sie großgezogen haben, nachdem die Hunde im Busch seine Mutter getötet hatten. Ganze Tage verbrachten sie damit, ihm Tricks und Kunststücke beizubringen, bis er einfach zu aufdringlich und ungebärdig wurde, so dass die Jungen ihn totschlagen mussten. Kupido begreift erstaunlich schnell, was auch immer sie ihm beibringen, und wird seines Eifers wegen allmählich sogar irgendwie lästig. Und er fängt an, seine Pflichten auf der Farm zu vernachlässigen. Also setzt der Baas dem Ganzen bald ein Ende.

»Was will ein Hottentotte denn mit Lesen und Schreiben anfangen?«, fragt er. »Damit schafft er sich nur Probleme. Eines Tages glaubt er dann gar, er sei ein Weißer, und dann weiß er nicht mehr, wo sein Platz ist. Er soll seine Arbeit machen. Und wenn er so viel Zeit übrig hat, dass er sie für Lesen und Schreiben vergeuden kann – nun, ich weiß genug anderes, um ihn zu beschäftigen. Damit muss Schluss sein, auf der Stelle. Und wenn ihr Mädchen nicht hören wollt, bekommt ihr genauso eine Tracht Prügel wie er. Verstanden?«

Damit haben die Unterrichtsstunden ein Ende, nicht aber die schier unerträgliche Sehnsucht, die in seiner Brust brennt wie ein Stück glühender Kohle, die da drinnen glimmt und nicht herauskann. Er versucht noch, allein weiterzumachen, aber das ist nicht einfach, und niemand hilft ihm, wenn er nicht mehr weiterweiß. Er hat keine Schiefertafel und keinen Griffel, ganz zu schweigen von Federhalter und Papier, und es ist gar nicht so einfach, die Worte auf den Sandfleck, den er im Hinterhof glattgestrichen hat, zu kratzen. Nein, er gibt nicht auf. Aber das Brennen wird immer schlimmer.

Außerdem bringt ihn das in Schwierigkeiten, vor allem wenn er eigentlich weit draußen im Grasland die Schafe und Ziegen hüten soll. Es ist eine günstige Gelegenheit, um zu schreiben. Doch wenn es am Spätnachmittag Zeit ist, nach Hause zu gehen, und es fehlt ein Schaf, dann ist der Teufel los.

Doch selbst das hält ihn nicht davon ab. Auf der Fährte der Geschichten seiner Mutter durchstreift er weiterhin die unfruchtbaren Himmelsstriche der Farm und kümmert sich um seine Schafe und Ziegen. Und dann passiert etwas, das die Gleichförmigkeit der Tage aufbricht. Eines Nachmittags kniet er wie üblich auf einem Sandfleck und versucht, Buchstaben zu formen, als jemand sich neben ihn setzt. Wahrscheinlich ist die grimmige Hitze schuld daran, dass er nur noch verschwommen sieht, weil Schweißtropfen ihm in die Augen kullern und er nicht so recht erkennen kann, wer oder was es ist. Zuerst sieht es aus wie ein Baum. Dann verwandelt es sich in etwas Schattenhaftes. Nach einer Weile, als er es aus den Augenwinkeln noch einmal anschaut, verändert es erneut seine Gestalt. Eine riesige Gottesanbeterin. Nein. Doch ein menschliches Wesen. Ein sehr großer, muskulöser Mann.

»Wer bist du, dass du dich so an mich ranschleichst?«, fragt Kupido zögerlich.

»Ich bin Heitsi-Eibib«, antwortet der Mann.

Kupido kriegt einen solchen Schreck, dass er beinahe hintüber fällt. Doch er ist zu benommen, um sich zu bewegen. Wie eine Maus vor einer Schlange sitzt er einfach wie gelähmt da.

»Hab keine Angst«, sagt Heitsi-Eibib. »Ich habe dir etwas mitgebracht.«

Er hält etwas zwischen Daumen und Zeigefinger und streckt es Kupido hin – den Zahn eines Löwen.

»Bind ihn dir um den Hals«, fährt er mit tiefer, leise grollender Stimme fort. »Es wird dich vor allem Übel schützen.«

Am Tag darauf und an den folgenden Tagen gewöhnt er sich allmählich an den großen Mann. Sie fangen an, sich zu unterhalten. Heitsi-Eibib kann Geschichten erzählen wie niemand sonst auf der ganzen Welt. Langsam versickert Kupidos Angst wie Wasser in trockenem Sand. Und von da an holt Heitsi-Eibib, wann immer ein Schaf oder eine Ziege streunt, sein mit Fett gefülltes Medizinhorn hervor und taucht den dünnen Dorn einer Aloe hinein, so dass nur noch eine Daumenlänge davon zu sehen ist. Den zündet er an und hält ihn in den Wind; wenn Kupido dann dem Rauch folgt, findet er mit Sicherheit das verirrte Tier. Nie wieder bekommt er vom Baas Prügel, weil er eines von den Schafen oder eine Ziege in seiner Obhut verloren hat.

Von Zeit zu Zeit, wenn er die Nacht draußen im Busch verbringen muss, bringt Heitsi-Eibib ihm bei, was er über die Sterne wissen muss. Gleich nach Sonnenuntergang, so erfährt er, muss er ganz genau hinsehen. In dem Augenblick, wenn der kleine Schwarm der Sieben Schwestern sichtbar wird, muss er so laut singen, wie er nur kann. Das bringt ihm, darauf kann er sich verlassen, Glück. Und er soll immer den Mond hoch achten, denn der ist nicht nur Heitsi-Eibib selber, sondern auch, auf irgendeine geheimnisvolle, verdrehte Art, der gute Gott Tsui-Goab, der zu Anbeginn der Zeit all die Felsen und Steine geschaffen hat, aus denen später die Menschen hervorgegangen sind. Und die Schlangen. Heitsi-Eibib zeigt ihm, dass jede kleine Quelle im Buschland von einer Schlange bewacht wird. Diese Schlange darf man nicht töten, denn dann trocknet die Quelle aus und bringt allem, was daraus sonst Leben schöpft, den Tod. Ist eine Quelle erst einmal ausgetrocknet, kann man genauso gut gleich weiterziehen. Dann ist da nur noch Stein.

Sobald es ans Jagen geht, nimmt Heitsi-Eibib ihn so richtig in die Pflicht. Mit kleinen Böcken fängt es an – Bleichböckchen, Greisbock, Moschusbock, Steinbock (nie ein Hase, denn diese widerwärtige Kreatur mit ihrer gespaltenen Lippe ist der Todesbote). Die fängt er in kunstreichen Fallen. Dann kommen größere Antilopen: Springbock, Blessbock, Kuhantilope. Die hilft Heitsi-Eibib ihm nach Hause tragen, damit er und seine Leute zu essen haben. Sie wundern sich über den Jungen, aber er verrät ihnen nichts. Er weiß, wenn irgendjemand herausfände, dass Heitsi-Eibib mit ihm auf der Jagd war, käme der Große Jäger nie wieder.

Eines Tages, damals war er wohl fünfzehn oder sechzehn, trifft er im Busch auf einen Löwen, jenseits des Streifens roter Erde, der von Ameisenhaufen übersät ist und wo ein paar vertrocknete Büsche stehen. Hier kann scheinbar nichts gedeihen, und doch sprießen immer wieder über Nacht neue Sträucher und Unterholz, wo man vorher Holz zum Verfeuern gebrochen hat. Ein Ort ist dies, wo man selbst an einem glühend heißen Tag einen schwachen kalten Lufthauch aus den Büschen wehen spürt. An dem Nachmittag taucht, als er eine verirrte Ziege sucht, plötzlich ein Erdmännchen vor ihm auf. Nicht weiter verwunderlich. Außer dass das Erdmännchen zu sprechen anfängt.

»Was hast du hier zu suchen?«, fragt das Erdmännchen mit einer für ein so kleines Wesen sonderbar tiefen Stimme.

»Das geht dich nichts an«, sagt Kupido.

»Glaubst *du.*«

Urplötzlich steht da plötzlich nicht mehr ein Erdmännchen, sondern eine große Elenantilope.

»Aber *jetzt* hast du Angst vor mir, oder?«, fragt die Elenantilope.

Die Antilope, die vor ihm steht, ist doppelt so groß wie er, aber Kupido kann für seine Größe ganz schön frech sein.

»Warum sollte ich denn Angst vor dir haben?«, höhnt er.

Damit hat er nicht gerechnet – im Handumdrehen steht da keine Antilope mehr, sondern ein Löwe. Ein Prachtstück von Löwe. Der geschmeidige Körper ist fahlbraun, die schwarze Mähne wild und zerzaust, die tiefgründigen goldfarbenen Augen glimmen wie glühende Kohle. Und riesengroß ist er. Größer als jeder Löwe, von dem Kupido je gehört hat.

Kupido spürt, wie Angst seine prallen kleinen Hoden umklammert und sie zusammenpresst, bis ihm Tränen in die Augen steigen. Sich umdrehen geht nicht, denn dann greift der Löwe ihn von hinten an. Näher auf ihn zugehen ist auch nicht möglich. Er kann nichts weiter tun, als nicht von der Stelle weichen und hoffen, dass es schnell vorbei ist.

Doch dann ist Heitsi-Eibib neben ihm. Sehen kann er ihn nicht, nur hören. Das Rauschen von Wind in einem großen Baum mit Vögeln im Gezweig.

»Schau ihn an, den Löwen«, sagt Heitsi-Eibib so leise, es hätte auch der Wind sein können.

»Das ist nicht der richtige Augenblick, um zu schauen, es ist die Zeit zum Schießen«, widerspricht Kupido.

»Schau ihm direkt in die Augen und sag: ›Whaa!‹«

Kupido schaut. Doch in seiner Kehle, wo angeblich die Stimme sitzt, steckt ein Brocken so groß wie eine Tsamma-Melone.

Vor ihm der Löwe senkt langsam den großen Kopf. Sein Schwanz wischt in dem hohen gelben Gras hin und her.

»Schau ihn an«, sagt Heitsi-Eibib. »Sprich mit ihm.«

Kupido spürt Angst und die Pisse an seinen Beinen hinuntertröpfeln.

In dem Augenblick geht der Löwe zum Angriff über. Kupido starrt direkt in seine gelben Augen. Von irgendwoher, er hat keine Ahnung, woher, findet er plötzlich einen Lautsplitter in seiner Kehle, und er brüllt: »Whaaaaaa!«

Unwillkürlich schließt er die Augen.

Als er sie wieder aufmacht, liegt der Löwe ungefähr zehn Schritt vor ihm auf dem Boden, tot. Heitsi-Eibib ist verschwunden. Das Einzige, was sich auf dem weiten Feld regt, ist der Wind, wispernd wie ein Mensch.

Er hat sein Messer dabei. Viel macht es nicht her, ist eher ein unnützes Ding, mit dem man kaum einen Frosch häuten kann. Seine Mutter hat ihm gesagt, sein Vater habe es ihr gegeben. Wer auch immer sein

Vater gewesen sein mag. Zumindest ist es ein Messer mit einer Klinge.

Allmählich kühlt die Pisse an seinen krummen Beinen ab; Kupido wagt sich näher und hockt sich neben dem Haupt des Löwen hin. In der Mähne sieht er Läuse herumkrabbeln. Das beruhigt ihn. Die Laus war das erste Lebewesen, das die Botschaft des Mondes von Tod und Auferstehung zu den Menschen brachte, ehe der Hase alles durcheinanderbrachte. Zögerlich betastet er den Körper des Löwen. Rollt ihn auf den Rücken. Dann beginnt er mit dem Messer draufloszuhauen. Die ganze Nacht hindurch müht er sich ab, häutet das Vieh. Glücklicherweise steht der Mond groß und hell am Himmel, und er weiß, es ist Tsui-Goab, der voll strahlenden Wohlwollens auf ihn herabblickt. Er verspürt nicht einmal Müdigkeit.

Bei Tagesanbruch, als der Himmel sich rot färbt, ist Kupido fertig. Er rollt das Fell, die glatte Feuchte nach innen, zusammen und wirft es sich über die Schulter. Als er aufblickt, sieht er seine Schaf- und Ziegenherde näherkommen; auch das streunende Tier ist dabei.

Er macht sich auf den Rückweg. Sie folgen ihm.

Nachmittags kommt er im Wirtschaftshof an.

In der Küchentür taucht der Baas auf; mit der Hand schirmt er die Augen vor der Sonne ab.

»Kupido!«, ruft er. »Wo, zum Teufel, hast du gesteckt? Was, in Gottes Namen, hast du gemacht?«

Mit einem Schulterzucken wirft er das Fell ab. Im Hintergrund sieht seine Herde teilnahmslos zu.

»Ich habe Ihnen einen Löwen gebracht«, verkündet er seelenruhig. »Der wollte sich eine von den Ziegen holen.«

»Wie hast du ihn erlegt?«

»Ich habe ›Whaaa‹ gebrüllt.«

»Was?!«

»Ich habe ›Whaaa‹ geschrien, und da ist er tot umgefallen.« Er wird allmählich selbstsicherer. »Der kann sich nicht mehr einfach so unsere Ziegen holen, Baas.«

»Du lügst, Kupido.«

»Das ist die Wahrheit. Das Fell da kann nicht lügen.«

Der Baas nimmt das Fell, breitet es auf dem Boden aus und untersucht es sorgfältig von Mähne bis Schwanz. Keinerlei Anzeichen von Gewalt sind zu sehen.

»Ich sehe keine Löcher oder Schnitte«, sagt er verdutzt.

»Das habe ich Ihnen doch gesagt.«

»Wie bist du denn auf diese verrückte Idee gekommen?«

»Ein Baum hat es mir gesagt, Baas.« Denn der Namen Heitsi-Eibibs darf vor Fremden nicht ausgesprochen werden.

»Halt mich nicht zum Narren, Kupido. Ich brech dir das Genick.«

»Sie können brechen, so viel Sie wollen, Baas. Was wahr ist, ist wahr.« Er kratzt all seinen Mut zusammen. »Sie können die Schafe und Ziegen zählen. Es fehlt nichts.«

7. Tod des Jägers

Das war der Beginn von Kupido Kakerlak als Jäger. Der Baas wusste nicht so recht, was er von dem Löwenfell ohne Fehl und Makel halten sollte, aber er wollte kein Risiko eingehen. Insgeheim dachte er sich, dass der Löwe wohl an Hunger oder an einer Krankheit gestorben war, auch wenn dies angesichts des hervorragenden Zustands des Fells eher unwahrscheinlich war. Doch das bestärkte ihn nur in dem Entschluss, die Wahrheit herauszufinden. Und die einzige Möglichkeit war, Kupido auf seine Jagdausflüge mitzunehmen und dabei nicht aus den Augen zu lassen. Schwer zu sagen, ob das funktioniert hat oder nicht. Denn von diesem Tag an war ihre Ausbeute, wann immer Kupido auf einer Jagd mit dabei war, atemberaubend: Antilopen, von kleinen Böcken bis zu den ganz großen und stattlichen, Kudu, Elenantilope, Pferdebock (auch die gab es zu jener Zeit im Koup in Hülle und Fülle, wenn man den Gravierungen der Buschmänner auf den Felsen oder den Malereien in jeder Höhle, auf jedem Felsüberhang Glauben schenken will). Doch nicht nur Antilopen brachten sie mit: seltene Giraffen wie auch Wüstenluchse, Leoparden, Jaguare, Hyänen, gelegentlich auch einen Löwen (allerdings nie wieder so ein majestätisches Exemplar wie jenen ersten). Nilpferde ziemlich oft, Nashörner schon seltener, und dreimal einen Elefanten.

Und doch konnte keiner behaupten, selber gesehen zu haben, wie Kupido einen Elefanten, einen Löwen, einen Kudu oder auch nur einen Springbock erlegte, ob mit Pfeil und Bogen oder mit der Elefantenbüchse des Baas. Möglicherweise war es ihnen immer knapp entgangen, weil sie zufällig genau in dem Augenblick, wenn er etwas schoss, woanders hingeschaut hatten. Aber irgendwie seltsam war es schon. Zauberei, flüsterten einige von ihnen – Arbeiter und Nachbarn – hinter vorgehaltener Hand. Doch wie wollte man das mit Sicherheit sagen? Gab es doch Beweise: das Nashorn, das mitten im Angriff zusammenbrach. Das Nilpferd, das sein Maul so weit wie ein Scheunentor aufriss und es urplötzlich wieder zuklappte, in einer Wassergischt versank, so tot, wie nur der Tod sein kann. Der Leopard, der von seinem hohen Sitz auf dem Skelett eines Baumes zum Sprung auf Kupido ansetzte, dann furchterregend ins Taumeln geriet und ein paar Schritte von seinem anvisierten Opfer entfernt tot zu Boden fiel.

Hatte er oder hatte er nicht? Nicht einmal der Baas konnte es mit auch nur annähernder Sicherheit sagen. Und doch wussten alle, dass er ein wachsames Auge auf Kupido hatte, mit einem Eifer, als wäre er ein eifersüchtiger Ehemann, der heimlich beobachtet, wie ein anderer Mann sich an seine Frau heranmacht. Konnten denn sie alle sich täuschen? Jeder Einzelne von ihnen? Und jedes einzelne Mal?

Es passierte einfach zu oft, um reiner Zufall zu sein. Aber am Ende zählte doch nur, dass sie eine Überfülle an Tieren erbeuteten, wenn Kupido dabei war. Und nur dann.

Es konnte geschehen, dass ein Mann, der seit Wochen oder Monaten ununterbrochen auf der Jagd war, ohne auch nur ein klein wenig Glück zu haben, schließlich zum Baas kam und ihn, den Hut in der Hand, bat, ihm Kupido auszuleihen, damit er etwas nach Hause bringen und so seine Frau und seine Kinder vor dem Verhungern bewahren könne. Man einigte sich dann auf einen Preis – so und so viele Schafe, so viele Säcke Weizen, so viel Feuerholz, so viel Seife, so und so viele Felle – und dann zog Kupido mit dem Möchtegernjäger los; nach ein paar Tagen oder ein, zwei, möglicherweise auch drei Wochen kamen sie dann in ihren Wagen zurück, und die ächzten unter dem Gewicht von Fleisch und Häuten, Hörnern und Federn.

Angelockt vom Namen Kupido Kakerlak tauchten mit der Zeit auch Fremde auf, die von sehr weit her, einmal – Gott ist mein Zeuge – sogar den ganzen Weg aus Kapstadt, das fast so weit entfernt ist wie Himmel und Hölle, kamen. In allen Ecken und Winkeln des Landes erzählte man sich Geschichten, die sich überall verbreiteten, so wie nach der Regenzeit das erste Grün die Steppe überzieht (ebenjenes Grün, das ursprünglich das Volk von Kupidos Mutter dazu gebracht hatte, diesen Landstrich Koup zu nennen).

Und immer wieder verblüffte Kupido sie bei der Jagd. Keiner, der je mit ihm in den Busch gegangen war, kam zurück, ohne sich irgendwie verändert zu haben. Nur einer blieb unbeeindruckt. Und das war Kupido Kakerlak selbst.

Es war gut, die Wüstenluchse und die Löwen und die drei Elefanten erbeutet zu haben. Aber nicht gut genug. Tief in ihm drinnen glomm immer noch die Glut. Wenn ihm nur jemand hätte erklären können, woher das kam. Aber das konnte niemand. Nicht einmal seine Mutter. Nur ein Wesen gab es, das es ihm hätte sagen können, und das war Heitsi-Eibib. Aber von sich aus wollte der nicht davon sprechen, und auf Fragen antwortete er nicht gern. Kupido konnte ihm nicht mehr entlocken als das:

»Wart ab. Alles zu seiner Zeit. Du wirst es erkennen, wenn du es siehst.«

Vielleicht waren es diese Ungeduld, dieser Missmut, die den Umschwung brachten. Wieder einmal fand eine Jagdexpedition statt, vielleicht die größte von allen, weit über das Gebiet des Wilgerbos River und des Sandleegte und sogar der Nuweveld Mountains hinaus, jenseits von Koppiesfontein und Skilpadfontein und Palmietfontein, vorbei am Sak River und den Nontees Mountains, über die Kaiing Hills und den Lat River und den Hartbeest River hinaus bis zum Donderhoek Stream und den orange-braunen Fluten des mächtigen Gariep; dorthin hatten zu jener Zeit erst wenige Weiße ihren Fuß gesetzt. Und auf dem ganzen Weg jagten sie, bis die Wagen zusammenzubrechen drohten. Dort, am Gariep, am äußersten Ende der bekannten Welt, trafen sie auf die Elefanten, eine große Herde von mindestens vierzig oder fünfzig.

»Großer Gott«, rief der Baas. »Das bedeutet womöglich Schwierigkeiten. Was meinst du, Kupido?«

»Wir können klein beigeben, Baas, oder aber es mit ihnen aufnehmen. Schauen Sie sich diese Stoßzähne an. Der Bulle ganz vorn; sie schleifen auf dem Boden.«

»Der Bulle gehört mir. Kannst du ihn für mich erlegen?«

»Ich kann's versuchen, Baas.«

»Dann hol ihn mir.«

Ganz langsam schlich Kupido sich an; die anderen folgten ihm. In weitem Halbkreis versuchten sie, einen Flecken *withaak*, also offene Lichtung zwischen sich und den Elefanten, zu lassen. Aber sie merkten nicht, dass sie zwischen die Gruppe vorn – der große und ein paar jüngere Bullen sowie ein paar Kühe – und eine zweite Gruppe gerieten, zu der einige Kälber gehörten.

Langsam, ganz langsam, denn mit diesen Bestien ist nicht zu spaßen.

Kupido kroch noch näher. Der große Bulle wedelte mit den Ohren und reckte seinen langen Rüssel in die Höhe.

»Nimm mein Gewehr«, sagte der Baas und drückte das sperrige Ding Kupido in die Hand. »Du darfst jetzt keinen Fehler machen, Kupido. Ich zähle auf dich.«

»Das mache nicht ich, Baas. Das macht Heitsi-Eibib.«

In dem Augenblick, in dem er das sagte, wusste er, es war ein Fehler. Er hatte den Namen des Großen Jägers ausgesprochen. Doch das ließ sich jetzt nicht mehr ungeschehen machen.

Und genau in dem Augenblick griff der Bulle an. Normalerweise würde man erwarten, dass der Bulle nach ein, zwei Metern stehen bleibt, vielleicht den Rüssel reckt, trompetet, als letzte Warnung Sand hochschleudert. Diesmal nichts dergleichen. Vielleicht weil der Name der Gottheit ohne Sinn und Verstand ausgesprochen worden war; das war die einzig mögliche Erklärung. Der Elefant griff an, kam schnurstracks auf sie zu.

Kupido spürte, wie seine dünnen Beinchen zitterten, doch er wich nicht von der Stelle, so wie beim ersten Mal, als er dem Löwen gegenübergestanden hatte. Weil er glaubte – wusste, im letzten Augenblick würde Heitsi-Eibib eingreifen. Doch diesmal kam der Elefant immer näher, gefolgt vom Rest der Herde. Es war, als rolle Donner über die Ebene. Aufgewühlter roter Staub stieg bis zu den Wolken empor, und die Erde grummelte. Sie spürten, wie sie unter ihren Füßen zitterte.

Bis zum allerletzten Augenblick schreckte Kupido nicht zurück. In dem verzweifelten Glauben, Heitsi-Eibib käme ihm zu Hilfe. Wie auch sonst immer. Er *musste* einfach eingreifen.

Tat es aber nicht. Und da wusste Kupido, es war aus und vorbei. So fühlte sich also Sterben an.

8. Wieder zu Hause

Erst im allerletzten Augenblick gelingt es Kupido, beiseitezuspringen; er wirft sich seitwärts in ein Dornengebüsch. Aus ein paar Gewehren wird gefeuert. Leute schreien. Die Elefanten trompeten.

Auch der Baas springt. Aber nicht schnell genug und nicht weit genug. Der Elefantenbulle packt ihn mit seinem riesigen Rüssel und schleudert ihn in die Luft wie ein altes Fell. Als er wie ein schwerer fallender Ast auf dem Boden auftrifft, macht das ein Geräusch, dass sich einem der Magen umdreht. Unmittelbar darauf schwenkt der Elefant unglaublich schnell für so ein Riesentier herum und beginnt, mit seinen Füßen so groß wie Baumstümpfe auf dem Körper, der nur noch aus zerbrochenen Knochen besteht, herumzutrampeln.

Erst jetzt erinnert Kupido sich an die Flinte. Er packt sie mit beiden Händen, reißt sie an die Schulter, zielt nach oben – der Elefant ragt drohend über ihm auf wie ein Berg – und feuert. Auf eine Stelle hinter dem linken Ohr. Der Rückstoß schleudert Kupido ein, zwei Meter nach hinten, ehe er flach auf dem Rücken landet. Doch er lässt den Bullen nicht aus den Augen. Eine Weile sieht es so aus, als würde nichts weiter geschehen, als würde das Tier die Kugel wie eine Bremse abschütteln. Doch dann, gerade als es den schlaffen, blutenden, staubigen Körper aufheben will, um ihn erneut in die Luft zu schleudern, höher als die Bäume ringsum, geben die großen Beine unter ihm nach. Und jetzt geschieht alles in Zeitlupe. Der Elefant schwankt, taumelt, und dann sackt das riesige Tier in sich zusammen. Direkt auf dem Jäger. Der zum Glück nicht mehr am Leben ist. Jeder einzelne Knochen in seinem Leib ist zerschmettert.

Es ist das erste Mal, dass sie wirklich und wahrhaftig miterlebt haben, wie Kupido einen Schuss abfeuert.

Noch dazu einen perfekten Treffer. Das bestätigt nur das Bild, das sie sich schon immer von ihm gemacht haben. Nur dass es diesmal wirklich zu spät war.

Sie hacken die Stoßzähne heraus, um sie mit nach Hause zu nehmen. Sechzig Pfund das Stück, die Waage wird es zeigen. Den Baas legen die Männer in seinem Wagen auf den Haufen Häute von all den Tieren, die sie bis jetzt geschossen haben. Dann kehren sie um, weg vom Gariep, machen sich auf den langen Heimweg.

Nach drei Tagen müssen sie den Mann beerdigen, da der Gestank unerträglich geworden ist. Das Grab ist ziemlich flach, an einer Stelle, wo der Boden nicht so steinhart ist wie anderswo. Dann schichten sie Zweige und Steine auf das Grab, um die Schakale und Hyänen fernzuhalten. Ein Stapel, der von weitem den Steinhaufen, die im Lauf der Jahrhunderte zu Gedenkmalen an die Leben und Tode Heitsi-Eibibs geworden sind, ziemlich ähnlich sieht.

Das ist der Gipfel- und Endpunkt von Kupidos Leben als Jäger. Doch in seinem Beginn, und das weiß er, war auch schon sein Ende inbegriffen. Nie mehr wieder wird er Heitsi-Eibib vertrauen können.

Ein erstes Zeichen dafür, dass der Gott ihm seine Gunst entzogen hat (obwohl man natürlich nie ganz sicher sein kann), ist, als sie nach dem ausgedehnten Beutezug wieder auf der Farm im Koup eintreffen und er entdeckt, dass seine Mutter aus ihrer schäbigen Hütte verschwunden ist. Keiner hat auch nur die leiseste Ahnung, was mit ihr geschehen sein könnte. Doch nach all den Jahren, in denen sie unablässig davon gesprochen hat wegzugehen, ist es eigentlich keine Überraschung.

Auf der Farm herrscht nach dem Tod des Baas solche Bestürzung, dass keiner auch nur auf die Idee kommt, sie zu suchen. Das heißt, *falls* sie weggelaufen ist wie in den Jahren zuvor. Wer kann das schon sagen? Vielleicht hat einfach ein Wirbelwind sie mitgenommen. Mit Sicherheit lässt sich nur sagen, dass sie weg ist. Und Kupidos Einsamkeit jenseits aller Worte.

9. Der Vielgesichter-Mann

Von Kupido Kakerlak hören wir erst wieder, als eines Tages auf der Farm zwei Wagen auftauchen. Sie knarzen und quietschen, alle beide; bei dem einen hängt das eine Vorderrad schief, der andere sackt fast durch. Begleitet werden sie von zwei Hottentotten und zwei jungen Buschmännern, die zwei Gespanne von je zwölf Ochsen führen. Ihrem Aussehen nach könnte man meinen, sie seien den ganzen Weg vom Kap heraufgefahren, ohne Rast zu machen. Auf dem Bock des vorderen Wagens sitzt ein Mann mit langem, traurigem Gesicht, der einen unmäßig hohen Zylinder aufhat. Sein Gewand wirkt ärmlich, doch sein Verhalten ist das eines zum Befehlen geborenen Mannes. Sein Name, so teilt er den Leuten im Vorderhof mit, ist Servaas Ziervogel. Er ist Geschichtenerzähler. Außerdem Musiker und fahrender Händler, und seine Wagen sind mit allem beladen, was die Leute tief im Landesinneren vielleicht brauchen oder auch nicht brauchen. Drunten am Kap, so berichtet er ihnen, sind immer weniger Waren zu kriegen, weil immer seltener Schiffe in der Bucht ankommen, nun ja, wie könnte es auch anders sein, führen wir doch erneut Krieg gegen die Engländer. Was seine Fracht so außerordentlich wertvoll macht. Sie umfasst:

Zucker und Kaffee
viele Päckchen Tabak und Dosen mit Schnupftabak
etliche Fässchen Arrak, Steingutflaschen mit Branntwein und holländischem Wacholderschnaps
Nadeln und Garn
Stahlnägel
Schießpulver und Kugeln
Zunderbüchsen und Feuersteine
Hüte und Strümpfe und Knöpfe jeglicher Art
Kattun-, Leinen- und Kordballen
Kopftücher und Bowler-Hüte
Salz und Gewürze
Damenpantinen und -schuhe aus Amsterdam und Amersfoort
eine Kiste mit in Leder gebundenen Büchern in Sprachen, von denen keiner je etwas gehört hat
Schmuckkästchen und Werkzeugkisten
Klistierspritzen und Schläuche für alle Körperöffnungen
Fiedeln und Holzflöten
Beile und Handsägen und Längsschnittsägen und Zugsägen und Drillbohrer und Nieten
federleichte Halsketten und schwere Wagenketten

Ambosse
eine schweißige Sandale, die einst dem heiligen Paulus gehörte
Essbestecke, Taschenmesser und Säbel
Federn, Steinguttöpfe mit Tintenpulver, große Mengen Papier
Ferngläser und Vergrößerungsgläser
Zeichnungen von biblischen Gestalten
reich mit Schnitzwerk verzierte Stühle aus dunklem Holz
Halseisen mit zugespitzten Nägeln für widerspenstige Sklaven
Kupferdraht
Tüten und Fässer mit allen nur denkbaren Samen
Laternen und Hängelampen aus Kupfer und Messing
einen ausgestopften bengalischen Tiger
Bottiche und Eisenkessel zum Seifensieden, Teekessel und Kasserollen
Arzneikistchen
allerlei hinter Glas verwahrte Splitter vom Kreuz
eine Geburtszange
eine Kollektion Taschenuhren und zwei Schiffsuhren
Ballen Brüsseler Spitze
Scharniere und Türknäufe
Blasebälge
ein Fischernetz
Eimer und Kübel aus Metall oder Teak mit Kupferbeschlägen
einen kleinen Schädel des heiligen Petrus als Kind

zahlreiche mit Blättern, Blumen und Engelsköpfchen verzierte Nachttöpfe
zwei weißfedrige Flügel eines Engels aus Mazedonien
und Spiegel: Wandspiegel, Standspiegel, Handspiegel, alle schwarz verhüllt

Doch vor allem, teilt der Mann mit dem Zylinder ihnen mit, ist er ein Diener des Herrn der Heerscharen, ausgesandt, um im Inneren dieses heidnischen Landes das Evangelium zu verbreiten. Er hält einen Augenblick inne, um sich mit einem roten Tuch den Schweiß vom Gesicht zu wischen; das lässt an die Stirn des Moses denken, als er vom Berg Sinai herabstieg. (Für ein so dunkles Land wie dieses brennt die Sonne sich erbarmungslos in die Augen des Betrachters.)

Er macht den Leuten auf der Farm den Vorschlag, eine Gebetsstunde mit ihnen abzuhalten – vielleicht nachdem einige Erfrischungen gereicht worden sind –, die er mit einer langen, volltönenden Anrufung Gottes beschließt. Als er wieder aufsteht, bekundet er seine Bereitschaft, angesichts der Schrecknisse der Hölle, welche die Unerlösten erwarten, unverzüglich zur Taufe jedweder ungetauften Mitglieder der Farmerfamilie überzugehen; und ohne danach gefragt worden zu sein, holt er aus seinem Wagenkasten einen Stapel Pergamenturkunden hervor, um zu beweisen, dass er ordnungsgemäß ordiniert und befugt ist, alle kirchlichen Rituale zu vollziehen und die Sakramente zu spenden. Die Mutter und ihre Kinder (nun neun, nicht mehr sieben an der Zahl) scharen sich um ihn, befingern voller Ehrfurcht die beeindruckenden Dokumente, von denen sie nicht ein einziges Wort verstehen. Selbst die wenigen, die lesen gelernt haben, werden aus dem Latein (wenn es denn Latein ist) nicht schlau; doch immerhin macht all das großen Eindruck.

Die Kinder, von denen nicht eines getauft ist, werden aufgefordert, sich zu einer Prozession aufzustellen; ihnen schließen sich die Bediensteten und Sklaven an. Nun geht es zu dem Quelltopf unter dem Felskamm, an dessen Hang vor vielen Jahren der Farmhof angelegt wurde. Ehe irgendjemand einen Warnruf ausstoßen kann, watet der Gottesmann, nach wie vor mit Zylinder, Frack und Schuhen angetan, schnurstracks ins Wasser; er kann ja nicht wissen, wie steil die Böschung zur Quelle hin abfällt. Als er plötzlich den Boden unter den Füßen verliert, verschwindet er ganz unzeremoniell vor ihren Augen. Nur der Zylinder, der auf dem Wasser treibt, ist noch zu sehen. Voll heiliger Scheu und Gottesfurcht stehen alle wie angewurzelt am Ufer, vielleicht in Erwartung eines Wunders. Aber nur ein paar Blasen blubbern an die Oberfläche. Es dauert eine Zeit lang, ehe der erschrockenen Witwe klarzuwerden scheint, dass entschlossenes Handeln vonnöten ist. Sie schreit den Arbeitern, unter ihnen Kupido, zu, sie sollen dem Mann zu Hilfe kommen. Da keiner von ihnen schwimmen kann, sie überdies eine tief verwurzelte Scheu vor Wasser haben, legen sie keine besondere Neigung dazu an den Tag. Als jedoch klar wird, dass eine Katastrophe droht, tritt Kupido, nicht ohne Bangigkeit, ein paar Schritte vor.

Wie alle von seinem Volk weiß er, dass in jeder Quelle eine Schlange lauert und man zuerst ihre Gunst mit der Opferung von Innereien eines frisch geschlachteten Schafes erringen muss. Tut man das nicht, kommt sie heraus und holt einen. Außerdem, so hat seine Mutter ihn von klein auf gewarnt, haust in der Quelle unter dem hohen Kamm eine Nixe. Der Oberkörper ist der eines menschlichen Wesens, mit langen Haaren wie Strähnen aus grünem Schleim und Brüsten so rund wie Kürbisse. Die untere Hälfte ist geschuppt wie bei einer Schlange oder einem Fisch. Hat man sich erst einmal mit ihr eingelassen, so stattet sie einem des Nachts unweigerlich einen Besuch ab, und dann verschwindet man auf Nimmerwiedersehen.

Doch jetzt geht es um Leben und Tod. Das muss die Schlange einsehen. Und die Nixe auch. Ohne länger zu zögern, beugt Kupido sich vor und fängt an, mit den ausgestreckten Händen das Wasser aufzuwühlen. Sehr zu jedermanns Überraschung bekommt er den mit Wasser vollgesogenen heiligen Mann zu fassen, und unter der Mithilfe zahlreicher anderer wedelnder Hände wird er ans Ufer gezogen und wie eine fremdartige bleiche Wasserkreatur auf den Rücken gelegt.

Keiner weiß so recht, was als Nächstes zu tun ist, und einige Männer murmeln schon etwas von wegen, dass sie in dem steinharten Boden ein Grab ausheben müssen, doch dann ist es wieder Kupido, der das Problem löst, indem er ohne Umschweife und einigermaßen respektlos mit beiden Füßen auf den Bauch des Beinahe-Ertrunkenen springt. Mit umwerfendem Erfolg: Ein ungeheurer Schwall schlammigen Wassers schießt aus dem Mund des Mannes. Im nächsten Augenblick setzt er sich auf, spuckt, verdreht die Augen nach oben und blickt dann um sich. Eilends schickt die Witwe ein paar von den Kindern zum Farmhaus, um diverse Tränke und Arzneien zu holen; währenddessen watet Kupido noch einmal ins Wasser und fischt den nach wie vor dahintreibenden Hut auf. Nach einer Weile hektischer Geschäftigkeit hilft man der geretteten Seele auf die Beine, damit sie erneut ein Gebet sprechen kann. Sie sind nicht sicher, ob er bereit ist, die ganze Zeremonie noch einmal von vorn durchzuexerzieren, doch allem Anschein nach hat das Missgeschick ihn nur noch bestärkt in seinem Entschluss; die feierliche Handlung kann also weiter ihren Lauf nehmen.

Servaas Ziervogel taucht in Liturgie und Sakrament und die Quelle ein, wenn auch nicht ganz so tief wie zuvor. Im weiteren Verlauf gerät er richtig in Fahrt, gewinnt an Überzeugungskraft. Und schwingt sich zu solchem Pathos auf, dass die beiden letzten Kinder, die getauft werden sollen, bei dem begeisterten Untertauchen um ein Haar ertränkt werden. Wie gebannt sieht sich Kupido das alles aus dem Halbkreis der Bediensteten und Arbeiter an. Nachdem der Besucher ihnen nochmals eine kräftige Dosis Lesung und Gebet verabreicht hat, lädt man ihn ein, seine Wagen im Farmhof ausspannen zu lassen; Kupido wird angewiesen, ein Schaf zu schlachten, und den Küchenfrauen wird befohlen, für den Abend ein gargantueskes Mahl zuzubereiten. Unmittelbar nach Sonnenuntergang begibt Servaas Ziervogel sich zusammen mit der Familie ins Haus, um üppig zu speisen, mehr, als auf der Farm sonst in einer ganzen Woche verzehrt wird, und begleitet von weiteren Frömmigkeitsbekundungen.

Während die Weißen drinnen beschäftigt sind, drückt Kupido sich bei den Wagen herum, zu verschüchtert, um irgendetwas anzufassen, zu neugierig, um sich zu verziehen. Aus sicherer Entfernung begafft er, was da alles aufgestapelt ist, eine größere Menge und Vielfalt an Waren, als ihm je zuvor unter die Augen gekommen ist; das meiste hätte ebenso gut geradewegs aus Tsui-Goabs rotem Himmel, wenn nicht gar aus Gaunabs finsterer Wohnstatt gefallen sein können.

Im Hinterhof, kurz nach dem Abendgebet, fällt dem Fremden mit dem großen Hut dieses ungeheure Interesse auf, und da der junge Mann ihm immerhin das Leben gerettet hat, empfindet der ältere eine gewisse Zuneigung für ihn. Kupido ist jedoch auf Abstand bedacht. Fremden gegenüber, vor allem wenn sie weiß sind, ist er auf der Hut, er hat sich nie so recht an ihre Anwesenheit gewöhnen können.

Auf den Besucher macht seine Zaghaftigkeit jedoch keinen Eindruck. Servaas Ziervogel versteht sich darauf, wie man mit Menschen umgeht. Gleich am nächsten Morgen ruft er Kupido, damit er ihm beim Entladen der Wagen zur Hand geht – und der Befehl eines Baas muss befolgt werden. Darüber hinaus streckt der Fremde ihm, als er vorsichtig näher kommt, zur Begrüßung bereits die Hand entgegen.

»Ich habe da etwas für dich.«

»Baas?«

Der Fremde öffnet die Hand, Innenfläche nach oben. Ein Jagdmesser mit Elfenbeingriff und einer langen, gekrümmten Klinge.

»Baas?« Fast bleibt ihm das Wort im Hals stecken.

»Das ist für dich. Ohne dich wäre ich heute tot.«

»Für mich?«

»Als Zeichen meiner Dankbarkeit.«

Lange starrt Kupido das Ding in seiner Hand einfach an. Er kann es nicht fassen.

»Oh, Baas.«

Diesem großen, hageren Mann gegenüber, der wie ein Hirtenstecken vor ihm steht, kommt er sich wie ein Insekt vor – wie ein Heimchen oder eine Gottesanbeterin oder eine Heuschrecke.

Und so fängt alles an. Ein dreifacher Zauber ist es, wie er schon bald feststellen wird, der Kupido zu Wachs in den Händen des Fremden macht. Zunächst die Spiegel. Dann die Musik. Und drittens schließlich die Geschichten.

Zuerst also die Spiegel. Schon als sie die Wagen entladen haben, war Kupido fasziniert von diesen so sorgfältig in Krepp gehüllten Dingern. Er wusste nicht so recht, ob er sich trauen sollte zu fragen, und von sich aus gab Servaas Ziervogel nichts preis; er tat so, als merke er nichts.

In dieser Nacht kann Kupido nicht einschlafen. Er weiß, er sollte lieber überlegen, wie er sich vor der Rache der Schlange und der Nixe schützen kann. Doch zuvorderst beherrschen die in Schwarz gehüllten Dinger sein Denken. In seiner Vorstellung könnten es Geister sein, reglose Vorfahren, Graufüße, Sendboten Gaunabs.

Noch vor Tagesanbruch schleicht er aus der Hütte, die er früher mit seiner Mutter geteilt hat und in der er jetzt nachts allein daliegt. Eine leichte Windbö weht durch den Hof, dringt durch sein Gewand, durch Fleisch und Muskeln direkt in die Knochen.

Da stehen die schwarz verhüllten Dinger, wie Leichname, die für die Beerdigung in Häute gehüllt sind. Näher heranzugehen schafft er nicht, aber fernhalten kann er sich auch nicht. Wie ein von einem aufregenden Geruch angelockter Hund schleicht er immer wieder um die Wagen herum, hat aber viel zu viel Angst, um mit einem Satz hinzuspringen. Rund herum, rund herum, bis hinter den fernen Hügeln die Sonne erscheint und die Dinger lange Schatten werfen.

So findet ihn der große Mann vor, als er gebückt unter seiner Wagenplane hervorkriecht.

»Was machst du da?«

»Nur schauen, Baas. Diese Dinger da. Bewegen tun sie sich nicht, aber sie sehen aus, als würden sie leben.«

»Möchtest du, dass ich sie dir zeige?«

»Schon, Baas. Aber ich fürchte mich.«

»Da gibt es nichts zum Fürchten. Komm her und sieh sie dir an.«

Der Mann beugt sich vor und zieht das Tuch von dem ersten Ding. Nichts tut sich.

»Komm näher.«

Kupido gehorcht. Ohne seine Hülle sieht das Ding nicht mehr ganz so furchteinflößend aus. Bis Kupido sich vorbeugt, um es genauer anzusehen.

Er stößt einen Schrei aus, von dem die ganze Farm aufwacht, und fällt fast hintüber.

»Nein, Baas! Das Ding da lebt ja.«

»Sieh genau hin.«

Diesmal kriecht er auf allen Vieren von der Seite her näher heran und lugt vorsichtig über den Rahmen. Das gleiche Gesicht erwidert seinen Blick. Ein lebendiges Gesicht mit Augen, scharf wie die eines Erdmännchens, und schwarzen Haarbüscheln auf dem Kopf sieht ihn an. Kupido schlägt beide Hände vors Gesicht, um sich dahinter zu verstecken. Das Gesicht vor ihm tut das Gleiche.

Kupido weicht ein paar Schritte zurück. Der Mann vor ihm wird kleiner und unternimmt keinen Versuch, ihm nachzugehen.

Jetzt schleicht Kupido sich von hinten an das flache Ding an. Doch dahinter ist nichts. Also probiert er es noch einmal von vorne. Jetzt ist das Gesicht wieder da. Sie starren einander an. Was auch immer er tut, das Ding im Rahmen macht es nach: Wenn Kupido eine Grimasse schneidet, tut der Fremde dies ebenfalls; er hebt eine Hand, der andere ebenfalls.

»Komm hierher«, fordert der Mann mit dem großen Hut ihn auf und schickt sich an, das zweite Ding zu enthüllen. Dann das dritte, das vierte und so weiter, bis alle zwölf unverhüllt in der Morgensonne stehen. Aus jedem Rahmen blickt ihm das gleiche Gesicht entgegen. Er huscht von einem zum anderen, versucht so, den Fremden zu überrumpeln, aber jedes Mal ist das Gesicht da, äfft ihn nach, weicht zurück, wenn Kupido dies tut, und ist dann wie auf Bestellung wieder da. Er kann sich noch so oft an die Rückseite heranschleichen – dahinter ist einfach nichts. Und vorne taucht immer wieder das Gesicht auf.

Nach geraumer Zeit wagt Kupido zu fragen: »Wer ist das Vielgesichter-Ding?«

»Du kennst ihn also nicht?«

»Den hab ich noch nie gesehen, Baas. Er kommt bestimmt nicht aus der Gegend. Er ist mit Ihnen gekommen, auf dem Wagen, oder?« Er schüttelt den Kopf. Von der Stelle aus, wo er steht, sieht er sechs oder sieben Fremde, die ebenfalls den Kopf schütteln; die anderen sind zu weit weg oder stehen auf der Seite. »Das sind bestimmt welche von den Graufüßen«, meint er. »Von den *hai-noen*. Oder vielleicht sind es Schattenmenschen von der anderen Seite. *Sobo khoin*. Besonders gefährlich sehen die aber nicht aus. Nur dass man sich nie sicher sein kann.«

Der große Mann verzieht keine Miene. »Wie wahr. Aber wenn du dich in Acht nimmst, wird er dir nichts tun. Du darfst ihn allerdings nicht erzürnen. Wenn ich nicht da bin, passt er für mich auf den Wagen auf. Dann musst du besonders vorsichtig sein.«

»Ich finde, der Baas sollte ihn lieber wieder zudecken, ehe er sich selbständig macht und allein herumspaziert.«

Er hilft dem Mann, die Spiegel einen nach dem anderen wieder zu verhüllen. Jetzt kann er wieder frei atmen. Doch ganz bestimmt wird er es nicht wagen, sich auf eigene Faust den Wagen zu nähern, besonders dann nicht, wenn es dunkel ist.

Erst als die anderen Arbeiter auftauchen, um ihren Morgenkaffee zu trinken, gewinnt Kupido seine Selbstsicherheit zurück. Er berichtet ihnen, was er gesehen hat, und stößt wilde Drohungen aus, was geschehen würde, sollte irgendeiner sich zu nahe an die Spiegel heranwagen. Um ganz sicherzugehen, dass sie sich an seine Anweisungen halten, bittet er den großen Mann, auch die anderen zu der magischen Erscheinung zu geleiten. Sehr kleinlaut kehren sie zurück. Keiner wird je wieder den Fuß in die Nähe der Wagen setzen.

Der zweite Zauber, mit dessen Hilfe der Fremde Kupido und seine Leute seinem Willen unterwirft, ist Musik.

Nach dem Abendgebet kommt er meistens in den Farmhof und wählt eines von den Instrumenten aus, die er auf seinem Wagen mitgebracht hat – Fiedel, Akkordeon, Flöte –, und fängt mit solcher Begeisterung darauf zu spielen an, dass alle wie gebannt lauschen. Manchmal gerät die Musik so außer Rand und Band, dass sie nicht anders können als tanzen, bis Mond und Sterne mit einer Decke aus Staub verhüllt sind. Dann wieder wird die Musik langsam und traurig, und allen läuft es kalt über den Rücken, als spürten sie das Kitzeln der zuckenden Beinchen von Insekten und anderen Krabbeltieren: Spinne und Stechmücke, Chamäleon und Gottesanbeterin. Es ist dann, als sei der Tod gekommen, um sich schwer auf die Farm zu legen. Und die Arbeiter sind nicht die Einzigen, die zuhören. Auch die weißen Leute sind alle da, die Nooi und ihre gesamte Kinderschar, groß und klein. Solange die Musik spielt, scheinen sie alle mit einer großen Schleife zusammengebunden zu sein.

Der dritte Zauber lebt in den Geschichten, die der Fremde erzählt.

Meistens berichtet er von seinen Reisen. Alle Orte, in denen er im Lauf vieler Jahre mit seinen Wagen war. Überall in Afrika, von Nord nach Süd und von Süd nach Nord, in den entferntesten Weltgegenden. Im Königreich Monomotapa. Und noch weiter, im Land des Priesters Johannes und dem Reich der Königin von Saba, aber auch im Ur der Chaldäer und in der Stadt Samaria und in Ephesus und im Land Nod, das östlich von Eden liegt, und im Land Kush. Und den ganzen Weg, so versichert er ihnen, bis zum Neuen Jerusalem hat er zurückgelegt, zu jener mit Gold und Silber und Edelsteinen, Diamanten und Saphiren, Jaspis und Ebenholz gepflasterten Stadt: All das hat er mit eigenen Augen gesehen. (Und falls irgendeiner der Anwesenden das bezweifelt, soll er den Vielgesichter-Mann fragen, der ist auch dort gewesen, er kann all dies beschwören, so wahr mir Gott helfe.) Er erzählt ihnen von Gegenden, wo Löwen und Tiger auf Bäumen wachsen, und von Kannibalen, die zwischen den Zehen und zwischen den Zähnen und in den Achselhöhlen Augen haben, von Leuten mit drei Köpfen oder aber gar keinem Kopf, von feuerspeienden Drachen und von einem Ungeheuer, das auf seinem Rücken eine in Scharlach gewandete Frau trägt, aus deren Leib vierzig Brüste wachsen, von Leuten mit dem Kopf eines Mannes oder einer Frau und dem Körper eines Löwen oder Adlers. Er führt ihnen die wundersamen Dinge vor, die er auf seinen Wagen mit sich führt, und erklärt, woher sie alle kommen, zumeist von weit jenseits des Roten Meers und des Sees Genezareth.

Kein Wunder, dass die Nooi der Farm nach den ersten ein, zwei Nächten den Fremden einlädt, von seinem Wagen herunterzusteigen und sich im Haus eine Bettstatt zu bereiten. Anfangs schlagen sie im Küchentrakt ein Lager für ihn auf. Dort besucht sie ihn manchmal nachts und klagt ihm all ihren Kummer und ihre Leiden, denn er weiß gegen alles ein Kraut. Schmerzen in den Beinen, Magenkrämpfe, Rückenschmerzen, Blutandrang in der Brust, Migräne, Frauenleiden. Und das Schlimmste von allem: Alpträume. Früher hat sie nie darunter gelitten, aber seit dem Tod ihres Ehemanns auf jener verhängnisvollen Jagd findet sie nicht Ruhe noch Seelenfrieden. Unaufhörlich sucht er sie in ihrem leeren Bett heim.

Dies gibt dem Besucher offenbar Anlass zu tiefschürfendem Nachdenken. Seit er den Fuß auf ihre Farm gesetzt hat, folgt er der Nooi mit seinen Blicken. So jung ist sie noch, diese Frau, in der Blüte ihrer Jahre; wahrscheinlich gerade erst dreißig, und nur neun Kinder – sie hat noch einen langen Weg zu gehen. Und obendrein recht reizvoll. Hebe dich hinweg, Satanas. Doch nach wie vor wirft er ihr lüsterne Blicke zu und lässt sie nicht aus den Augen; er versucht zu ergründen, was Gott von alldem hält. Und eines Spätnachmittags, als sie im Herd Grieben röstet, tritt er neben sie, räuspert sich und erklärt, er habe sich über ihre Lage Gedanken gemacht, und, ja, er sei bereit, ihr den Gatten zurückzubringen. Nicht für immer. Doch zumindest nachts. Ob ihr das recht wäre? Sie wird rot und nickt. Ja, das wäre ihr schon recht. In ihrer Stimme schwingt ein neuer Unterton mit. Wie bald er denn dies Wunder geschehen lasse könne?

Servaas Ziervogel stechen ihre Augen in seine wie nie zuvor, und er schluckt so krampfhaft, dass sein Adamsapfel in dem langen, dünnen Kehlkopf auf und ab wandert wie das wiedergekäute Futter eines Pflanzenfressers. Er weist sie allerdings darauf hin, dass einige Regeln strikt einzuhalten seien. Im ganzen Haus dürfe kein Licht brennen, da dies ihren verstorbenen Gatten verscheuchen könnte. Keine Lampe, und auch keine Kerze irgendeiner Art, und die Läden der beiden Fenster müssten fest geschlossen sein. Die Kinder sollten vorher auf unbedingtes Schweigen eingeschworen werden, denn schon das kleinste Geräusch oder auch nur ein Wispern könnte entsetzliche Folgen haben; das Gleiche gelte für jeden Versuch irgendeines der Kinder, sich des Nachts in die Nähe ihres Bettes zu wagen. Und falls ihr Gatte tatsächlich im Dunkeln zu ihr komme, müsse sie ihn empfangen, ohne auch nur ein Wort zu ihm zu sagen. Ob das klar sei? Nicht ein einziges Wort, ansonsten kehre er auf der Stelle wieder dorthin zurück, wo er herkomme. Falls er komme, dann um seine Gattin auf die Weise zu trösten und zu erfreuen, wie ein Ehemann sein Weib tröstet, und nicht, um mit ihr zu plaudern. Sollte sie irgendwelche Botschaften für ihren Mann haben, könne sie diese tagsüber Servaas Ziervogel übergeben. Doch unter keinen Umständen dürfe sie ihn direkt ansprechen. Ob das klar sei?

Es ist klar.

Am darauffolgenden Morgen gibt die Witwe sich ungewohnt verschämt, doch ihre vorher bleichen Wangen ziert jetzt eine unmissverständliche Röte.

Als Servaas Ziervogel sich nach dem nächtlichen Besuch erkundigt, weicht sie zunächst aus, dreht ihm den Rücken zu und knetet hingebungsvoll den Teig für den Tagesbedarf Brot. Nach einer Weile räumt sie jedoch ein, ja, ihr Mann habe ihr einen Besuch abgestattet. Allerdings sei es ziemlich anders gewesen, als sie erwartet hatte. Anders als das, was sie gewohnt gewesen war.

Wie anders?

Einfach anders.

Aber inwiefern? Ob irgendetwas falsch gelaufen sei?

Nein, ganz und gar nicht. Eigentlich sei alles gutgegangen. Nur …

Nur was?

Schließlich gesteht sie: Nur hatte es nicht nach ihrem Mann gerochen. Einfach – na ja, anders.

Das ist der Geruch des Jenseits, erklärt er ohne Umschweife. Er komme schließlich aus dem Reich der Toten, das dürfe sie nicht vergessen. Sie müsse sich eben daran gewöhnen. Er könne es aber auch so einrichten, dass ihr Mann nicht mehr wiederkomme.

Nein, nein, versichert sie. Er sei äußerst willkommen, wenn er komme. Erneut wird sie rot. Das sei um so vieles besser, als in der Nacht ganz allein schlaflos in dem großen Bett zu liegen.

Ob das alles sei, was sie störe?

Ja. Außer – er möge vergeben, dass sie über so private Dinge mit ihm spreche – ihr Mann sei – nun ja, bei der Sache ganz anders vorgegangen.

Bei der Sache vorgegangen?

Jetzt kehrt sie ihm endgültig den Rücken zu und bearbeitet den Teig, als wolle sie ihn in den Tisch treiben. Ihr Gatte – der Herrgott möge sich ihrer erbarmen –, aber ihr Gatte habe es meist ziemlich eilig gehabt und sei eher grob gewesen. Letzte Nacht sei es jedoch fast so gewesen, als wisse er nicht mehr so recht, wie es gehe.

Sie müsse sich immer dessen bewusst sein, dass es auch für ihren Mann ein ziemlich neuartiges Erlebnis gewesen sei. Nach so langer Abwesenheit unter den vielen Toten. Sie sollte ihm etwas Zeit lassen. Er fände bestimmt bald wieder zu seiner alten Selbstsicherheit zurück.

In Ordnung, verspricht sie und wendet sich wieder, etwas mitleidsvoller nun, dem Teig zu. Sie sei bereit, alles hinzunehmen. Und sie wolle ihm aus tiefstem Herzen danken.

Es sei ihm ein reines Vergnügen gewesen, versichert Servaas Ziervogel.

10. Unterwegs

Ein, zwei Monate lang ging es mit diesen nächtlichen Besuchen so weiter. Möglicherweise auch drei oder vier, man weiß es nicht so genau. Zu jener Zeit war das nicht wichtig. Erst als klar wurde, dass die Nooi immer stärker zunahm – ein Wunder, wenn es denn je eines gegeben hat, war doch ihr Mann schon so lange tot und in der Steppe begraben –, wurde es für Servaas Ziervogel Zeit, seine Wagen wieder zu beladen und sich nach Gott weiß wohin auf den Weg zu machen.

Von dem Augenblick an, als Kupido Wind davon bekam, dass der Geschichten-Mann sich zur Weiterfahrt anschickte, lag er mit sich selber im Krieg. Er brannte darauf, auch wegzugehen, doch gleichzeitig wollte er bleiben. Angenommen, er ginge weg, und seine Mutter käme so leise, wie sie gegangen war, zurück? Was sollte dann aus ihr werden? Andererseits hatte sie ihm vom Tag seiner Geburt an erzählt, dass er eines Tages die Welt durchstreifen werde – warum sollte er seine eigentliche Natur verleugnen?

Wenn es nur eine Möglichkeit gäbe herauszubekommen, was Heitsi-Eibib mit ihm vorhatte. Das wäre wirklich hilfreich gewesen. Doch seit jenem verwünschten Tag, als er den Namen des Jägers unnütz in den Mund genommen hatte, lebte er in Ungewissheit. Außerdem machte es ihm Sorgen, wie der große, hagere Neuankömmling auf der Farm ihm mit seinen Geschichten allmählich den Kopf verdrehte. Er war sich nicht mehr ganz sicher, was es mit Heitsi-Eibib auf sich hatte. Auch nicht, was Tsui-Goab und Gaunab anging. Allmählich sah es ganz so aus, als gäbe es weit mehr auf dieser Welt, als er bislang gedacht hatte. Schon allein bei dem Gedanken wurde es ihm eng ums Herz. Zugleich verspürte er aber eine Art Hunger in sich, die Art von Hunger, die einen Mann plagt, wenn er eine Frau braucht, einen Hunger nach zartem Himmelsfleisch, von dem er noch nie zuvor gekostet hat. Doch was würde aus seiner Mutter, was würde aus seiner Mutter?

Eines Morgens dann – gerade hat er gesehen, wie der Geschichten-Mann mit reichlich staksigen Schritten aus der schmalen Tür des Hauses getreten ist, so, als versuche er, irgendeinem unsichtbaren Hindernis auszuweichen – wendet Kupido sich ab, damit der Mann nicht merkt, was er da anstarrt. Hier stehen sie, die beiden himmelhoch beladenen Wagen, und im vorderen Teil des Wagens, der ihm am nächsten steht, die kleine Ansammlung von schwarz verhüllten Dingern, all die Wiederholungen des Mannes mit den Vielgesichtern, und zwischen ihnen, auf dem Sitz, genau in der Mitte, hockt, hoch auf den Hinterbeinen sich aufrichtend, die Vorderbeine in frommer Andacht gekreuzt und von so leuchtendem Grün, dass es einen schier blendet, eine Gottesanbeterin.

Das ist das Zeichen, das er sich erhofft hat.

Er wendet sich wieder dem Haus zu, kehrt dem Wagen den Rücken, und wartet, bis der Skelettmensch näher kommt.

»Ich komme mit Ihnen, Baas«, verkündet er. Ohne eine Spur von Aufdringlichkeit. Nichts als eine einfache Feststellung.

»Was redest du denn da, Kupido?«

»Wenn der Baas geht, gehe ich mit.«

»Was macht dich denn glauben, dass ich abreise?«

»Ich habe Sie beobachtet.«

»Selbst wenn es so wäre, und ich sage nicht, dass es so ist, ich habe schon Gehilfen, meine Ochsenführer. Warum sollte ich ein zusätzliches hungriges Maul stopfen?«

»Ich habe zwei geschickte Hände, Baas.«

»Und?«

»Es ist wichtig für mich, dass Sie mich mitnehmen. Ich glaube aber, dass auch ich für den Baas wichtig bin.«

»Bei was?«

»Ich kenne dieses Land wie meine Fußsohle, Baas. Überall lauern Gefahren, und wenn Sie nicht wissen, wohin Sie Ihren Fuß setzen sollen, ohne auf einen Schatten zu treten, kann es Sie das Leben kosten.«

Mijnheer Ziervogel ist geneigt, ihm zu glauben. Und er hat keineswegs den Wunsch, noch viel länger zu säumen. Im Verlauf der letzten paar Wochen hat der Leibesumfang der Farmersfrau beängstigend zugenommen.

Noch ehe der Tag sich neigt, teilt er ihr mit, ihm sei von Oben die Aufforderung zuteilgeworden, erneut ins Hinterland weiterzuziehen. Auch andere Leute bedürfen seiner Dienste: gerettete Seelen, die eine Bestätigung brauchen, dass sie den richtigen Weg eingeschlagen haben, und die nicht geretteten, die nach Erlösung dürsten. Außerdem habe ihr verstorbener Ehemann, so erklärt er ihr, Verbindung mit ihm aufgenommen und ihn gedrängt, anderswo seine Tätigkeit im Dienst des Herrn fortzuführen.

Ob das heißen solle, fragt sie leise, dass er nie wieder ...? Er kann nicht mit Sicherheit sagen, ob Furcht oder Erleichterung in ihrer Stimme mitschwingt.

Nicht ihr Ehemann, nein, bestätigt er. Aber wer weiß, vielleicht ein anderer ...? Wenn ihr Kind fällig ist, solle sie eine Reise mit ihrem eigenen Wagen in Betracht ziehen, schlägt er vor, vielleicht hinunter zum Kap. Er habe das Gefühl, Gott warte nur darauf, für ihre Bedürfnisse zu sorgen. Eine Frau, die so hübsch sei wie sie, werde nie auf sich allein gestellt bleiben.

In dem Fall, verkündet sie, solle Gottes Wille geschehen. Sie habe nun ja genügend Zeit, über ihre Lage nachzudenken. Vielleicht sei es letztlich gar nicht so schlecht, ihr Bett wieder für sich allein zu haben.

Fast bringt ihn das dazu, seine Meinung zu ändern. Doch es gibt, sozusagen, eine Zeit fürs Kommen und eine Zeit fürs Gehen.

Noch vor Ende der Woche (in der Entlegenheit des Koup ist sich ohnehin niemand je sicher, welcher Wochentag gerade ist) will er aufbrechen und Kupido mitnehmen. Seine anderen Bediensteten sind nicht allzu erfreut über diese Aussicht, aber sie wagen es nicht, aufzubegehren.

Doch zuerst müssen die Wagen für die Reise hergerichtet werden. Wo nötig, neue Felgen, eine neue Nabe; etliche Speichen müssen ersetzt, beide Zugstangen repariert werden; neue Joche und Halfter, ein neuer Deckel für eine der Kisten. Kupido wird in die Vorberge geschickt, um im Dickicht Holz zu schlagen. Anschließend macht er sich mit Säge, Hammer und Meißel (selbst das neue Jagdmesser erweist sich als nützlich) an die Arbeit, bis jedes Scharnier vollkommen sitzt, jeder Dorn in seine Nut passt. Es ist eine wahre Freude, das anzusehen. So gut wie neu. Schließlich ist alles bereit.

Nachdem Servaas Ziervogel eine Auswahl an Geschenken getroffen hat, die er der Witwe übergeben möchte (ein Fässchen Arrak, Chintz und Leinen, eine Perlenschnur aus dem Neuen Jerusalem, Spielzeug und Naschwerk für die Kinder, Zucker und Kaffee sowie einen der nach wie vor liebevoll in Schwarz gehüllten Handspiegel), weist er Kupido an, alle restlichen Spiegel noch einmal gründlich zu polieren. Der starrt erneut voll heiliger Scheu den Vielgesichter-Mann an, erleichtert, aber auch beunruhigt, als ihm klar wird, dass diese auf dem Treck dabei sein werden. Und eines Tages versammelt sich, lange vor Tagesanbruch, die ganze Farm, um sich von ihnen zu verabschieden: die rundliche Nooi und ihre gaffenden Kinder, die Arbeiter mitsamt ihren Sprösslingen, sogar die Ziegen und Schafe, die fünf Kühe und ihr Stier, die Hühner und die Moschusenten, die drei Truthähne, die Schweine und ein kleiner Springbock, den sie selber aufgezogen haben.

Und so fahren sie los, ein Auftakt – wiewohl dies Kupido lange Zeit nicht klarwerden sollte – zu weiteren Wendepunkten in seinem Leben. Es wird nicht seine einzige Fahrt in das weite Landesinnere bleiben.

Die Reise bringt ihn in der Tat sehr weit weg von der Farm, auf der er das Licht der Welt erblickt hat: den ganzen Weg vom Koup bis in die Gegend jenseits Graaff-Reinet.

Mit etwas Raten und Wunschdenken könnte man eigentlich auch heute noch versuchen, auf einer Landkarte ihre Route von einem Ausspannen der Ochsen bis zum nächsten Halt nachzuzeichnen, doch ab einem gewissen Punkt könnte die Reise ohne weiteres alle vertrauten Marksteine hinter sich lassen und in eine Wildnis jenseits aller Namen führen. Einen geraden Verlauf nimmt sie jedenfalls nicht, diese Reise. Als Kupido eines Abends zu fragen wagt, wohin sie am nächsten Morgen wohl aufbrechen werden, antwortet der trauervolle Reisende: »Wie soll ich das denn im Vorhinein sagen? Nur dessen bin ich gewiss: Wenn wir zu einer Abzweigung kommen, folgen wir ihr.« Und deshalb könnte die Route ganz gut so verlaufen sein:

über die Jakkal- und die Dwyka-Berge und die Gamka Rivers,
entlang des Sand River durch das Vyevlei oder Feigental,
über den Droëberg, den Trockenberg, und den Witberg, den Weißen Berg,
die Droëkloofberge, die Trockenschluchtberge hinauf
und zur Bakoondlaagte, der Ofenebene, und Groenpoort, dem Grüntor,
vorbei am Kwaggapoel, dem Quagga- oder Zebrateich, und der Rietkuil, der Schilfkuhle,

vorbei an Eensam, was Einsamkeit bedeutet,
zum Boesmanpoortberg, dem Buschmannstorberg,
vom Fuß des Trompettersberg, des Trompeterberges zur Graslaagte, der Grasebene,
und weiter nach Platbosch und Bluepoort und zu den Klein-Winterhoekbergen,
durch die öden Landstriche bei Vaaldrai und Snake Fountain, der Schlangenquelle,
die Große Straße hinauf zum Plum Hill, dem Pflaumenberg, und zur Olive Fountain, der Olivenquelle,
nicht zu vergessen die Horse Fountain, Pferdequelle, und die Garlic Fountain, die Knoblauchquelle,
oder aber entlang der Kleinen Straße nach Hoogeneest und Outkraalleegte,
dann kommen Speelmanskraal und Vaaldraai und Gwarina;
verlockend sind Namen wie Kootjieskolk und Wagendrift und Windheuwel,
das heißt Kootjiesstrudel und Wagenfurt und Windhügel,
vorbei an Sandkraal und Voorspoed und Kwaggasfontein
bis nach Goedverwachting, was Große Erwartungen bedeutet,
und dann nach Gans Fontein, was Gansquell heißt,
nach Bossieskraal oder Strauchkraal, und zu den Dakklipheuwels, den Dachschieferhügeln,
vielleicht auch nach Fisanterivier und Vinkfontein und Bulwater und Rooiheuwel,

oder durch die Murderer's Karoo beim Middle
Lake und Mud Dam, die Mörderwüste beim
Mittelsee und dem Schlammdamm,
vorbei an Scoppelmaaikraal und Skoorsteen und
Die Puts
und Wolf Fountain, Wolfsquelle, und Jackal
Fountain, Schakalquelle, und Herb Fountain,
Kräuterquelle,
und Kleinkraalvoëlkuil und Grootkraanvoëlkuil und
Hannekuil
nach Bakoond und Gannahoek und Poffertjiesleegte
und dann zu den Two Fountains, den Zwei
Quellen, und zur Bulrush Fountain, der Binsen-
quelle,
zur Rhinoceros Fountain, der Nashornquelle, und
der Wild Duck Fountain, der Wildentenquelle:
zu all diesen Quellen (und alle haben sie ihre
Schlange, die meisten auch ihre Nixe);
dann weiter nach Riem und Luiperdskloof
und noch weiter hinunter zu den Onder-
Sneeubergen und den Moordhoeksbergen,
vielleicht auch nach Geveltje und Wilgerbosch und
Gemora,
dann kommen Gannalaagte und Noordhoekskloof
und, wer weiß, sagt Servaas Ziervogel, vielleicht
auch Samaria und Damaskus
und der Khaiberpass und Usbekistan,
vorbei an Wladiwostock und Nischni Nowgorod
und Samarkand,
und zum Toten Meer und zum Kaspischen Meer
und zum Schwarzen Meer,

vorbei an Uranus und Saturn und Pluto
und an der Sonne und dem Mond und Tsui-Goabs
  Milchstraße;
sie erliegen der Verlockung der Blomfonteinsberge,
  der Blütenquellenberge,
und des Nardousbergs, ziehen zum Aasvoëlberg,
  dem Geierberg,
oder auch nach Slechtgenoeg, Schlechtgenug, und
  Goedgegund, dem Wohlbestallten,
wo die Quellen ebenfalls todbringende Maiden
  und wunderschöne Schlangen gebären:
Paardefontein, Blinkfontein, Vlakfontain,
  Boesmanfontein, die Buschmannsquelle
– und dort machen sie Halt.

Die ganze schier endlose Reise über sind die beiden auf einanders Gesellschaft angewiesen, da die Ochsenführer und Gehilfen stets unter sich bleiben. Servaas Ziervogel kann endlose Tage seine Erzählungen fortspinnen. Meistens sind es biblische Geschichten, die er allerdings aus dem Gedächtnis und mittels seiner Vorstellungskraft großzügig ausschmückt; im Gegenzug überschüttet Kupido ihn mit Geschichten, die seine Mutter ihm erzählt hat, als er noch klein war. Gelegentlich singen sie, vorwiegend Hymnen, die der fromme Mann ihn gelehrt hat, dann wieder gleichförmige, vertrackte Melodien, die Kupido ihm – zumeist vergeblich – beizubringen versucht. Wann immer sie einen Hügelkamm oder einen Berg überqueren, schreit Kupido gegen die Klippen und Schroffen an, um das Echo zu sich zurückkommen zu hören. Mit einer

Stimme, die für Servaas Ziervogel ein steter Quell der Verwunderung ist, denn es ist schier unglaublich, dass so brausende Orgeltöne aus einem so mickrigen Körper kommen.

»Du solltest Prediger werden«, sagt er oft. »Eine solche Stimme ist geschaffen dafür, *gehört* zu werden; du darfst sie nicht hier im Busch, zwischen Steinen und Aloen verstecken.«

Dann grinst Kupido nur verlegen. Gelegentlich erwidert er: »Ich bin Hottentotte, Baas.«

Um sich erleuchten zu lassen, greift der große dünne Mann regelmäßig auf die Heilige Schrift zurück, aus der er des Abends am offenen Feuer vorliest und dabei seine große braune Prachtbibel auf den knochigen Knien liegen hat. Viel versteht Kupido nicht, doch er ist vom bloßen Klang der Worte entzückt. Immer öfter fragt er sich, ob er nicht die Welt Heitsi-Eibibs hinter sich lassen und in die des Buches eintreten sollte. Doch dann ziehen sie zufällig wieder durch eine enge Schlucht, in der ein Steinhaufen für den Gott aufgeschichtet ist; und jedes Mal, ohne Ausnahme, fühlt er sich verpflichtet, vom Wagen herunterzuspringen und seinen Stein auf den Haufen zu legen; die anderen Hottentotten-Helfer folgen ohne zu zögern, seinem Beispiel. Zwar verbirgt Heitsi-Eibib sich seit jenem Tag, an dem sie auf der Jagd waren, vor Kupido, aber man kann ja nie wissen. Er könnte immer noch irgendwo auf der Lauer liegen, ihm entgeht nichts, und eines Tages, wer weiß, taucht er vielleicht wieder auf und fordert Rechenschaft von Kupido.

Noch einer anderen Pflicht kommt er gewissenhaft nach. Auf der langen Reise verweilt er bei jedem *spruit* oder Strom oder Fluss und bei jeder Quelle und bringt sein Opfer aus Innereien oder Früchten und Knollen dar, um sich der Gunst der Schlange zu versichern, die dort im Hinterhalt liegt.

Auch auf die Jagd geht er weiterhin. Manchmal zusammen mit den Ochsenführern, meistens jedoch allein. Dann hat er nur das Jagdmesser bei sich, das Servaas Ziervogel ihm gegeben hat; er folgt einer Fährte im Busch – keiner kann unerbittlicher ein Tier aufspüren als Kupido – und kehrt viele Stunden, manchmal einen ganzen Tag später mit seiner Beute, einem Blessbock oder einem Riedbock oder einem Quagga, zurück.

Einmal treffen sie auf einen Löwen, ein zahnloses, hinkendes altes Männchen, das bestimmt von einem jüngeren Rivalen im Rudel besiegt und aus der Gruppe ausgestoßen worden ist; nun bleibt es ihnen seit Tagen auf den Fersen. Abends schichten sie zwei hohe Lagerfeuer auf, zwischen denen sie sich schlafen legen, aber man kann nie wissen, wann es das Raubtier möglicherweise zum Äußersten treibt und es geradewegs über die Flammen springt. Keiner wagt auch nur ein Auge zuzutun. Und dann, eines frühen Morgens, verkündet Kupido: »Sie fahren voraus. Ich habe erst ein Wörtchen mit diesem Löwen zu reden.«

Servaas Ziervogel sagt nichts, wird aber ganz blass im Gesicht; die hottentottischen Gehilfen kichern, doch Kupido beachtet sie nicht. Entschlossen umfasst er sein Messer und marschiert mit weitausholenden

Schritten in das *Ganna*-Gestrüpp, das in dieser Gegend ziemlich hoch wird.

»Nimm eins von meinen Gewehren«, ruft Servaas Ziervogel ihm nach.

»Nein, das Messer reicht.«

Die Wagen setzen ohne Kupido ihre Fahrt fort. Gemächlich fahren sie dahin, bis es Abend wird; von Zeit zu Zeit blicken sie um sich oder verdrehen die Augen gen Himmel, ziehen dann weiter. Bis kurz nach Sonnenuntergang, als die Dunkelheit sich auf sie senkt und Kupido, anscheinend völlig unbeschwert, aus den Büschen hinter ihnen auftaucht.

»Und?«, fragt Servaas Ziervogel. »Wo ist der Löwe?«

»Der wird uns nicht mehr belästigen.«

Mehr sagt er nicht. Doch von dem Löwen ist nichts mehr zu sehen.

Wann immer sie unterwegs bei einer Farm haltmachen, wird daraus unweigerlich ein langer Aufenthalt. Servaas Ziervogel kennt keine Eile, vor allem dann nicht, wenn sich bei ihrer Ankunft herausstellt, dass der Farmer nicht zu Hause ist. Möglicherweise ist er unterwegs nach Kapstadt, um seine Produkte zu verkaufen oder einzutauschen oder um Sklaven zu kaufen; oder er ist weit im Landesinneren auf der Jagd oder auf einem Streifzug gegen Buschmänner – in einem solchen Fall weiß der Mann Gottes immer eine Möglichkeit, sich in die Stellung des abwesenden Ehemannes hineinzuschmeicheln. Witwen findet er besonders unwiderstehlich. Diese sorgen zudem für günstige Gelegenheiten, seine Waren loszuwerden.

Mit der Zeit folgt Kupido bei derlei Gelegenheiten

dem Beispiel seines Herrn, in seinem Fall bei den Sklaven- und Dienstfrauen auf der Farm, und findet allmählich recht großes Gefallen daran, legt auch immer größeres Geschick dabei an den Tag.

Bald schon entdeckt er, dass Servaas Ziervogel bei diesen Aufenthalten auf verschiedenen Farmen sich als lobenswert großzügig erweist, was die Arrakfässchen in seiner Ladung betrifft. Im Verlauf der Reise findet auch Kupido allmählich Geschmack an Branntwein, und mit dem Trinken und da ihm unbeschränkt Frauen zur Verfügung stehen, wird das Leben zu einem fortwährenden Fest. Das nimmt nicht immer einen guten Ausgang: Vielleicht wegen seiner Unerfahrenheit führt sein Umgang mit Frauen zu schlimmen Streitereien. Zweimal sorgt sein Jagdmesser für beträchtliche Schwierigkeiten. Beim ersten Mal trägt sein Widersacher lediglich eine Fleischwunde davon. Beim zweiten Mal jedoch bringt die Klinge zwischen zwei Rippen den Mann fast um. Servaas Ziervogel kommt nicht umhin, eine Entschädigung an die Betroffenen zu zahlen, was beklagenswerte Einschränkungen von Kupidos Branntweinrationen zur Folge hat. Zu dem Zeitpunkt hat er allerdings bereits herausgefunden, wie man das Fass entstöpselt, sich bedient und den fehlenden Branntwein durch Wasser ersetzt, und so ändert diese Strafe praktisch kaum etwas. Und allmählich eilt ihm auf der Reise nicht nur sein Ruhm als Jäger, Spurenleser und Sänger voraus, auch sein Ruf als Schürzenjäger, Rauf- und Trunkenbold breitet sich aus. Langsam nimmt die große Zukunft, die seine Mutter ihm einst vorausgesagt hat, Gestalt an.

Doch das Beste am Ganzen ist für ihn Servaas Ziervogels Bereitschaft, ihn lesen zu lehren. Viel Zeit für Lektionen bleibt zwar nicht, da offenbar stets irgendetwas anderes dringlicher ist. Doch allmählich, ganz allmählich beherrscht er die Grundzüge des Schreibens. Und als sie schließlich in der Gegend anlangen, in die Servaas Ziervogel die ganz Zeit über eigentlich wollte, hat er genügend Fortschritte gemacht, um sorgfältig, fast ehrfurchtsvoll mit ausgestrecktem Zeigefinger die Worte auf ein Stück Papier zu stupsen, ungefähr so, wie ein Mistkäfer seine wertvolle kleine Kugel vor sich her rollt.

Ihr vorläufiges Ziel im Ostkap ist eine Farm in den Ausläufern der Renosterbergkette. Und dann eine andere in Agter-Sneeuberg. Und noch eine andere im Gebirgszug Bouwershoek. Und zu allerletzt landen sie in der Nähe des Tandjiesbergs, auch Kleinzahnberg genannt, schon recht nahe dem kleinen Dorf Graaff-Reinet. Dort bleibt Kupido irgendwann zurück, während Servaas Ziervogel weiterzieht. Ein trauriger Abschied ist es, denn mittlerweile ist ihm der Mann mit seinen Geschichten, seiner Musik und den vielen seltsamen Dingen auf seinen Wagen ans Herz gewachsen. Aber er hat bei einem Farmer Arbeit gefunden, der ihn zum Spurenlesen, Jagen und Holzfällen im fast undurchdringlichen Busch der Bergschluchten, die mit so zaubrischen Namen gesegnet sind, gebrauchen kann. (Vielleicht ist es kein Zufall, dass ausgerechnet auf dieser Farm der Branntweinvorrat Servaas Ziervogels endgültig zur Neige geht.)

Eines sänftigt den schweren Schlag der Trennung:

Servaas Ziervogels Entschluss, Kupido, als er endgültig Abschied nimmt, mit einem seiner wundersamen Spiegel zu beschenken. Im Besitz dieses Zauberdings, ist er nun für alles gerüstet, was die Zukunft noch bringen mag. Viele Jahre hindurch wird er den Spiegel sorgsam in seiner Hülle aus schwarzem Krepp lassen und das Tuch nur zu ganz besonderen Anlässen entfernen, um mit diesem allgegenwärtigen Fremden, der sich unerklärlicherweise auch als ein anderes Ich erweist, Rücksprache zu halten.

Der Meister der Geschichten, Musiker und Gottgesegnete zieht seines unvorhersehbaren Weges zum Mond und zu den Sternen und in fremde Länder. Kupido Kakerlak lässt sich auf der Farm nieder.

Dieser Abschied muss – sofern es überhaupt möglich ist, dem so folgenschweren Ereignis ein bestimmtes Datum zuzuweisen – um das Jahr des Herrn 1790, vielleicht auch ein, zwei Jahre früher oder später, stattgefunden haben, als Kupido um die dreißig Jahre alt war.

Es war ungefähr die Zeit, als er eine Frau fand. Und so kommt Anna Vigilant ins Spiel.

11. Die Funkenfrau

Da es uns um die Wahrheit geht, um die ganze Wahrheit und nichts als die Wahrheit, müssen wir hier auch noch etwas anderes berichten. Nicht nur der größte Jäger in diesem Teil der Welt war Kupido, sondern auch der größte Sänger, der größte Geschichtenerzähler und, wenn ihm danach war, auch der größte Frauenheld.

Es begann vor geraumer Zeit. Das erste Mal ist nicht überliefert, aber auch nicht sonderlich wichtig. Es muss in der Zeit vor Servaas Ziervogel gewesen sein, als der Junge im Buschland Ziegen hütete; er bohrte ein fingertiefes Loch in den Sand, benetzte es mit Speichel und schob sein kleines Glied hinein. Nicht besonders aufregend. Als er jedoch eine Woche später mit seiner Ziegenherde an der Stelle vorbeikam, wuchs da eine Pflanze aus dem Loch. Und zwar nicht nur irgendein gewöhnlicher kleiner *Ganna*-Strauch, sondern etwas, das aussah, als könnte ein Baum daraus werden. Und noch vor Ende des Jahres war es in der Tat ein Baum. Mit einem hohen, geradwüchsigen Stamm, dichtem Laubwerk und Vögeln auf den oberen Zweigen, eine Art Baum, wie man sie in dieser Gegend nie zuvor gesehen hatte. Und binnen kurzem war es nicht nur ein einzelner Baum, sondern ein ganzes Gehölz – ein sicherer Hinweis, dass Kupido seine Talente aufs Äußerste genutzt hatte.

Es besteht keinerlei Notwendigkeit, auf weitere peinliche Einzelheiten einzugehen, doch etwas muss noch erwähnt werden, dass nämlich Kupido in den darauffolgenden Jahren jedes willige Mädchen auf der Farm nahm. Und auch etliche weibliche Tiere aus den Schaf- und Ziegenherden, die drei Puten und was sonst den Göttern beliebt hatte, ihm über den Weg zu schicken.

Irgendwann begann sein Interesse sich auf weibliche Wesen jenseits des Natürlichen auszuweiten. Auf

Nixen beispielsweise. Es empfiehlt sich allerdings, sich nicht allzu viele Gedanken über die Vorgehensweise bei einer Vereinigung mit einem Wesen, das bis zum Nabel eine Frau und von da an abwärts eine schuppige Wasserschlange ist, zu machen. Immerhin könnte dies eine Erklärung dafür sein, dass er an dem Tag, als er Servaas Ziervogel vor dem sicheren Ertrinken rettete, ohne vorher innezuhalten und die dort hausende Nixe um Erlaubnis zu fragen, ungeschoren blieb; eine frühere Bekanntschaft mochte für einen glücklichen Ausgang gesorgt haben.

Zu der Zeit, als Kupido sich auf seine Reise mit Servaas Ziervogel machte, war er also wohl gut gerüstet für das, was vor ihm lag. Und während sein Herr und Meister sich darauf beschränkte, gelegentlich eine Witwe oder eine alleinstehende Frau zu trösten, darf man wohl mit Sicherheit davon ausgehen, dass es Kupido nicht an Gelegenheiten mangelte, seine Begierden zu stillen. Wahrscheinlich ist es auch nicht zu weit hergeholt, daraus in Übereinstimmung mit einem angesehenen Wissenschaftler zu dem Ergebnis zu kommen, dass Kupido auf dieser Reise – die, wie wir wissen, vom Jakkals River zum Dwyka River, von da zum Gamtoos River, weiter nach Platbosch und Noupoort, nach Riem und Luiperdskloof, zur Shiny und zur Shallow und zur Bushman Fountain führte – ungefähr 134 Nachkommen zeugte. Ganz abgesehen von der beträchtlichen Anzahl Bäume, die er unterwegs pflanzte.

Nachdem er sich auf der Farm bei Agter-Sneeuberg niedergelassen hatte, arbeitete er weiterhin gewissenhaft darauf hin, seinen Ruf zu festigen. Ab einem bestimmten Zeitpunkt gaben die Leute es auf mitzuzählen. Tatsache ist, dass es für alle außer ihm allmählich eher langweilig wurde. Bis eines Tages Gerüchte über eine Frau zum Tandjiesberg durchsickern, über eine Frau nämlich, die dafür berühmt ist, es mit jedem Mann aufzunehmen und die auf der anderen Seite des Berges, in Richtung des Plattbergs lebt.

Als er zum ersten Mal diese Geschichten hört, grinst Kupido nur und zuckt die Schultern. Als sie jedoch beharrlich weitererzählt werden, beginnen sie an ihm zu nagen. In seiner Umgebung fangen die Leute schon an zu flüstern: Glaubst du etwa, du seist etwas Besonderes? Eine Frau gibt es, mit der wirst du nie im Leben fertig.

Es nagt und nagt und nagt. Unablässig nagt es an ihm. Genauso lästig, wie wenn ein Krümel in ein Loch im Zahn gerät.

Er beginnt, Erkundigungen anzustellen – vorsichtig zuerst, versteckt, dann immer kecker.

Was bildet diese Frau sich eigentlich ein?

Ihr Name ist Anna Vigilant, berichtet man ihm. Ein Bein von ihr ist lahm, aber was heißt das schon. Der Baas hat sie vor langer Zeit aus dem Buschmännerland mitgebracht, als er losgezogen war, um Kinder einzufangen, die er dann auf seiner Farm für sich arbeiten ließ. Jetzt ist sie eine hervorragende und berühmte Seifensiederin. Doch vor allem, vor allem: eine Frau, die, darauf kann man sich verlassen, jeden Mann aufs Äußerste auslaugt, so dass er am Morgen reif fürs Grab ist. Kein Mann, der sich selbst für einen Mann hält, steht eine ganze Nacht mit ihr durch.

Sagt wer?

Sagen alle, die es wissen müssen.

Jetzt reicht es Kupido. Vielleicht ist es an der Zeit, die Probe aufs Exempel zu machen.

Gut möglich, dass er zu viel getrunken hat. Seit Servaas Ziervogel weitergezogen ist, hat Kupido sich jeder erdenklichen Art flüssiger Erfrischung hingegeben. Aus dem Keller des Farmers, bei dem er derzeit wohnt. Oder *Karie*. Alles. Gebräue aus *Kougoed*, *Gli-* oder auch Daturawurzeln und *Ganna*-Blättern und *Devil's tobacco*, auch Füchsinnenfurz genannt. So stark wie die Lauge, die man zum Seifensieden braucht. Stark genug, um dir die Eingeweide auszubrennen, so dass nur noch schwelende Reste davon übrig bleiben und du am helllichten Tag Sterne siehst. In dieser Stimmung, irgendwo zwischen Sonne, Mond und Sternen taumelnd, fasste Kupido den folgenschweren Entschluss, diese Frau zu treffen. Sie müssen ihre Geschichte hinter sich lassen und einander begegnen, wie sie wirklich sind, nackt, Mann und Frau, Mensch und Menschin.

Keine einfache oder schnell zu lösende Aufgabe. Sie müssen eine Zeit abwarten, wenn alle, die beim Tandjiesberg leben, sich versammeln können, ohne bei den Farmern Verdacht zu erregen. Nur ein Datum kommt dafür in Frage: die paar Tage um Neujahr, wenn alle Farmer eine Ruhepause einlegen und die Arbeit auf der Farm vorübergehend zum Stillstand kommt. Endlose Monate hindurch sind Botschaften ausgetauscht worden, gefolgt von unerträglichem, aufwühlendem Warten.

Was allerdings den anderen nicht viel hilft, denn eines macht Kupido ihnen von Anfang an klar: Diese Begegnung geht einzig ihn und sie etwas an. Die anderen können ihr eigenes Fest feiern, doch das muss getrennt davon geschehen, auf der Farm des Baas, vor ihren Hütten und Verschlägen; er und die Frau aber treffen sich auf dem Berg, wo er nur er sein kann und sie nur sie.

Aber wie werden sie erfahren, was dabei herausgekommen ist?, wollen die Leute wissen.

Das werden sie schon sehen.

Und Kupido schickt der Frau eine Botschaft. Wie sendet er sie? Durch einen Jungen, einige Leute sagen, durch einen Jungen in dem Alter, in dem Kupido mit den Quitten und den Granatäpfeln zur Nachbarsfarm geschickt worden ist.

Andere hingegen sagen: Nein, es war kein Junge.

Was war es denn dann?

Ein Hase natürlich.

O nein, widersprechen wieder andere. Kein Hase. Wie wäre es mit einem Chamäleon?

Nein, kein Chamäleon.

Was dann?

Es war der Wind. Wenn es eine gewichtige Botschaft zu befördern gilt, ist nur auf den Wind Verlass.

Wie bestimmen also: In Ordnung, Kupido sendet seine Botschaft mit dem Wind. Und die Frau bittet den Wind, ihre Antwort zu übermitteln. Sie sagt: Ja. Wir werden uns auf dem Berg treffen, ganz oben, wo eine kleine ebene Stelle ist, so als hätte eine große

Hand sie glattgestrichen. In der Nacht, wenn das alte Jahr mit dem neuen verschmilzt.

Das lässt Kupido einige Tage Zeit, um sich zu überlegen, wie er es am besten anstellen soll. Denn in derlei stürzt man sich nicht Hals über Kopf. Ein Leben steht auf dem Spiel. Zwei Leben eigentlich.

Während dieser Zeit des Wartens zieht Kupido als Erstes seinen Spiegel zurate. Dies geschieht eines Abends nach Einbruch der Dunkelheit, beim schwachen Schimmer einer Kerze im Dunkel seiner kleinen Hütte. Er wendet den Rücken dem Eingang zu. Und so geschieht es, dass er, als er so dasitzt und in die verschatteten Augen des Fremden blickt, hinter seinem Kopf eine Sternschnuppe sieht, die zu einem Sprühnebel explodiert. Das ist es wohl, was ihn auf die Idee bringt. Unmöglich zu sagen, wie und wo er die Glühwürmchen findet, noch dazu so viele, und wo und wie es ihm gelingt, sie zu verstecken, aber so ist es nun mal.

Am Silvesterabend sammeln sich dort, wo die Hütten der Arbeiter sich aneinanderdrängen, die Leute, unschlüssig und gehemmt, wie zu einer Taufe, oder einer Hochzeit, oder einer Beerdigung geladene Gäste, die nicht zu beflissen erscheinen wollen. Hier kommen sie alle zusammen, von nah und fern, über Hügel und Ebenen, Bergkämme und Gebirgszüge, Männer und Frauen und Kinder, eine Menschenansammlung, wie es sie noch nie in dieser Gegend gegeben hat, nicht einmal zum Nagmaal, wenn das Abendmahl gefeiert wird. Und es hat sich so ergeben, dass der Mond voll ist, ein Zeichen, dass Heitsi-Eibib und Tsui-Goab beschlossen haben, höchstpersönlich an dem Fest teilzunehmen, etwas, das selbst unter normalen Umständen ein Anlass zum Tanzen und Feiern gewesen wäre.

Als in dieser Nacht der Mond in der Mitte des Himmels thront, stehen die versammelten Leute Reihe für Reihe um den freien Platz vor den Hütten herum. Jetzt taucht Kupido aus seiner Hütte auf und schüttelt jedem einzeln die Hand, als wolle er Abschied nehmen, und macht sich allein auf den Weg, über das kahle Feldland, den Berghang hinauf, als ginge er dem Mond entgegen. Ganz oben, wo der Weg sich abflacht, hat er bereits an den Tagen zuvor aus trockenen Zweigen einen kleinen Verschlag gebaut, nicht gerade geräumig, aber groß genug für zwei; den Eingang verdecken zwei Kuhhäute.

Hier kommt er an, angetan mit seinem Umhang aus Schakalfellen. Und von der anderen Seite des Berges kommt die Frau, von Kopf bis Fuß in ihren Umhang aus Klippschlieferfellen gehüllt. Ein Bein zieht sie nach.

Weit weg, drunten im Farmhof, warten die Leute, es summt wie in einem Bienenstock. Musik ertönt, mit nur wenigen Saiten versehene *Ghoeras* und Rohrflöten und mit Ochsenhaut bespannte Trommeln. Alles geschieht sehr langsam, sehr überlegt. Keiner hat es eilig. Keiner hört wirklich zu. Alle Ohren sind nach innen gerichtet; dort ist das Schweigen angespannt wie eine Saite. Alles Sprechen ebbt ab, alle Bewegung erstarrt.

Droben auf dem Berggipfel, wo die niedrigeren Sterne grasen, kriechen die beiden Kontrahenten in den Unterschlupf. Keiner von beiden sagt ein Wort. Von jetzt an sind ihre einzigen Zeugen der Vollmond und natürlich die Sterne. Und der Wind höchstwahrscheinlich. Denn falls es der Wind war, der ihre Botschaften hin und her getragen hat, dann wird er auch derjenige sein, der nachher die Geschichte in der Welt verbreitet.

Kaum drinnen, werfen sie ihre Umhänge ab. Beide müssen sie ihren Körper mit Fett und Buchu-Öl eingerieben haben, denn in dem kurzen Augenblick, ehe die Kuhhäute vor den dunklen Eingang gezogen werden, schimmern im Mondlicht nackte Gliedmaßen auf.

Sssssssssssss, zischeln die Sterne, als gösse man Wasser über ihr Funkeln. Sssssssssssss.

In dem Unterschlupf tanzt etwas wie zwei Wirbelwinde aus Mondlicht und Dunkelheit umher.

Sssssssssssss.

Die Frau beginnt tief in der Kehle zu summen. Kupido knurrt wie ein Leopard.

In der fernen Ferne, wo die Leute dicht gedrängt warten, schicken die Trommeln ein Donnergrollen gen Himmel, die Flöten singen, die *Ghoeras* wimmern und brummen.

In der Hütte gibt es nicht Rast noch Ruhe, keinen Augenblick. Der Wirbelwind wirbelt weiter.

Droben beginnt der Mond langsam seinen Abstieg, die Milchstraße dreht sich in einer Spirale vorbei, der Große Jäger schreitet weiter. In dem Unterschlupf wirbeln und drehen sich unaufhörlich die Schatten.

Es ist wohl auf halbem Weg zum Morgen, als etwas

Außergewöhnliches geschieht. Als sie noch einmal auf einander zu taumeln und den Umhang streifen, den Kupido abgeworfen hat, packt er, auf unerklärliche Weise, eine Handvoll Glühwürmchen, schiebt seine Hand an die Stelle, wo ihre Körper sich vereinen, und lässt ein Glühwürmchen frei. Es zieht einen kleinen, hell funkelnden Lichtstreif hinter sich her.

Ein Funken!

Sssssssssss.

Eine keuchende, drängende, verworrene Pause. Dann noch ein Funken!

Sssssssssssssss.

Aus der Tiefe ihre Kehle gurrt die Frau wie ein Nachtvogel, der sich in den Himmel schwingt.

Noch mehr Funken!

Keiner der beiden kann noch viel Kraft übrig haben, trotzdem machen sie weiter. Jetzt. Jetzt. Jetzt!

Sssssssssssssssssssssssssssssssssssssssssssssssssss.

Er brüllt. Die Frau schreit. Und in ihrem Schrei wird sie zu einem Namen: Anna Vigilant.

Er schiebt eine Handvoll Glühwürmchen zwischen ihre Schenkel. Sie knistern wie Sternschnuppen, wie ein Kometenregen am nächtlichen Himmel, der sich an seinen Enden schon rot färbt.

Heeeyyyyy! schreien und brüllen und wettern die Sterne. Anna steht in Flammen! Der Unterschlupf geht in Flammen auf!

Mögen sie auch für einen Augenblick erstarrt sein vor Furcht, es dauert nicht lange. Denn als sie um sich blicken, sind da keine Flammen, die es zu löschen gilt. Die trockenen Zweige des Vortages sind von jungen grünen Schößlingen und Blättern und Blüten überzogen.

Und Kupido Kakerlak und Anna Vigilant tauchen aus der Hütte auf, sittsam wieder in ihre Umhänge gehüllt, Hand in Hand. Gemeinsam gehen sie den Hang hinab, zurück zu den Leuten, wo die Musik immer noch klagt und jubelt, zurück in die Alltagswelt.

12. Für das weißeste Weiß

Da nun Kupido Kakerlak und Anna Vigilant als Mann und Frau zusammengekommen sind, beginnen sie ihr Eheleben auf der Farm am Tandjiesberg. Zwischen dem Farmer, der Kupido angeheuert hat, und dem Mann, für den Anna gearbeitet hat, seit er sie als Kind im Buschmannland eingefangen hatte, werden Verhandlungen geführt. Angesichts ihrer Verdienste als Seifensiederin lässt er sie nur ungern gehen. Doch Kupidos Baas braucht seinen Säger unbedingt, und nach einigen scharfsinnigen Berechnungen von Annas Wert und etlichen Monaten des Feilschens, in deren Verlauf eine ganze Reihe übler Drohungen ausgetauscht worden sind, schließen sie einen Handel, und eine ansehnliche Menge Rixdollar, Zugochsen und Weizen wechseln den Besitzer. Anna wird gestattet, zu ihrem frischgebackenen Ehemann zu ziehen, der eine Hütte für sie beide gebaut hat, und sie gründen eine Familie. Er geht auf die Jagd, trinkt und sägt Holz, und gemeinsam singen sie und verbringen oft die ganze Nacht mit Gesprächen über sein Volk und ihr Volk und das Volk der Weißen. Und sie siedet die Seife, für die sie berühmt geworden ist.

Es gibt nichts, was sie nicht weiß, wenn es um das Herstellen von Seife geht.

Erst kommt, so wird sie dir erklären, die Lauge. Dafür brauchst du *Ganna*-Sträucher, keine anderen. In dieser Gegend wachsen sie im Überfluss und werden ohne weiteres so hoch wie ein groß gewachsener Mann. Diese Büsche werden verbrannt, um Asche daraus zu gewinnen. Dann kommt Kalk hinzu. Den kann man aus den Furchen der Berge schürfen, doch für ihren Geschmack ist nichts so gut wie gebrannter Muschelschalenschrot – das heißt, du musst eine Abmachung mit jemandem haben, der zum Meer unterwegs ist, entweder zur Algoa Bay oder den ganzen Weg hinunter nach Kapstadt.

Um die Lauge zuzubereiten, kochst du die *Ganna*-Asche und den Muschelschrot im Seifenkessel im Hof. Und verwende nicht irgendeine Art Holz, um ein Feuer anzufachen. Was du brauchst, sind lange, dünne Zweige, die du leicht unter dem Kessel herausziehen kannst, falls er zu heiß wird und überzukochen droht. Die ganze Zeit über gibst du Wasser dazu und rührst ununterbrochen, bis die Lauge fertig ist. Sobald sie aufgekocht ist, musst du ab und zu noch umrühren, damit sie abkühlen und klar werden kann. Dann wird sie in einen anderen Kessel gegossen. Der alte wird mit neuer Asche und Kalk und Wasser aufgefüllt, das Ganze wieder zum Kochen gebracht und in einen dritten Kessel gegossen, der gesondert von dem anderen steht, da die Lauge darin nicht so stark ist wie die erste.

Dann kommt das Fett. Das beste Fett, das Anna je für Seife verwendet hat, stammte von einem Flusspferd. An Ergiebigkeit, Weißheit und Geschmeidigkeit kommt ihm nichts gleich. Allerdings versteht es sich von selbst, dass auf der Farm nicht immer ein Flusspferd verfügbar ist. Sie hat also gelernt, sich anders zu behelfen. Ist kein Flusspferdfett zur Hand, sammelt sie bis zu einem Jahr lang Schaffett. Rind ist auch annehmbar, vorausgesetzt, das Tier ist noch jung. Schaffett ergibt schneeweiße Seife, die aus Rinderfett hingegen ist oft gelblich, wie Rahm. Gelegentlich kann man, wenn Rinder- oder Schaffett nur schwer zu kriegen ist, auch das Fett aus Wildkadavern, die man im Busch gefunden hat, ausbraten. Am besten von Gnu oder Antilope, aber auch dann empfiehlt es sich, Rinder- oder Schaffett beizumengen. Natürlich geht auch Schweinefett, aber das sollte nie mit irgendetwas anderem vermischt werden, nur reines Schwein. Zu dem Fett kann man einige Eierschalen geben, zwischen zwei Steinen gemahlene Schalen von Straußeneiern; das verleiht der Seife eine feine, glatte Beschaffenheit. Kaktusfeigen aus der Gegend um die Algoa Bay sind eine begehrte Zutat, damit die fertigen Stücke glänzen. Es ist der Mühe wert, gut aufzupassen, wenn Anna redet, denn offensichtlich weiß sie, was sie sagt.

Wenn du genügend Fett beisammen hast, kochst du es in deinem großen Eisenkessel auf schwachem Feuer im Hof, zusammen mit der ersten Lauge; sobald diese verkocht ist, fügst du nach und nach den zweiten Schwung Lauge hinzu, bis die Grieben eine gleichmäßig helle Farbe, nicht zu dunkel, annehmen. Dann suchst du dir zwei Männer, damit die eine lange Latte oder eine Eisenstange durch die Griffe des Kessels schieben und ihn vom Feuer nehmen, so dass der Inhalt sich eine Weile setzen kann. Zu diesem Gebräu fügst du nach und nach kleine Mengen Milch hinzu. Dadurch bricht die harte Kruste der Grieben auf und sie werden ganz weiß. Falls du jedoch versuchst, das Ganze irgendwie zu beschleunigen, wird das Zeug im Nu überkochen und dich höllisch verbrühen.

Schließlich kannst du den Kessel für den letzten Durchgang wieder aufs Feuer stellen. Auch jetzt muss alles ganz langsam gehen, noch langsamer als zuvor, bis die Seife so dick wie Honig und genauso goldfarben ist. All das braucht Zeit, braucht Geduld; wenn du versuchst, es zu beschleunigen, solltest du die Finger von Seife lassen, du kriegst sie nie richtig hin. Das Wort, das man sich merken muss, heißt *langsam*. Und die ganze Zeit rührst du mit dem langen Schöpflöffel um, der unten abgerundet ist, damit er sich für gutes, langsames Umrühren eignet; an eine Pause, um dich auszuruhen, darfst du nicht einmal denken, sonst wird die Seife fleckig.

Wenn du so weit bist, ist es, wenn du eine ganze Weile vor Sonnenaufgang angefangen hast, später Nachmittag. Sobald die Seife anfängt, sich wie geronnene Milch abzusondern, und das kochende Wasser über den Kesselrand sprudelt, weißt du, die Seife ist fertig. Jetzt kannst du die Glut unter dem Kessel herausholen. Du musst aber noch eine Weile weiterrühren, bis die Seife einigermaßen abgekühlt ist. Und dann deckst du den Kessel mit Säcken zu, um die Wärme drinnenzuhalten, denn auch beim Abkühlen muss man sich Zeit lassen. Bis zum Morgen. Dann kannst du mit deinem großen Messer kommen und die Seife vom Kesselrand lösen. Du schneidest eine Reihe großer Blöcke heraus, nimmst sie aus dem Kessel und packst sie weg. Sechs Wochen oder zwei Monate später sind sie trocken genug, um sich in kleinere Blöcke zerteilen zu lassen.

Das alles sind aber nur die Grundzüge des Vorgangs. Für jemanden wie Anna Vigilant ist das erst der Anfang. Denn jetzt kommt es darauf an, was für eine Art Seife du willst. Für eine geschmeidigere, feinere Beschaffenheit kannst du Kürbis oder Kartoffeln dazutun. Gelegentlich, wenn das Sieden mit einem Schlachttag zusammenfällt, mengt sie auch Blut bei. Von einem Ochsen oder Schaf oder sogar von einem ganzen lebenden Huhn. Einmal sogar von einem Hasen. Das muss man dazugeben, wenn das Fett noch kocht und wie ein wütendes Tier blubbert. Das Ergebnis ist erstaunlich. Über diesen Teil spricht sie nie mit anderen, das Rezept bleibt ihr Geheimnis. Deshalb ist Anna Vigilants Seife in der ganzen Kolonie und selbst am Kap so gefragt.

Mit ihrer Seife gewaschene Wäsche wird garantiert weiß. Nicht das Alltagsweiß, sondern so weiß wie die inneren Fasern der besten Schafwolle. Weiß wie der Schnee, der im Winter auf den Bergen liegt. Weiß ist die Farbe, die es Anna angetan hat. Sie liebt alles, was weiß und durch und durch sauber ist. Sie ist vernarrt in Sauberkeit. Sie lässt es nicht zu, dass sich in ihrer

Hütte und in ihrem Hof auch nur ein Stäubchen niederlässt. Alles muss so weiß sein, wie die Erde von ihrer Mutter kam. Alles, was nicht weiß ist, muss aus dem Weg geschafft und verbrannt werden. So empfindet sie auch den Weißen gegenüber, obwohl man sie ja kaum als weiß bezeichnen kann, sie neigen eher zu rosa, wie Ferkel oder Kuheuter. Aber das ist immer noch besser, sagt sie, als braun zu sein. Denn seit sie als ganz kleines Mädchen im Buschmannsland eingefangen wurde, ist ihr klar, braun möchte man nicht sein. Man kann nichts dagegen machen. Doch keiner, der einigermaßen bei Verstand ist, würde sich freiwillig dafür entscheiden.

Als Kind glaubte sie, sie könne ihre Hautfarbe im Seifenkessel zu weiß ändern. Zum Glück probierte sie es zuerst mit einem Fuß, und das hätte sie fast umgebracht. Seitdem ist ein Bein lahm, aber sie ist immer noch nicht weiß. Doch das vermindert nicht die Sehnsucht danach.

13. Die Leute von jenseits

Seifekochen ist nicht das Einzige, was Kupido von Anna gelernt hat. Sie kann ihm über alles, was es unter dieser Sonne an Sagen und Brauchtum ihres Volkes gibt, etwas erzählen. Wie man aus dünnen Schilfrohren Pfeile macht: Man biegt sie gerade, befeuchtet sie, um sie geschmeidig zu machen, und lässt sie dann trocknen, ehe man an dem einen Ende mit dem klebrigen Saft des *Tkwai*-Kaktus und einer dünnen Schnur eine mit dem Gift einer Puffotter bestrichene Feder befestigt. Wie man nach Art der San die Häute kleiner Tiere trocknet und zurichtet. Wie man ein Mädchen, wenn es zum ersten Mal blutet, in eine Hütte sperrt, damit sie dort auf die Ankunft des Regenbullen wartet. Wie man einer jungen Frau, die einem das Herz erweicht hat, einen Heiratsantrag macht, indem man für ihre Eltern arbeitet, bis man seine Männlichkeit bewiesen hat. Geschichten über den Mond. All diese Geschichten ohne Ende. Geschichten von Begegnungen zwischen Stinktier und Elenantilope, Löwe und Schlange, Erdmännchen und Gottesanbeterin, alle von gleicher Größe, alle gleich stark, manchmal gleich schwach. Geschichten, von denen sie unmöglich sagen kann, wer sie zum ersten Mal erzählt hat – Geschichten, die der Wind aus weiter Ferne hierhergeblasen hat. Sie sind denen, die Kupidos Mutter ihm erzählt hat, ähnlich, aber anders. Wie die Gottesanbeterin wütend geworden ist, weil das Erdmännchen die Elenantilope getötet hat, die sie, die Gottesanbeterin, geschaffen hatte, und wie sie einen Pfeil in die Gallenblase der toten Elenantilope gesteckt hat, damit die Welt dunkel wird, und wie sie dann selber blind geworden ist und in der Dunkelheit umhergeirrt ist. Und wie sie in ihrer Blindheit einen Schuh in den Himmel geworfen hat, aus dem der Mond geworden ist, ein Mond, der im Dunkel rot erscheint, wegen des Staubs, der sich auf dem Schuh angesammelt hatte, den die Gottesanbeterin bei ihrem langsamen, bedächtigen Dahinstreifen auf der roten Erde getragen hat.

Und das sind noch nicht alle Geschichten Anna Vigilants. Sie erzählt vom Gott ihres Volkes, den sie Tkaggen und den die Weißen Teufel nennen. Wie Heitsi-Eibib, meint Kupido. Ja, sagt sie, nur dass er *nicht* Heitsi-Eibib, sondern Tkaggen ist. Aber was ist mit Tsui-Guab und Gaunab?, fragt er. Nein, über die weiß sie nichts, also kann sie auch nicht an sie glauben. Lange Auseinandersetzungen, die sich durch viele Nächte hinziehen. Immer verwirrter wird er: Die Geschichten, die seine Mutter ihm über das Volk der Khoi erzählt hat, die Geschichten, die Servaas Ziervogel auf seinem Wagen erzählt hat, von einem Gott, der Vater, Sohn und Heiliger Geist alles gleichzeitig ist und über den Wolken wohnt, und jetzt Annas Geschichten von Tkaggen und seinesgleichen. Woran soll ein Mensch da glauben, was ist die Wahrheit?

Wir wandeln auf diesen platten Ebenen umher, erklärt sie ihm, aber über uns und unter uns gibt es noch andere, unsichtbare Ebenen. Hinter den Felsen und Schroffen des Berges öffnen diese Ebenen sich auf fremde Welten, die von den Geistern der Toten bevölkert sind. Und wenn du weißt, wie du deine Schritte setzen musst, kannst du von der einen Welt in die andere übertreten, an jedem Ort, zu jeder Zeit. Du musst nur die richtigen Träume träumen. Alles beginnt mit Träumen. Angenommen, du willst morgen auf die Jagd gehen, dann müsstest du heute Nacht von der Elenantilope träumen, die du schießen willst, oder von dem Gnu oder dem Warzenschwein oder dem Elefanten oder von der Kuhantilope. (Komm jedoch nie auf die Idee, *ihr*, solange sie noch Kinder großzieht, etwas von der Kuhantilope anzubieten; ist dir nicht aufgefallen, dass das Herz der Kuhantilope genauso aussieht wie das der Gottesanbeterin? Das hieße nichts anderes, als Leid und Finsternis heraufzubeschwören.) Und wenn es dir gelungen ist, das zu träumen, wird dir das Tier, von dem du geträumt hast, am nächsten Morgen geradewegs in den Pfeil laufen. Alles, was du um dich herum siehst, sagt sie, jede Person und jeder Stein und jedes Tier und der Mond und die Sterne, alles hat als Traum begonnen. Das bedeutet, es steht in deiner Macht, alles auf dieser Welt auch zu verändern, einfach indem du es träumst.

»Und was ist mit dir und mir?«, fragt Kupido sie einmal. »Jene Nacht auf dem Dreschboden? Das ist doch bestimmt einfach so passiert. Da gab es kein Träumen.«

Anna lächelt ihm wissend zu. »Was macht dich denn glauben, dass ich es nicht geträumt habe, ehe es geschehen ist?«

»Ich war es, der die Glühwürmchen mitgebracht hat.«

»Aber ich habe die Glühwürmchen geträumt, damit du sie einfangen konntest.«

Anfangs weigert er sich, ihren Geschichten Glauben zu schenken. Dann jedoch geschieht gelegentlich Seltsames mit Anna, und das macht ihn unsicher. Sie hockt sich hin und fängt, ohne ein Wort zu sagen, an, nachzudenken; ihre Augen starren geradeaus. Dann verdreht sie sie, bis nur noch das Weiße zu sehen ist. Und jetzt hört sie nichts mehr von dem, was er zu ihr sagt. Sie fängt an, auf dem Boden um sich zu schlagen und sich mit Dreck und trockenem Gras und Zweigen zu bedecken und mit Schaum vor dem Mund seltsame Laute von sich zu geben.

Ein-, zwei-, dreimal bekommt er es derart mit der Angst zu tun, dass er zu den anderen rennt, um Hilfe zu holen. Die lassen sich jedoch nicht aus der Ruhe bringen, schütteln den Kopf und erklären ihm, er solle sie in Ruhe lassen; sie ist schon immer so gewesen, versichern sie ihm, das ist etwas, das der Medizinmann ihres Volkes über sie gebracht hat.

Soll das heißen, sie ist verhext?

Nein, nicht verhext. Es passiert nichts weiter, als dass sie sieht, was wir nicht sehen können, und hört, was wir nicht hören können. Sie wird dir davon erzählen, wenn sie zurückkommt.

Und genau das geschieht. Anna brennt darauf, ihm alles zu erzählen: Es ist, als fange sie an, sich zu drehen, erklärt sie, und dann beginnt alles um sie herum ebenfalls, sich zu drehen – Bäume, Leute, Sterne, und Menschen verwandeln sich in Löwen, Geister spazieren frei umher, überall sind Schlangen. Es ist ein Gefühl, als würde sie in tiefes Wasser eintauchen und nach Luft schnappen. Gleichzeitig wird sie immer leichter, bis sie dahintreibt, fliegt. In diesen Träumen kehrt sie meistens ins Buschmannland zurück, wo die Weißen sie als junges Mädchen, das gerade zu bluten begonnen hatte, eingefangen hatten. Sie berichtet ihm in allen Einzelheiten von den Leuten, mit denen sie auf ihrer Reise gesprochen hat, von all den Lebenden und den Toten. Und wenn sie nicht in die Welt ihrer Kindheit zurückkehrt, reist sie dorthin, wo der

Regen herkommt. Und in Zeiten der Dürre bringt sie Regen mit, führt einen Regenbullen an der Leine über den Farmhof auf die Hügel und entfesselt dort einen Gewittersturm, der eine Sturzflut sich über die Hänge ergießen lässt. Dann wieder hat sie eine Regenkuh bei sich, ebenso groß wie der Bulle und ebenso graubraun, doch mit längeren und dünneren Beinen, die von den Wolken bis auf die Erde hinunter reichen und endlose Nächte hindurch milden, sachten Regen ohne Donner bringen.

Wenn Leute krank werden, normalerweise weil die Toten aus diesem oder jenem Grund vergiftete Pfeile auf sie abschießen, bereitet Anna die Medizin. Sie verbrennt Kräuter oder Straußeneischalen, zermahlt trockene Blätter und Wurzeln zu feinem Staub, den sie dann mit Blut, Galle oder Pisse vermischt und dem Kranken einflößt, der fast auf der Stelle gesundet. Anna Vigilant hat also mehr als Seifensieden hierher mitgebracht. Sie sorgt dafür, dass alle auf der Farm gesund bleiben, wehrt die bösen Geister ab und macht Kupido Kakerlak glücklich.

Und sie erklärt eines Tages: Es ist nicht gut und auch nicht richtig, dass sie auf der Farm bleiben und für die Weißen arbeiten. Hier werden sie alt und nutzlos werden. Jetzt sind sie noch kräftig und stark und können genug verdienen, um auf eigene Faust ein annehmbares Leben zu führen. Sie kann Seife sieden und die Kranken heilen, er kann Holz sägen und Wagen und Möbel anfertigen. Sie können sehr wohl allein für sich sorgen.

Die Vorstellung reizt Kupido. Doch ehe er eine Entscheidung fällt, zieht er sich in ihre Hütte zurück, um mit seinem Spiegel zu beratschlagen. Der schwarze Krepp wird feierlich entfernt und ordentlich zusammengefaltet. Dann hockt Kupido sich im Schneidersitz davor und starrt nachdenklich in die mittlerweile vertrauten, aber immer noch und immer wieder fremden strahlenden Augen des Mannes. Schweigend und in sich gekehrt sitzt er da. Das musst du jetzt für mich entscheiden, sagt er in seinen Gedanken. Was Anna mir vorgeschlagen hat, ist das eine gute Idee oder eine schlechte?

Nein, antwortet der Spiegel in seinem Kopf. Klingt wie eine gute Idee. Wenn ihr mit eurer Hände Arbeit für euch sorgen könnt, ist es eigentlich unvernünftig, euer Leben in den Diensten eines anderen zu verbringen. Dein Leben lang hast du darauf gewartet, weiterzugehen. Nicht nur weiterzugehen, sondern *weiter* zu gehen. Du hast auf den *Arend* gewartet, auf diesen Adler, von dem deine Mutter immer geredet hat. Aber du kannst nicht einfach hier herumsitzen und auf ihn warten. Du solltest raus, irgendwohin, damit er dich findet, wenn er kommt.

Mit einem leisen Seufzen steht Kupido auf, hüllt den Spiegel in sein schwarzes Gewand und versteckt ihn wieder einmal hinter dem aus Gras und Binsen aufgeschütteten Haufen, der ihr Bett ist.

Eines Herbsttags schicken sie sich also an, die Farm am Hang des Tandjiesberges zu verlassen. Zuerst versucht der Baas, sich dem zu widersetzen. Kupido ist aus eigenem Willen hergekommen, und wenn es wirklich sein Wunsch ist zu gehen, dann soll er das tun.

Anna jedoch ist an ihn gebunden, er hat viel Geld und Rinder und Getreide für sie gezahlt, das sollte man nicht vergessen.

Kupido und ich gehören aber zusammen, erklärt sie. Das kann der Baas ja mit eigenen Augen sehen.

Wo soll ich eine andere Frau finden, die für mich Seife siedet?

All die Jahre habe ich für die Farmer Seife gesiedet und die Welt für sie weiß gewaschen. Jetzt ist es an der Zeit, dass ich das für mich selber mache.

Du rührst dich nicht weg von hier.

So sollten Sie nicht reden, Baas. Angenommen, ein mächtiger Wind kommt auf und bläst alles weg, was hier auf dem Hof ist.

Versuch nicht, mir zu drohen, Anna.

Ein Wind kommt auf und bläst Haus und Hof, Schuppen und Ställe und alles weg. Wird der Baas sie nun in Frieden ziehen lassen?

Du hältst mich wohl für einen verdammten Narren?

Der Baas sollte nach Heuschrecken Ausschau halten, sagt sie.

Und am nächsten Tag kommen sie, breiten eine schwarze Decke zwischen die Leute auf der Farm und die Sonne, die von einem Horizont zum anderen reicht, stürzen sich auf die Felder nieder und fressen alles Grün.

Wie wäre es jetzt mit einem Ja?

Anna, ich peitsche dich aus, bis da daliegst und zitterst wie die Oberfläche von Wasser im Sturm.

Passen Sie auf Ihren ältesten Sohn auf, Baas, sagt

sie gelassen. Um ihn sammeln sich die Geister einer Menge toter Leute.

Am nächsten Tag fällt der älteste Sohn, ohne auch nur einen Augenblick krank gewesen zu sein, ohne dass ein wildes Tieres oder ein Raubvogel in der Nähe gesehen worden wäre, im Hinterhof plötzlich um, mausetot.

Wie wäre es, wenn Sie uns jetzt gehenlassen, Baas?

Geht zur Hölle und lasst euch hier nie wieder blicken, brüllt er.

Und so verlassen Anna Vigilant und Kupido Kakerlak mitsamt ihren Kindern um die Jahreswende die Farm und ziehen in das kleine Dorf Graaff-Reinet mit seinen hingestreuten weiß gekalkten Häusern, seiner protzigen Drostei und den langen, schmalen Bewässerungsgräben, um ein neues Leben zu beginnen.

14. Ein ungebärdiges Messer

Es waren unruhige Zeiten damals entlang der Ostgrenze der Kapkolonie. Auf unvorhersehbare Weise beeinflussten Ereignisse im einen Halbglobus entfernten Europa das Geschehen an diesem Ende der Welt. Wer hätte gedacht, dass eine Revolution in Frankreich die Dorfbewohner von Graaff-Reinet und Swellendam in den Grenzbezirken des Kap dazu bringen würde, sich auf ihren staubigen Straßen als *citoyen* und *citoyenne* anzureden? Oder dass die Gedanken von Philosophen wie Voltaire und Rousseau Kapbürger veranlassen würden, sich gegen die Obrigkeit aufzulehnen? Oder dass Revolution und Krieg in Europa die Khoikhoi in den Grenzgebieten dazu anstacheln würden, gegen ihre weißen Herren zu den Waffen zu greifen?

Das ganze 18. Jahrhundert hindurch klammerte die holländische Ostindienkompanie sich so verzweifelt an ihr Leben wie ein Krebspatient, der in dem Maße, wie er seine Kraft und Energie schwinden spürt, immer streitsüchtiger und niederträchtiger wird. Und als ein neuerlicher Krieg zwischen England und den Niederlanden um die in den Gewürz- und Baumwollhandel investierte sagenhafte Macht und ungeheuren Reichtümer völlig unerwartet durch die militärischen Ambitionen Napoleons kompliziert wurde, gelang es England 1795, der in Todeszuckungen liegenden Kompanie das Kap zu entreißen. Von der Table Bay bis zum Great Fish River im Osten sahen mannhafte Bürger, die eineinhalb Jahrhunderte unter der Ausbeutung durch gierige, gnadenlose Herren gelitten hatten, endlich eine Gelegenheit gekommen, ihr Joch abzuschütteln. Am Kap gelang es England mittels militärischer Härte und der Schmeicheleien Lady Anne Barnards, Recht und Ordnung wiederherzustellen; doch in den entlegenen Bezirken von Graaff-Reinet und Swellendam wurden plötzlich »Republiken« ausgerufen. Der liberale Landdrost Maynier, den man schon die ganze Zeit verdächtigt hatte, er unterstütze die Sache der Xhosa und Khoikhoi gegen die Grenzkolonisten, wurde gewaltsam aus dem Amt entfernt; seine Stelle nahm ein gewisser Gerotz, ein Mann der Farmer, ein, und eine Zeit lang schien es, als sei alles und für immer auf den

Kopf gestellt. Es war aber nicht nur eine Angelegenheit der Politik – die Gemeinde in Graaff-Reinet murrte über die Predigten ihres Pfarrers Dominee von Manger, die für ihren Geschmack zu abstrus waren und zu wenig Verständnis für ihre Probleme erkennen ließen. Infolgedessen wurde auch er fristlos entlassen. Und das war erst der Anfang.

Als man der Überfälle der Xhosa von jenseits des Great Fish River aus immer weniger Herr werden konnte, wurde das allgemeine Gefühl von Sorge und Furcht durch Geschichten über Raubzüge der San im Norden und sogar einen Sklavenaufstand in Stellenbosch noch verstärkt. Britische Truppen wurden auf dem Land- und auf dem Seeweg in die Algoa Bay beordert, Anführer der Siedler verhaftet und in das Dunkle Loch in der Kap-Burg geschafft; Khoi-Häuptlinge vom Suurveld – Stuurman, Trompetter, Boezak – schlossen sich den Xhosa an und wüteten blind, steckten Farmen von Winterhoek bis Bruintjeshoogte, kaum eine Tagreise von Graaff-Reinet entfernt, in Brand. Ganze Farmerfamilien wurden abgeschlachtet und ihre Namen ordnungsgemäß in offiziellen Listen verzeichnet. Zahlreiche Khoi und Xhosa wurden erschossen; ihre Namen wurden nicht verzeichnet.

Als Kupido Kakerlak und Anna Vigilant mit ihren Kindern in die *Kaia*, die einfache Hütte von Ma Martha, einer alten Khoi-Frau, zogen, war – so der Reisende John Barrow – das Dorf noch klein; es bestand aus kaum einem Dutzend Lehmbauten, in denen hauptsächlich Handwerker, die Kirche und das zugehörige Pfarrhaus untergebracht waren; dazu kamen die Baracken einer bescheidenen Garnison. Kurz nach ihrer Ankunft wurde die Kirche durch einen Brand zerstört. Sie wurde in aller Eile wieder aufgebaut, doch ehe sie geweiht werden konnte, wurde sie als Hauptquartier für ein Kommando von *Pandoern*, Hottentotten-Soldaten, requiriert.

Es war dies auch die Zeit, in der die ersten Emissäre der London Missionary Society aus dem Ausland eintrafen. Inmitten von Krieg und Kriegsgerüchten versuchten sie, ein bescheidenes Maß an Frieden und Beständigkeit zu schaffen, indem sie unermüdlich Weiß und Braun gleichermaßen predigten; in anderer Hinsicht führte allerdings ihre bloße Gegenwart zu Uneinigkeit und machte die Lage noch schlimmer, als sie gewesen war. Immer mehr durch die Unruhen von ihren Farmen zwischen dem Sunday's River und der Grenze, dem Great Fish River, vertriebene Kolonisten suchten in der Stadt Zuflucht. Darüber hinaus strömten auch viele Hundert zwischen die Kolonisten und die Schwarzen geratene Khoi auf der Suche nach einem sicheren Hafen inmitten des Aufruhrs dorthin. Und die Spannungen zwischen Weiß und Braun erreichten einen Siedepunkt.

Anna fand sich in alles, was um sie vor sich ging. Ob Krieg oder Frieden, so dachte sie sich, saubere Wäsche brauchen die Leute immer, also würde ihre Seife immer gefragt sein. Und das Holz, das Kupido aus Schluchten und von fernen Hügeln brachte, wurde immer dringender gebraucht. Zudem wurde er ein immer geschickterer Zimmermann, was beträchtlich zu seinem Einkommen beitrug. In bescheidenem Maße begann es mit ihnen sogar aufwärtszugehen.

Im Herzen jedoch konnte Kupido keine Ruhe finden. Die schwelende Glut, die ihn seit Jahren nachts wach gehalten und untertags angetrieben hatte, glomm weiter. Die ersten paar Monate nach ihrem Umzug war er ein bißchen mehr im Frieden mit sich selbst. Doch die Ruhelosigkeit wartete nur den rechten Augenblick ab, suchte nach einer Möglichkeit aufzubrechen.

Es trieb ihn, immer öfter Befriedigung bei Frauen zu suchen. Und nach dem kargen Busch, den er gewohnt gewesen war, kam die Stadt, überflutet von Menschenhorden aus den abgelegenen Grenzgebieten, einem grünenden Paradies gleich. Jedes Mal wenn Anna es auch nur wagte, ihn missbilligend anzublicken, machte er sich auf der Suche nach jemand anderem aus dem Staub. Versuchte sie mit ihm zu reden, ließ er in äußerster Zerknirschtheit den Kopf hängen und versicherte ihr, er wisse nicht, woher dieser Drang komme; es war etwas, das einfach Besitz von ihm ergriff, er konnte einfach nicht widerstehen.

Ich bin deine Frau, beharrte sie. Du hast Kinder. Du bist kein junger Spund mehr. Nimm Vernunft an, ehe du Schande über uns bringst.

Dann sagte er: Ich weiß, ich weiß.

Und vielleicht ließ er es eine Zeit lang bleiben, doch dann flammte das Feuer wieder in ihm auf. Oder er versuchte, der Versuchung aus dem Weg zu gehen, und dann begann er zu trinken. Einmal stahl er sogar ein Halbfässchen Branntwein vom Wagen eines

Händlers, der hinter der Drostei haltgemacht hatte, um abzuladen. Hätten sie ihn ertappt, versicherte Anna ihm, dann hätten sie ihn schnurstracks zum Kap gebracht. Neunschwänzige Katze und Dunkles Loch, wenn nicht sogar der Galgen, ein für allemal. Und er solle dann ja nicht kommen und sich an ihrer Schulter ausweinen.

In solchen Augenblicken tat Kupido sich selber unendlich leid. Gelegentlich blieb er tagelang im Bett und brach in Tränen aus, wenn jemand versuchte, im Vorhaltungen zu machen. Doch früher oder später stand er wieder auf und rannte in die nächste Kneipe. Oder zum nächstgelegenen Frauenfleisch. Am schlimmsten war es, wenn er nicht fand, was er suchte. Dann war nichts zu erbärmlich. Er schlich sich sogar in die Viehkraals der Drostei und suchte sich eine Ziege aus, so wie in alten Zeiten, als er genommen hatte, was ihm über den Weg lief.

So kannst du nicht weitermachen, Kupido, zankte Anna ihn aus. Du bringst Schande über mich und unsere Kinder.

Ich kann nichts dagegen machen, Anna. Ich bin so gemacht.

Dann ist es Zeit für eine Umarbeitung. Eine Ziege! Um Himmels willen, Mann. Wo ist dein Schamgefühl?

Wenn deine Mutter das wüsste …

Lass meine Mutter aus dem Spiel.

Wenn deine Mutter das wüsste. Du kannst von nichts Lebendigem, das dir über den Weg läuft, die Finger lassen. Höchstens von einem Hasen, vielleicht, aber auch nur, weil er zu schnell ist.

Lass mich in Ruhe, lass mich. Du hast keine Ahnung, was in meinem Kopf vor sich geht.

Ich weiß, was in deinem Ding vor sich geht, und das ist schlimm genug.

Anna, hör jetzt auf damit.

Nein, ich höre nicht auf. Denn es geht mich etwas an. Ich bin deine Frau. Bedeute ich dir denn gar nichts?

Dann versank er wieder in Trübsal. Ihretwegen. Seinetwegen. Aber nicht lange. Bald fing er wieder damit an.

Und es ging auch nicht immer gut aus. Zwei-, dreimal brachte es ihn in große Schwierigkeiten. Einmal wurde er, als er sich mit der Frau eines anderen einließ, direkt auf ihr ertappt; der Mann zog ein Messer und schwor, er werde den Schurken auf der Stelle kastrieren.

Doch Kupido, splitterfasernackt, rollte sich von der Frau herunter und erwartete geduckt seinen Angreifer. Es war so, wie wenn der Drang zu trinken oder der Frauen-Drang ihn übermannte – es machte ihn blind, er sah nichts mehr. Er tat nichts mehr, senkte nur den Kopf und ging auf den Mann los. Das Messer riss eine klaffende Wunde in Kupidos Schulter, aber das machte es nur noch schlimmer. Die Frau fing an zu schreien. Andere Leute kamen zum Schauplatz des Geschehens. Als sie Kupido zu fassen bekamen, saß er rittlings auf dem gehörnten Ehemann und umklammerte mit beiden Händen seinen Hals. Nur eine Haaresbreite vor dem Erwürgen schafften sie es, Kupido wegzuzerren. In bemitleidenswertem Zustand kam er nach Hause zurück. Und ohne seine Kleidung. Versuchte, sich vor Anna zu verstecken. Doch sie zog ihn unter seiner Decke hervor und fing an zu wettern. Nicht einmal wenn der Sunday's River Hochwasser führte, würde er ihn reinwaschen. Bis ein reumütiger Kupido wieder einmal in Tränen ausbrach. Und darauf wusste sie keine Antwort.

Beim zweiten Mal hatte Kupido sein eigenes Messer bei sich, das wunderschöne Geschenk von Servaas Ziervogel. Er hatte die Frau im Grasland aufgegabelt, als sie – es ist wirklich wahr: für Anna – *Ganna*-Sträucher sammelte. Ihr Mann fiel hinterrücks über Kupido her. Doch der befreite sich und stach blindlings mit seinem Messer drauflos. Der wütende Ehemann stach zurück und verfehlte knapp Kupidos Gurgel. Überall war Blut. Der Angreifer musste Kupido helfen, sich nach Hause zu schleppen, wo er vor Schmerz und Trübsal weinen und wehklagen und wüten und toben konnte, ehe er loszog, um sich bis zur Besinnungslosigkeit zu betrinken, und dann drei Tage wie ein Sterbender in Ma Marthas *Kaia* im Bett lag.

Beim dritten Mal war es Mord. Diesmal ging keiner dazwischen, als er und die Frau es taten. Doch anschließend beichtete sie, überwältigt von Reue, alles ihrem Ehemann. Zuerst prügelte er sie fast zu Tode, dann stürmte er hinaus, immer noch seinen schweren Knüppel, den *Kieri* umklammernd, um sich in Ma Marthas *Kaia* Kupido vorzunehmen. Ohne sich die Mühe zu machen, eine Erklärung zu fordern oder selbst etwas zu sagen, prügelte er auf Kopf und Schultern Kupidos ein. Drei-, viermal trieb er ihn um die *Kaia* herum, und alle Frauen in der Nachbarschaft schnatterten und heulten, versuchten die kreischenden Kinder aus dem Weg zu bugsieren. Schließlich stürmte Kupido in die *Kaia* zurück, und als der Betrogene sich duckte, um ihm nachzusetzen, erwartete Kupido ihn mit dem wunderschönen Jagdmesser. Ein einziges Zustoßen, nach vorn und aufwärts, und der Mann war tot.

Großes Wehklagen in der *Kaia*. Wie sollten sie Kupido diesmal vor dem Galgen retten? Eine Sache war es, mit einem Fremden auf der Straße Streit anzufangen und ihn dann tot liegen zu lassen (Kupido hatte Anna von seinen Reisen erzählt); aber in einer Weißen-Stadt einen Mord zu begehen, das war etwas anderes. Auf der ganzen Welt gab es keine Seife, um sich davon reinzuwaschen.

»Anna, du musst mir helfen«, flehte Kupido, der am ganzen Leib zitterte, Knie, Arme, alles; er kauerte neben dem Toten, der in einer Blutlache lag, die immer größer und klebriger, dunkler wurde. Schon schwirrten Fliegen um die Pfütze herum. Und er spürte bereits den Strick um den Hals. War es das, wofür seine Mutter ihn auf diese Welt gebracht hatte? Was er erhofft und wofür er gelitten hatte? Für das er umhergezogen war, den ganzen Weg vom Koup, über Berge und Ebenen, an Sternen und entlegensten Fernen vorbei? Wiewohl der Hunger in ihm immer noch nicht gestillt war, das Feuer in ihm immer noch glomm? Er wusste noch immer nicht mit Sicherheit, wessen Kind er war. Wer *er* war. Er wusste nichts. Außer dass er unmöglich jetzt schon sterben konnte, das wäre einfach zu undenkbar.

»Anna, du musst mir helfen«, jammerte er weiter. »Du bist meine Frau.«

»Das hättest du dir überlegen sollen, ehe du die Frau eines anderen beackert hast. Du hast es nicht besser verdient.«

»Anna, hilf mir«, schluchzte er. »Hilf mir, Anna.«

Und ihr Herz wurde weich. Sie konnte nicht anders, das war der Mann, den sie sich erwählt hatte, der Mann, der sie mit Glühwürmchen getauft hatte; sie musste sich um ihn kümmern.

»Geh raus«, sagte Anna Vigilant. »Nimm die Kinder mit. Du auch, Ma Martha.«

»Du hast kein Recht, mich aus meinem eigenen Haus zu werfen.«

Er schüttelte den Kopf, zu verwirrt, um zu streiten. Die Kinder klammerten sich an seine Beine, wimmerten und heulten. In seinem ganzen Leben hatte er sich noch nie so schrecklich gefühlt.

Doch ganz tief drinnen in seinem Herzen wusste er: Käme in diesem Augenblick eine schöne Frau vorbei, er ginge ihr nach. Selbst wenn sie ihm dafür zehnmal die Schlinge um den Hals legten.

Endlich gelang es ihm, die Kinder zu beruhigen, indem er ihnen, auf dem Boden vor der Hütte kauernd, Geschichten erzählte. Die Geschichten seiner Mutter, die Geschichten Annas.

Ma Martha saß da, die Beine von sich gestreckt, und hörte ihm zu, ohne ein Wort zu sagen. Ihn anzusehen, weigerte sie sich.

Es war wohl eine Stunde oder mehr vergangen, ehe

Anna die wacklige Tür, die schief in ihren Angeln aus Lederriemen hing, öffnete.

»Ihr könnt jetzt reinkommen«, sagte sie.

»Wo ist der Mann?«, fragte er mit erstickter Stimme.

»Hier war kein Mann«, erwiderte Anna mit ausdrucksloser Stimme. »Krieg das in deinen Kopf rein.«

»Anna, Anna.« Es war, als wäre ein Wirbelwind durch ihn hindurchgegangen, ein Sandsturm, ein *Sarês*, der Bote des dunklen Gottes Gaunab.

»Erzähl es mir einfach«, bat er sie in dieser Nacht noch einmal, als sie allein waren – nachdem sie ihm einen großen Topf Wasser heiß gemacht und ihm zugesehen hatte, wie er sich vor ihr mit einem Stück ihrer besten Flusspferdseife von Kopf bis Fuß wusch.

»Da gibt es nichts zu erzählen.«

»Ich habe einen Mann getötet. Du hast ihn weggeschafft.«

»Ich habe auch das ungebärdige Messer weggeschafft.«

»Wie hast du das gemacht?«

Sie sah ihn nicht an. »Ich habe geträumt«, sagte sie nach langem Schweigen.

Er schüttelte den Kopf. Er wusste, es hatte keinen Sinn zu reden.

»Wie kann ich dir danken?«, fragte er leise.

»Du kannst mir danken, indem du nie wieder so etwas machst.«

»Ich wünschte, ich könnte es dir versprechen. Aber wie könnte ich das? Du weißt doch, wie ich bin.«

»Ich werde dir helfen, Kupido.«

Er presste den Kopf an ihre Brust. Er wollte es so sehr. Nichts wünschte er sich mehr als das. Aber er wusste es jetzt schon. Morgen, wenn eine neue Sonne über der Welt aufging, wenn er dann wieder eine Kalebasse Wein oder eine schöne Frau mit wiegenden Hüften sähe oder ein Messer sich in seine Hand schmiegen spürte, wäre der Drang wieder da. Er war noch nicht bereit, ihre Art Träume zu träumen.

Aber zumindest würde er sich bemühen. Schließlich und endlich hatte er seinen Stolz. Wo war er denn heute. Er wohnte in einer Stadt unter anderen Leuten, weißen und braunen. Seine Hände hatten Arbeit. In gewisser Weise wurde er geachtet. Es war vielleicht nicht das, was seine Mutter sich für ihn gewünscht hatte. Aber es war etwas. Stimmte doch, oder?

Und allmählich, mit Anna Vigilant an seiner Seite, sah es für ihn tatsächlich besser aus.

In jenen unruhigen Zeiten waren geschickte Handwerker sehr gefragt. Und kein Geringerer als der neue Landdrost Frans Bresler, der in die Drostei eingezogen war, um die Stelle Mijnheer Mayniers und seines vorübergehenden Nachfolgers Gerotz einzunehmen, schloss einen Vertrag mit Kupido Kakerlak, Zimmermann, laut dem dieser mit einer jährlichen Summe von sechzehn Rixdollar (nicht weniger als vier englische Shilling) plus Kost und Kleidung dafür entlohnt werden sollte, dass er die Drostei mit Bauholz versorgte – der höchste Lohn, den ein Beamter in jener Zeit einem Handwerker zahlen durfte. Allerdings klingt das nicht mehr so beeindruckend, wenn man bedenkt, das weiße Kapstädter zu dieser Zeit sechs

Rixdollar monatlich zahlten, um ihr Töchter zur Schule zu schicken. Doch das gehört nicht hierher. Kupido Kakerlak war nicht weiß, und seine Kinder gingen nicht zur Schule.

15. Aufruhr in der Kirche

Der Wendepunkt kommt an einem Sonntag im Juni, als Kupido auf dem Weg vom oberen Ende des Dorfes zu Ma Marthas *Kaia* ist, nachdem er im Auftrag Annas einen Schwung Seife geliefert hat. Unterwegs hat er bereits ein Summen und Brummen bemerkt, als wäre der ganze Ort ein Bienenstock. In den zurückliegenden Monaten ist es oft zu Protesten und Handgreiflichkeiten gekommen, wenn die Leute sich aus dem einen oder anderen Grund auf den Straßen versammelten. Aber heute ist es schlimmer, bedrohlicher, wütender. Weiße, die sich in kleinen Knäueln und Gruppen vor diesem oder jenem Haus drängen, sind, wie er feststellt, alle mit Flinten bewaffnet. Selbst bei den Ansammlungen von Khoi in der Nähe der Kirche fallen ihm Gewehre auf, etwas, das bislang selten zu sehen war.

Bei der Menge vor der Kirche bleibt er stehen, um zu fragen, was hier los ist.

»Diese Geschichte wegen der Kirche«, sagt ein alter Mann und spuckt einen Strahl gelben Tabaksafts knapp an seinem Gesicht vorbei.

»Welche Geschichte?«, fragt er. In den vergangenen Wochen hat Anna darauf bestanden, dass er sich von den Straßen fernhält. Das sei nicht ihre Welt, erklärte sie; wenn sie sich in die Auseinandersetzungen anderer Leute hineinziehen ließen, gäbe das nur Ärger. Vor allem wenn es um die Kirche des weißen Mannes gehe, man wisse ja, kein Streit sei so schlimm wie ein Streit über Götter. Weiße wüssten nichts von Tsui-Goab und Tkaggen, und es habe gar keinen Zweck, darüber zu reden; viel besser sei es, jeden glauben zu lassen, was er wolle.

»Es ist wegen dem großen Mann.«

»Welcher große Mann?«

»Wie kommt es, dass du hier wohnst und nichts von ihm weißt?«

»Jetzt will ich es wissen.«

»Der große Mann, der, den sie van der Kemp nennen, der Missionar. Der predigt hier in der Kirche jede Woche für uns Khoi. Und er hat alle eingeladen, die getauft sind, dass sie kommen und an Wein und Brot teilhaben.«

»Was hat denn Wein damit zu tun?«, fragt Kupido mit neu erwachtem Interesse.

»Alle Getauften bekommen Wein. Es sagt, es ist das Blut von seinem Tsui-Goab, von dem, den sie Jesus nennen.«

»Das Blut kann er behalten«, beschließt Kupido. »Aber wenn es Wein gibt, dann komme ich und höre zu.«

»Du kannst nicht einfach trinken. Du musst erst getauft werden, um ein Kind des Herrn zu werden.«

»Dann gibt er dir Wein?«

»Dann gibt er dir Wein.«

»Niemand hat mir je gesagt, wessen Kind ich bin«, meint Kupido. »Meine Mutter hat mir jedes Mal eine andere Antwort gegeben. Möglicherweise war es Heitsi-Eibib. Oder ein Fremder, der nachts vorbeigekommen ist. Oder einer der Graufüße, der *hai-noen*, oder einer von den Geistern, den *sobo khoin*. Meiner Meinung nach hätte es sogar der Baas sein können, so was hat er oft gemacht. Alles, was meinen Vater betrifft, liegt im Dunkeln. Wenn also Wein mit im Spiel war, hätte es genauso gut dieser Jesus sein können. Woher hätte sie es denn wissen sollen. Es ist im Dunkeln passiert.«

»Dann komm mit und hör es dir selber an«, schlägt der Alte vor und spuckt noch einen Strahl Spucke an Kupidos linkem Ohr vorbei. »Es ist schon fast Zeit für den Gottesdienst.«

Kupido zögert immer noch. Wein ist eine Sache, doch er hat genug großmächtige Geschichten gehört, von Servaas Ziervogel und anderen, um bei dem Ganzen misstrauisch zu sein.

»Kommst du jetzt mit rein oder nicht?«, fragt der Mann. »Wenn du mitkommst, kannst du selbst entscheiden.«

Woraufhin Kupido sich zusammen mit den anderen in die kleine, weiß getünchte Kirche wagt. Allerdings ist ihm unbehaglich zumute, weil alle Khoi sich an diesem Ende der Kirche drängen und alle Weißen am anderen Ende einen festen Block bilden. Und immer noch sind überall diese Flinten. Vielleicht wäre es besser gewesen, draußen zu bleiben, Wein hin oder her. Er hat allmählich das Gefühl zu ersticken und blickt in alle Richtungen um sich, um zu sehen, ob er nicht doch noch schnell entwischen könnte.

Doch ehe er zur Tür flitzen kann, tritt ein langer, dünner Mann in schwarzem Frack und mit gewölbtem, kahlen Schädel vorn ein; die Menge weicht auseinander, um ihn wie durch eine enge Schlucht in den Bergen passieren zu lassen. Er schreitet zu einem aufgebocktem Tisch ganz vorn. Darauf sieht Kupido ein paar silberne Platten mit Brot. Und einige blankgeputzte Kannen.

»Wein«, flüstert der kleine Alte neben ihm.

Nicht gerade viel für so eine Menge Leute, denkt Kupido, doch mittlerweile ist er so durstig, dass ein einziger Schluck ihm wie ein Quell vorkäme.

Der große, kahle Mann breitet weit die Arme aus. Es hat den Anschein, als wolle er fliegen, und kurz ist Kupido überzeugt davon. Doch im letzten Augenblick passiert es doch nicht ganz, wiewohl Kupido nach wie vor damit rechnet, dass etwas Derartiges geschieht. Der Mann gibt ein paar Sätze von sich, die Kupido in dem allgemeinen Lärm nicht versteht; er ist auf alles gefasst. Doch dann bricht die Khoi-Versammlung ohne Ankündigung oder Warnung in Gesang aus, und Kupido stimmt voller Begeisterung ein; seine mächtige Stimme erschallt wie eine Glocke – nach seiner ganz eigenen Melodie, wie bei den Andachten auf der Farm seines ersten Baas, ein Regengesang an Heitsi-Eibib. Erst viel später erklärt ihm jemand, dass an jenem Morgen der 134. Psalm angestimmt wurde:

Wohlan, lobet den Herrn, all ihr Knechte des Herrn, die ihr steht des Nachts im Hause des Herrn …

Noch ehe ihr laut tönender Gesang verklungen ist, erheben sich die Leute am anderen Ende der Kirche und antworten mit Psalm 74:

Deine Widersacher brüllen in deinem Hause und stellen ihre Zeichen als Zeichen dafür auf … Sie verbrennen dein Heiligtum, bis auf den Grund entweihen sie die Wohnstatt deines Namens …

Ein paar Minuten sieht es so aus, als würden die verfeindeten Gruppen gleich hier in der Kirche aufeinander losgehen. Doch der große Mann vorn hebt völlig unbeeindruckt die langen Arme und ruft mit lauter Stimme: »Lasset uns beten.«

Und auf diese Weise wird eine Auseinandersetzung vermieden, von der Kupido einen Augenblick lang geglaubt hatte, sie sei beschlossene Sache. Jammerschade, dachte er, dass wegen diesem Durcheinander kein Wein ausgeschenkt worden ist.

Doch das Erlebnis geht ihm nicht aus dem Sinn. Er erzählt Anna davon, aber nicht sofort, sondern erst, nachdem er es in seinem Kopf hin- und hergewälzt hat, so wie ein Kieselstein nach einem plötzlichen Regenguss in einem Strudel umhergewirbelt wird.

»Lass dich nicht auf derlei ein«, antwortet sie kurz angebunden. »Das ist eine Angelegenheit der Weißen. Mit uns hat das nichts zu tun.«

»Von unseren Leuten waren auch viele dort.«

»Deine Leute vielleicht, meine aber nicht.«

»Willst du jetzt etwa behaupten, du seist etwas Besseres als ich?« Er legt eine Hand auf seinen *Kierie*, den jeder Mann immer bei sich trägt. Nie hat er die Hand gegen sie erhoben; aber sie darf seine Geduld nicht auf die Probe stellen. Und das weiß sie.

»Nicht besser. Manchmal schlimmer. Aber wir, die Khoi und die San, wir müssen unseren eigenen Weg gehen. Wenn wir unter die Füße der Weißen geraten, zertrampeln sie uns.«

»Seit dem Tag unserer Geburt sind wir unter ihren Füßen. Es gefällt uns nicht, dass es so ist, aber so ist es nun mal.«

»Wir können nichts daran ändern, wie wir in die Welt gekommen sind. Aber was wir *jetzt* tun, das können wir entscheiden. Und es gefällt mir nicht, Kupido.«

»Irgendetwas hatte er an sich, dieser Mann«, sagt er, immer noch aufgewühlt. »Ich weiß nicht, was es war. Ich weiß nur, es hätte schlimm enden können. Am Himmel standen Gewitterwolken, aber dieser Mann hatte überhaupt keine Angst. Sein Gesicht schien zu leuchten.«

»Das will nichts heißen.«

»Der Mann kann fliegen«, verkündet er aus einer plötzlichen Eingebung heraus.

»Was?«

»Er kann fliegen.«

»Woher weißt du das?«

»Ich habe es gesehen, Anna. Mit diesen zwei Augen.«

»Das ist eine Lüge.«

»Hör auf das, was ich sage, Anna.«

»Ich werde hören, aber ich werde dir nicht zuhören. Nicht wenn du schalen, vertrockneten Tabak kaust.«

»Wir werden ja sehen«, sagt er.

»Ja, wir werden sehen.«

Und damit lassen sie für jetzt die Sache auf sich beruhen.

16. Der Tag des Fast-Krieges

Kupido ist bestimmt wieder mit einer anderen Frau zusammen, zu diesem Schluss kommt Anna Vigilant verdrossen, als er im Verlauf der nächsten Wochen regelmäßig von zu Hause verschwindet, selbst wenn er eigentlich für den Landdrost Holz fällen, oder ein Wagenrad befestigen, oder einen Tisch abhobeln sollte. Oder aber er trinkt wieder. Wenn er nur nicht wieder in Schwierigkeiten gerät. In Wirklichkeit geht er aber in die Kirche oder den kleinen Saal gleich daneben, wo Reverend van der Kemp oder einer seiner Assistenten – der kränkliche Reverend van der Lingen, der einen Buckel hat und schwach auf der Brust ist, oder der junge, rotgesichtige Reverend Read – ihr kirchliches Amt versehen. Read, der erst vor kurzem aus England gekommen ist und immer noch mit dem Holländischen kämpft, ist hauptsächlich damit beschäftigt, Kindern Rechnen und Schreiben beizubringen. Die beiden älteren Missionare halten Katechismusstunden für die zweiunddreißig Khoi, die mehr über die Bibel erfahren wollen, damit sie sich so bald wie möglich taufen lassen können.

Kupido hält sich von den anderen fern. Aber er ist immer in der Nähe. Meistens um einzuspringen, wenn ein Tisch oder ein Stuhl woanders hingestellt oder ein Stapel Fibeln aus dem Pfarrhaus geholt werden soll oder Botengänge zu erledigen sind. Normalerweise heißen die Reverends ihn herzlich willkommen, obwohl, der lange, dünne Mann in dem Mantel und der Hose aus schwarzem Kord ist oft zu tief in Gedanken versunken, um irgendjemand zu bemerken, wenn er mit langen, steifbeinigen Schritten wie ein Reiher einherschreitet.

Seine Geistesabwesenheit, erklärt einer der Katecheten Kupido, als er sich allmählich getraut, Fragen zu stellen, rührt daher, dass er ein so gebildeter Mann ist. Er spricht alle Sprachen, die Menschen und Tiere kennen, einschließlich Xhosa; das hat er gelernt, als er drüben über dem Great Fish River mit Häuptling Ngqika zusammengearbeitet hat; jetzt beginnt er sogar, die Khoi-Sprache zu lernen.

Aber was macht ein solcher Mann hier bei ihnen?

Das ist eine lange Geschichte, die ihm erst mit der Zeit Stück für Stück berichtet wird. Soweit er daraus klug wird, ist der Mann ein sehr gebildeter Mensch von jenseits des großen Wassers, aus einer Stadt, die größer ist als Kapstadt. Aber auch ein schwieriger Mensch. Es heißt, es sei schrecklich gewesen, wie er getrunken und geraucht und gespielt und sich geprügelt habe. Und Frauen! Er hatte, obwohl noch unverheiratet, mit einem Mädchen, das er auf der Straße aufgelesen hatte, ein Kind (scharenweise Kinder, versicherten einige andere), doch dann holte er sich ein anderes Straßenmädchen und heiratete es, behielt aber seine üblen Gewohnheiten bei. Bis der Herr beschloss, ihn zur Ordnung zu rufen. Und jetzt ist er hier, in Graaff-Reinet, nahe dem unruhigen Grenzgebiet im Osten der Kapkolonie.

Kein Mensch kann sich für die Wahrheit dieser Geschichten verbürgen. Aber etwas in dem Bericht bringt in Kupido eine *Ghoera*-Saite zum Schwingen. Vor allem der Teil über Frauen und Trinken und Herumziehen in der großen Stadt. Ein solcher Mann, ist er geneigt zu denken, ein solcher Mann könnte es wert sein, dass man ihm zuhört. Der weiß doch bestimmt, was er sagt.

Eine Zeit lang zögert er noch, den Schritt zu tun. Doch dann geschieht einiges, das Kupido erneut nachgrübeln lässt.

Das Erste passiert kurz nach jenem Sonntag, an dem Kupido sich zum ersten Mal in die kleine weiße Kirche gewagt hat. Es fängt an mit Gerüchten, eine ganze Horde der von marodierenden, bewaffneten Xhosa aus ihren Häusern vertriebenen Farmer hätten mit ihren Wagen in einem Lager nahe Swaershoek, gleich hinter Bruintjieshoogte, Stellung bezogen. An die dreihundert Wagen, versichert man ihm. Sie hätten eine Botschaft geschickt, dass sie die Nase voll hätten von den Hottentoten, die ihre Kirche in Graaff-Reinet entweihten; wenn dies nicht sofort aufhöre, würden sie den ganzen Ort niederbrennen. Sie verlangten, dass alle Kirchenbänke gereinigt, der Platz um die Kirche umgegraben und um die Kirche ein Zaun gezogen werde, um diesen Haufen Heiden fernzuhalten, und dass die Kanzel zum Zeichen der Trauer, weil sie keinen eigenen Pfarrer hätten, mit einem Tuch verhängt werde.

Van der Kemp macht sich auf den Weg, um mit Mijnheer Maynier, der kürzlich in die Stadt zurückgekehrt ist, diesmal als Sicherheitsbeauftragter, über die Forderungen zu sprechen. Es sieht nicht allzu gut aus. Sollte es zu Gewaltausbrüchen kommen, stehen nur einundzwanzig leicht bewaffnete Dragoner, neunzehn *Pandoers* oder Hottentottensoldaten, ungefähr achtzig bewaffnete Khoi, eine Handvoll Weißer und vier kleine Feldkanonen bereit, um die Stadt zu verteidigen. Für seinen Teil erklärt der Missionar sich bereit, seine Hottentottengemeinde aus der Kirche abzuziehen, um den Frieden wiederherzustellen; in Zukunft würden sie sich im Pfarrhaus versammeln. Alle Weißen, die an den Gottesdiensten teilnehmen wollten, seien willkommen. Was jedoch ihn angehe, so werde er nie wieder einen Fuß in eine Kirche setzen, aus der eine Eingeborenengemeinde vertrieben worden sei.

Zusätzlich zu ihren Forderungen wollen die Farmer, dass alle einer Beteiligung an Angriffen auf Farmen verdächtigen Hottentotten an sie ausgeliefert werden. Doch das lehnt Maynier ab. Falls sich Hottentotten in der Stadt befänden, die solcher Verbrechen beschuldigt würden, werde er sie verhaften und gemäß den Gesetzen des Landes verurteilen lassen – keinesfalls jedoch werde er sie einem Haufen Farmer ausliefern, die darauf bestünden, das Gesetz in ihre Hand zu nehmen.

Zu diesem Zeitpunkt haben die aufrührerischen Farmer sich ein paar Hundert Meter von der Stadt entfernt hinter einem Rundhügel gesammelt. Am unteren Ende der Stadt bilden die verfügbaren Truppen einen Halbkreis, bereit zum Angriff.

Auch Kupido ist da. Da wird sich was rühren, glaubt er. Schwer hängen Mord, Feuer und Schwefel in der Luft.

In dem Augenblick, als es den Anschein hat, dass gleich eine Schießerei losbricht – die Feldkanonen sind schon in einer Reihe nebeneinander aufgestellt, die Soldaten stehen bereit, um zu laden und zu feuern –, schlendert der langbeinige Storch van der Kemp auf die Truppen zu. Beim Pfarrhaus biegt er in den Hof ein, geht zur rückwärtigen Seite des Hauses und taucht auf dem Pferderücken wieder auf. Einige seiner Leute versuchen dazwischenzugehen, er bedeutet ihnen jedoch mit einer Handbewegung, zurückzutreten, und reitet in leichtem Trab die breite, staubige Straße hinunter.

Auf halbem Weg, genau gegenüber der Stelle, wo Kupido gaffend steht, zügelt der Missionar plötzlich sein Pferd, verweilt noch im Sattel und schaut eine Weile auf den Boden vor ihm; dann steigt er langsam ab, kauert sich hin und hebt etwas auf. Einen Augenblick lang schaut er mit geistesabwesendem, kurzsichtigen Blick um sich, bemerkt dann Kupido und stakst auf seinen langen, dürren Beinen auf ihn zu.

»Hier«, sagt er, als murmle er vor sich hin.

Automatisch streckt Kupido ihm die geöffnete Hand hin. Sorgsam bettet der Missionar hinein, was er gerade von der Straße geborgen hat. Eine leuchtend grüne Gottesanbeterin, die sich auf ihren zarten Hinterbeinen hin und her wiegt.

»Bring das kleine Ding da an einen sicheren Ort. Ich will nicht, dass es zu Tode getrampelt wird, falls es heute zum Krieg kommt.«

Ohne zu verweilen, kehrt er zu seinem Pferd zurück, besteigt es mit einem eher unbeholfenen Schwung seines ungünstig eingehängten Beins und setzt seinen Ritt die Straße hinunter fort, in Richtung auf den Rundhügel unmittelbar hinter der Stadt, der in der glühenden Sonne schimmert. Dahinter liegt, wie alle nur allzu gut wissen, die zum Angriff bereite kolonistische Streitmacht. Gewisslich reitet dieser Missionar, ganz allein gegen Hunderte Kolonisten, in den Tod. Es gibt keine Hoffnung, ihn lebendig wiederzusehen.

Kupido spürt sein Herz flattern wie einen gefangenen Finken, der aus einer Falle zu entkommen sucht. Behutsam legt er die linke Hand über die andere, die das Insekt birgt, geht zum Straßenrand und in den nächstgelegenen Garten, wo er die Gottesanbeterin sanft in ein großes Büschel Gras schüttelt.

Ihm wird klar, gerade ist etwas von unaussprechlicher Tragweite geschehen. Sein Körper wird ganz ruhig, schließt sich um das Geheimnis in ihm.

Inmitten all der anderen, Braun und Weiß, die sich am Rand der Straße drängen, geht er nach Hause zurück.

Lange ist es in der Stadt so still wie auf einem Friedhof. Hier und dort bellt ein Hund, in der Ferne gurrt herzerweichend eine vereinzelte Taube, unten am Fluss zwitschern die Webervögel. Sie wissen, jeden Augenblick kann jetzt die Hölle losbrechen.

Und dann kommt der Missionar so gemächlich und gelassen wie vorher zurück, nun in Begleitung zweier bärtiger Kolonisten in Moleskinhosen und breitrandigen Hüten. Gemeinsam treten sie in die Drostei, Maynier und seine Berater, die *Heemraden*, im Schlepptau.

Erst nachdem Maynier und Landdrost Bresler und, flankiert von den beiden, Reverend van der Kemp wieder aufgetaucht sind und verkünden, dass man Frieden geschlossen hat und die Farmer bereit sind, sich zurückzuziehen, zerstreut sich die Menge, und die Städter kehren in kleinen Gruppen in ihre Häuser zurück. Ein Großteil der Hottentottengemeinde begibt sich zum Pfarrhaus, um einen Dankgottesdienst zu feiern. Diesmal hält nichts mehr Kupido. Zusammen mit all den anderen geht er hinein. Und singt, wie er es gewohnt ist, lauter als irgendjemand sonst.

Nach dem Gottesdienst geht der Missionar zu seinen Kollegen in die kleine Schule. Kupido folgt ihm auf den Fersen, immer noch unter dem Bann des Geschehenen.

»Baas«, setzt er an, als er den Mann in Schwarz einholt.

Van der Kemp bleibt stehen. Wendet sich langsam um. Unter seinen dicken schwarzen Augenbrauen, die auf seiner gewölbten Stirn zwei umgekehrte Zimmermannswinkel bilden, spähen zwei Augen zu Kupido.

»Wie hast du mich genannt?«

»Baas«, murmelt Kupido mit plötzlich vor Bangigkeit erstickter Stimme.

»Nenn mich nie wieder so«, tadelt der Missionar

ihn leise. »Auf dieser Welt ist kein Mensch eines anderen Baas. Wir alle sind Sklaven der Sünde.«

»Baas?«

»Nein, ich will nie wieder dieses Wort aus deinem Mund hören.«

»Wie soll ich den Baas dann nennen?«

»Du kannst mich mit ›Reverend‹ ansprechen. Wenn es sein muss.«

»Reverend«, wiederholt Kupido langsam, als schmecke er dem Wort nach. »Das ist wohl ein sehr großes Wort.«

»Kein großes Wort. Nur ein Name.«

»Es klingt wie ein Name, der viel zu groß für jemanden wie mich ist. Zu groß und zu weiß.«

»Keineswegs. Wenn du es wirklich wolltest, könntest du selbst ein Reverend werden.«

»Das kann ich mir nicht vorstellen«, erwidert Kupido mit einem verwirrten Glucksen.

»In den Augen Gottes gibt es keine Unterschiede zwischen den Menschen.« Schweigen. »Ich habe dir gesagt, wir alle sind Sklaven der Sünde. Doch das Blut Unseres Herrn Jesus Christus kann uns alle von der Sünde reinwaschen und durch Seine Gnade erlösen.«

»Wie macht man denn so was?«, fragt Kupido, und beinahe bleibt ihm das Wort im Hals stecken.

»Komm morgen in meine Katechismusstunde. Dann können wir anfangen, an deiner Seele zu arbeiten.«

Mit offenem Mund starrt Kupido ihn an.

Als er nach Hause kommt, erwartet Anna ihn neben ihrem riesigen schwarzen Kessel in Ma Marthas Hof.

»Wo bist du gewesen?«, fragt sie mit einem Seufzen. »Bei einer anderen Frau, um diese Tageszeit?«

»Siehst du die Seife da?«, fragt er ruhig.

»Was ist denn mit der Seife?«

»Du weißt doch, wie weiß die Wäsche wird, wenn man sie mit dieser Seife wäscht, oder?«

»Natürlich weiß ich das. Willst du mir jetzt etwas über Seife beibringen?«

»Morgen nehme ich dich in die Kirche von diesem Mann, diesem Reverend, mit. Wenn wir wieder rauskommen, sind wir weiß.«

»Ich hab's schon mal probiert, mich weiß zu machen, in einem solchen Kessel«, erinnert sie ihn. »Ich hinke immer noch von dem Versuch, weiß zu sein.«

»Ich spreche nicht von deinem oder meinem Körper, Anna.«

»Von was denn dann?«

»Es gibt da etwas, das sie Seele nennen.«

»Lass mich in Frieden«, erwidert sie, kehrt ihm den Rücken zu und rührt wieder mit der langstieligen Schöpfkelle im Kessel.

»Der Mann spricht viel vom Waschen«, fährt er fort. »Wie du glaubt er daran, dass man Blut in die Seife mischen muss. Er sagt, dass dann die Wäsche viel weißer wird als irgendwas sonst.«

Anna kann nicht anders – sie sieht ihn von der Seite misstrauisch an, ob er das wirklich ernst meint. Aber sie glaubt ihm immer noch nicht. »Was weiß der denn schon von Seife?«

»Komm doch einfach mit, dann hörst du es selbst.«

Ärgerlich schnalzt sie mit der Zunge. »Du weißt nicht, was du da redest, Kupido Kakerlak.«

»Warte nur«, meint er. »Eines Tages werden die Leute Reverend zu mir sagen.«

Sie lacht, ein Lachen, das sich hinzieht wie der Faden einer Seidenraupe.

»Reverend Arschloch.«

Unbeeindruckt beharrt Kupido: »Ich werde ein Kind des Herrn sein«, sagt er.

17. Im Namen des Vaters und des Sohnes und des Heiligen Geistes

Am nächsten Morgen gehen sie alle ins Haus des *Heemrad*, nahe der Kirche, wo der Religionsunterricht stattfindet. Kupido, Anna und die vier Kinder Vigilant, Geertruid, Rachel und Jan. Kupido und Anna sagen kein Wort. Aber als sie Ma Marthas Haus verlassen, sieht er aus den Augenwinkeln, wie sie ihr rotes Hüfttuch umbindet und ihm einen Blick zuwirft, der eine finstere Warnung birgt: Sag nur ein einziges Wort, und du kriegst die Seifenkelle zu spüren.

Und sie meint es ernst. Ihr Betragen hat nichts Unterwürfiges. Im Gegenteil. Man möchte meinen, sie habe die ganze Nacht wachgelegen und gegrübelt: Erst will ich mir das Ganze sehr genau ansehen. Ich bin eine San, und so leicht lasse ich mich nicht übertölpeln. Aber wenn dieser Reverend wirklich fliegen kann und wenn er dich davon abhalten kann, zu anderen Frauen zu gehen und zu saufen und dich zu prügeln, dann ist er vielleicht doch nicht so übel.

Im Wohnzimmer des *Heemrad*-Hauses setzt sie sich zu ein paar anderen Frauen auf eine einfache Bank ganz hinten; die Kinder hocken sich vorne auf den Boden aus Pfirsichkernen, die in hübschen Mustern in eine Schicht Dung und Honig eingelegt sind. Kupido sitzt ganz vorne, aufrecht wie ein Erdmännchen. Fest entschlossen, sich nichts entgehen zu lassen.

Erst spricht Bruder Read zu ihnen, der immer noch große Schwierigkeiten mit den Vertracktheiten der holländischen Sprache hat. Seine Zunge ist noch das Englische gewöhnt. Und so wird sein rotes Gesicht noch röter. Für einen Reverend noch ein bißchen unreif, findet Kupido, wie ein grüner Pfirsich. Armer Kerl, die Sonne in Camdeboo ist anscheinend viel zu heiß für ihn. Doch etwas an ihm gefällt Kupido – wie der Mann die Frauen in der Gruppe mustert, vor allem die jungen. Damit kann er etwas anfangen. Er beschließt, dem Bruder eine Chance zu geben, was seine Seele betrifft. Man kann ja nie wissen.

Aber eigentlich wartet er auf den groß gewachsenen Reverend. Und als van der Kemp endlich erscheint und sich wie eine Katze, die durch Morast stolziert, seinen Weg durch die vielen Leute bahnt, wirft Kupido schnell einen Blick hinter sich, um sich zu vergewissern, dass Anna auch wirklich hinschaut.

Das tut sie. Dieser Missionar hat eine Art zu sprechen, die einen sogleich in Bann schlägt. Er redet nicht lange drum herum, sondern erzählt ohne Umschweife von der Hölle. Von dem Pfuhl voller Feuer und Schwefel; wie wenn im Hof ein Topf mit schäumender, blubbernder Seife überkocht, denkt Kupido. Von dem Heulen und Zähneklappern der Verdammten. Wie eine Trappe, die auf ebenem Boden Schwung holt, wedelt er mit den Armen. Und wie beim letzten Mal hat Kupido das Gefühl, er werde gleich abheben, über die Köpfe der Versammelten und durch die offene Tür hinausfliegen, weit weg.

Was da Schwung holt und sich über sie erhebt, ist seine Stimme. Höher und immer höher, als er die Sprossen der Sündenleiter erklimmt – Trunksucht, Gotteslästerung, Spielen, Raufen, Herumhuren –, bis er zur allerschlimmsten kommt; das ganze Haus hallt davon wider. Und dann Schweigen, völliges, tödliches Schweigen, als komme ein Windsturm aus dem Koup in den Hügeln zur Ruhe. Und dann spricht er wieder zu ihnen, und seine Stimme ist wie eine milde Brise, die in den Blättern raschelt. Sanft spricht er ihnen von Gnade und Fürsorglichkeit und Frieden, von Glaube, Hoffnung und Güte. Nicht lange, und Tränen strömen über seine bleichen, zerfurchten Wangen. Und viele der Männer und Frauen fangen auch zu weinen an.

Er spricht von seiner Jugend in Leiden. Von seinen Ausschweifungen und seinem sündigen Leben und seiner barbarischen Zügellosigkeit. Und von jenem Tag, als er in dem kleinen Boot die Maas hinunterruderte und ein Sturm aufkam. Wie der Wind heulte und seine Frau und das Kind laut schrien. Wieder will seine Stimme sich gen Himmel aufschwingen, höher und immer höher. Und diesmal lässt Kupido sich mitreißen, so sehr, dass das Wunder geschieht. Er sieht, wie der Reverend noch einmal mit seinen langen Armen rudert, als würden zwei große Räder sich drehen, zwei gigantische Flügel, und dann schwebt er empor, ganz langsam erst, dann schneller, immer schneller, immer größere Kreise beschreiben seine Arme. Und es geschieht nicht nur dem Reverend, auch Kupido durchläuft ein Zucken, aus seinen Armen wachsen Federn und sie verwandeln sich in Flügel, in mächtige Adlerschwingen; es fängt in den Füßen an, das Zittern, kriecht die mageren Beine hinauf und höher, das Rückgrat entlang bis zum Hals und noch höher – und jetzt springt es von ihm auf die anderen über, auf sie alle, auf die Männer, die Frauen, die Kinder, sie alle schweben zur Decke hinauf und durch die Fenster. Wie ein Vogelschwarm wirbeln sie dahin und fliegen, fliegen über die ganze Stadt und auf die Berge zu, hoch über alle Hügel und Buckel und Bergkämme und Gipfel, entlang des träge sich dahinschlängelnden Sunday's River. Und immer weiter, hin zum Meer, das die Farbe von Blut hat, die Küste entlang, über die Mündungen des Bushman-River, des Riet-River, des Great Fish River hinweg und über die Grenze, über alle nur denkbaren Grenzen hinaus, unvorstellbar weit, und immer höher und höher, vorbei am Mond und an den Sternen, bis hin zur Sonne, und dann geradewegs durch die Sonne hindurch, von allen Seiten ein einziges blendendes Licht, sie umflutendes, reinstes Licht, das durch sie hindurchleuchtet, sie reinigt. So sauber macht es sie wie die beste Seife, die Anna je gesotten hat. Und dann zurück, langsamer jetzt, zögerlicher, immer träger, bis allmählich die Stadt unter ihnen zu sehen ist, die Stadt mit ihren breiten, von Rinnsteinen gesäumten Straßen, den handtuchschmalen Gärten, den spärlichen Bäumen, den hingestreuten Häusern, dem Amtssitz des Drost, der Kirche. Und schließlich sitzen sie wieder auf den Bänken, und der Reverend kommt von den Himmeln dort droben herunter, landet in ihrer Mitte. Ein paarmal schlägt er noch mit den Flügeln, erschaudert bis in die Spitzen seiner langen Federn, kommt endlich, nach einem letzten Erzittern, zur Ruhe. Sein Gesicht glüht, er ist schweißgebadet. Sein riesiger kuppelartiger Schädel, der aussieht wie das Ei eines fremdartigen Vogels aus einer anderen Welt, glänzt von Schweiß. Viele Leute schluchzen, können ihre Gefühle nicht unterdrücken. Mit offenem Mund sitzt Kupido da, er schnappt nach Luft, ihm ist, als habe er bei einer Frau gelegen, die ihn bis auf den letzten Tropfen leergesogen, ihm jeglichen Gedanken geraubt hat.

Lobet den Herren, dringt die Stimme des frommen Mannes an sein Ohr, noch immer von weit her. *Lobe den Herren, o meine Seele. Solange ich Odem habe, will ich lobpreisen den Herren – des Herren Lob will ich singen bis an mein Lebensende.*

Und das ist nur der Anfang, der erste Tag.

An dem Abend, lange nachdem er und Anna die Kinder wie frisch gebackene Brotlaibe nebeneinander auf den Boden gebettet haben, sprechen sie noch miteinander.

»Ich bin froh, dass du mit mir gekommen bist«, sagt er in die Dunkelheit, nachdem sie zusammengelegen haben.

»Das musste ich. Du bist mein Mann.«

»Aber du hast es auch für dich selber getan.«

»Ja, auch für mich selber. Aber dieser Missionar, der ist wie ein dunkler Schatten. Seine Worte können Unheil über uns bringen.«

»Er ist ein guter Mensch.«

»Mag sein. Aber ist er für *uns* gut?«

»Was hältst du von dem Fliegen?«, fragt er vorsichtig.

Anna neben ihm bleibt lange stumm. Dann sagt sie: »Mit dem Fliegen, da bin ich mir nicht sicher, Kupido. Aber er spricht sehr überzeugend. Das ist alles, was ich dazu sagen kann. Und wenn er dir helfen kann, dass du dich von den Frauen fernhältst und mit dem Trinken und Raufen aufhörst, dann tut er vielleicht etwas Gutes. Ich bin mir aber nicht sicher, ob er recht daran tut, dass er uns von unserem Glauben abbringt.«

»Wie meinst du das?«

»Was soll aus uns werden, wenn er uns dazu bringt, dass ich mich von Tkaggen abwende und du dich von Tsui-Goab? Was ist, wenn ich nicht mehr so träumen kann wie bisher?«

»Wer sagt denn, dass das passiert?«

»Er spricht von seinem Herrgott. Er gehört nicht zu uns.«

»Meinst du nicht, dass hier genug Platz für Tsui-Goab und Heitsi-Eibib und Tkaggen und seinen Herrgott ist?«

»Nein, Kupido. Du wirst schon sehen, dass dann nicht mehr genug Platz für sie alle ist. Warte nur, der Tag wird kommen, an dem er zu uns sagen wird: Jetzt müsst ihr euch entscheiden. Entweder der eine oder der andere.«

»Darüber können wir uns den Kopf zerbrechen, wenn dieser Tag kommt. Doch jetzt kann ich an nichts anderes denken, als an fliegen.«

Sie antwortet nicht.

»Und du?«

»Ich bin schon immer geflogen, auf meine Weise. Im Kopf. Und das weißt du auch.«

»Aber ich möchte, dass du bei mir bist. Immer.«

Sie seufzt und greift im Dunkeln nach seiner Hand. »Ich werde bei dir sein, Kupido. Ich werde mit dir gehen. Doch mit dem Fliegen, da darfst du mich nicht drängen.«

Am Morgen darauf begleitet sie ihn wiederum. Auch die Kinder kommen mit. Für sie ist es ein großes Abenteuer.

Von jetzt an gehen sie jeden Tag hin. Kupido schneidet und sägt Holz wie eh und je, und Anna siedet ihre Seife. Aber vormittags gehen sie zur Katechismusstunde.

An manchen Tagen bekommen sie nur Geschichten zu hören. Meistens dann, wenn Bruder van der Lingen oder Bruder Read an der Reihe ist. Geschichten, wie sie derlei noch nie gehört haben. Von Adam und Eva und der Schlange. Von Noah mit seiner Arche. Von Daniel in der Löwengrube und Jonas im Walfisch und von David und Goliath. Oder von unserem Herrn Jesus Christus. Der Wasser in Wein verwandeln und die Kranken heilen und Lazarus, der schon vier Tage tot war, aus dem Grab auferstehen lassen konnte, und der an einen Holzpfahl mit einem Querbalken genagelt und dann wieder zum Leben erweckt wurde, gerade so wie Heitsi-Eibib, und der die Leute den Finger in die Löcher in seinen Händen legen ließ.

Dann wieder singen sie, die Gottesdienste dauern Stunden. Ein Gesang ist das, der Kupido Mut macht, mit dröhnender Stimme gegen die Wände anzuschmettern. Ein Gesang ist das, der Erwachsene schluchzen und die Kinder auf den Boden pinkeln lässt und Männer und Frauen dazu bringt, auf allen Vieren und mit Schaum vor dem Mund herumzukriechen.

Lobe den Herren, o meine Seele, und alles, was in mir ist, preise seinen Namen. Lobe den Herren, o meine Seele, und vergiss nicht, was er dir Gutes getan. Er, der dir alle deine Sünden vergibt, der alle deine Krankheiten heilt, der dich vor dem Untergang rettet; der dich mit liebender Güte und milder Gnade krönt, der deinen Hunger stillt, auf dass du wieder jung werdest wie der flügge Adler …

Voller Scheu blicken die Kinder auf die Erwachsenen. Sie verstehen nicht so ganz, was da geschieht, aber es ist, als würde ihnen Schnaps eingeflößt, es reißt sie mit, unwiderstehlich. Sie klammern sich an Bruchstückchen von Geschichten. Der Gesang lässt sie alles andere vergessen.

Den ganzen Winter hindurch, während der staubigen Frühlingstage, bis in die glühende Hitze des Sommers hinein. Bis kurz vor Neujahr. An dem Tag soll ein großer Gottesdienst am Ufer des Sunday's River stattfinden, bei dem alle Neubekehrten getauft werden. Lobet den Herren, halleluja!

Die Tage zuvor hat es wie aus Kübeln gegossen. Die Strömung im Fluss ist stark, sie bildet Wirbel und Strudel. Als Reverend van der Kemp ins Wasser steigt, versinkt er beinahe in der tosenden Flut. Vom Ufer erschallen besorgte Rufe. Sollten sie nicht lieber ein paar Tage warten, bis das Wasser sinkt? In dem brodelnden braunen Sturzbach könnte Unheil lauern.

Doch aus der brausenden Flut dröhnt die Stimme van der Kemps: »Oh, ihr Kleingläubigen! Der Herr der Heerscharen ruft euch!«

Anna Vigilant hat die ganz Zeit abseits gestanden. Dafür ist sie noch nicht bereit. Bis hierher und nicht weiter, hat sie zu Kupido gesagt. Zumindest jetzt nicht. Sie braucht Zeit, um mit Tkaggen zurate zu gehen. Sie braucht ihn, immer noch. Und soweit sie weiß, könnte er *sie* brauchen.

Die Kinder werden von Hand zu Hand gereicht. Zwei fangen an zu heulen und umklammern furchtsam Kupidos Beine, doch der wehrt sie ab und stößt sie das steile Ufer hinunter, in die ausgebreiteten Arme des Reverends. Er darf sich nicht von ihnen aufhalten lassen. Nicht in einem solchen Augenblick. Das ist sein Tag. Seine Gedanken eilen voraus. Vielleicht hebt er erneut ab, fliegt hinauf an Gottes Brust.

Eins, zwei, drei vier. Der Missionar tauft die Kinder. Vigilant, Geertruid, Rachel, Jan.

Sie krabbeln das steile Ufer hinauf; sie zittern, und ihre Gesichter sind verschmiert von Tränen und Rotz. Endlich in Sicherheit.

Jetzt ist Bruder Kupido an der Reihe.

Wie Donner schallt die Stimme des Gottesmannes

über die tosenden Wasser: *»Siehe, als Sünder wurde ich erschaffen, und in Sünde empfing mich meine Mutter … Säubere mich mit Ysop, und ich werde rein sein; wasche mich, und weißer als Schnee werde ich sein …«*

Wie mit Annas Seife, denkt er. Ein letztes Mal blickt er zurück. Starren Blicks steht sie wie versteinert hoch über ihm auf der Böschung, umringt von den heulenden Kindern. Sie wartet darauf, dass ein Wunder geschieht.

Doch was jetzt geschieht, ist kein Wunder.

Auf dem abschüssigen Ufer steht Kupido in seinem Sonntagsanzug mit Stehkragen und allem; Anna hat ihn von ihrem Seifengeld gekauft. Der Missionar steigert sich in sein Schlusswort hinein und wedelt mit den Armen.

»Vor diesem Freudentag«, dröhnt der heiligmäßige Mann, »vor seiner Bekehrung war unser Bruder Kupido ein großer Sünder vor dem Herrn, wie man schlimmer kaum je einen gekannt hat. Er war berüchtigt für sein Fluchen, sein Lügen und Trügen, für seine Rauflust und seine Fleischeslust, vor allem jedoch für sein Saufen, das ihn oft aufs Krankenbett warf, da es seinen Körper schwächte. Dann beschloss er jedes Mal, dieses Leben aufzugeben und nüchtern zu bleiben. Doch zu seinem Erstaunen gewann, kaum war er wieder bei guter Gesundheit, erneut die Sünde die Oberhand. Jetzt, in diesem bedeutungsvollen Augenblick, schwört er vor diesen Zeugen der Gemeinde Gottes alldem ab.«

Er wirft sein mächtiges Haupt zurück. »Im Namen Gottes, des Vaters, des Sohnes und des Heiligen Geistes«, ruft er mit Stentorstimme, »steige herab zum Wasser, Bruder Kupido.«

Das ist der große Augenblick, auf den alle gewartet haben.

Jetzt, denkt er, jetzt bin ich dran mit fliegen.

Er stürzt sich die Böschung hinunter in den Fluss. Der lange Missionar streckt die Arme nach ihm aus, aber er bekommt ihn nicht zu fassen. Grimmig bemächtigt der reißende Strom sich des schmächtigen Mannes, der sich so ohne jede Furcht in ihn gestürzt hat. Wie Donner dröhnt es ihm in den Ohren. Das muss es sein, denkt er, wovon Anna so oft erzählt hat, der Augenblick, in dem sie in einen ihrer Träume eintaucht, wenn sie das Gefühl hat, unterzugehen. Träum, Kupido, sagt er sich, um Gottes willen, träum! Jetzt gleich! Schnell! Träum! Doch die aufgewühlte Flut schwemmt alle Gedanken hinweg. Er kann nicht mehr atmen. Überall ist Wasser, um ihn, in ihm. Braunes, über ihn hereinbrechendes, reißendes, tosendes Wasser auf dem Weg zum Meer. Auf dem Weg in die Hölle, glaubt er.

Kupido spürt, wie es ihn umschließt, ihm alle Kraft raubt, ihn umherschleudert, in ein Meer von Finsternis zieht. Das ist schlimmer als fliegen. Und ungleich wundersamer.

Halleluja, denkt er noch. Das ist also das Ende. So stirbt er jetzt also zum dritten Mal in seinem Leben, und diesmal endgültig.

Ich komme, Herr Jesus!

II

1802–1815

REVEREND JAMES READ

Wiewohl schon früher mein Blick gelegentlich auf ihn gefallen war, könnte man doch wohl mit Fug und Recht sagen, dass ich aller Wahrscheinlichkeit nach anlässlich seiner Taufe im Sunday's River bei Graaff-Reinet an jenem stürmischen Tag Ende 1801 Bekanntschaft mit Kupido Kakerlak machte. Welch Ironie des Schicksals, dass ich, der ich ihn, nachdem ich ihn aus dem reißenden Strom gerettet und dem Leben wiedergeschenkt hatte, derjenige sein sollte, der ihn am Ende im Stich und allein in der Wildnis ließ; und dass ich, der ich daran beteiligt war, ihn in das geistliche Leben einzuführen, am Ende aus der Kirche ausgestoßen werden sollte, da ich selber den Versuchungen des Fleisches erlag.

Ich hielt ihn immer für ein wenig verrückt. Aber wenn es denn Verrücktheit war, dann eine einnehmende, herausfordernde, die mich beständig zwang, die Wurzeln meines Denkens und Urteilens einer Beurteilung zu unterziehen. War nicht meine eigene Entscheidung verrückt, als ich beschloss, die Sicherheit und Vorhersehbarkeit eines Lebens als bescheidener Zimmermann in dem kleinen Dorf Abridge in Essex zugunsten der Laufbahn eines Missionars in fremden, gefährlichen Gegenden in den entlegensten Erdteilen aufzugeben? War es nicht Verrücktheit, die mich bewog, bei Luther zu bleiben und mit ihm zusammen an Bord des wackeren Schiffes *Duff* zu gehen, um zu den südlichsten Gestaden Afrikas aufzubrechen? – *Nicht das, wofür du dich entscheidest, sondern das, was gegen deinen Willen, dein Denken und dein Sehnen dir widerfährt; das ist der Pfad, auf dem du wandeln sollst; dorthin rufe ich dich, auf dass du dort sein Schüler seist; dies ist deine Zeit, dies ist der Weg, den dein Herr und Meister ging.* Man bedenke nur das Ergebnis: Eine volle zwei Jahre währende Reise, die uns zuerst zur Küste Brasiliens brachte, wo wir von dem französischen Piratenschiff *Le Grand Bonaparte* gekapert wurden, dann nach Montevideo und Rio de Janeiro, und zwar an Bord eines anderen Schiffes, welches seinerseits von einer portugiesischen Flotte abgefangen wurde, die uns in Lissabon absetzte; dann zurück nach London, mittellos und verzagt, von wo aus ans Kap weiterzureisen nur noch sieben von uns nach wie vor entschlossen waren. Heute muss ich, wenn ich aufrichtig bin, eingestehen, dass ich nicht weiß, geschah es aus Gehorsam Luther gegenüber, dass ich mein Wünschen dem hintanstellte, was auch immer Gott mit mir vorhatte, oder aus gotteslästerlichem Beharren auf meinem Willen, obwohl doch so viele meiner Gefährten in unserem Unglück ein klares Zeichen Gottes sahen, um uns vom Erreichen des Kaps der Guten Hoffnung, wie es (ob aufgrund einer göttlichen Fügung oder ironisch, das muss sich erst noch weisen) genannt wird, abzuhalten. Sind denn Zeichen je klar? Kennt die Seele denn immer ihr eigenes blindes Denken? Wo endet der unergründliche Wille Gottes und beginnt das halsstarrige Ich? Ich war noch so jung, kaum dreiundzwanzig, als wir den Fuß in dieses wilde Land setzten. Wie hätte ich denn je vorhersehen können, damals, welch Drangsale noch vor mir lagen?

Ich erwähne all dies, weil es im Zusammenhang meiner Bekanntschaft mit Kupido Kakerlak zu sehen ist, von dem sich jetzt, zu spät vielleicht, sagen lässt, dass er lastender Fluch, aber auch Segen meines Lebens war.

Meiner Erinnerung nach hatte ich wohl einige Monate vor jenem Tag, dessen Bedeutung sich mir entzieht und an welchem es anscheinend Gottes Wille war, dass ich ihm das Leben rettete, meine erste Begegnung mit ihm. Es war in der kleinen, weiß gekalkten Kirche von Graaff-Reinet, wo es zu einer aufsehenerregenden Konfrontation zwischen Hottentotten und Kolonisten kam. Unser Vater van der Kemp hielt die Predigt, unterließ es jedoch einzugreifen, als es zum Zusammenstoß kam, was im wüsten, trotzigen Absingen gegensätzlicher Psalmen seinen Ausdruck fand. Er war nicht immer so passiv und friedlich! An jenem Tag schien er es jedoch darauf angelegt zu haben, die aufgebrachten Gefühle von selbst abflauen zu lassen, da die beiden Parteien sich nach einer Weile in seiner heiteren und beinahe heiligen Gegenwart (vorausgesetzt, es ist keine Sünde, von einem Menschen in solchen Begriffen zu sprechen) zu schämen schienen. Bei dieser Gelegenheit fiel mir Kupido inmitten der anderen nur wegen der Art und Weise auf, wie er in den Gesang einstimmte, und weil seine ungeheure Stimme in dem kleinen, nüchternen Bauwerk wie eine Orgel schallte, auch wenn er ganz und gar falsch und gegen die eigentliche Melodie ansang.

Nur wenige Wochen später drohten die Spannungen, wie ich mich jetzt erinnere, in einen Krieg auszuarten. Damals fiel Kupido mir erneut auf, in einer Menschenmenge, die sich auf der Hauptstraße drängte, die von der Kirche zur Stadt hinaus zu der Stelle führte, wo hinter einem Hügel die kolonistische Streitmacht Stellung bezogen hatte. Furchtlos und ungeachtet meines und einiger anderer Christen Flehens, ritt unser Vater los, um mit dem Feind zu verhandeln (nach allem, was in den dazwischenliegenden Jahren geschehen ist, muss ich in der Tat voll des Kummers einräumen, dass die Kolonisten unsere Feinde sind). Als unser Vater auf der Straße vor seinem Pferd eine kleine grüne Gottesanbeterin bemerkte, zügelte er sein Pferd, stieg wie der edle Krieger, der er einst in Holland gewesen, ehe er in diese fernen Gegenden gekommen war, von seinem Ross, las das Insekt auf und legte es in die Hände Kupido Kakerlaks, ehe er seinen Weg fortsetzte. Ich bin mir ziemlich sicher, dass unser Vater der Person, der er die kleine grüne Kreatur übergab, nicht einmal gewahr wurde; auch glaube ich nicht, dass Bruder Kupido sich dessen wirklich bewusst war. Es mag durchaus sein, dass er sich unmittelbar danach ihrer entledigte, ohne sich in irgendeiner Weise darüber im Klaren gewesen zu sein, von welcher Tragweite dieser Augenblick war. Doch ich war Zeuge dessen geworden, und bis auf den heutigen Tag halte ich diese Erinnerung in Ehren, die so vollkommen mit allem übereinstimmt, was ich seit dem Tag meiner Ankunft an diesen Ufern bis zu seinem tief betrauerten Tod zwölf Jahre nach Kupidos Taufe an unserem Vater beobachtete. (Wie oft trat ich, wenn er überredet werden konnte, in dem kleinen Zuber, den man zu diesem Zweck vor ihm auf den Boden gestellt hatte, ein Bad zu nehmen – das geschah nur selten, denn sein Geist war immer auf weit erhabenere Dinge gerichtet –, in seine schäbigen, beengten Räume und sah, dass er immer noch in all seiner mageren Nacktheit neben dem Zuber kniete – das Wasser im Krug war längst kalt geworden – und versuchte, Ameisen, eine nach der anderen, aus dem Bad zu locken, begleitet von so manch einem gemurmelten Gebet, um die Gefahr zu umgehen, sie zu ertränken.)

Das war so ganz anders als Bruder Kupidos Einstellung zum Leben und zum Glauben. Unüberlegt, hitzig, leidenschaftlich, alles zum Äußersten treibend. All dies kam, so glaube ich, an ebenjenem Tag seiner Taufe zum Ausdruck, als er sich, da der Augenblick gekommen war, in den Fluss getaucht zu werden, die steile Böschung hinunter und Kopf voraus in das reißende Wasser stürzte. (Einige von uns, darunter Bruder van der Lingen und ich selber, hatten unseren Vater van der Kemp zu warnen versucht und empfohlen, dass die Zeremonie auf einen anderen, günstigeren Zeitpunkt verschoben werde, wenn die Flut gesunken sei, doch er lehnte ab – hartnäckig, wenn ich denn dies Wort gebrauchen darf – und bestand darauf, dass niemand, wenn erst ein Funke der Hoffnung auf Erlösung, im Verein mit dem tief empfundenen Augenblick der Taufe, in der Brust eines Christenmenschen aufgekeimt sei, diesen Plan durchkreuzen dürfe, ohne den Zorn Gottes auf sich zu ziehen.) Der schmächtige Mann stürzte sich also in die reißende braune Flut und verschwand augenblicklich darin. Ein Aufschrei der Angst ging durch die versammelte Menge. Einige Frauen begannen zu weinen, andere brachen zusammen und beteten; die vier eben getauften Kinder des neu Bekehrten schrien.

Wie der Zufall es wollte, befand ich mich in geringer Entfernung flussabwärts, wo Kleidungsstücke, welche die Kinder beim Eintauchen in das Wasser verloren oder abgestreift hatten, im Schilf angetrieben worden waren. Plötzlich tauchte Bruder Kupido (natürlich noch kein Bruder, doch vielleicht war er das in meiner Vorstellung bereits geworden) für einen Moment auf, unmittelbar mir gegenüber, wenn auch ein Stück vom Ufer entfernt. Beinahe ohne zu überlegen, doch mit einem Gebet auf den Lippen, stürzte ich mich in die Flut, ohne dass es mir auch nur in den Sinn gekommen wäre, dass ich selber ja nie schwimmen gelernt hatte. Ich kann nicht mehr sagen, als dass wohl der allmächtige Gott selber machtvoll zu Hilfe kam. Als es mir gelang, des Körpers, der in den reißenden Wassern umhergeschleudert wurde, habhaft zu werden, konnte ich in all der tosenden Flut irgendwie Fuß fassen und mich aufrichten, den leblosen Körper unseres künftigen Bruders auf den Armen. Von hinten griffen Hände nach mir, und wir wurden ans Ufer gezogen.

Es war bezeichnend für unseren Vater van der Kemp, dass der Missionar, ehe er versuchte, den am Ufer hingestreckten Mann wiederzubeleben, wie eine apokalyptische Erscheinung diesen erst an den Rand des Wassers zurückzerrte, sein Haupt in die Flut tauchte, wobei er ihn beinahe ein zweites Mal ertränkte, und über ihn die heiligen Worte des Sakraments der Taufe sprach, im Namen des Vaters und des Sohnes und des Heiligen Geistes. Erst als dies getan war, zog er den durchweichten Mann wieder ans Ufer, wo einige von uns äußerst unbeholfen, aber voll des guten Willens zusammenwirkten, um ihn ins Leben zurückzuholen.

Es war ein seltsamer Augenblick, als Bruder Kupido sich schließlich aufsetzte, wobei noch immer schmutziges Wasser von seinem Gesicht, seinem ganzen Körper troff, und in höchst unchristlicher Manier einige Male würgte und rülpste, aber unverzüglich seine Absicht kundtat, erneut in den Fluss einzutauchen, da er keinerlei Erinnerung an die Zeremonie habe, die doch in unserer Mitte bereits stattgefunden hatte. Doch unser Vater van der Kemp schrie ihn ungewohnt gebieterisch an und überzeugte ihn schließlich, dass die Taufe in der Tat vollzogen worden war, und hieß ihn sich ruhig verhalten.

Was Wunder, dass Bruder Kupido, nachdem er unter solcher Gewaltbekundung in die Bruderschaft der Kirche eingetreten war, in ähnlicher Weise seinen Dienst am Herrn versah und später, als er zum Priester geweiht worden war, die Sakramente spendete. Ich entsinne mich einer Gelegenheit, bei der ich ihn, damals hatten wir uns bereits in Bethelsdorp niedergelassen, dabei überraschte, wie er mit äußerster Heftigkeit einen jungen Hottentotten prügelte, der kürzlich auf der Missionsstation eingetroffen war und hinsichtlich dessen wir große Erwartungen hegten. Es war schrecklich anzusehen. Zwar war Bruder Kupido wesentlich kleiner und älter als der andere Mann, dessen Name Klaas Links war, doch er hieb so erbittert auf sein Opfer ein, dass er es praktisch zu Brei schlug. Nur unter größten Schwierigkeiten gelang es mir, ihn von dem wie leblos daliegenden jungen Mann wegzuzerren. Und selbst jetzt glückte es mir nur unter Aufbietung all meiner Kraft, ihn daran zu hindern, erneut auf ihn loszugehen.

Nachdem ich ein Beträchtliches an Zeit und Mühe aufgewandt hatte, befand er sich schließlich wieder in einem Zustand, in dem er meinen Vorhaltungen und drängenden Fragen überhaupt Beachtung schenkte.

»Warum hast du das gemacht?«, fragte ich.

»Weil er sich weigert, seine Sünden zu bereuen und sich zu bekehren.«

»Das ist etwas, das man nicht durch Gewalt erzwingen kann«, ermahnte ich ihn. »Gott wirkt auf wundersame Weise, Bruder Kupido, und zu einer Zeit, die Er bestimmt.«

»Gott kann Sünde nicht ausstehen«, erwiderte er. »Dieser Mann da ist wie ein Nagel, der in den blutenden Leib Christi getrieben wird. Das kann ich nicht zulassen.«

»Nein, Bruder«, wandte ich ein. »Sei geduldig. Sink lieber auf die Knie und bete für ihn.«

»Das habe ich nun einen Monat lang getan und werde es auch weiterhin tun. Jetzt warte ich, bis er sich erholt hat, und dann gebe ich ihm noch einmal eine Chance. Wenn er immer noch sein Herz verhärtet, werde ich ihn wieder verprügeln.«

»Bruder Kupido, in Gottes Namen! Bei dem Versuch, diesen armen Mann zu retten, bringst du durch deine unmäßige Gewalt deine Seele in Gefahr.«

»Gott hat zu mir gesprochen, Bruder Read. Ich weiß, es ist Sein Wille, dass dieser Mann zum Glauben bekehrt werden muss.«

»Gewiss nicht auf diese Weise«, drang ich in ihn. »Siehst du nicht ein, dass du so mehr Schaden anrichtest, als Gutes tust?«

»Das zu entscheiden liegt bei Gott.«

»Angenommen, du tötest ihn?«

»Gott wird dafür sorgen, dass er nicht stirbt, ehe seine Seele gerettet ist.«

Auch noch so viel Zureden vermochte ihn nicht dazu zu bewegen, die Irrigkeit seines Tuns zu erkennen. Ich beschloss, ein wachsames Auge auf Bruder Kupido zu haben, insbesondere, als Klaas Links sich allmählich erholte. Doch er überlistete mich. Sehr früh eines Morgens, sogar noch bevor unsere Kirchenglocke uns zum Gebet rief, als es noch dunkel war und sich gerade die ersten blutigen Streifen am Himmel zeigten, wurde ich durch einen höllischen Tumult in einer Nebenhütte geweckt. Ich rannte in die Richtung und überraschte Kupido, wie er schon wieder den jungen Klaas Links bewusstlos schlug.

Dank der Anwesenheit einiger anderer, die ebenfalls von dem Getöse geweckt worden waren, gelang es, Bruder Kupido vom Körper des Unglückseligen wegzuzerren und ihn aus der Hütte zu schleppen.

Erneut versuchte ich, diesmal in Anwesenheit unseres Vaters, unserem Kollegen sehr eindringlich zuzureden. Er zeigte keinerlei Reue, sondern gab sich, gelassen, aber unerbittlich, entschlossen, sein gewaltsames Vorgehen fortzuführen, bis sein Opfer seine Sünden bereue und sich bereiterkläre, durch das Blut Unseres Herren Jesus Christus erlöst zu werden.

Nach langer Diskussion zerstreuten sich die Leute, und Vater van Kemp und ich blieben allein zurück.

»Wenn Kupido sich weigert, sein Verhalten zu bessern«, erklärte ich, zutiefst betrübt über die Geschehnisse, »könnte es sein, dass uns nichts anderes übrigbleibt, als ihn aus unserer Gemeinde auszuschließen.«

Wie es seine Art war, versank Vater van der Kemp in tiefer Träumerei. Seine Stirn war vor lauter Grübeln so verschattet und verspannt, dass man kaum die Augen sehen konnte.

»Wie du weißt«, sagte er endlich mit einem tiefen Seufzer, aber, das könnte ich beschwören, auch mit einem unerwarteten Augenzwinkern, »wie du weißt, ist geschichtlich verbürgt, dass zur Zeit des Christenkönigs Karls des Großen der Versuch gemacht wurde, die Sachsen in den Schoß der Kirche zu holen. Diese wollten sich jedoch nicht taufen lassen. Achtunddreißig Jahre lang, ohne Unterbrechung, schickte Karl der

Große Heere los, um sie in die Knie zu zwingen. Abertausende wurden getötet. Bis sie sich schließlich unterwarfen und sich bereiterklärten, das Wort Gottes anzunehmen.«

»Vater, Ihr könnt doch nicht hinnehmen, dass Kupido den Mann achtunddreißig Jahre lang verprügelt.«

»Gewiss nicht. Doch vielleicht sollten wir nicht ungebührlich in ein Geschehen eingreifen, das möglicherweise Gottes Art entspricht, sein Werk zu tun.«

Ich hielt es nicht für weise, ihm zu widersprechen. Und vielleicht wurde Gott tatsächlich Zeuge unseres Gesprächs. Denn nur etwa einen Monat später, nachdem Bruder Kupido erneut unserer Überwachung entwischt war und den widerspenstigen Klaas Links zu einem stöhnenden Bündel Lumpen und zerschundenen Fleisches geprügelt hatte – die Nase zerschmettert, die Augen blutunterlaufen, die Rippen gebrochen, ein Arm ausgerenkt –, tauchte der junge Mann bei uns auf und bat darum, getauft zu werden. Klaas Links wurde einer der glühendsten Gläubigen und eines der gewissenhaftesten Glieder unserer Gemeinde in Bethelsdorp.

Im Lauf der Jahre gab es noch viele andere Gelegenheiten, bei denen ich verblüfft feststellte, wie ungeheuerlich Kupidos Inbrunst war. Das erste Mal, soweit ich mich erinnere, war weniger als zwei Monate nach dem denkwürdigen Tag seiner Taufe, auf dem langen Weg von Graaff-Reinet zu einer Botha's Place genannten Farm nahe Fort Frederick in der Algoa Bay, wo die Regierung Vater van der Kemp ein Stück Land für die Gründung einer Missionsstation abgetreten hatte. Seit seiner Rückkehr von den jenseits der östlichen Grenze lebenden Xhosa vor einigen Jahren war dies immerfort sein Traum gewesen, und er hatte es nie aufgegeben, die Behörden inständig um dessen Verwirklichung zu bitten.

Eine erkleckliche Anzahl unserer Gemeindemitglieder schloss sich, in der Hoffnung, einen Platz zu finden, den sie als Zuhause bezeichnen könnten, nachdem sie ihr Leben lang als Fremde in dem Land verbracht hatten, das sie seit undenklichen Zeiten durchstreift, von dem die Holländer sie jedoch immer unbarmherziger zu vertreiben versucht hatten, dem Treck an. Unter diesen zumeist Not und Drangsal leidenden Menschen mussten Kupido Kakerlak und seine Familie als außergewöhnlich ins Auge stechen. Er konnte nun, dies war die Frucht seiner Arbeit als Zimmermann und der seiner Frau, der Seifensiederin Anna Vigilant, einen Karren (auch wenn dieser, das sollte nicht unerwähnt bleiben, ziemlich klapprig war, seinen Zweck aber mehr als erfüllte), vier Ochsen und eine kleine Schar Ziegen, Schafe und Kühe stolz sein Eigen nennen. Er hatte darauf bestanden, unseren Zug zu geleiten, obwohl wir ihm nur wenig Entgelt anbieten konnten. Aber er verachtete schon die bloße Idee materiellen Gewinns (seine Frau, das muss gesagt sein, war in dieser Hinsicht eher auf Gewinn bedacht oder vielleicht auch nur praktischer veranlagt): Seine Augen seien, so versicherte er uns voller Leidenschaft, stets auf das Kreuz Unseres Herrn Jesus gerichtet.

Es gab allerdings Momente, in denen mir der Gedanke kam, dass Kupidos christlicher Eifer selbst die nahezu grenzenlose geistliche Kraft unseres Vaters van der Kemp auf eine harte Probe zu stellen drohte, aber das gab er nicht offen zu. Es war, so dachte ich, wohl Teil jenes selbstgewählten Kreuzes, das er mit seinem Entschluss auf sich genommen hatte, eine einträgliche Laufbahn als Militärarzt, Wissenschaftler und Philosoph gegen die Gefahren und Anfechtungen eines Lebens bei den Entrechteten Afrikas einzutauschen.

Wir waren wohl seit ungefähr zehn Tagen unterwegs, als wir zufällig an einem großen Steinhaufen am Rand der sich durch einen schmalen Einschnitt in einem Gebirgszug, dessen Name mir damals noch nicht vertraut war, schlängelnden Straße vorbeikamen. Ich hatte derlei Bauten (wenn man sie denn als solche bezeichnen will) schon früher entlang der weit sich hinziehenden Straßen von Kapstadt aus ins Landesinnere und in der Folgezeit, als ich unseren Vater auf seiner zweiten kurzen Reise zu den Xhosa begleitete, gesehen, ihnen aber keine besondere Beachtung geschenkt. Es waren einfach einige der Merkwürdigkeiten, mit denen man in einem fremden, heidnischen Land rechnete. Anscheinend konnte ich mich erinnern, dass irgendjemand mich auf sie hingewiesen und erklärt hatte, es handle sich dabei um von den Hottentotten zu Ehren irgendeiner düsteren Gottheit mit einem schier unaussprechlichen Namen errichtete Gebilde; ich glaube, es wurde von jedem Angehörigen dieser Rasse, der vorbeikam, erwartet, dem Haufen einen eigenen Stein hinzuzufügen, um sich einer günstigen Reise zu versichern.

Dieser Haufen war ein besonders beeindruckendes Exemplar und überragte selbst den größten von uns (wahrscheinlich war dies Vater van der Kemp) um einiges. Doch letztlich bestand gewiss keine Notwendigkeit, einem Steinhaufen besonders große Bedeutung beizumessen. Folglich war ich umso überraschter über Kupidos Reaktion, als unser Weg uns an diesem Monument vorbeiführte. Er stieß einen Aufschrei in seiner Muttersprache hervor, die unter diesen Umständen nicht zu verstehen ich mich glücklich schätzte, setzte das Kind ab, das er auf dem Arm trug, und rannte zu dem Haufen, um dort, anstatt den Steinen, die Angehörige seiner Rasse wahrscheinlich schon jahrhundertelang dort abgelegt hatten, einen hinzuzufügen, sie von dem Haufen zu zerren und zu reißen und in alle Richtungen zu schleudern.

»Was machst du da, Bruder Kupido?«, erkundigte ich mich.

»Das – das sind heidnische Sachen!«, schrie er, so zornerfüllt, dass er kaum die Worte artikulieren konnte. »Sie sind eine Gotteslästerung. Sie sind unflätig. Sie sind eine Beleidigung Gottes.«

Ein oder zwei seiner Gefährten kamen näher, um ihm zu helfen. Doch Kupido gebot ihnen ärgerlich Einhalt. Er wolle keine Hilfe, brüllte er. Dies war eine *ihm* und niemandem sonst auferlegte Verpflichtung. Um, so schloss ich, für all die Missetaten zu büßen, die er in den Jahren, da er ein mit den Ketten seiner heidnischen Vorstellungen gefesselter Sklave gewesen war, begangen hatte.

Seine Frau versuchte einzugreifen; sie legte ihm die Hand auf den Arm, um ihn zum Innehalten zu bewegen. »Das ist nicht nötig, Kupido.« Doch er schüttelte sie wütend ab und bedeutete ihr, sie solle zurückweichen.

Fast zwei Stunden hindurch musste der Treck in sicherer Entfernung verweilen, während Kupido den ganzen Haufen abtrug, Stein für Stein, die er ins Gebüsch und eine nahe gelegene Schlucht schleuderte, wo man sie nicht so ohne weiteres wieder auflesen konnte. Im Lauf der Jahre sah ich ihn auf vielen Reisen, einschließlich der langen im Jahre 1813 zum Kap und jenes letzten traurigen Trecks über die Grenzen der Kolonie hinaus zu seinem letzten Bestimmungsort im Jahre 1815 dies Verhalten wiederholen, mit solch grimmiger Energie, dass selbst seine Hände, die doch voller Schwielen waren, Blasen bekamen und wund wurden.

Ich weiß, dass vor allem in den frühen Jahren in der Umgebung von Botha's Place und dann bei Bethelsdorp, wo wir schließlich unsere Mission gründeten, Vater van der Kemp ihm sanft zuredete, um ihn darauf hinzuweisen, dass dieses Vorgehen übertrieben und unnötig war. Vorausgesetzt, dass er sich in seinem Herzen von seiner heidnischen Vergangenheit abgewandt habe, gebe es keinen Anlass, die rein äußerlichen Zeichen barbarischer Rituale zu zerstören. Doch auf Kupido machte dieses Argument keinerlei Eindruck, und sein Eifer bei der Erfüllung dieser selbst auferlegten Berufung ließ nie nach.

Noch in anderer Hinsicht uferte sein Kreuzzug gegen das, was einst seinem Leben Sinn gegeben hatte, anscheinend ungerechtfertigt aus: das leidenschaftliche Tanzen und Singen in Neumond- und Vollmondnächten. Diesbezüglich war er allerdings weniger erfolgreich. Diese Feste hatten, so schien es, in einem Maße die Herrschaft über Denken und Fantasie seiner Leute gewonnen, selbst derjenigen, die ihrer früheren Hingabe an Aberglauben weitgehend entsagt hatten, dass nichts, rein gar nichts sie dazu bringen konnte, davon abzulassen. Nicht einmal Kupidos grässliche Drohungen, seine Verwünschungen und Verfluchungen, sein ungeheuerliches Tun. Doch er weigerte sich, seine Niederlage einzugestehen. Und nach monatelangem übellaunigem Nachsinnen wartete er mit einem Heilmittel auf, das ich nur gutheißen konnte. (Vater van der Kamp bemerkte sarkastisch, diese Lösung sei der vor Jahrhunderten von der katholischen Kirche bei ihren Versuchen, heidnische Riten in Europa auszurotten, gefundenen nicht unähnlich.) Er entschied, hinfort könne das Singen und Tanzen mit der gleichen Hingabe stattfinden wie bisher, nur dass statt der uralten heidnischen Lieder christliche Psalmen gesungen werden sollten. Damit schien jedermann zufrieden zu sein, und unsere Neumond- und Vollmondnächte in der Mission von Bethelsdorp waren seltsamerweise auch weiterhin durch wilde Eingeborenenfeiern gekennzeichnet. Was unser Vater van der Kemp nicht nur hinnahm, sondern auf unergründliche Weise sogar zu billigen schien.

Wie oft in den fast zwanzig Jahren zwischen dem, was man als Kupidos Eingehen in die Gnade bezeichnen könnte, und meinem eigenen Herausfallen aus ihr hatte ich Gelegenheit, über das seltsame, innige Band zwischen Vater van der Kemp und Kupido nachzusinnen. Auf irgendwie wunderliche Weise kann ich mich nun endlich dazu überwinden, zuzugeben, dass vielleicht ein Quäntchen Eifersucht bei meiner Beobachtung dessen mit im Spiel war. Wie liebend gern hätte ich unseren Missionar als den Vater umarmt, der er für Kupido war. Wir standen einander immer nahe, in zunehmendem Maße, wie seine Kraft (aber nicht seine Befähigung) schwand und er endlose Monate hindurch körperlicher Schwäche und rheumatischer Schmerzen wegen das Bett hüten musste, während es mir oblag, die Verwaltung der Mission in Botha's Place und später Bethelsdorp zu übernehmen. Ich bewunderte den Mann, betete ihn genaugenommen an, insoweit man dies tun darf, ohne der Versuchung einer Abgötterei zu erliegen; ich liebte ihn, wie ich nie in meinem ganzen Leben einen anderen Menschen geliebt habe. In seinen Augen war ich jedoch, glaube ich und kann es nun ohne Verbitterung zugeben, für ihn nie der Sohn, der unser Kupido offenkundig und so eindeutig zu sein schien.

Diese Nähe mochte nicht nur auf dem beruht haben, was ihrer beider Geschichte Gemeinsames eignete, vielmehr auch auf einer bemerkenswerten Übereinstimmung hinsichtlich Temperament und Charakter, auch wenn es auf den ersten Blick töricht, wenn nicht sogar als Sünde erscheinen mag, einen Mann von der Gelehrsamkeit, dem Geistesadel, der europäischen Kultiviertheit unseres Vaters mit jemandem wie Kupido Kakerlak zu vergleichen, der in der Armut und Unwissenheit einer Eingeborenenfamilie das Licht der Welt erblickte, dem für den Großteil seines Lebens Bildung, Wissen, Verständnis und Entwicklungsmöglichkeiten verwehrt waren, der in Schmutz, Lasterhaftigkeit und Elend lebte, bis er das Licht des christlichen Glaubens sah. Doch all dies ist, wage ich zu sagen, nur Oberfläche. Tief drinnen haben sie wohl gespürt, dass eine Verbindung bestand zwischen den Erinnerungen, die sie miteinander teilten, Erinnerungen an eine verderbte, ausschweifende Jugend, die der Befriedigung aller Begierden des Fleisches geweiht war, und ihrer äußersten Frömmigkeit, sobald sie sich Gott und den Anliegen der christlichen Religion zugewandt hatten, sowie ihrer beider Neigung zu Übertreibung und Exzess in der leidenschaftlichen Zurschaustellung ihres Glaubens, ihrer Überzeugungen und auch ihrer Verdammung von allem, was ihnen oberflächlich, abstoßend, unwürdig schien.

Beide waren sie, so scheint es mir jetzt, getrieben von einem merkwürdigen, heftigen Stolz. Nicht die *vanitas* der Bibel, sondern ein aus unerschütterlichem Glauben erwachsener Stolz. Ich erinnere mich an die Gelegenheit, wie kurz nach unserer Ansiedlung in Bethelsdorp, als wir die Glocke eines Schiffes, das in der Algoa Bay auf Grund gelaufen war, bargen, unser Vater diese voller Stolz im Turm unserer bescheidenen Kirche anbrachte und in einem Brief an die London Missionary Society mit folgenden Worten, die abzuschreiben ich gebeten wurde, seine Gefühle gebührlich vermeldete:

> Er, der über Meer und Wellen gebietet, ließ zu, dass ein Schiff bei der Einfahrt in die Bucht auf einen Felsen lief und zerschmettert wurde; Mannschaft und Ladung wurden gerettet; die Glocke des Schiffs wurde vom Meer an Land gespült, auf dass wir Gebrauch davon machen.

Es war dies eine der wenigen Gelegenheiten, bei denen ich gelinde Zweifel an einer Vorgehensweise unseres Vaters zu äußern wagte. Wie konnte er glauben, fragte ich beim Lesen seines Briefes, Gott habe ein Schiff auf Grund laufen lassen, nur um ihm eine Glocke für seine kleine Kirche in der Wildnis zu beschaffen? Sei das nicht Überheblichkeit an der Grenze zur Gotteslästerung? Oder zuallermindest unerträglich naiv?

»Mein Sohn«, erwiderte der Vater (eine Anrede, die mein Wissen darum, *nicht* ein Sohn für ihn zu sein, nur noch schmerzlicher vertiefte), »mein Sohn, die Wege des Herrn sind unergründlich und verborgen. Wer sind wir, dass wir sie in Frage stellen wollten? Er hat uns in diesem Land des Haders und der Gefahr eine Heimstatt verschafft, und gewiss hat Er gewusst, wie wichtig ist es, in der Wildnis seinen Lobpreis mit einer eigenen Glocke zu künden. Wie kannst du« – und er lächelte wohlwollend tadelnd – »daran zweifeln, wie unermesslich weit Er geht, um uns den Stempel seines Segens aufzudrücken?«

Dem glich, wie Bruder Kupido die aufrührerischen Führer seines Stammes – vor allem in der Algoa Bay, jenem gefährlichen Niemandsland zwischen den weißen Kolonisten und den zunehmend unruhigeren Xhosa-Armeen –, den gewalttätigen, unablässig Unruhe stiftenden Klaas Stuurman, den rüpelhaften Schläger Trompetter und den Trunkenbold und Großwildjäger Boezak, dazu bringen wollte, sich unserem Predigen zu fügen, da er, darauf beharrte er, von Gott erwählt worden war, ein Leben der Gotteslästerlichkeit und Sünde aufzugeben, um stattdessen die gesamte Nation der Hottentotten der Erlösung zuzuführen.

Nicht nur Stolz war ihnen gemeinsam. Sondern auch das aufbrausende, launische Naturell, die Verachtung von Gegnern und die geringschätzige, hochmütige Art, wie sie diese behandelten, die oft recht verwegene Annahme, sie seien, durch ihren Glauben, im Recht, die anderen immer im Unrecht, die Überzeugung, dass sie, da sie sich durch Verstrickungen der Sünde hindurchgekämpft hätten, ehe sie zur Wahrheit gelangten, die Natur des Bösen besser kennten als irgendjemand sonst und dass ihnen dies das Recht gebe, jeden endgültig zu verdammen, der das Licht noch nicht erblickt hatte. (Wie gut ich das verstehe! Jetzt, zu spät vielleicht, weiß ich, wie sehr auch ich möglicherweise mit meinen viele Jahre währenden diensteifrigen Bemühungen, durch die ich unserem Vater meine Gewissenhaftigkeit und bedingungslose Unterstützung beweisen und mir seine Anerkennung verdienen wollte, derselben Versuchung erlegen bin wie Bruder Kupido. Vater van den Kemp war ganz einfach ein derart außergewöhnlicher Mensch, in seinem Verhalten so heiligmäßig, in seiner Wirkung auf andere so machtvoll, dass das Siegel seiner Anerkennung der großartigste Preis schien, den man sich wünschen konnte, seine Zurückweisung oder auch nur Distanziertheit jedoch als trostloseste Form der Ablehnung.)

Doch wäre es höchst nachlässig von mir, würde ich nicht ebenso die vielen anderen Eigenschaften, die ihnen gemeinsam waren, erwähnen: Milde, Selbstaufopferung, Demut, liebevolle Güte. Im Lauf der Jahre sah ich, wie unser Vater immer schwächer, immer hagerer, ausgemergelter, immer zerbrechlicher wurde – »Als ich den Reverend zum ersten Mal sah«, sagte Bruder Kupido nicht lange vor dem Tod des Greises einmal zu mir, »dachte ich, er sähe einem blauen Kranichvogel ähnlich, aber jetzt finde ich, er sieht eher wie ein Marabu aus« –, und das war nicht nur Folge seines asketischen Lebenswandels, sondern eine allmähliche Aushöhlung, ein Verbrennen von innen heraus, da er sich immer mehr um andere und immer weniger um sich selbst kümmerte. In einem Maße, dass er sein Hemd ablegte und stets, in der glühend heißen wie auch in der eisig kalten Jahreszeit, nur noch seinen langen, abgescheuerten und ausgefransten Mantel trug und barfuß ging, weil er es nicht ertrug, Schuhe zu anzuhaben, während Angehörige seiner Gemeinde zu arm waren, um sich welche leisten zu können. Ebenso Bruder Kupido, wie eine arme kleine Vogelscheuche zu einem Schatten seiner selbst schrumpfend.

Was sie natürlich vor allem verband, war die Erinnerung an eine Jugend der Ausschweifung und unsäglicher Sünde, sowie das Gefühl, die Errettung daraus feiern zu wollen. Wie oft hat Kupido – nicht selten auf recht peinliche Weise freimütig, sollte ich hinzufügen – von seinen Lügen, Diebstählen, Verleumdungen, Raufereien und Besäufnissen erzählt, die, je öfter er sie aufzählte, umso übertriebenere Ausmaße annahmen; insbesondere, als verleihe dies dem Ganzen eine spezielle christliche Würze, sein Umgang mit Frauen, am schockierendsten der mit Anna Vigilant, der Person, die schließlich seine Frau wurde, ein Abenteuer, dessen hitzige, ruchlose Einzelheiten ich nicht zu wiederholen vorziehe. Und wie oft berichtete unser Vater mir und jedem, der es hören wollte (oder auch nicht hören wollte), von den Geschehnissen in seiner Jugend. Von seinen Trinkgelagen und Zechereien, selbst nachdem er sich in Leiden und Den Haag im militärischen Dienst hervorgetan, in Edinburgh und Middelburg Philosophie und Naturwissenschaften studiert hatte und Arzt geworden war; von seiner ungezügelten geschlechtlichen Triebhaftigkeit (»ausgeliefert der Lust« waren seine eigenen Worte), von seiner Lasterhaftigkeit und Rohheit, von seinem ungestümen Temperament … Und dann jener Tag, an dem alles sich in einem einzigen unvorhersehbar tragischen Moment änderte, als bei einem Ausflug auf der Maas bei Zwijndrecht an einem vollkommenen Sommertag Ende Juni 1791 ein plötzlicher Windstoß das Boot erfasste, in dem er mit seiner Frau Stijntje, die er praktisch von der Straße aufgelesen hatte, und seiner kleinen Tochter Antje, welche die verheiratete Frau, mit der er ein Verhältnis gehabt hatte, seiner Sorge überlassen hatte, saß. Sie kamen um, er wurde gerettet. Und das war der Wendepunkt in seinem Leben. In Hinblick auf Religion hatte er schon früher gelegentlich geschwankt. (Wie gut entsinne ich mich der Worte, mit denen er mir die seelische Qual schilderte, in der er sich in jenen grässlichen Augenblicken folgendermaßen an Gott gewandt hatte: »Oh, mein Jesus, auf Dich allein muss ich vertrauen; ich fürchte, ich muss mich zur christlichen Lehre bekennen, die sich doch anlässlich so häufigen Ergründens als Gespinst von Absurditäten, Widersprüchen und Gotteslästerungen erwiesen hat!«) Seine Zukunft war entschieden. Anfangs wusste er nichts weiter, als dass er sein Leben der Religion, der Kirche weihen würde. Doch nach einiger Zeit wurde klar, das einzig Befriedigende wäre, sich für ein Leben als Missionar zu entscheiden.

Was bringt Menschen dazu, Missionar zu werden? Viele gemeinsame Nenner kann es nicht geben. Bestimmt war unser Vater van der Kemp in vieler Hinsicht, in der Heftigkeit seines dramatischen Erlebnisses auf dem Weg zu seinem Damaskus, eine Ausnahme. Bei uns anderen in der Bruderschaft von Missionaren waren die Antriebskräfte zweifelsohne weltlicher, ohne jegliche Theatralik. Im Falle des armen Bruders van der Lingen musste ein einziger flüchtiger Blick auf seinen missgestalten, buckligen Körper oder eine einzige mit seiner Fistelstimme gesprochene Silbe es klargemacht haben – und ich sage das weiß Gott ohne Böswilligkeit, es ist eine schlichte Tatsache –, dass er sich in der Gemeinschaft gewöhnlicher Menschen nie wohlgefühlt hätte und sich notwendigerweise in die Welt der Missionare, seine heilige Freistatt, seinen einzigen Zufluchtsort retten musste. Bruder Anderson, den ich später in Dithakong kennenlernte und dessen Obhut ich später Kupido gezwungenermaßen anvertraute, war ein – Gott vergebe mir – eindeutig von dem Bedürfnis, Macht auszuüben, getriebener Mensch, etwas, das ein Mensch mit seiner eher mäßigen Begabung in einem Umfeld von überzeugenderen, gebildeteren Leuten nie hätte wagen können. Und ich? Ich darf der Frage nicht ausweichen, auch wenn ich von der Antwort nicht immer ganz überzeugt bin.

Wenn ich die Erinnerungen an meine frühe Jugend wachrufe, habe ich jetzt den Eindruck, dass mich stets das Bedürfnis angetrieben hat, Hilflose zu beschützen und ihnen beizustehen. Wie oft habe ich als Kind versucht, verletzte kleine Vögel und Tiere zu pflegen? – ein eben flügge gewordenes Vögelchen, das sich bei einem Sturz aus dem Nest den Flügel gebrochen hatte, ein von einem bissigen Hund übel zugerichteter Igel, ein vom Stein eines liederlichen Jungen verletztes Eichhörnchen. Insbesondere an den Vorfall mit dem Eichhörnchen erinnere ich mich, wie ich damals – nicht mehr als zehn Jahre alt – auf dem Weg nach Hause war, um seine Wunde zu versorgen, der Übeltäter mir jedoch folgte: ein hässlicher kleiner Schurke, dem es Vergnügen bereitete, alle kleineren Kinder im Viertel zu schikanieren, und der vollends glücklich schien, wenn er rittlings auf seinem hingestreckten Opfer sitzen, sein Gesicht in den Schmutz drücken oder es in einer Pfütze halb ertränken konnte, und erst von ihm abließ, wenn das unglückselige Kerlchen in Tränen vor ihm zu Kreuze kroch und ihn als Sieger anerkannte. An jenem Nachmittag überholte mich das kleine Ungeheuer – Gott sei seiner Seele gnädig –, stellte mir ein Bein und versuchte, mir das Eichhörnchen zu entreißen. Der Kampf war heftig, rau, dauerte jedoch nicht lange. In seinem Verlauf wurde das Eichhörnchen zu Tode gequetscht. Noch immer spüre ich, wie das zitternde Leben aus dem warmen, weichen kleinen Körper entweicht. Ich heulte vor Wut und Verzweiflung. Und auf mir immer noch unerklärliche Weise fand ich im Innersten meiner Wut die Stärke, mich aus den Klauen meines Gegners zu winden, ihn bei dem zerzausten Haarschopf zu packen und seinen Kopf auf den Boden zu schlagen, bis er unter Schluchzern, das Gesicht tränenüberströmt und silbrig von Rotz, aufgab und anfing, um Gnade zu flehen. Die ich ihm mit einer Geste der Großmut, die mich selber überraschte, auch gewährte.

Da war noch ein weiteres und möglicherweise entscheidendes Erlebnis in meiner Jugend, gleich nachdem ich meine Ausbildung als Zimmermannslehrling begonnen hatte, als ich bei einem Sommermarkt auf der Dorfwiese in Abridge, wo meine Mutter und ich wohnten, wie alle anderen die Tiere angaffte und anstarrte, die dort zur Schau gestellt wurden. Dazu gehörten ein räudiger Bär, dessen eines Auge ausgestochen war, eine exotische kleine Antilope, die auf drei

Beinen humpelte, ein paar schmuddelige Affen mit abgetrennten Daumen und ein mageres Kamel. Außerdem gab es da noch einen gesonderten Stand, vor dem ein großes rotes Banner verkündete, die Insassin sei *Ein wildes Weibchen aus dem schwärzesten Afrika*. Das arme Wesen hockte, in Lumpen gehüllt, in einer Ecke der Schaubude, duckte sich und wimmerte, während Beleidigungen, Kartoffelschalen und verfaulte Äpfel auf sie geschleudert wurden und der stämmige, rotgesichtige Mann, der für sie zuständig war, mit einem langen Stock unablässig auf ihre empfindlichen Körperteile einstocherte, um irgendeine Reaktion hervorzurufen. Den kurzen Blicken nach, die ich erhaschen konnte, war es eigentlich gar keine erwachsene Frau, sondern ein sehr junges, sehr mageres schwarzes Mädchen mit Pfefferkornhaar und einem schmutzigen Gesicht. Mir war übel vor Abscheu angesichts dieses Spektakels, doch ich konnte mich nicht losreißen und dachte, in dem Augenblick, in dem ich mich abwandte, könnte die arme wilde Kreatur getötet werden. Wie sich herausstellte, passierte etwas eher noch Schlimmeres. Als klar wurde, dass das Ausstellungsstück hartnäckig allen Versuchen widerstehen würde, irgendeine heftige Reaktion hervorzulocken, riss sich der Dompteur, wenn er denn einer war, seinen breiten braunen Ledergürtel von seinem vorstehenden Bauch und begann, angefeuert vom Kreischen und Brüllen der Menge, erbarmungslos auf den dreckigen jungen Frauenkörper vor ihm einzuschlagen.

Wie alle Kinder meiner Generation war auch ich

Zeuge öffentlicher Züchtigungen und sogar (dies allerdings ohne die Erlaubnis meiner Mutter) einer Erhängung geworden, doch diesmal konnte ich es nicht mehr länger ertragen. Blindlings floh ich das peinigende Schauspiel; Tränen strömten mir über die Wangen. Als ich zu Hause in der Beadle Street ankam, war ich in einem derart schlimmen Zustand, dass es geraume Zeit dauerte, bis mir meine Mutter eine einigermaßen zusammenhängende Aussage entlocken konnte. Da ich mich, nachdem ich gesprochen hatte, immer noch heulend und schluchzend an sie klammerte, maßregelte sie mich mit eisiger Strenge und erklärte, sie könne ganz und gar nichts dagegen unternehmen. Grausamkeit gehöre zu dieser Welt, und der Versuch, sich einzumischen, würde es nur noch schlimmer machen. Ich wusste, hätte ich einen Vater gehabt, er hätte sich ganz anders verhalten; doch er hatte uns verlassen, als ich noch in der Wiege lag.

An jenem Abend war ich, nachdem ich das Abendessen hatte ausfallen lassen, nicht in der Lage einzuschlafen. Ich hörte die Kirchenglocke jede einzelne düstere Stunde schlagen. Kurz nach Mitternacht schlüpfte ich, ohne daran zu denken, irgendwelche warmen Sachen über mein Nachtgewand zu ziehen, durchs Fenster und ging wieder auf den Marktplatz, wo es jetzt stockfinster war. Trotzdem gelang es mir, den Weg zu der Reihe von Buden zu finden, wo die Tiere zur Schau gestellt waren. In meinem Kopf hatte ich den dumpfen Entschluss gefasst, alle diese unglücklichen Kreaturen, deren Leiden ich mit angesehen hatte, zu befreien. Das Kamel, die daumenlosen

Affen, den Bären, die kleine Antilope. Und das Mädchen aus dem schwärzesten Afrika. Die Tiere waren noch da, jedes in seinem erbärmlichen Verschlag an einer Stange festgebunden. Nur die letzte Bude, in der das Mädchen gewesen war, stand leer. Mir pochte das Herz in der Brust wie eines der zur Schau gestellten Tiere, wenn es an seiner Leine zerrte. Ich konnte den Schauplatz nicht verlassen. Ich stellte fest, jetzt, da es darauf ankam, war ich zu feige, um die Tiere freizulassen. Dennoch verharrte ich. Tief in meinem Innersten wusste ich, dass ich nicht ihretwegen gekommen war, wiewohl ich mir nicht einzugestehen wagte, welches der wahre Beweggrund war. Wieder und wieder wanderte ich über den Marktplatz, bis ich, beim vierten oder fünften Mal, ein Geräusch vernahm, das aus einem verwahrlosten, von einem Pferd gezogenen Wohnwagen am äußersten Rand kam. Ein stöhnender, wimmernder, matter Laut aus einer kindlichweiblichen Kehle. Instinktiv wusste ich, es war das Mädchen, das *wilde Weibchen*.

Es war eine heiße Sommernacht, und die Tür des Wohnwagens stand offen. Drinnen qualmte eine Laterne ganz fürchterlich und warf ihr staubiges Licht auf den dreckigen Boden. Fast hatte ich zu viel Angst, um genauer hinzusehen, doch irgendetwas, das stärker war als Furcht, zog mich zu der Schwelle. Ich habe mich seitdem oft gefragt, was genau ich in dem trügerischen Schein wohl hatte erkennen können und was ich in der Folgezeit der Szene hinzugefügt habe. Doch ich bin jetzt genauso fest wie in jener Nacht davon überzeugt, dass ich das magere schwarze Mädchen und ihren beleibten, rotgesichtigen Unterdrücker sah, die Geschlechtsverkehr miteinander hatten und auf einem Haufen schmutzigen Bettzeugs mitten auf dem Fußboden, zwischen dreckigem Geschirr, verstreuten Kleidungsstücken und einem Kuddelmuddel von Haushaltsgegenständen hin und her zappelten. (Was wusste ich damals von Geschlechtsverkehr? Man sollte den Instinkt eines Kindes, das im Hinterhof in einer ländlichen Kleinstadt aufwächst, nicht unterschätzen.) Der ganze Innenraum stank nach Schweiß und unbeschreiblichen menschlichen oder tierischen Ausscheidungen und Ausdünstungen.

Irgendwann hatte der Mann sich wahrscheinlich auf seinen ausgestreckten Armen über dem wehklagenden Mädchen hochgestemmt und in der Tür meinen Schatten erspäht. Er brüllte mich an. Das Mädchen schrie auf und wand sich in der Dunkelheit. Zwischen den Lauten, die es jetzt von sich gab, und dem schmerzerfüllten Wimmern an jenem Nachmittag bestand kein Unterschied.

Wie beim letzten Mal rannte ich davon, übergab mich und rannte weiter. Überließ all die angeketteten Tiere ihrem Schicksal. Und das Mädchen dem ihren.

Es war damals noch kein bewusster Entschluss meinerseits; doch Jahre später wusste ich, das war der Tag, an dem ich beschloss, den Rest meines Lebens nicht in Abridge zu verbringen, sondern mein Leben den Armen und Unterdrückten dieser Erde zu weihen. Was auch, so glaube ich, der Grund war, weshalb Kupido seit dem Tag, an dem ich ihm zum ersten Mal begegnete, so besonders starken Eindruck auf mich machte.

Was mein Verhältnis zu Bruder Kupido angeht, so hatte es zu Beginn zweifellos ein gewisses Maß an Zweischneidigkeit an sich. Erstens war er ein Hottentotte, ich ein Weißer. Was bedauerlicherweise in einem Land wie diesem von einiger – vielleicht entscheidender – Bedeutung ist. Außerdem bildete ich zu jener Zeit, wiewohl noch nicht ermächtigt, die Sakramente zu spenden (diese mich glücklich machende Formsache wurde der London Missionary Society erst 1805 vorgelegt und im September 1806 gebilligt), in Kupidos Augen Teil der religiösen Einrichtung in Graaf-Reinet und war Reverend van der Kemps enger Mitarbeiter, wohingegen er als Heide aus der Wildnis begann und in der Folgezeit zu einem neu bekehrten, eifrigen, aber niedrigen Mitglied der Gemeinde aufstieg. Andererseits war ich um so vieles jünger als er, denn ich war bei meiner Ankunft ein unreifer Jüngling von kaum dreiundzwanzig Jahren, während er um diese Zeit wohl – auch wenn niemand, einschließlich seiner selbst, je ganz sicher sein konnte – mindestens vierzig und in weltlichen Dingen, die ich mir nach wie vor nur in beunruhigenden Träumen vorstellen konnte, erfahren war.

Da es mir zudem an einer Begabung für Sprachen, über die unser oberster Missionar meisterlich gebot, mangelt, bedurfte es beträchtlicher Zeit, bis ich die Feinheiten und gutturalen Laute der holländischen Sprache, ganz zu schweigen von der Hottentottensprache, beherrschte. (Wie sich herausstellte, schien Kupido sich mit Holländisch glücklicherweise leichter zu tun als mit seiner Muttersprache.)

Dennoch wage ich zu behaupten, dass von Anfang an ein Band der Sympathie zwischen uns bestand, eine Bereitschaft, einander zu verstehen und zu vertrauen, selbst zu einem Zeitpunkt, als dies, abgesehen davon, einander den guten Willen zu verstehen zu geben, kaum zum Ausdruck kommen konnte. Zweifelsohne verlieh unsere gemeinsame Begeisterung für das Tischlerhandwerk unserer Zusammenarbeit noch eine andere, materielle Dimension. Gemeinsam verschiedene Holzstücke zuzuschneiden, abzuhobeln und zu einem standfesten Tisch, einem robusten Stuhl oder einer kunstgerechten Bank aneinanderzufügen, sorgte für eine Erfahrung gegenseitigen Verstehens, die uns ein, ich kann es nicht anderes nennen, wechselseitiges Bewusstsein vermittelte. Ein Bewusstsein für das lebende Holz, für den Baum, der emporgewachsen war, ehe er zu einem Tisch oder einer Bank wurde, dafür, dass er über unser Leben hinausreichte. Kupido war nicht nur ein praktischer Mensch, sondern so etwas wie ein Künstler. Und ich entdeckte an ihm eine Nähe zu dem Holz, das wir auswählten, schnitten, schliffen und zusammenfügten, die in meinen Augen etwas deutlich werden ließ, das keiner von uns beiden ohne weiteres in Worte fassen konnte.

Allerdings konnte man das, zumindest zu Beginn, kaum als »Nähe« bezeichnen. Diesen ausschlaggebenden Schritt taten wir endlich, wie zu behaupten ich mich erkühne, im Jahr des Herrn 1803, um genau zu sein: am 20. Juni, als ich eine junge Frau vom Stamm der Hottentotten zum Weibe nahm. Sie war damals noch sehr jung, bestimmt nicht älter als achtzehn, und ihr gesamter weltlicher Besitz belief sich auf zwei Schaffelle und eine Perlenschnur, um damit ihren geschmeidigen Körper zu schmücken. Falls es eine Versuchung und Untreue unserer Berufung gegenüber darstellt, wenn wir eine reiche Frau heiraten, dann blieb ich durch die Gnade Gottes davor bewahrt. Darüber hinaus, ich gestehe es, glaubte ich ernstlich, die Entscheidung, sie zur Frau zunehmen, könnte mich in Zukunft vor den Versuchungen des Fleisches bewahren, für die ich, wie ich jetzt, in meinen reifen Jahren, bekennen kann, von frühester Jugend an anfällig war. (Obwohl ich mit einigem Stolz sagen kann, dass ich mich damals jener Begierde, von der Vater van der Kemp so offen zugab, ihr auf eine Weise erlegen zu sein, die St. Augustinus zur Ehre gereicht hätte, nie ganz auslieferte; meine nur allzu fortwährende Kapitulation erfolgte in der Form, dass ich meine Bedürfnisse in die eigene Hand nahm und damit dem beklagenswerten Beispiel Onans folgte.) Ich konnte nur hoffen, dass meine Frau, arm wie sie war, in Christus Reichtümer erlangen werde, die weder sie noch ich genau zu bestimmen vermochten. Ihr christlicher Name war, unvermeidlich vielleicht, Maria. Ihren hottentottischen Namen auszusprechen habe ich nie gelernt.

Dieses Ereignis und diese Wahl riefen in Graaff-Reinet, Botha's Place und Bethelsdorp sowie später in der Station Reverend Andersons in dem abwechselnd als Lattakoo und Dithakong bezeichneten Ort und, so mochte es scheinen, in der ganzen Kolonie mehrere Jahre hindurch endlose Diskussionen hervor.

Doch ich glaubte damals wie auch heute noch, ich könnte meine Mission am besten erfüllen, indem ich mich vollständig mit meinen Schützlingen identifizierte und mein Los mit dem Volk teilte, das ich zu bekehren versuchte. Falls dies von einigen als »erniedrigend« betrachtet wurde, was ich heftig bestreite, konnte es nicht mehr als eine vorübergehende Prüfung sein, die gewiss durch die darauf folgende geistige Erhebung in reichem Maße aufgewogen würde. Und falls es einer Rechtfertigung bedurft hätte, so erfolgte sie auf sicherlich äußerst beeindruckende Weise, als nur drei Jahre später unser Vater van der Kemp im fortgeschrittenen Alter von sechzig Jahren ein vierzehnjähriges Sklavenmädchen, Sara, das er aus der Sklaverei freigekauft hatte, zur Frau nahm. (Noch einmal ein Jahr später kaufte und befreite er auch die Mutter des Mädchens und vier Geschwister für die beträchtliche Summe von 3250 Rixdollar oder 740 Pfund.) Zu dieser Zeit war meine Tochter, die von ihrer Mutter den Namen Soensi Karoossin bekommen hatte, bereits getauft, wodurch der Krone Jesu eine neue Perle hinzugefügt worden war. (Mit großer Freude möchte ich bemerken, dass Bruder Kupido darauf bestand, die Wiege für das Kind anzufertigen.)

Selbst bei einigen Angehörigen unserer Hottentottengemeinde schien meine Heirat auf Ablehnung zu stoßen, und es mag einige unter ihnen gegeben haben, die mit dem armen Bruder van der Lingen, der als Einziger von den Missionaren mein Verhalten offen zu kritisieren geruhte, einer Meinung waren. »Diese Leute, Bruder Read«, erklärte er mit seiner leisen, jedoch tadelsüchtigen Stimme, »erwarten von uns, dass wir ihnen ein Beispiel geben, nicht aber, das wir uns mit ihnen auf eine Stufe stellen. Wir müssen uns ihre Achtung bewahren. Wenn es uns eines Tages gelingt, sie auf unser Niveau zu heben, werden wir Grund zur Freude haben. Doch das wird niemals geschehen, wenn sie nicht jemanden haben, zu dem sie aufblicken können.«

Bruder Kupido andererseits spendete meiner Eheschließung lebhaftesten Beifall. Noch am Abend nach der Zeremonie, als ich mich gerade anschickte, in die kleine Hütte aus mit Lehm beworfenem Flechtwerk zu treten, in der meine Braut sittsam wartete, schnitt er mir, ziemlich aufdringlich, den Weg ab, ergriff meine Hand und sagte: »Bruder Read« (so pflegte er mich anzusprechen; für ihn war nur Vater van der Kemp ein »Reverend«), »Bruder Read, heute weiß ich, dass der Herr dich zu uns gesandt hat. Du bist ein mutiger, ein liebender Mann. Bis zum Tag meines Todes will ich dich in meinen Gebeten preisen. Reverend van der Kemp soll mein Führer sein, du aber mein Freund.« Gefolgt von vielen ähnlichen Äußerungen. Und dann brach er in Singen aus.

Selbst nachdem ich den kleinen Raum betreten hatte, fuhr Bruder Kupido draußen fort, sehr laut und voller Begeisterung zu singen. Ich muss gestehen, es war sehr störend, so dass meine Braut und ich erst gegen Morgen das nächtliche Geschäft abschließen konnten, dessentwegen wir zusammengekommen waren.

Und als ich in der frühen Morgendämmerung hinausging, war er bereits da und wartete auf mich, eindeutig willens, von nun an mein Schatten auf unserer Reise durch dies Tal der Tränen zu sein.

Um die Wahrheit zu sagen, er hatte schon früh, auf unserer Reise in die Algoa Bay, eine Vorliebe für das, was ich vielleicht als Schattensein bezeichnen darf, an den Tag gelegt. Die Situation in Graaff-Reinet war mittlerweile unhaltbar geworden. Gerüchte aus der Gegend am Great Fish River wurden immer beunruhigender, bedrohlicher. Der Krieg im Land der Xhosa, zwischen dem jähzornigen alten Häuptling Ndlambe und seinem noch jungen Neffen Ngqika, bei welchem Vater van der Kemp früher kurz stationiert gewesen war, nahm beängstigende Ausmaße an und trieb Tausende Xhosa über die Grenze, was zu Plünderungen bei den Kolonisten führte, von denen immer mehr in Graaff-Reinet einfielen und sich unter den Schutz der Regierungskräfte begaben. Die Hottentotten waren offenbar in zwei Gruppen aufgespalten, denen sich die Menschen abwechselnd zuschlugen. Eine wachsende Anzahl, einschließlich der Algoa-Banden der reichlich verrufenen und verräterischen Anführer Stuurman, Trompetter und Boezak, schlossen sich den angreifenden Xhosa gegen die Weißen in der Kolonie an, die seit eineinhalb Jahrhunderten, seit der Ankunft der Holländer, die Geißel der Eingeborenenstämme waren. Viele andere, insbesondere diejenigen, die durch ständige oder saisonale Arbeit für Farmer zivilisiert worden waren, suchten jedoch Zuflucht bei den Weißen – die ihrerseits großteils nichts mit ihnen zu tun haben wollten.

Die Lage in der kleinen Stadt wurde immer brenzliger, vor allem nach den Auseinandersetzungen in der Dorfkirche und auf dem dazugehörigen Gelände, wo ich zum ersten Mal auf Bruder Kupido aufmerksam geworden war. Als daher erneut eine Einladung des berüchtigten Klaas Stuurman erging, an die Küste zu ziehen und sich bei den Hottentotten niederzulassen, die »äußerst dringend religiöser Unterweisung bedurften«, wie er es kriecherisch formulierte, und als dies die Unterstützung des befehlshabenden Offiziers in Fort Frederick in der Algoa Bay fand, schien es die naheliegende Lösung für unser Problem.

»Das wirklich Wichtige für die Hottentotten ist es, frei zu sein«, darauf beharrte unser Vater van der Kemp in unseren wiederholten Gesprächen. »Dies war einst ihr Land, Bruder. Sie sind es gewöhnt, nach Belieben über die Ebenen zu streifen. Der Versuch, sie zur Unterwerfung unter die Kolonisten zu zwingen, die sie nur versklaven wollen, ist sinnlos und ungerecht. Auch können sie keine Gerechtigkeit erwarten, wenn sie den Xhosa Gefolgschaft leisten, in deren Augen sie nur als Puffer nützlich sind, um den Druck der Weißen abzufangen, die es darauf anlegen, ihr Territorium auszuweiten.«

»Aber *wollen* sie denn überhaupt frei sein?«, wagte ich einmal zu fragen. »Sie müssen doch von irgendjemandem beschützt werden.«

»Beschützt vielleicht«, erwiderte er, »nicht aber ausgenützt.«

»Wie können wir Ausbeutung verhindern?«

»Indem wir ihnen ihre Freiheit sichern.«

»Das ist aber doch eine politische, kein religiöse Maßnahme.«

»An einem Ort wie diesem kann es keine Unterscheidung zwischen diesen beiden geben, Bruder.«

»Angenommen, sie wollen nicht, was wir ihnen anbieten?«

»Normalerweise bin ich kein Anhänger des Franzosen Rousseau«, sagte er (und dies war, soweit ich mich entsinnen kann, in der Tat die einzige Gelegenheit, bei der er sich offen auf einen jener gefährlichen französischen Philosophen bezog, die in den letzten zwanzig Jahren oder schon länger die Unruhe in der Welt schürten), »doch in diesem Fall stimme ich seiner Bemerkung zu, dass es Umstände gibt, unter denen ein Volk zur Freiheit *gezwungen* werden muss.«

Ich konnte mich eines Seufzers nicht enthalten. Doch ich fuhr fort: »Wie kann ein Umzug in die Algoa Bay uns – ihnen – helfen, dies zu erreichen?«

»Es bringt uns näher an den Unruheherd heran. Und es wird uns helfen, selber frei zu werden. An einem Ort, den wir unser Eigen nennen können und wo diejenigen Hottentotten, die nichts mit den Kämpfen anderer zu tun haben wollen, in unserer Mitte sicher leben können.«

»Und wo findet bei alledem Gott seinen Platz, Vater?«

Er schenkte mir ein kleines, rätselhaftes Lächeln. »Gott ist überall«, mehr sagte er nicht.

Ich war mir nicht sicher, ob dies eine echte Antwort

war; doch mit Vater van der Kemp rechtete man nicht so ohne weiteres.

Und so machten wir uns am 20. Februar 1802, fast auf den Tag zwei Monate nach dem Tag von Bruder Kupidos Bekehrung, auf den Weg in die Algoa Bay, begleitet von 109 Hottentotten (von denen einige unterwegs absprangen, während andere sich unserer Expedition anschlossen).

Zwar dauerte die Reise nicht sehr lange, lediglich vierzehn Tage oder so (das ist nichts, verglichen mit der gefährlichen Überfahrt von England nach Brasilien, Portugal und schließlich an das ferne Kap mehr als ein Jahrzehnt zuvor), doch sie war in jedem einzelnen Augenblick anstrengend und belastet von der ständigen Furcht vor möglichen Angriffen von allen Seiten. Und doch war sie von Heiterkeit geprägt, nicht nur wegen der Aussicht, in diesem wilden Land endlich an einen Ort zu ziehen, der uns gehörte, sondern auch der Landschaft wegen: die Rauheit des Velds, des Gestrüpps und der Bitterbüsche, Aloen, die ihre trockenen Arme scheinbar flehentlich einem unerbittlichen, entfärbten Himmel entgegenreckten, zerklüftete Höhen und unwirtliche Bergkämme mit fremdartiger, noch namenloser Vegetation, scheue Antilopen, die bei unserem Näherkommen blitzschnell wegsprangen, gesprenkelte Schlangen, die sich plötzlich aufrichteten und uns anspien (einmal töteten sie eine Kuh, ein andermal ein kleines Kind), gelegentlich ein in der Ferne geschmeidig sich bewegender, bedrohlicher Umriss hinter niedrigem Buschwerk, Leopard, Wüstenluchs oder Löwe. Und des Nachts höllisches

Kreischen und Jaulen und harfenartiges Gelächter, das von der dunklen umgedrehten Himmelsschale widerhallte; nur Hyänen und Schakale, versicherten uns Kupido und die anderen, doch es klang gerade so, als schnatterten und höhnten Dämonen, schrien unter Höllenqualen, genug, um einem das Mark im Gebein gefrieren zu lassen. *(»Aus der Tiefe schreie ich, Herr, zu Dir«,* las unser Vater neben dem riesigen Feuer, das die ganze Nacht hindurch loderte, mit seiner strengen, unerschütterlichen Stimme vor. *»Herr, höre meine Stimme! Lass Deine Ohren merken auf die Stimme meines Flehens!«)*

Und dennoch, inmitten all der Schrecken, inmitten des Gefühls, an einem fremden, fernen Ort ganz allein zu sein – lieber Gott, wie weit weg von zu Hause wir waren! –, bewegte uns ein außergewöhnliches, beinahe jubelndes Gefühl, in einem zwischen Himmel und Hölle schwebenden Raum zu sein, wo die Tatsache, dass man da war, auf völlig unerklärliche Weise *zählte.* Wie alt und fern von hier Europa schien: alt und fern und – ja – wunderschön, doch unerbittlich versinkend, untergehend, schwindend in Nichtigkeit und Unwiederbringlichkeit. Während hier, inmitten dieser Klänge der Drohung, der Gewalt und des lauernden Todes, etwas anderes war, eine Zeitlosigkeit und ein Wissen um Zukünftigkeit, eine noch ungezähmte, unberechenbare, wilde Energie, eine unbefriedigte, nicht zu befriedigende Leidenschaft, eine Kraft, die Menschen und Leben zu vernichten vermöchte, die aber doch Leben an sich war, eine physische Realität, eine Nähe, eine Dringlichkeit, eine seltene und unaussprechliche Gegenwärtigkeit des Staunens und der Freude.

Bei alldem blieb Bruder Kupido fast buchstäblich Tag und Nacht wie ein unabdingbarer Schatten an meiner Seite; gelegentlich nur verließ er mich, um meine Gesellschaft gegen die unseres Vaters einzutauschen. Der Missionar stellte sicher, dass religiöse Unterweisung sowie Unterricht in Lesen und Schreiben unterwegs nicht vernachlässigt wurden, und mit Bedacht waren täglich einige Stunden diesen Tätigkeiten vorbehalten. Kupido war auf die Teilnahme am Unterricht ebenso eifrig bedacht wie darauf, mehr über Gott und die Lehren der Kirche zu erfahren; und noch ehe wir Fort Frederick erreichten, wo uns bei Botha's Place ein Stück Land zugewiesen worden war, konnte er seinen Namen sowie den seiner Frau und seiner Kinder schreiben.

Auch Anna nahm am Unterricht teil, wiewohl sie nie so aufgeschlossen war wie ihr Mann. Ich gewann den Eindruck, sie war nicht so sehr daran interessiert, irgendetwas von uns zu lernen, sondern wollte nur Kupido nicht aus den Augen lassen. Dennoch schien sie nach einiger Zeit besonderes Vertrauen zu mir zu fassen. Zweifelsohne empfand sie große Achtung dem Vater gegenüber, doch war es eher ehrfürchtige Scheu denn Zutrauen, ihn offen in ein Gespräch ziehen zu können. Mit mir begann sie auf jener langweiligen Reise und insbesondere nach unserer Ankunft in der Algoa Bay Geschichten auszutauschen. Für meinen Bericht über Daniel in der Löwengrube bot sie mir eine Geschichte über die Gottesanbeterin und das

Stinktier (den sie als »Maushund« bezeichnete); Jonas im Walfisch war eine Erzählung über einen jungen Mann wert, der einen Löwen tötete und mitansehen musste, wie das tote Tier sich in seinen besten Freund verwandelte; und der Tod unseres Herrn Jesus Christus am Kreuz entlockte ihr ungefragt eine beinahe gotteslästerliche Geschichte über die Elenantilope, die allgegenwärtige Gottesanbeterin und den Mond.

Vor diesem Hintergrund war es vermutlich unvermeidlich, dass ungefähr ein Jahr später, als wir bereits ein zweites Mal, diesmal nach Bethelsdorp, umgezogen waren, eines Nachts, als es schon dunkel war und alle anderen einschließlich Vater van der Kemp sich bereits zurückgezogen hatten, Anna Vigilant in mein Zimmer kam, um mit mir die Aussicht zu erörtern, sich ebenfalls taufen zu lassen. Da Kupido mir oft von seiner Sorge wegen ihrer beharrlichen Weigerung, ihm in den Schoß der Kirche zu folgen, gesprochen hatte, kam dies für mich ziemlich überraschend.

Doch sie sprach ganz freimütig darüber. »Bruder«, sagte sie (eine Anrede, die mir aus dem Mund einer unbekehrten Heidin irgendwie unangenehm war), »Bruder, ich muss ins Wasser. Ich möchte das, was ihr Taufe nennt.«

»Was hat dich deine Meinung ändern lassen?«, fragte ich, denn nur zu gut kannte ich ihre frühere entschlossene Zurückweisung einer Erlösung.

»Ich will meinen Mann.«

»Aber deinen Mann hast du doch.«

»Du verstehst nicht«, erklärte sie ungeduldig in ihrer charakteristischen, formellen Art zu sprechen. »In all der Zeit, in der Kupido gehen zu anderer Frau, wenn er rauft und trinkt und Sachen macht, ist er immer noch mein, er zu mir kommen, mit mir schlafen, er mein Mann. Und jetzt, ihr Leute Gottes, ihr nehmt ihn weg von mir. Also muss ich gehen, wo er geht. Ihr müsst mich in Wasser tauchen.«

Drei Monate später vollzog Vater van der Kemp an Anna Vigilant und zwei weiteren, seit Kupidos Untertauchen geborenen Kindern, Anna und Tryntje, das Sakrament der Taufe.

Unser Vater hatte die Möglichkeit erwogen, die Taufe im Meer vorzunehmen, da es so nahe bei unserer Mission bei Fort Frederick war, ein Anblick, den wir jeden Tag von dort aus, wo wir lebten, jenseits eines tief eingeschnittenen, engen, von aufgelockerter grüner Vegetation, die im Winter von den feuerroten Kandelabern der hohen Aloen in Brand gesteckt wurde, überzogenen Tals, betrachten konnten. Darauf mussten wir jedoch verzichten, da viele unserer Anhänger Angst vor der riesigen Wasserfläche hatten, die bis an den Horizont und darüber hinaus reichte.

Wie gut ich mich an Bruder Kupidos Reaktion erinnere, als er, nachdem wir die letzte Hügelkette vor unserem Bestimmungsort überquert hatten, zum ersten Mal das Meer sah. Wie angewurzelt blieb er stehen; er trug, wie üblich, ein kleines Kind auf dem Rücken und ein zweites auf dem Arm. (Der älteste Junge, Vigilant, war bereits vierzehn Jahre alt und half seinem Vater schon beim Holzsägen; und die kleine Geertruid versprach, eine ebenso geschickte Seifensiederin zu werden wie ihre Mutter.) Er stieß einen Ausruf in seiner Muttersprache aus und täuschte Taubheit vor, als ich um eine Übersetzung bat.

»Ist das das Meer?«, wollte er wissen.

»Das ist es.« Ein wenig boshaft fragte ich: »Groß genug für dich?«

Zu meiner Überraschung erklärte er, während er forschend den weiten Ozean von links nach rechts und wieder zurück, vom Ufer bis zum dunstigen Horizont betrachtete: »Die Leute reden so viel darüber. Ich habe gedacht, es sei viel, viel größer.« Und fügte, nach einigem Überlegen, hinzu: »Jetzt haben wir genügend Wasser für das ganze Vieh.«

»Dieses Wasser ist aber salzig«, machte ich ihn aufmerksam. »Man kann es nicht trinken.«

»Wenn es nutzlos ist, warum hat Gott dann so viel davon gemacht?«

Ich erinnerte ihn an den Beginn der Schöpfung, als Finsternis über der Tiefe herrschte, und der Geist Gottes über dem Wasser schwebte, und Gott das Wasser vom trockenen Land schied.

»Ich verstehe«, meinte er, offensichtlich in Gedanken versunken und anscheinend nicht ganz überzeugt. Dann starrte er nochmals unverwandt auf das dunkelblaue Meer. »Es lebt«, sagte er und umklammerte meinen Arm. »Es bewegt sich. Wird es nicht heraufkommen und uns verschlingen?«

»Wenn es Gottes Wille ist, wird es da unten bleiben«, erklärte ich.

»Darüber werde ich wohl mit Gott sprechen müssen«, meinte er und lockerte den Griff um meinen Arm.

»Tu das«, stimmte ich zu. »Und heute Abend können wir alle deswegen beten.«

Erneut kniff er die Augen zusammen, starrte immer noch in die Ferne. »Wo geht es hin?«, wollte er wissen. »Wenn es dort ankommt, wo wir es nicht mehr sehen können, wohin geht es dann? Wo bleibt es stehen?«

»Dort, von wo ich herkomme«, erklärte ich, irgendwie schuldbewusst, weil ich die Geografie verzerrte. »Es bleibt in Europa stehen, und in England.«

»Du kommst von der anderen Seite?«

Ich nickte bejahend. Und bedachte wiederum, wie fern doch jene andere Welt, die »andere Seite«, geworden war. Fast: wie belanglos. Was zählte, war das *Hier*, das *Jetzt*. Es war dies eine Entdeckung von Freiheit. Doch seltsamerweise lief einem beim Anblick des dunkel ultramarinblauen, fast schwarzen Wassers ein Schauder den Rücken hinunter, als wäre es etwas, das man fürchten und dem man selbst in seiner Abwesenheit eine unheilvolle Allgegenwärtigkeit zugestehen müsste.

Wie seltsam, wie unheimlich schien es, dass das ferne Europa sich so eindringlich auf unser Leben auswirken konnte. Nicht lange nach unserer Ankunft in Botha's Place erfuhren wir, dass in Amiens ein Friedensvertrag zwischen Frankreich und Deutschland unterzeichnet worden war, laut dem das Kap, jetzt in Batavische Republik umbenannt, wieder den Holländern zugeschlagen werden sollte. Die britische Garnison sollte aus Fort Frederick abgezogen werden, was uns der Gnade der widerstreitenden Kräfte ausliefern würde.

Wir waren in einer furchtbaren Lage. Von Osten her strömten immer mehr verzweifelte Xhosa über den Great Fish River; in unmittelbarer Nachbarschaft des Forts bereitete sich ein Kolonistenkommando auf den Angriff vor. Der Kapgouverneur segelte in die Algoa Bay, um unsere ungewisse Zukunft zu erörtern; da Vater von der Kemp zu dieser Zeit ans Bett gefesselt war, kam der Gouverneur den ganzen Weg nach Botha's Place. Er wollte unbedingt die ganze Station unverzüglich nach Kapstadt verlegen, doch unser Vater widersetzte sich dem unerbittlich. Gott hat uns hierhergebracht, sagte er, Gott wird sich um uns kümmern. Zumindest, flehte der Gouverneur ihn an, sollten wir uns ins Fort begeben, sobald die Garnison es geräumt hätte. Doch erneut wies unser Vater den Vorschlag zurück; er argumentierte, dies wäre feige. Zudem gab es dort nicht genügend Platz für all unsere treuen Anhänger; jemanden zurückzulassen bedeute Verrat, und damit könne er sein Gewissen nicht belasten.

Ich unterstützte diese Einstellung von ganzem Herzen. Dennoch, niemand konnte leugnen, welch schwere Bürde an Furcht, Verantwortung und, das vielleicht vor allem, Unsicherheit auf uns lastete. In den letzten Jahren hatten wir uns, trotz aller gegen uns gerichteten Drohungen, auf die Unterstützung einer uns wohlgesonnenen britischen Regierung am

Kap verlassen können. Was würde geschehen, wenn die Holländer zurückkehrten? Wir hatten genügend Erfahrung mit der feindlichen Einstellung der Kolonisten in der Grenzregion, um uns Sorgen hinsichtlich der Zukunft zu machen.

Eine Reihe unserer Hottentottenanhänger waren bereit zu fliehen. Doch mit Unterstützung eines einzigen Helfers, des Neubekehrten Samson, drang Kupido in sie und überredete sie, zu bleiben – er bat sie, drohte ihnen, verprügelte ein paar von den rebellischsten und forderte sie schließlich auf, gemeinsam zu singen, so kraftvoll, dass von der Abend- bis zur Morgendämmerung keine Menschenseele auf der Station schlafen konnte.

Der Gouverneur schickte sich an abzureisen, und die Bewohner unserer Station bei Botha's Place kehrten in ihre Hütten zurück. Ich war überzeugt, dass Kupidos Begeisterung sie von jedem weiteren Gedanken an Desertion abhalten würde – und wie sich herausstellte, war meine Zuversicht gerechtfertigt. Nachdem die anderen losgezogen waren, blieb ich noch ein paar Tage, um ein großzügiges Geschenk entgegenzunehmen, das der Gouverneur uns aus den Beständen der Garnison angeboten hatte, darunter eine beträchtliche Menge Reis, etliche Fässer Pökelfleisch, eine erkleckliche Anzahl Schafe, Ochsen und Kühe, drei Wagen, ein Fischernetz, eine Kornmühle, zwei Kornsiebe, ein Schmiedeblasebalg (was mich dazu veranlasste, zu gegebener Zeit eine vollständig ausgerüstete Schmiede in der Mission einzurichten).

Die Bedenklichkeit unserer Lage trat jedoch bald

klar zutage, als kaum eine Woche nach der Abreise des Gouverneurs unsere Mission mitten in der Nacht von einem Trupp bewaffneter Hottentotten angegriffen wurde. All unsere Bemühungen, sie zu einer gütlichen Einigung zu bewegen, blieben vergeblich; ihre einzige Antwort bestand darin, aus ihren Gewehren auf uns zu feuern.

Bruder Kupido hielt nichts von unserem Bitten; er näherte sich ihnen in der Dunkelheit und begann, freundschaftlich auf sie einzureden. Dies wurde mit einem Chor von Beschimpfungen begrüßt, etwa in der Art: Schaut, da kommt ein Friedensstifter. Bringt ihn um, erschießt ihn!

»Um Himmels willen, Bruder Kupido«, rief ich ihm nach, bereit, ihm über den Lichtkreis unserer Feuer hinaus zu folgen, doch von vielen Händen wurde ich zurückgehalten. (Unser Vater war nach wie vor unter Schmerzen und stiller Qual ans Bett gefesselt.)

Es folgte eine erneute Gewehrsalve. Ich hörte, wie Kupido aufschrie. Im nächsten Augenblick gelang es ihm, zu uns zurückzuhumpeln; er hatte, wie sich herausstellte, eine Kugel ins linke Bein abbekommen. Man brachte ihn unverzüglich weg und in die Unterkunft von Vater van der Kemp, wo der gute Doktor, wiewohl selbst von Schmerzen gequält, seine Wunde versorgte, assistiert von einigen der Frauen, einschließlich des jungen Mädchens, das in der Folge meine Frau werden sollte. Noch heute erinnere ich mich an die Szene in der verräucherten Hütte, deren einzige Möblierung aus zwei schmalen Betten, aus zwischen Pfosten gespannten Schaffellen gefertigt, einem einfachen Tisch und zwei schmalen Bänken bestand. Vater van der Kemp – bereits über seine Jahre hinaus gealtert – lag unter einigen Tüchern, *Karosses,* wie man in diesen Landstrichen jene flüchtig zusammengenähten Tierhäute nennt, angetan mit nichts weiter als einem Hemd aus grobem Leinen, einer blauen Jacke aus filziger Wolle und einer Hose. Sein kahler, aber edel gemeißelter Schädel ruhte auf einem fellbedecktem Holzblock; seine intelligenten Züge zeugten von Sorgen und Nöten seines gefährdeten Lebens. Um ihn herum kamen und gingen die Frauen – den Kopf mit Tüchern umschlungen und den unförmigen Körper in Fetzen und Lumpen gehüllt, bepudert vom traurigen Licht einer einzigen Öllampe –, umsorgten geschäftig den verwundeten Kupido.

In dieser Phase gaben wir alle Versuche auf, im Dunkeln gegen die feindlichen Kräfte anzukämpfen. Wir konnten nur hoffen, dass die Plünderer sich damit zufriedengäben, mit unserem Vieh zu verschwinden. Doch schon bald hatte es den Anschein, als seien sie darauf aus, uns alle umzubringen. Zu diesem Zweck setzten sie unser Vieh auf eine Art und Weise ein, die sie, wie ich später von Vater van der Kemp erfuhr, wohl von den Xhosa gelernt hatten: Sie trieben die Tiere vor sich zusammen, wie einen breiten Schild, und stürmten dann unsere ärmlichen Behausungen.

Die Vorsehung hatte es jedoch gewollt, dass ich erst einen Tag zuvor ein paar kürzlich von Bruder Kupido zurechtgesägte Planken zusammengetragen und sie in den Durchgang zwischen unserem Haus und dem ihm benachbarten gelegt hatte. Die Tiere erschreckten sich davor, weigerten sich, darüberzuspringen, und brachen zur Seite hin aus, so dass die dahinter postierten Angreifer zu sehen waren. Unsere Leute fingen, in allerhöchster Gefahr und von der Notwendigkeit einer Selbstverteidigung dazu gezwungen, blindlings zu feuern an, ohne, der Dunkelheit wegen, auch nur zu versuchen, zu zielen. Doch die Hand Gottes lenkte eine Kugel so, dass der Anführer des Trupps am Schenkel verwundet wurde; dadurch wurde eine Arterie zertrennt, und das gewaltige Ausströmen von Blut setzte binnen weniger Minuten seinem Leben ein Ende, woraufhin der ganze Trupp floh.

Am darauffolgenden Morgen fanden einige unserer Gemeindemitglieder den Leichnam und identifizierten ihn als Andries, Bruder eben jenes Klaas Stuurman, welcher maßgeblich daran beteiligt gewesen war, uns dazu zu überreden, in die Algoa Bay zu trecken.

Dieses Ereignis hatte eine unerwartete Folge. Ein paar unserer Männer waren abgeordnet worden, um Klaas Stuurman, der, wie wir wussten, in einiger Entfernung auf der anderen Seite des Forts an der Mündung eines kleinen Flusses lagerte, die Nachricht zu überbringen. Wir rechneten mit einem Überfall auf die Mission, um den Tod des Häuptlingbruders zu rächen. Stattdessen kehrten zwei Abgesandte gegen Abend zurück – der Sonnenuntergang war besonders theatralisch, der ganze Himmel war grellfarbig gestreift, was Anna

Vigilant als Vorzeichen eines drohenden Massakers deutete –, begleitet von einer kleinen Abordnung von Stuurmans Männern, in europäische Gewänder gekleidet (aber barfuß) und mit großen, breitkrempigen Hüten, alle mit Gewehren bewaffnet. Vor sich trieben sie eine kleine Herde Langhornrinder her.

Da unseren Vater immer noch Schmerzen ans Bett fesselten, fiel mir die Aufgabe zu, die Besucher zu empfangen. In Befolgung seiner dringlichen Ermahnung ließ ich, wenn auch nicht ohne Ängstlichkeit, mein Gewehr zurück; nachdem ich die meisten unserer Diakone und Gemeindeältesten angewiesen hatte, für den Fall, dass irgendetwas Widriges geschähe, bis an die Zähne bewaffnet in ihren Unterkünften abzuwarten, versuchte ich, mit einer großspurigen Zurschaustellung von Selbstvertrauen auszuschreiten, so, wie es meiner Vorstellung nach unser Vater getan hätte (und wie ich ihn in der Tat bei jenem denkwürdigen Vorfall in Graaff-Reinet dies tun sah). Ziemlich unerwartet und völlig ungebeten tauchte plötzlich Bruder Kupido, offenbar unter Schmerzen auf seinem verletzten Bein humpelnd, an meiner Seite auf. Es war zu spät, um ihn zurückzuschicken; und selbst wenn ich versucht hätte, dies zu tun, hätte er sich, dessen bin ich mir sicher, geweigert. Und wenn ich offen und ehrlich sein will, muss ich zugeben, seine Anwesenheit gab meinem sinkenden Mut wieder Auftrieb.

Etwa dreißig Meter vor unserer Kirche blieb die Abordnung stehen, und mit ausgestreckten Armen und nach oben gekehrten Handflächen, um meine guten Absichten unter Beweis zu stellen, ging ich auf sie zu. Zu meiner ungeheuren Erleichterung taten sie desgleichen.

In ziemlich fließendem Holländisch wandten sie sich an mich, und ich bereitete mich schon darauf vor, in der gleichen Sprache zu antworten, die ich inzwischen einigermaßen beherrschte; doch zu meiner Überraschung mischte Bruder Kupido sich ein und verkündete, er werde als Übersetzer fungieren. Ohne auf die Zustimmung der Abgesandten einerseits, von mir andererseits zu warten, eröffnete er die Unterhandlung mit einer langen Rede in hottentottischer Sprache, die er sodann für mich sehr knapp in nur ein, zwei Sätzen zusammenfasste. Woraufhin die Verhandlungen begannen. Stuurmans Abgesandte forderten, dass ihnen der Körper des Toten übergeben werde, damit sie ihn beerdigen könnten. Dagegen hatte ich keine Einwendungen. Am meisten überraschte mich die überschwängliche Art, wie sie sich für den Toten entschuldigten und erklärten, dies alles sei ein schrecklicher Irrtum gewesen: Da wir uns so nahe bei dem Fort aufhielten, hatten sie geglaubt, wir seien mit den Militärkräften der Kolonie verbündet. Ich stellte, über Kupido, klar, dass wir mehr als zufrieden damit seien, das traurige Ereignis als Missverständnis zu behandeln, und uns auf in der Zukunft weiterhin freundschaftliche Beziehungen freuten.

Meine ziemlich kurze Botschaft wurde von Kupido in einer weiteren auf höchst dramatische und marktschreierische Weise vorgetragenen Rede übermittelt; seine Version dauerte mindestens drei- oder viermal so lange wie meine, und ich muss sagen, unsere Gesprächspartner schienen äußerst beeindruckt, sogar irgendwie eingeschüchtert durch unsere Versicherung, dass wir nur gute Absichten hätten.

Die Verhandlung wurde mit einem rituellen Austausch von Geschenken beschlossen: Die Stuurman-Leute übergaben uns sechs Ochsen, die sie mitgebracht hatten, ich überreichte ihnen den üblichen Tabak und sogar eine kleine Menge Branntwein; einigermaßen zögerlich lehnte ich, dazu fühlte ich mich verpflichtet, ihre ziemlich dreiste Bitte nach Schießpulver ab.

In der zunehmenden Dämmerung zogen die Männer ab; auf ihren Schultern trugen sie den in eine grüne Decke gehüllten Leichnam. Ungeheuer erleichtert angesichts der unverhofft friedlichen Wendung, welche die Ereignisse genommen hatten, begab ich mich unverzüglich zu Vater van der Kemp, um ihm davon zu berichten. Erst am nächsten Tag stellte sich das Vorkommnis in einer neuen Perspektive dar, als ich Bruder Kupido für seine Vermittlung dankte und mich mehr oder weniger im Vorbeigehen erkundigte, was in seine leidenschaftliche Wiedergabe meiner abschließenden Friedensbotschaft eingeflossen war. Erst jetzt erklärte er mir mit einem breiten Lächeln, das, was er an die Besucher weitergegeben hatte, sei keine friedliche Absichtserklärung gewesen, sondern eine grässliche Warnung. Während des Angriffs, das hatte er ihnen gesagt, sei es so finster gewesen, dass niemand sehen konnte, was geschah, und das bedeutete, es war gar nicht unser Geschützfeuer gewesen, das den Tod Andries Stuurmans verursacht hatte. Es war unser Gott gewesen, der persönlich eingegriffen hatte, um die Kugel zu lenken und den Heiden zu zerschmettern; sollte ihr Stamm es jemals wieder wagen, uns anzugreifen, so hatte er sie gewarnt, würde dieser gleiche Gott sie bis ans Ende der Welt verfolgen und jeden, Mann, Frau, Kind, Kuh und Geiß, niederstrecken. *Es ist ein schrecklich Ding,* hatte er aus der Heiligen Schrift zitiert, *in die Hände des lebendigen Gottes zu fallen.*

Ich erachtete es für weise, diese Auskunft unserem Vater van der Kemp nicht mitzuteilen.

Dann war da noch die Frage nach dem Gewehr des verstorbenen Andries Stuurman. Auf unerklärliche Weise war es in dem Durcheinander jener Nacht abhandengekommen. Und als die Abordnung eintraf, um den Leichnam abzuholen, und danach fragte, hatte keiner es irgendwo gesehen. Damit hatte es sein Bewenden. Doch wohl einen Monat später, als ich vom Strand zurückkam, wo ich meine Gebete aufgesagt hatte, stieß ich auf Bruder Kupido, der in dem dichten Gebüsch entlang des Abhangs zum Fort hinauf kauerte und eine Flinte zusammensetzte, die er auseinandergenommen hatte. Sämtliche Teile, die er im Verlauf des Zusammensetzen jedes einzeln äußerst sorgfältig ölte, ehe er es wieder einbaute, waren auf einem Stück Packleinwand ausgebreitet. Vor allem fiel mir an der Waffe ein silberner Stern auf, den Kupido mit einer besonderen Zurschaustellung von, ich kann es nicht anders nennen: »Liebe« streichelte. Beinahe so, wenn ich das sagen darf, wie ein Mann voller Lust die Wange seiner Geliebten streicheln mag. Als ich näher kam, blickte er auf, schien sich durch meine Anwesenheit aber nicht übermäßig gestört zu fühlen.

»Und das?«, fragte ich überrascht. »Woher hast du das Gewehr?«

»Das hat diesem Andries Stuurman gehört«, erklärte er ganz ohne Umschweife.

»Aber das haben doch nach dem Überfall alle gesucht. Es war nirgends zu finden.«

»Es ist zu mir gekommen«, sagte er ungerührt.

»Du warst nicht mal dabei, als es passiert ist«, sagte ich. »Du warst bei Vater van der Kemp, und die Frauen haben sich um dich gekümmert.«

Er zuckte die Schultern. »Es ist später zu mir gekommen«, meinte er. »Ich glaube, Gott hat gewollt, dass ich es bekomme, weil ich bei dem Überfall verwundet worden bin.« Er deutete auf seinen immer noch bandagierten Oberschenkel.

»Du wirst es abliefern müssen«, erklärte ich ihm, so streng ich konnte. »Wie du weißt, will Vater van der Kemp in der Mission keine Waffen herumliegen haben.«

»Es liegt nicht herum, ich passe auf es auf.«

»Aber es gehört dir nicht, Bruder Kupido.«

»Gott hat es mir geschickt. Es ist ganz klar, Er will nicht, dass ich im Angesicht unserer heidnischen Feinde unbewaffnet bin.«

»Wir müssen darauf vertrauen, dass Er uns beschützt.«

»Er hat es zu unserem Schutz in meine Hände gelegt, Bruder Read. Ich kann nicht gegen den Willen des Herrn an. Das solltest du auch nicht tun.« (So elegant formulierte er es nicht, aber ich habe anschließend versucht, in meinem Tagebuch, das ich jetzt übertrage, den wesentlichen Inhalt unseres Gesprächs zu erfassen.)

»Stuurman hat versprochen, uns nie wieder Schwierigkeiten zu bereiten.«

»Es könnten andere kommen. Wir müssen stets beten und vorbereitet sein, Bruder Read.«

Wie sich herausstellte, hatten wir beide recht. Stuurmans Leute belästigten uns nicht mehr, vielmehr gelang es uns gottlob, bei ihnen lohnende missionarische Werke zu tun. Aber es gab noch andere Banden von Plünderern, die unser Leben unendlich schwierig machten; auch die Farmer in den Grenzgebieten fügten uns mit Raubzügen, Drohungen und Wühlarbeit jeglicher Art ernstlichen Schaden zu, was uns zu gegebener Zeit zwang, trotz unserer früheren Einwendungen unsere kleine Siedlung in das Fort zu verlagern. Es ist nichts weniger als erstaunlich, dass wir unter diesen Umständen in unserer missionarischen Tätigkeit nicht nachließen (und nicht weniger als zwanzig Neubekehrte unserer Herde hinzufügten); unser Predigen des Wortes Gottes war von der Macht des Heiligen Geistes begleitet, und Sein heiliger Arm enthüllte sich uns immer deutlicher. Abgesehen davon boten wir den Hottentotten, die in wachsender Zahl auf der Suche nach Beistand, Trost und Schutz zu uns strömten,

Anleitungen in verschiedenen Handwerken wie auch in Lesen und Schreiben.

Diese Unterweisungen riefen bei den Farmern in der Gegend besonderen Ärger hervor, die protestierten, dass es diese Leute nur »aufsässiger« mache, die doch, als Nachkömmlinge Kanaans, Sohnes von Ham, mit dem Fluch ewiger Knechtschaft unter den von Gott auserwählten Weißen belegt worden seien.

So tückisch waren die Kolonisten in ihrer Feindschaft, dass sie, sobald wir uns im Fort eingerichtet hatten, die Siedlung in Botha's Place dem Erdboden gleichmachten und jede noch so kleine Hütte, jedes Häuschen niederbrannten.

Da unser Vater van der Kemp immer noch durch Krankheit weitgehend eingeschränkt und in einem Zustand war, der es ihm unmöglich machte, mehr als die umfangreiche Korrespondenz zu erledigen, die ich für ihn kopieren musste, griff ich immer öfter auf Bruder Kupido und seinen Gefährten Bruder Samson, einen friedfertigen Mann guten Willens und von einer Art gleichmütiger, schwerfälliger Unschuld, zurück, damit sie die Morgen- und Abendgottesdienste leiteten. Ein Großteil der Korrespondenz fand mit den neuen Herren der Kolonie statt, denn gemäß den Bedingungen des Friedens von Amiens war das Kap nun tatsächlich wieder holländisch geworden. Glücklicherweise wurden viele unserer Befürchtungen hinsichtlich eines betrügerischen Einverständnisses zwischen den Kolonisten und der neuen Regierung bald zerstreut, und Mitte 1803 wurde uns endlich ein eigenes Stück Land zugewiesen – wenn es auch ein überaus ödes, unansehnliches Grundstück, nahezu bar jeder Vegetation, mit beängstigend ungenügender Wasserversorgung, im Sommer glühend heiß und im Winter den Härten rauer Kälte ausgesetzt war. Doch zumindest gehörte es uns, und endlich hatten wir einen Platz, zu dessen Räumung man uns nicht zwingen konnte. Aus seinem großartigen Vorrat an Ironie und Weisheit heraus entschied unser Vater, es nach dem Heiligtum, das Jakob stiftete, als er vor den fremden Göttern, inmitten deren er geweilt hatte, errettet wurde, Bethelsdorp zu nennen.

Unsere neue Missionsstation zu errichten war harte Arbeit. Wir mussten aus Schilfrohr und Lehm eine neue Kirche, die zudem als Schule dienen sollte, mit Flügeln, um unseren Vater und mich unterzubringen, sowie eine Reihe kleiner Behausungen für unsere Gemeinde bauen. (Jedwedes dauerhaftere Gebäude mussten wir aufschieben, bis wir mehr Gewissheit hinsichtlich unserer Zukunft hätten.) Da der Gesundheitszustand des Doktors sich wieder zu bessern begann, ein sicheres Zeichen, dass Gottes Segen auf dem Ort ruhte, pflanzte er voller Zuversicht, was ein Obstgarten werden sollte – Orangen, Äpfel, Quitten, Pfirsiche –, während ich mich mit dem Anlegen eines Gemüsegartens beschäftigte. Unsere Gläubigen gingen uns ein wenig zur Hand, doch bedauerlicherweise konnte man sich nur selten darauf verlassen, dass sie bei irgendeiner Unternehmung durchhielten, die sie unweigerlich mit großer Begeisterung und hochgemut angegangen waren, da sie es offenbar bei weitem vorzogen, in der Wintersonne oder im Sommerschatten zu faulenzen und uns, ihren Hirten, wohlwollend und mit gelangweiltem Interesse bei der Arbeit zuzusehen. Allerdings waren sie äußerst emsig im Schulbesuch und konnten in der Kirche stundenlang singen; was, so versuchte ich mir selbst einzureden, einen guten Willen unter Beweis stellte, dessen man in unserer Welt dringend bedurfte, die nach wie vor von allen Seiten durch von umherstreifenden Stammesleuten und bewaffneten Kolonisten gleichermaßen ausgehende Drohungen und tatsächliche Gefahren bedrängt wurde.

Auf Bruder Kupido war in Notfallsituationen immer Verlass, obwohl die Wunde an seinem Schenkel nur langsam verheilte und etliche Male eiterte, so dass ihm auf Dauer ein Hinken blieb.

»Damit ich wie meine Frau bin«, bemerkte er in einem seltenen humorvollen Anflug. »Jetzt fühlt sie sich nicht mehr so sehr allein.«

Er war immer zur Stelle, wenn sie ihre Seife siedete, und gelegentlich verließen sie mit ihrem kleinen Wagen für ein paar Tage die Station, um *Ganna*-Sträucher zu sammeln, die für die Lauge gebraucht wurden, die sie verwendete. Einmal jedoch, so erinnere ich mich, kehrten sie aus dem kürzlich gegründeten Bezirk Uitenhage mit leerem Wagen und in sichtlich niedergeschlagener Stimmung zurück. Als ich ihn befragte, wich er zunächst aus, brach jedoch letztendlich sein verärgertes Schweigen und berichtete von einem Zusammentreffen mit einem Kolonisten, auf dessen

Farm sie *Ganna* zu sammeln versucht hatten. Wiewohl sie die Mühe auf sich genommen hatten, sich vom Landdrost des neuen Bezirks vorher einen schriftlichen Passierschein ausstellen zu lassen, eine erst seit kurzem jeglichem Hottentotten, der von einem Ort zu einem anderen wollte, auferlegte Pflicht, hatte der Farmer sich ihnen mit seinem Gewehr genähert und sie mit keineswegs missverständlichen Worten aufgefordert, seine Farm zu räumen, oder sie würden beide erschossen und getötet. Als Kupido ihm den Passierschein gezeigt hatte, hatte der Mann ihn in Streifen gerissen und gesagt: »Ich gebe einen verdammten Dreck auf den Landdrost. Außerhalb seiner kleinen Drostei hat er nichts zu sagen.«

»Die Leute werden eine gewisse Zeit brauchen, um sich an all das zu gewöhnen«, versuchte ich ihn zu trösten. »Und es gibt andere Stellen, um euer *Ganna* zu sammeln.«

Verzagt schüttelte er den Kopf. »Ich verstehe nicht, was da vorgeht, Bruder Read«, sagte er. »Warum wird überall um uns herum so viel gekämpft? Diese *Boers*, die Buren, die Hottentotten, die Xhosa, alle. Alle wollen sich gegenseitig umbringen. Wo ist das Reich Gottes?«

»Es ist in unseren Herzen, Bruder Kupido«, versuchte ich ihm zuzureden.

»Nein!«, wandte er mit unvorhergesehener Heftigkeit ein. »Wir brauchen es überall. Und wir brauchen es jetzt. Jeden Tag predige ich unseren Leuten und erzähle ihnen von Gott und wie Er für uns sorgen und uns beschützen wird. Doch ich sehe nichts davon.

Wenn sie hungrig sind, wo ist Gott, um ihnen zu essen zu geben? Wenn Feinde uns angreifen, passiert das da.« Er schlug auf seinen verkrüppelten Schenkel und zuckte bei dem unerwarteten Schmerz zusammen.

»Wir werden unsere Belohnung im Himmel bekommen«, versicherte ich ihm. »Je mehr wir auf Erden leiden, desto größer wird unsere Belohnung sein.«

»Ja, das weiß ich. Aber einem hungrigen Mann genügt das nicht. Einer Frau, die ihr Kind verliert, genügt das nicht. Diesem Kind genügt das nicht. Mein Volk leidet sehr, Bruder Read.«

»Dazu ist Glauben ja da.« Ich hatte ein leeres Gefühl im Magen und im Kopf. Dann hatte ich eine Eingebung. »Schau unseren Vater an: Er hatte alles, was ein Mensch sich nur wünschen kann. Überreichlich zu essen, ein schönes Haus, eine Frau, Freunde, Reichtum, Macht. Die Leute hörten auf ihn, blickten zu ihm auf. Doch er hat all das aufgegeben, um hierherzukommen und hier bei uns zu leben, um mit uns zu hungern, um mit uns Schmerzen zu leiden. Weil er weiß, wir alle werden eines Tages die Frucht unseres Leidens ernten.«

Er brummte. Nach einer Weile sagte er: »Der Mann ist vielleicht verrückt.«

»Vielleicht sind wir alle verrückt«, sagte ich leichthin. »Aber vielleicht braucht die Welt Verrückte wie uns. Wer weiß, wenn eines Tages die Welt gerettet wird, dann vielleicht, weil wir da waren.«

»Glaubst du das wirklich?«

»Ja, das glaube ich.« Fast gegen meinen Willen

fügte ich, weit leiser, hinzu: »Das muss ich glauben, Bruder Kupido. Denn ansonsten …« Nach einer Pause fuhr ich fort: »Verstehst du denn nicht? Ich brauche *dich*, damit du *mir* hilfst zu glauben.«

Das war nicht vorhergedacht. Erst als ich die Worte aussprach, wurde ich meiner Gedanken gewahr. Und ich wusste, ich hatte Recht, sogar im allereinfachsten und direkten Sinne. Mein Erfolg als Missionar, mein Missionarsein als solches, hing davon ab, Leute zu bekehren. Von diesen war Bruder Kupido bislang der wichtigste. Wenn er an seiner Mission zu zweifeln begann, dann wäre alles, was ich getan, alles, was ich geglaubt, meine schreckliche Reise über die Ozeane, um an diesen entlegenen Ort zu kommen – im Sonnenlicht blendend, doch durchströmt von einem Geheimnis, das ich nicht ergründen konnte, einer Art Finsternis –, mein ganzes Ich als solches, vergebens gewesen und verlöre seine Bedeutung. Ganz einfach, ich benötigte diesen kleinen, gebeugten, hinkenden Mann, um zu wissen, wer ich bin.

Bruder Kupido hörte mir zu und schien meine Bemerkungen abzuwägen. Dann schüttelte er ganz langsam den Kopf. »Ich wünschte trotzdem, ich könnte irgendwas von diesem Reich Gottes *sehen*«, erklärte er. »Mein Volk braucht es. Ihr Leiden findet nicht nur im Kopf oder im Herzen statt. Sondern in ihrem Körper. Wir haben Feinde. Wir sind hungrig. Wir brauchen Hilfe.«

»Auf diese Weise stellt Gott diejenigen, die an ihn glauben, auf die Probe.«

»Vielleicht«, sagte Bruder Kupido grimmig, »vielleicht ist das der Grund, warum Er so wenig Freunde hat.« Mit einem Seufzer erhob er sich. »Ich werde mit Gott darüber sprechen müssen«, erklärte er.

Er ging weg, in die Sonne hinein. Sie schien direkt in meine Augen, daher konnte ich nur seine schmächtige, hagere Silhouette sehen – die irgendeinem stabförmigen Insekt ähnelte, einem Grashüpfer oder einer Grille oder vielleicht einer Gottesanbeterin –, wie sie in der Ferne schrumpfte, wobei eine Staubwolke seinen Kopf wie ein Heiligenschein umgab. Ein höchst merkwürdiger Eindruck, als ginge er nicht so sehr auf die Sonne zu, sondern direkt in sie hinein. Bis er in dem blendenden Lodern verschwand.

Er nahm in der Tat Rücksprache mit Gott, wie er versprochen hatte. Zufällig traf ich nicht lange nach unserem Gespräch auf ihn, eines Morgens, als er in einiger Entfernung hügelabwärts von der Mission seinen Wagen reparierte, in einer Ansammlung von Euphorbien mit ihrem seltsam prähistorischen Aussehen, als wäre ich plötzlich in eine ganz und gar andere Zeit und in einen anderen Raum versetzt. Da ich ihn ziemlich laut reden hörte, nahm ich an, er spreche zu einem der anderen Gemeindemitglieder, aber es war keine Stimme zu hören, die antwortete; als ich mich durch die Bäume hindurch näherte, sah ich, dass er ganz allein war. Er stand mit dem Rücken zu mir, daher war es einfach, unbemerkt näher zu kommen; darüber hinaus hörte ich ihn meinen Namen nennen, folglich war natürlich meine Neugierde geweckt.

Er sprach mit Gott. Er betete nicht, sondern redete mit ihm, wie man mit einer anderen Person reden würde, mit irritierender Vertraulichkeit, sogar mit einem Unterton von Missbilligung oder Tadel in seiner Stimme.

»... habe mit Bruder Read darüber gesprochen, aber ich bin mir nicht sicher, ob er das wirklich versteht. So kann es nicht weitergehen. Tut mir leid, Gott, aber ich habe schon früher mit Dir darüber gesprochen; Du scheinst mir nicht zuzuhören. Ich weiß, Du hast viel zu tun, aber das ist wichtig. Du hast mich hierher, an diesen Ort, gebracht und Du hast gewollt, dass ich Dein Kind werde, und Deinetwegen habe ich eine Menge durchgemacht, also schuldest Du mir, glaube ich, etwas. Da ist jetzt diese Sache mit dem Farmer, der mich und Anna von seiner Farm runterschießen wollte. Ich bin auf dieser Welt schon von vielen beleidigt worden, damit werde ich fertig. Doch Anna gegenüber ist es ungerecht. Sie hat nur ein bisschen *Ganna* für ihre Seife gesammelt, und wie Du weißt, macht sie die beste Seife im ganzen Land. Aber wie kannst Du erwarten, dass sie ihre Arbeit ordentlich macht, wenn Du sie nicht ihr *Ganna* haben lässt? Und mir gegenüber ist es auch ungerecht. Denn ich handle in Deinem Dienst und in Deinem Namen. Wenn man also mich mit einem Gewehr bedroht, wirst eigentlich *Du* beleidigt. Was sollen diese Farmer denn von Dir denken, wenn Du nicht einmal für Dich selber einstehen kannst? Sie sind ein übler Haufen, und es wird Zeit, dass Du allmählich etwas dagegen unternimmst, sonst hat keiner auch nur ein bisschen

Respekt vor Dir. Und darüber möchte ich nicht noch einmal mir Dir reden müssen.«

An diesem Punkt hielt ich es für weise, mich zurückzuziehen.

Seitdem gab es noch andere Gelegenheiten, bei denen ich Bruder Kupidos Gespräche mit Gott belauschen konnte. Aus offensichtlichen Gründen waren derlei Anlässe selten. Der geringste Hinweis auf mein Näherkommen hätte ihn verstummen lassen. Es ergab sich jedoch, dass diese Gespräche durch eine andere Form der Kommunikation abgelöst wurden. Als seine Fertigkeit im Lesen und Schreiben zunahm, was in recht beeindruckendem Maße der Fall war, ging er dazu über, Briefe an Gott zu schreiben. Diese vertraute er unweigerlich mir zur Übermittlung an; wie ich das machte, wollte er nie wissen; offenbar war sein Vertrauen in mich groß genug, um anzunehmen, dass ich schon wüsste, welchen Weg ich wählen müsste. Da ich glaubte, unser Vater würde ein derartiges Tun missbilligen, beschloss ich, nicht ohne einige ängstlich besorgte Befragung meines Gewissens, ihn nicht auf die Korrespondenz aufmerksam zu machen. Es waren nicht viele Briefe, und sie lagen weit auseinander. Zweifellos nahm Bruder Kupido sie so ernst, dass nur die bedrückendsten Umstände ihn zum Schreiben trieben. Doch aus verschiedenen Gründen waren sie mir immer besonders kostbar.

Bei einer der ersten dieser Gelegenheiten überfiel ein Kommando von *Boers* die Missionsstation in dem Bestreben, wie sie ziemlich schonungslos erklärten, des Mordes, Viehdiebstahls und anderer Verbrechen verdächtige Hottentotten in Haft zu nehmen. Sie waren sorgsam darauf bedacht, den Missionaren selbst nicht ins Gehege zu kommen, da selbst die neue batavische Regierung am Kap klargemacht hatte, dass wir bei der Erfüllung unserer religiösen Pflichten unbehelligt bleiben sollten; unsere Gemeindemitglieder aber waren solchen Raubzügen hilflos ausgeliefert. Selbst wenn sie kein belastendes Material fanden, konnte man sicher sein, dass die Boers ihre Ziele mit Alkohol in der einen oder anderen Form verfolgten, da sie die Schwäche der Hottentotten in dieser Hinsicht kannten. Und waren sie erst einmal betrunken, waren Fehlverhalten oder Gewaltakte nahezu unvermeidlich, was eine Rückkehr des Kommandos rechtfertigte. In anderen Fällen wurden Mitglieder unserer Gemeinde mit grässlichen Verheißungen von Promiskuität oder Versprechen auf Arbeit (die sie nie erhielten, was zu Landstreicherei führte und neue Gelegenheiten zu Verhaftungen schuf) von der Mission weggelockt. Bei diesem speziellen Vorfall, zu dem es kurz nach meiner Heirat mit Maria kam, wurden drei unserer vielversprechendsten Katechetenkandidaten unter dem Vorwurf des Diebstahls, der augenfällig falsch war, uns jedoch keine Handhabe zum Eingreifen bot, weggebracht.

Nachdem das Kommando mit seinen Gefangenen, die sie hinter ihren Pferden herschleiften, aufgebrochen war (in leichtem Trab, solange sie sich in Sichtweite befanden; doch wir wussten aus schrecklicher Erfahrung, dass sie in Galopp fielen, sobald der erste Gebirgskamm oder irgendwelches Strauchwerk sie unseren Blicken entzog, und bei der Ankunft an ihrem

Bestimmungsort nur noch die tragischen Überreste im Staub hinter sich herschleppten), zog Bruder Kupido sich ins Klassenzimmer zurück, das gerade leerstand. Und nach ein paar Stunden brachte er mir folgenden Brief, fest zusammengefaltet und mit einem sehr dünnen Riemen verschnürt:

> liber und geschätzter Revrend Gott ich glaube Du warst heut nicht hir sonst hättest Du eingreift um die boers aufzuhalten die zacharias und daniel und mathew freunde und mitglider unserer kirche welche wir alle jetzt sind auch Deine kinder so wie ich jetzt Bestimmt bist Du manchmal müde und musst Dich ruhen das verstehe ich aber Du must Dir eine bessere zeit suchen wir hetten Dich hier braucht um die mörders aufzuhalten und einen stral aus Deinen Blitzen zu schicken um sie alle ganz tot zu machen noch ehe sie graf-rennet erreichen Revrend Gott wir sind auf Dich angewisen dass Du uns hilfst wen Du uns nicht helfen kanst wohin sollen wir dan gehen wie können wir Dir weiterhin vertrauen von Deinem libsten bruder kupido kakrlak

In einem weiteren, weniger dramatischen, aber nicht weniger dringlichen Brief sprach er das Problem einer der schwersten Dürren an, die unsere Ernte verdorren und den Strom, der unsere einzige Quelle für fließendes Wasser war, austrocknen ließ:

liber und geschätzer Revrend Gott es ist trocken die leut sterben das vih stirbt wir brauchen regen in alter zeit hat immer Tsuigoab den Heitsi Eibib geschikt damit der uns regen bringt also jetzt ist es Deine pflicht wenn Dir überhaupt etwas an uns ligt von Deinem libstwürdigen bruder kupido kakrlak

Bei dieser Gelegenheit, das sollte ich zu Protokoll nehmen, kam der Regen nahezu augenblicklich, so reichlich, dass ein Großteil der Mission weggespült und eine Reihe von Hütten zum Sunday's River hinuntergeschwemmt wurden und im Meer landeten. Was meinen »libsten und libstwürdigen Bruder Kupido« gebührlich dämpfte und der Grund gewesen sein mag, warum er in seiner Korrespondenz mit Gott nie wieder auf meteorologische Angelegenheiten Bezug nahm.

Es waren schwierige Zeiten, die wir in der neuen Missionsstation durchlebten. Allerdings hatte ich auch mit eigenen, zum Teil wirklich sehr persönlichen Problemen zu kämpfen. In der Folge meiner Hochzeit, ich glaube, das sagen zu können, schwächte sich, wie ich gehofft und gebetet hatte, die Heftigkeit meiner fleischlichen Begierden ab. Doch es gab ein anderes Problem, das ich niemals hätte vorhersehen können und das ich bislang nie jemandem anvertraut habe, am allerwenigsten, und zwar aus einleuchtenden Gründen, unserem Vater van der Kemp. Es war dies folgendes: dass ich, wann immer ich mich anschickte, meine

Frau zu umarmen, wie man das von Mann und Weib erwartet, feststellte, dass ich vor meinem inneren Auge jene andere, arme, dunkelhäutige weibliche Person vom Marktplatz sah, eine nach all den Jahren immer noch so deutliche Vision, dass ich jedes Mal das Gefühl hatte, sie liege in meinen Armen. Und ich weiß nicht, ob dies als Erlösung oder Verdammnis ausgelegt werden könnte, die näher beieinanderzuliegen scheinen, als ich mir das je vorgestellt habe. Noch kann ich sagen, ob es das war, was mich letztendlich zu der schrecklichen Sünde trieb, die jetzt zu meinem Ausschluss aus der Kirche führte, die das einzig wahrhaft Wertvolle ist, das ich in meinem Leben je gekannt habe.

Die meisten Probleme in Bethelsdorp wurden auch weiterhin von Farmern verursacht, die von Xhosa-Eindringlingen aus ihrem Zuhause vertrieben worden waren und ihren Ärger an umherstreifenden kleinen Gruppen von Hottentotten ausließen. Die Rückkehr des Kaps unter holländische Kontrolle machte die Angreifer noch kühner als zuvor, da sie glaubten, die neue Regierung würde sich auf ihre Seite stellen. Dies geschah oft, hauptsächlich weil die Batavier ihre entfernten Verwandten nicht kränken wollten; aber manchmal standen sie auch unserer Sache wohlwollend gegenüber, wiewohl sie in ihren Stellungnahmen zu Bethelsdorp ständig auf oft offenkundig unfaire Weise Kritik übten. Was im Gegenzug unseren Vater van der Kemp noch unnachgiebiger machte, wobei seine gewaltige Opposition sich auf das, was er in einem Brief an den Gouverneur, den abzuschreiben ich gebeten wurde, als unsere von Gott aufgetragene Pflicht beschrieb: die drängende Notwendigkeit, unter »den hilflosen Heiden, die bislang ohne die Gnadenmittel gelassen worden sind«, zu arbeiten, bezog.

Einen unerwarteten Schicksalsschlag erlitten wir, als ein Schiff, die Brigg *John*, die uns verzweifelt benötigte Versorgungsmittel bringen sollte (darunter eine Druckerpresse, Blasebälge für unsere Schmiede, eine ganze Sendung von Büchern, die unser Vater bestellt hatte, sowie meine Vergütung in Höhe von 150 Rixdollar), vor Kap Agulhas, dem Nadelkap, bei einem Sturm unterging. Aber, Gott sei gepriesen, das Schiff, das uns diese Nachricht brachte, hatte zumindest frischen Kornnachschub an Bord, so dass wir nach einigen Monaten der Entbehrung wieder Brot essen konnten, anstatt auf unseren üblichen Ersatz für die Eucharistie, eine klebrige Zubereitung aus gebackenen Trockenbirnen, zurückzugreifen.

Sicher, es war nicht alles entmutigend und schmerzlich. Unsere Gemeinde nahm weiterhin um etwa dreißig Bekehrte zu, darunter meine junge Frau und der schändliche Hottentotten-Führer Boezak; ihnen folgten kurz darauf ein kleiner schwarzer Junge, David, Sohn des Xhosa-Häuptlings Tshatshu, sowie meine erstgeborene Tochter, da es mein glühender Wunsch war, dass diese erste Frucht meiner Ehe schon früh gnadenvoll vor der Gewalt des Satans und dem Reich der Sünde gerettet werden möge.

Beseelt von solch klaren Zeichen für Gottes Segen

wurde mein Predigen an Sonntagen, wenn ich es wagen darf, dies in aller Bescheidenheit selbst zu sagen, zunehmend erleuchteter. Ich halte es nicht für falsch zu erwähnen, dass es so etwas wie eine wohlwollende Rivalität zwischen Bruder Kupido und mir gab; aber natürlich hatte ich den Vorteil, das Brechen des Brotes und das Eingießen des Weins durchzuführen, während er noch nicht über das Predigen hinausgehen konnte. So begeistert war die Reaktion der Gemeinde, dass meistens meine Stimme, noch nie besonders laut hallend, im Schluchzen und Weinen der Gemeinde unterging, am deutlichsten während des Abendmahls.

Seit langem schon hatten wir uns auf einen Besuch des Statthalters der batavischen Regierung, des Kommissars General de Mist, und seines jungen Schreibers, Dr. Lichtenstein, gefreut, da wir inbrünstig glaubten, dass die persönliche Bekannschaft mit unserer Mission sie von der Rechtmäßigkeit unserer Sache gegen die Kolonisten überzeugen würde. Außerdem erfuhren wir, dass unser Vater und de Mist sich in ihrer Jugend in Leiden gekannt hatten, was für ein herzlicheres Verständnis sorgen könnte, als wir anfangs erwartet hatten. Zu meiner tiefen Enttäuschung schien jedoch das Gegenteil einzutreten. Bei ihrem ersten Treffen mit unserem Vater in der Algoa Bay, bei dem ich anwesend war, bewegte mich die Krassheit der Szene zutiefst, wie unser Vater in der heißesten Phase des Vormittags näher kam, auf einer nackten Planke über dem vorderen Teil des von vier dürren Ochsen gezogenen Karrens sitzend, sein ehrwürdiges kahles Haupt den erbarmungslosen Strahlen der Sommersonne ausgesetzt. Groß, mager, streng, doch verehrungswürdig, war er wie immer in einen fadenscheinigen schwarzen Mantel, Weste und Kniehosen gekleidet, ohne Hemd, Halstuch und Strümpfe, mit Ledersandalen, die nach Manier der Hottentotten um die Füße gebunden waren.

Sie führten ein herzerwärmendes Gespräch, und als der Kommissar-General am nächsten Tag den Besuch erwiderte, indem er nach Bethelsdorp kam, glaubte ich, er sei zu unserer Sache bekehrt worden. Doch de Mists Verhalten war bei dieser Gelegenheit entschieden reserviert; und es dürfte nicht schwierig sein, sich meinen Verdruss und meine Niedergeschlagenheit vorzustellen, als ich, viel später, in Dr. Lichtensteins Bericht über seine Reise folgende Kommentare zu unserer armen, aber gesegneten Mission las:

> Es ist kaum möglich, den erbärmlichen Zustand, in dem die Einrichtung sich unseren Blicken darbot, zu beschreiben. In einer weiten Ebene ohne einen Baum, fast ohne trinkbares Wasser, sind vierzig oder fünfzig kleine Hütten verstreut, so niedrig, dass ein Mann in ihnen nicht aufrecht stehen kann. In der Mitte befindet sich eine mit Stroh gedeckte kleine Lehmhütte, die sich Kirche nennt, und daneben kleinere Hütten aus dem gleichen Material für die Missionare. Alle sind so miserabel gebaut und mit so wenig Sorgfalt und Aufmerksamkeit gewartet, dass sie völlig baufällig wirken. In weitem Umkreis ist kein Strauch zu sehen, denn was hier ursprünglich vielleicht gewachsen ist, wurde schon längst als

> Brennholz verwendet. Der Boden ist völlig nackt und festgetrampelt, nirgends auch nur die geringste Spur von menschlichem Fleiß; wohin auch immer der Blick fällt, nichts bietet sich ihm dar als magere, in Lumpen gehüllte oder nackte Gestalten mit trägschläfrigem Gebaren ...
>
> Seine Hütte ist völlig bar jeder Bequemlichkeit, nicht einmal annähernd so etwas Ähnliches wie sauber, und stimmt völlig zu der Vernachlässigung weltlicher Belange, die er predigt. Er hätte mit Sicherheit besser daran getan, seinen Hottentotten ein wenig Sinn für die Segnungen der Zivilisation einzuflößen, statt sich auf ihr Niveau zu begeben und sich gewohnheitsmäßige Nachlässigkeit und Schmutzigkeit anzugewöhnen.

Daraus zieht er folgenden traurigen Schluss:

> Van der Kemp ist als Missionar von geringem Wert, teils, weil er bloßer Idealist ist und sich zu sehr in die Idee der Bekehrung verrannt hat, teils weil er zu gebildet, das heißt zu wenig vertraut mit den alltäglichen Belangen des Lebens ist, um die Aufmerksamkeit auch nur eines simplen Hottentotten darauf zu lenken.

Genau am Tag des Besuchs führte unser Vater zufällig in entschlossen fröhlicher Stimmung zusammen mit mir voller Freude eine Inspektion der Station durch und kam am Ende unseres Rundgangs zu folgendem Schluss: »Stimmst du mir nicht zu, Bruder Read, dass diese Unterkünfte eine vortreffliche Gelegenheit bieten, sich im Kampf gegen Not, Leiden, Armut, Sorgen und Entbehrung zu üben?« Und ehe ich versuchen konnte zu antworten, fuhr er fort: »Dies ist jetzt der vierte Tag, nicht wahr, dass wir ohne Brot auskommen müssen, was, wie du weißt, keine Ausnahme ist. Ich besitze nicht ein einziges Paar Schuhe. Wenn es regnet, werde ich in meinem eigenen Haus durchweicht. Doch Gott schenkt uns mehr Freude als den Gottlosen und segnet uns mit Gütern, die es uns leichtmachen, unsere kleinen weltlichen Freuden zu vergessen.«

Er war in der Tat unverbesserlich. Selbst jetzt, da ich um so vieles später diese Worte niederschreibe, bin ich sprachlos angesichts der Art und Weise, wie wir damals über die schnöde Realität vor uns hinweggesehen haben, um unsere Augen auf die großartige Wahrheit, die durch sie hindurchschimmerte, gerichtet zu halten; und die Anwesenheit unserer Vaters verlieh noch den freudlosesten Tatsachen unseres Daseins Glanz, da man das Glühen wahrer Erleuchtung von ihm ausgehen spürte.

Doch es war alles noch so vorläufig. Binnen irritierend kurzer Zeit kam die Nachricht, dass das Kap erneut den Besitzer wechseln und Britannien zurückerstattet werden sollte, was nur erneut alles in wildes Durcheinander stürzen musste, auch wenn die Aussicht, wieder unter britische Herrschaft zu kommen, auf unser Denken ermutigend wirkte. Inmitten all dessen wurden, vermutlich infolge des fortwährenden Drucks, der von den unzufriedenen Farmern auf die Behörden ausgeübt wurde, Vater van der Kemp und ich nach Kapstadt beordert, um eine neue Übereinkunft für unsere fortgesetzten missionarischen Anstrengungen auszuarbeiten. Ich konnte nicht anders, ich musste vermuten, dass dieser Zug als starkes Zeichen der Missbilligung, wenn nicht sogar als Tadel aufgefasst werden sollte. Und anfangs war unsere Situation am Kap in der Tat äußerst besorgniserregend, in einem solchen Maße, dass wir gezwungen waren, die Möglichkeit ins Auge zu fassen, das Land ganz verlassen und anderswo neu beginnen zu müssen. Glücklicherweise wurde die internationale Lage schließlich zugunsten Englands geklärt, und alles ging einigermaßen gut aus. Zumindest wurde uns gestattet weiterzumachen, was die neue britische Regierung in der Kolonie auch rasch bestätigte. Doch es war, um das mindeste zu sagen, beklagenswert, Bethelsdorp vorübergehend und für mehrere Monate der Obhut anderer – zweier neuer Missionare, die zufällig auf Besuch waren, sowie natürlich der leidenschaftlichen Hingabe Bruder Kupidos und der ruhigen Pflichterfüllung Bruder Samsons – überlassen zu müssen.

Insbesondere erinnere ich mich hinsichtlich unseres Abschieds an einen Vorfall, der als solcher nichts mit Religion zu tun hatte (obwohl er, im Nachhinein betrachtet, in Wirklichkeit zutiefst religiös gewesen sein könnte). Am Vorabend unserer Abreise unternahmen Bruder Kupido und ich einen Spaziergang in den Busch, um die praktische Verwaltung der Mission in unserer Abwesenheit zu erörtern, als er plötzlich, wir näherten uns einer kleinen, nicht eben verlässlichen Quelle, die aus dem Bett eines ausgetrockneten Flusses tröpfelte und wo die Frauen oft hingingen, um Wasser zu holen, meinen Arm packte und mich zurückhielt. Ich sah, nur sechs oder sieben Schritt von uns entfernt, unmittelbar gegen die untergehende Sonne, eine Schlange sich drohend aufrichten; ihre gespaltene schwarze Zunge schnellte aus ihrem Maul und zurück, ihre schwarzen Knopfaugen glänzten von dem Gift, das sie seit der Zeit der Genesis angesammelt hatte.

»Schau hin, Bruder«, flüsterte Kupido. »Siehst du die Krone auf ihrem Kopf?«

Ich konnte nicht sofort erkennen, was er gesehen hatte, doch die letzten kräftigen Strahlen der Sonne ließen den schuppigen, flachen Kopf zugegebenermaßen auf eine Weise glitzern, dass es kurz einem dort sitzenden Diadem glich.

»Nicht bewegen«, zischte er mir zu.

»Was sollen wir tun?«, fragte ich beunruhigt. »Wir haben nichts, um uns zu verteidigen.«

Zu meiner Bestürzung antwortete er etwas wirklich sehr Merkwürdiges: »Die Schlange ist nur da, wenn du sie sehen willst.«

»Was willst du damit sagen?«, fragte ich und machte einen vorsichtigen Schritt nach hinten.

»Das ist etwas, das meine Frau mich gelehrt hat«, wisperte er. »Es ist nur eine andere Art und Weise auszudrücken, dass wir auf Gott vertrauen.«

»Glaubst du, die Schlange weiß das?«, konnte ich mir nicht versagen, ihn zu fragen.

»Bruder Read«, sagte er sehr sanft, »schau mich an.«

»Was?«

»Schau mich einfach an.«

Kaum in der Lage, meine Augen von der Schlange abzuwenden, sah ich ihn an. Zu meiner Schande muss ich gestehen, dass ich vor Angst bebte.

Einen Augenblick lang starrte Bruder Kupido mir in die Augen.

Dann verkündete er zu meiner Überraschung: »Die Schlange ist nicht mehr da.«

Ich vermeinte, meinen Ohren nicht zu trauen zu können. »Was soll das heißen?«

»Schau her. Sie ist weg.«

Ich wandte den Kopf, um erneut hinzusehen. Da war kein Anzeichen von der Schlange.

»Ist das irgendeine Art heidnischer Zauber?«, fragte ich streng, aber immer noch zitternd.

»Ich habe sie mit meinem Willen weggezwungen«, erklärte er ruhig, als sei dies das Natürlichste auf der Welt, und fügte nach einem Augenblick hinzu: »Ich meine, Gott hat sie mit seinem Willen weggezwungen.«

Irgendwie wusste ich da, und ein seltsamer, jenseitiger Friede breitete sich in mir aus, dass unsere Mission keinen Schaden nehmen würde, solange wir weg waren. Ich konnte mich auf die beiden neuen Missionare verlassen, die während unserer Abwesenheit die Aufsicht über die Station innehätten, die Brüder Tromp und Ullbricht (denen bald durch die Ankunft eines weiteren, Bruder Erasmus Smit, zur Seite gestanden werden sollte); doch, was viel wichtiger war: Ich setzte absolutes Vertrauen in Bruder Kupido.

Zu den vielen Dingen, die uns in Kapstadt widerfuhren, wo wir nach einer qualvollen Reise von fünf Wochen Dauer ankamen, gehörte ein äußerst schmerzliches Ereignis: der Tod des Bruders meiner Frau, Oktober (es ist ein allgemeines Phänomen in der Kolonie, dass Farmer die Hottentotten oder Sklaven, die für sie arbeiten, nach dem Namen des Monats ihrer Geburt oder ihres Ankaufs nennen), nicht aus natürlichen Ursachen, sondern durch Hinrichtung. Mit zwei anderen, so erfuhren wir, war er in unserer Abwesenheit aus Bethelsdorp verschwunden, nur um in Wynberg festgenommen und unter dem Vorwurf, eine Kolonistenfamilie ermordet zu haben, zum Tode verurteilt zu werden. Das war eine herzzerreißende Nachricht. Als wir aber begannen, Erkundigungen anzustellen, wurde der Fall beunruhigend undurchsichtig. Erstens durften weder unser Vater noch ich noch, in der Tat, meine Frau, Oktobers Schwester, die Männer im Gefängnis besuchen. Am Ende mussten wir an einen anderen Missionar, Bruder Kohrhammer, der zufällig in der Stadt war, herantreten, um Zugang zu den Männern zu erhalten und sie auf den Galgen vorzubereiten. Der Bericht, den wir auf diesem Umweg erhielten, war nicht klarer als die verschiedenen von den Justizbehörden gelieferten Versionen. Alles, was wir feststellen konnten, war, dass es einen Streit mit unserem Bruder Kupido in Bethelsdorp gegeben hatte, dessen Einzelheiten im Dunkeln blieben, und sie in der Folge in der Hoffnung, uns in Kapstadt einzuholen, beschlossen hatten, die Station zu verlassen. Auf einer Farm in der Nähe von Swellendam, wo sie haltmachten, um nach Essen zu fragen, wurden sie als Landstreicher verhaftet, über Nacht in einen Stall gesperrt und am Morgen von dem Farmer und mehreren seiner Nachbarn, die er zusammengerufen hatte, gehetzt und fast zu Tode gepeitscht. Es möchte fast den Anschein haben, dass sie bei Einbruch der Nacht auf die Farm zurückkehrten, um auf höchst grässliche Weise Rache zu üben.

Laut Bruder Kohrhammer hatte der Landdrost ihr Beweismaterial hinsichtlich des Auspeitschens, ausgehend davon, dass es »irrelevant« sei, nicht zugelassen, während er den Nachbarn des toten Farmers Aussagen über ein bei den verurteilten Männern gefundenes Gewehr erlaubte, von dem gewusst zu haben sie im Gerichtssaal des Landdrosts energisch bestritten. Ich sollte jedoch noch etwas hinzufügen, das mich äußerst schmerzlich traf, und das ist, dass sie Bruder Kohrhammer gestanden, sie hätten das Gewehr aus Kupidos Hütte gestohlen, ehe sie Bethelsdorp verließen. Es traf mich wie ein Dolch in den Magen, nicht nur, weil dies den Fall unermesslich komplizierte, sondern auf eine Art und Weise, die über mein vernünftiges Denken hinausgeht, schien diese Tatsache mich persönlich hineinzuziehen und das Schuldgefühl, das sich in meinen Eingeweiden festgesetzt hatte, zu schärfen und zu wetzen. Darüber hinaus konnte diesbezüglich keinerlei Zweifel bestehen, da Bruder Kohrhammer berichtete, dass bei dem Gerichtsverfahren die Nachbarn des toten Farmers das Aussehen des Gewehrs in vielen Einzelheiten beschrieben hatten, das an der Seite des Laufs einen silbernen Stern trug.

Unser Vater versuchte, Gouverneur Janssens eine Botschaft zu senden, damit der Fall wiederaufgenommen würde, doch er konnte nicht erreicht werden; ich konnte nur mutmaßen, dass man dies als Folge eines kürzlich von Janssens an Vater van der Kemp geschriebenen, scharfen Briefes wegen seiner angeblich »unsinnigen Feindschaft« gegen die Kolonisten und seines fortwährenden Eintretens für die Hottentotten, im Glauben, dies sei »die einzige Möglichkeit, Gottes Rache von diesem gottlosen Land abzuwenden«, betrachten sollte. Als der Gouverneur ihm eine Audienz gewährte, war es zu spät für ein Eingreifen, da die Männer bereits hingerichtet worden waren. Zumindest, versicherte Bruder Kohrhammer uns, waren die drei Männer im Vertrauen auf den Erlöser gestorben.

Ich sollte hier sagen, mit gemartertem Gewissen, dass meine Frau Maria die Nachricht mit einer höchst beunruhigenden Bekundung von Schmerz aufnahm. Sie weinte nicht – nicht still, nicht einmal laut. Sie heulte. Es war, als höre man ein in einem Strudel von Schmerz, zu groß, um ausgedrückt zu werden, gefangenes wildes Tier. Sie zerrte sich die Kleider vom Leib, ging dann auf mich los und versuchte, mein Gewand in Fetzen zu reißen. Als ich ihr Einhalt gebot, begann sie, in dem Zimmer, das wir von einer überaus frommen Frau, der Witwe Hendrina Pieterse, die in der Nähe der Boerenplein wohnte, gemietet hatten, umherzurennen und alles zu zerbrechen, was ihr in die Hände geriet – einen Stuhl, einen kleinen Waschständer, einen Henkel- und einen Wasserkrug. Es war ein höchst erschreckender und entnervender Anblick;

und die ganze Zeit fuhr sie fort zu heulen, so wie ein Wolf den Mond anheult. Das brachte selbst unseren Vater auf den Plan, der aus seinem an unseres grenzenden Zimmer kam, und gemeinsam gelang es uns nach beträchtlichen Anstrengungen, sie zu bändigen und zu zwingen, sich hinzulegen. Doch die ganze darauffolgende Nacht hindurch sprang sie in zeitlichen Abständen auf und fing an, zu heulen und mich mit einer Wildheit, die schwer zu glauben ist, anzugreifen. Selbst nach all den dazwischenliegenden Jahren zögere ich, dies offen auszusprechen, aber es war, als wäre ein dünner Firnis von Zivilisation und Religion von ihr geschält worden und habe eine ungeschlachte, wilde Kreatur unter der Haut entblößt, die mich entsetzte und betrübte.

Viel von unserer Qual, ihrer und meiner, beruhte darauf, wie ungemein wenig wir über die tatsächlichen Ereignisse, die zur Hinrichtung ihres Bruders geführt hatten, wussten. Doch uns war klar, dass wir unsere Rückkehr nach Bethelsdorp abwarten müssten, um die noch bestehende Verwirrung hinsichtlich der ganzen traurigen Affaire aufzuklären, und nach einiger Zeit lernte meine Frau, die Heftigkeit ihrer Gefühle zu zügeln, wiewohl sie in der darauffolgenden Zeit in ein widerspenstiges Schweigen zurückgezogen blieb.

Allerdings gab es eine direkte Folge des verheerenden Ereignisses, von der man sagen könnte, sie sei positiv, und zwar in Form eines Entschlusses, der in mir Gestalt annahm und der auf ein Gespräch mit Vater van der Kemp hin in ihm einen höchst energischen Verbündeten fand, nämlich, unmittelbar nach unserer

Rückkehr mit einer erschöpfenden Untersuchung in der gesamten Grenzregion über von Kolonisten den Hottentotten angetane Misshandlungen und Gräueltaten anzufangen. Selbst wenn dies Unternehmen Jahre in Anspruch nähme, würden wir doch sicherstellen, dass Oktobers Tod nicht vergeblich gewesen war. Dieses Übel hatte schon zu lange gewährt und sich zu weit ausgebreitet. Jetzt war es an der Zeit für uns, gerechte Strafe zu üben. Die Mühlen Gottes mochten langsam mahlen, aber letztendlich hatte ich doch die Zuversicht, dass sie außerordentlich sicher mahlen würden. Es war, das zum mindesten, eine Sache, der ich mich, das wusste ich, von ganzem Herzen widmen konnte, eine Sache, größer als mein armseliges Leben, die all meinen bisherigen missionarischen Anstrengungen eine Richtung und eine tiefe Bedeutung verleihen würde. Und ich hatte bereits beschlossen, wen ich als meinen Beauftragten, um in meinem Namen alles, was auch immer und in welcher Weise auch immer an Information ans Licht gebracht werden konnte, zu sammeln, beschäftigen wollte. Es würde – und konnte – niemand anderer sein als Bruder Kupido.

Sobald wir, nach Einstellung der Feindseligkeiten zwischen Britannien und Holland, die unserem ereignisreichen Aufenthalt am Kap ein langersehntes Ende setzte, und unter Zurücklassung Vater van der Kemps, um mit den Missionaren Tromp, Ullbricht und Smit Rücksprache zu halten, wieder den Fuß nach Bethelsdorp setzten, machte ich Kupido ausfindig, um ihn nicht nur allgemein über alles zu befragen, was während unserer Abwesenheit geschehen war, sondern höchst genau über alles Sachdienliche hinsichtlich des verstorbenen Oktober und seiner zwei Komplizen.

Der Anlass ihres Streits wurde bereitwillig erklärt. Es scheint, dass, sobald unser Vater und ich zum fernen Kap aufgebrochen waren, Oktober meine bescheidene Hütte mit der Begründung, dass er der Bruder meiner Frau sei, für sich beansprucht hatte. Kupido hatte sich dem massiv widersetzt, offenbar weil das Wesen der Bindung zwischen uns ihm Besitzansprüche eingeflößt hatte, und auch, weil er annahm, dass eine Inbesitznahme meiner Wohnstatt seine Autorität in meiner Abwesenheit stärken würde. Oktober hatte sich dadurch gekränkt gefühlt, und binnen Tagen hatte die ganze Angelegenheit eine alle Maßstäbe sprengende Bedeutung angenommen, so dass es keinen in der Mission überrascht hatte, ihn und seine zwei Freunde abziehen zu sehen – angeblich, um uns aufzusuchen und die ganze Affaire vorzutragen. (Es sickerte durch, dass Kupidos Abschiedworte an sie in der Tat waren: »Geht, lauft, und findet selbst raus, auf wessen Seite er steht.« Was, in Anbetracht all dessen, was seitdem geschehen war, sich als für mich besonders schmerzlich erwies.)

In diesem Stadium schnitt ich das Thema an, das mir am schwersten auf der Seele gelastet hatte.

»Und das Gewehr?«, fragte ich ihn rundheraus.

Kupido tat, als wisse er von nichts.

»Welches Gewehr?«

»Dein Gewehr. Dasjenige, das Andries Stuurman gehört hat und das du dir angeeignet hast. Dasjenige, das Oktober bei sich hatte, als sie auf der Farm bei Swellenham aufgetaucht sind und das zu Mord und Hinrichtung geführt hat.«

»Damit hatte ich nichts zu tun«, erklärte Kupido. »Das Gewehr ist hier.«

Ich holte tief Luft. »Hättest du die Güte, es mir zu zeigen, Bruder?«

Unverzüglich drehte er sich um, hockte sich auf seinen Haufen Bettzeug in der Ecke und zog das Gewehr heraus, das auf der einen Seite den charakteristischen Stern trug, den ich sogleich als den vom letzten Mal erkannte, als ich ihn im Gebüsch das Gewehr hatte reinigen und zusammensetzen sehen.

Er sagte nichts, ich auch nicht.

Noch ein weiteres Ereignis von unserer Exkursion nach Kapstadt gibt es zu berichten, doch ob es zum Guten oder zum Schlechten war, kann ich, ich gestehe es, noch nicht mit völliger Aufrichtigkeit sagen. Es betrifft ein Handeln Vater van der Kemps, auf das ich schon an früherer Stelle angespielt habe, nämlich seine Entscheidung, für einen Preis von fünfzig Rixdollar pro Stück zwei Sklavinnen freizukaufen, Dorenda aus Bengalen und ein vierzehnjähriges Mädchen, angeblich die Tochter eines Muslimpriesters madagassischer Herkunft, als Sara vom Kap bekannt, die er zu uns nach Bethelsdorp brachte und anschließend als Sara Janse registrieren ließ, anlässlich der Zeremonie im

Jahre 1806, als er sie offiziell zur Frau nahm. Ein Jahr später schenkte sie ihm ihr erstes Kind, gefolgt von weiteren drei im Verlauf der nächsten vier Jahre, was nahelegen könnte, dass die missionarische Stellung des guten Mannes eine überraschende Vielfalt von Anstrengungen umfasste. Wahrhaftig, Gott geht seltsame Wege.

An das Hauptbüro der LMS (London Missionary Society) diktierte er mir einen Brief, der in seinem Namen geschrieben werden sollte, in dem er der Hoffnung Ausdruck gab, »dass ich bei diesem Schritt den Willen Gottes erfragt habe und ihm gefolgt bin, und dass diese Verbindung sich nicht als Hemmnis für mich bei meiner missionarischen Arbeit erweisen wird, da meine jetzige Frau fest entschlossen ist, mir zu folgen, wohin auch immer mich zu schicken Gott gefallen wird«.

Unsere Bestrebungen, Beweismaterial über die Misshandlung von Hottentotten durch Kolonisten zu sammeln, wurde zu einer schauerlichen Reise in die Hölle; doch je mehr wir aufdeckten, desto unerlässlicher wurde es weiterzumachen. Die erste von Kupido eingeholte Zeugenaussage, als er auf einer Fahrt zum Kasouga River war, um mit seinem Wagen eine Ladung Holz abzuholen, kam von einem alten, als Januarie bekannten Mann auf der Farm Rietboschlaagte. Laut Januarie war sein kleiner Sohn Booi Hirt im Dienst des Farmers Barend Theron gewesen. Eines Tages war Booi mit den Söhnen des Farmers, Peet und

Dries, in den Busch geschickt worden, um die Rinder zu hüten, die in der Nähe des Flusses grasten. Es war Dezember, und die Hitze war unerträglich; gegen Mittag gingen die beiden weißen Jungen zum Wasser hinunter, um zu schwimmen, trotz der gestrengen gegensätzlichen Anweisungen ihres Vaters, und während sie im seichten Wasser herumtollten, ihre Kleider hatten sie auf einigen Felsblöcken am Ufer verstreut, wo sie auch das Gewehr ihres Vaters zurückgelassen hatten, tauchte eine kleine Gruppe Xhosa-Männer aus dem Dickicht auf und fing an, das Vieh wegzutreiben. Booi brüllte sie an, doch sie schleuderten einen Hagel von kleinen Speeren in seine Richtung, von denen einer den fleischigen Teil des linken Arms des Jungen durchbohrte. Die Farmersöhne hasteten vom Fluss herbei, um das Gewehr zu holen, rannten aber ins Gebüsch, als plötzliches Gebrüll der Xhosa ihnen klarmachte, dass sie entdeckt worden waren. Nackt, wie sie waren, und nicht in der Lage einzugreifen, hatten die Jungen keine andere Wahl, als ihre Gewänder und das Gewehr den Plünderern zu überlassen, die sich die Sachen holten, und zu warten, bis der Feind den Schauplatz verlassen hatte, ehe sie, niedergedrückt und verschreckt, zum Gehöft zurückkehrten, um sich dem Zorn ihres Vaters zu stellen.

Wissend, dass er ein ungestümer und unvernünftiger Mensch war, heckten sie eine Geschichte des Inhalts aus, dass die Angreifer, während sie wachten, auf sie losgegangen seien, und dass trotz heftigen Widerstands seitens der Jungen (was dazu führte, dass etliche Xhosa totgeschossen wurden) diese letztendlich überwältigt und ihrer Kleider sowie ihrer Waffe beraubt worden seien, woraufhin die Angreifer unter Mitnahme der Leichen ihrer toten Kameraden geflohen seien.

»Wir hätten sie immer noch schlagen können«, erklärte der ältere der beiden Söhne in einem Aufwallen von Erfindungskraft, »aber Booi hat uns abgehalten. Wir konnten sehen, dass er mit den Xhosa befreundet war, und wir glauben, dass er es wahrscheinlich vorher mit ihnen verabredet hat, uns anzugreifen. Du weißt ja, wie diese heimtückischen Hottentotten sind.«

Wie dies hätte geschehen können, wenn doch Booi der Einzige war, der eine Speerwunde davongetragen hatte, machte keiner sich die Mühe zu erklären.

Barend Theron hatte bereits bei früheren Überfällen Schaden davongetragen, bei denen sein Bruder und ein anderer seiner Söhne getötet worden waren, und geriet dermaßen in Wut, als er die von Peet und Dries erfundene Geschichte hörte, dass kein Versuch gemacht wurde, sie auf ihren Wahrheitsgehalt zu überprüfen. Er trommelte einige seiner Nachbarn zusammen, um den Verfolgern nachzusetzen, doch es war zu spät.

Im Anschluss an seine Rückkehr am nächsten Tag, nach einer Nacht im Sattel, gingen der Farmer und seine Nachbarn auf den kleinen Booi los, dessen Wunde immer noch nicht versorgt worden war, und peitschten ihn zu Tode.

Die Proteste des alten Januarie stießen auf taube Ohren, und als er loszog, um bei dem Landdrost Cuyler von Uitenhage, einem vierschrötigen, aufbrausenden Mann, der dafür berüchtigt war, sich auf die Seite der Kolonisten zu schlagen und Hottentotten, insbesondere Missionare, nicht ausstehen zu können, eine Klage einzureichen, wurde der arme alte Mann von den Helfern des Landdrost ausgepeitscht, als Warnung, ehe er weggeschickt wurde und drei erschöpfende Tage lang zu der Farm am Kasouga zurücktrotten musste, wo er zur Strafe für seine Anstrengungen nochmals ausgepeitscht wurde.

Die zweite von Kupido eingeholte Aussage, auf einer seiner regelmäßigen Fahrten durch die Gegend, um für seine Frau *Ganna* zu sammeln, betraf eine berühmte Kolonistin vom Swartskops River in der Algoa Bay, Martha Johanna Ferreira, weithin bekannt als »zornige Martha«, die mit ihrem Mann und zehn Kindern auf der Farm ihres Schwagers lebte. Sie war von einem ihrer Hottentottenarbeiter beschuldigt worden, die Hütte der Hottentottin Rachel in Brand gesteckt zu haben, die inmitten ihrer wenigen Habseligkeiten zu Tode verbrannte; ein Verwandter der Toten, ein kleiner Junge, bekannt als Hendrik, war ein weiteres Opfer derselben unbarmherzigen Frau geworden, die angeblich in einem Wutanfall seine Füße in einen Kessel kochenden Wassers gesteckt hatte, als Folge dessen er einige seiner Zehen einbüßte.

Kupidos dritter Fall, aufgelesen bei einer Fahrt mit Umwegen nach Graaff-Reinet, wo er hinfuhr, um eine große Ladung kürzlich von Anna Vigilant hergestellter Seife zu verkaufen, beruhte auf einer nur allzu häufigen Klage: Ein Hottentotte mittleren Alters, mit dem abschätzigen Namen Voertsek, hatte nach Erfüllung seines Einjahresvertrags mit dem Farmer Hermanus Maritz aus Bruintjieshoogte beschlossen, die Farm zu verlassen. Der Farmer hatte jedoch klargestellt, da er während seines Kontrakts so viele Schulden gemacht habe, sei es ihm nicht gestattet, zu gehen, ehe er nicht alles bezahlt habe, was er schuldete; nach einer wütenden, heftigen Auseinandersetzung, in deren Verlauf Voertsek mit einem Holzstecken fast zu Tode geprügelt wurde, war es ihm schließlich doch erlaubt worden zu gehen – doch Hermanus Maritz bestand darauf, seine Frau und drei Kinder als Sklaven zu behalten. Da er das zu Gewalt neigende Temperament seines Herrn kannte, glaubte Voertsek, es sei nur eine Frage der Zeit, bis sie getötet würden. Aber wiederum, als er nach Uitenhage reiste, um von Landdrost Cuyler Wiedergutmachung zu fordern, wurde er übel verprügelt und weggeschickt. Zwei Tage vor seiner Begegnung mit Kupido hatte er Nachricht aus Bruintjieshoogte erhalten, dass eines seiner Kinder, damals vier Jahre alt, in der Tat von der Frau des Farmers zu Tode geknüppelt worden war.

Ich kann nicht nochmals die ganze trübselige Ansammlung von Aussagen, Behauptungen und Beschuldigungen wiederholen. Es war fast zu viel, um es zu ertragen, schon in der ersten Runde, und es hat seither so viele fruchtlose Wiederholungen gegeben. Fünf Jahre haben wir gebraucht, um den Katalog zusammenzustellen, und wir hätten, so vermute ich, noch viel länger weitermachen können. Während in den Anfangsstadien unserer Untersuchung Bruder Kupido und andere weit und breit umhergereist waren, um die Aussagen zu sammeln, begannen bald die Kläger aus eigenem Entschluss zu uns zu kommen, um ihre gesammelten Qualen verzeichnen zu lassen, darunter weit über hundert Beispiele von Mord allein im Distrikt Uitenhage. Immer mehr von denen, die es ansonsten gewohnt waren, sich den Xhosa anzuschließen oder sich in den Wäldern zusammenzutun, um Wiedergutmachung zu suchen, strömten jetzt nach Bethelsdorp, in der Hoffnung, bei uns Asyl und Hilfe zu bekommen.

Vater van der Kemps erste Versuche, diese Berichte in praktische Maßnahmen umzusetzen, schlugen schmählich fehl. Landdrost Cuyler wies, wie eigentlich zu erwarten gewesen war, verächtlich alles von der Hand, legte das abscheulichste Verhalten, das man sich vorstellen kann, an den Tag und zögerte nicht, öffentlich den heiligmäßigen alten Mann ins Gesicht zu beleidigen. Versuche, sich an den, nachdem das Kap unter britische Herrschaft zurückgekehrt war, zum Gouverneur berufenen Earl of Caledon zu wenden, trafen auf die gleiche offene Ablehnung. Erst als ich es aus Wut wagte, einen Brief direkt an unsere Vorgesetzten in London zu schreiben, nahm man sich der Sache an. Es ergab sich, dass der Brief in weiten Teilen des Auslands veröffentlicht wurde, und zu gegebener Zeit erhielt der neue Gouverneur des Kap, Sir John Cradock, eine direkte Anweisung von Lord Liverpool, eine umfassende Untersuchung zu veranlassen.

Vater van der Kemp und ich wurden nach Kapstadt bestellt. Es war eine gefährliche Reise. Selbst die Elemente schienen sich gegen uns zu verschwören, und bei der Überquerung des Gourits River wären wir sicherlich ertrunken, hätte nicht Gott eingegriffen, um uns, durchnässt und erschöpft, ans Ufer zu helfen. Damals war die Gesundheit unseres Vater bereits so schwach, dass ich um sein Leben fürchtete. Und damit tat ich ganz recht, da es dem Gott des Himmels und der Erden gefiel, den verehrungswürdigen alten Mann, begleitet von seiner jungen Witwe, die vor Schmerz außer sich und deren Schwangerschaft mit ihrem vierten Kind schon sehr weit fortgeschritten war, in dem traurigen, tragischen Monat Dezember im Jahre 1811 an Seinen Busen zu holen, nach einer Reihe von Schlaganfällen und als wir noch am Kap logierten.

Die einzigen Worte des Trostes, auf die ich in jener Zeit der Dunkelheit und des Unverständnisses zurückgreifen konnte, standen im zweiten Buch Samuel: *Wisset ihr nicht, dass diesen Tages in Israel ein Fürst und großer Mann gestorben ist*? Doch Worte – selbst, ich gestehe es, die Worte der Heiligen Schrift – waren in jenen finsteren Tagen ein geringer Trost. Unser Vater war tot. Das war die nackte, einfache Tatsache, mit der zu leben wir nun lernen mussten.

Und bei meiner einsamen Rückkehr nach Bethelsdorp war ein weiterer Tod zur Kenntnis zu nehmen. In unserer Abwesenheit war auch Anna Vigilant, die emsige Frau Kupidos, in Frieden aus dieser Welt geschieden.

Es war schwierig, von Bruder Kupido zu erfahren, wie genau es geschehen war. Es war ein ungewohnter, wilder Ausdruck in seinen Augen, als er mit mir darüber sprach, und sein Bericht war unzusammenhängend; jene Verrücktheit, die ich in ihm von allem Anfang an gespürt hatte, brodelte unter der Oberfläche seines Geistes. Alles, was ich seinen wirren Äußerungen schließlich entnehmen konnte, und das ergab für mich wahrhaftig nicht viel Sinn, war, dass sie dem Ende zu immer müder geworden war. Lustlosigkeit hatte Besitz von ihr ergriffen. Als sie in einem unserer seltenen Briefe vom Kap, um über unsere Fortschritte bei der Untersuchung zu berichten, von uns hörte, hatte Anna anscheinend gesagt: »Es wird nichts dabei herauskommen, Kupido. Du magst ein Mann Gottes sein, aber du bist immer noch ein Hottentotte. Diese Leute sind weiß. Wir haben keine Chance gegen sie.«

»Vater van der Kemp und Bruder Read sind auch weiß«, hatte er entrüstet protestiert. »In Gottes Augen gibt es kein Weiß oder Schwarz, Anna.«

»Er ist ihr Gott«, antwortete sie mit klangloser, matter Stimme, wie er mir berichtete. »Am Ende, wenn alles andere uns weggenommen wurde, ist das alles, was zählt. Auf welcher Seite stehen wir. Schwarz oder Weiß?«

»Auf Gottes Seite«, hatte er, ziemlich verärgert, beharrt.

»Ihres Gottes«, sagte sie noch einmal. »Er ist nicht mein Tkaggen. Er ist nicht dein Tsui-Goab. Er kann niemals auf unserer Seite sein.«

Dann, in der letzten Nacht, in der er sie lebendig

gesehen hatte, hatte Anna ihn an ihr Bett gerufen, scheint es, und etwas außerordentlich Merkwürdiges gesagt. Ich versuche, es im Kopf zu rekonstruieren, so, wie er es mir gesagt hat. *Heute Nacht werde ich sehr weit weg träumen, Kupido. Du wirst mich wahrscheinlich nicht wiedersehen.*

Er verstand nicht, was sie meinte; noch, ganz offensichtlich, ich.

Er hatte jene Nacht im Freien verbracht, jenseits der Grenze unserer Missionsstation, hatte zu den Sternen hinaufgeschaut und in Gedanken ihre hottentottischen Namen wiederholt. Aber was das anging, schien alles in ihm leer.

Heute Nacht werde ich sehr weit weg träumen, Kupido.

Immer wieder.

Am Morgen, als er zu ihrer Hütte zurückkehrte, war Anna weg. (Wo waren die Kinder? Ich weiß es nicht. Er hat es nie gesagt. Er zog es vor, nie wieder davon zu sprechen.) Es gab buchstäblich keine Spur von ihr: keine Fußabdrücke im Staub, kein Anzeichen dafür, dass sie irgendetwas mitgenommen hatte.

»Da habe ich mich an meine Mutter erinnert«, sagte er rätselvoll zu mir.

»Was war mit deiner Mutter?«, fragte ich ihn.

»Nur meine Mutter.«

Das war alles, was zu sagen er bereit war.

Es gab jedoch eine unerwartete Fortsetzung unseres abgekürzten Gesprächs. Einige Zeit später, es mochte eine Woche oder etwas mehr gewesen sein, brachte Bruder Kupido mir einen weiteren seiner Briefe an Gott. Dieser war fast blasphemisch, trotz der üblichen respektvollen Eröffnung:

> liber und geschätzter Reverend Gott dismal hast Du einen schlimen Feler gemacht und das must Du erfahren sonst bleibt alles falsch auf der welt zuerst hast Du unseren vater geholt als er weit weg war an einem fremden ort voll feinde und jetzt kommst Du um mir meine anna weg zu nehmen Reverend Gott das ist nicht gerecht ihr leben lang hat sie versucht ein guter Mensch sein sie hat die beste seife im ganzen land gemacht die noch das weißeste weißer gewaschen hat als sünde abgewaschen werden kann ich weiß sie hat nicht immer an Dich geglaubt aber wie kannst du ihr das vorwerfen sie war vom stamm der buschmänner aber tief drin in ihrem herzen war sie wirklich gläublich sie glaubte an die steine und das wasser und den himmel und die sterne und die elenantilope und die heilige gottesanbeterin und alles war für sie einfach gott gott gott sie machte keinen unterschid leute und tire und steine und sterne sie hat zu ihnen allen sprechen können sie war eine gute frau sie konnte funken machen die aus ihr herauskamen zu der zeit als es gescha habe ich gedacht es sind meine glüwürmchen aber mit mir hatte das nichts zu tun es war sie es war anna und ich glaube es waren echte sterne die aus ihr heraus gekomen

sind zwanzig jahre lang habe ich mit einem stern gelebt und jetzt nimmst Du sie mir weg weißt Du was, heute abend würde ich gern zu gaunab sagen dass er Dich holen und in seinen schwarzen himmel stecken soll aber das kann ich nicht machen denn Du hast Deine eigene hölle für uns und ich wünschte Du könntest selber mal dorthin gehen einfach um zu wissen wie das ist denn ich bin heute abend in der höle und wenn du nur einmal nur einmal auf dieser milchstraße aus glühender asche gehen und Dir Deine füse verbrenen würdest dann wirst Du den Schmerz verstehen der heute in mir ist Gott. es tut mir leid um Anna und es tut mir leid was ich in meinem leben ales falsch gemacht habe ich wünschte Du köntest mich holen damit ich bei ihr sein kann weil ich will nicht weiterleben wenn sie nicht mehr da ist und ich weiß nicht mal wo sie hingegangen ist es ist nicht gerecht das ist alles was ich heute nacht sagen kann es ist nicht gerecht und mein herz schmerzt von Deinem libsten bekümmerten bruder kupido kakrlak

Nach all den Jahren der Vorbereitung mündeten unsere unermüdlichen Bemühungen, die der an ihren hottentottischen Bediensteten begangenen Greueltaten angeklagten Kolonisten zur Rechenschaft zu ziehen, in dem beklagenswerten, seit dieser Zeit weithin als *Black Circuit* bekannten Gerichtsverfahren, das bald nach dem Tod unseres Vaters begann. Das ist jetzt Geschichte, aber immer noch zu schmerzlich für eine eingehendere Darstellung. Nicht ein einziger Kolonist wurde des Mordes für schuldig befunden. Eine Reihe von ihnen erhielt leichte Urteile für mindere Vergehen. Die Kolonisten interpretierten es vorhersehbar als Sieg über das von Hottentotten und Missionaren gleichermaßen verübte ›Böse‹; wenige gestanden ein, dass hinter dem Richtspruch ein Schatten des Verdachts lauerte, den kein Gerichtsurteil zerstreuen konnte. Diejenigen von uns, die *wussten*, was jeden Tag des Jahres in den Außenbezirken geschah, die mit eigenen Augen die Quetschungen und Wunden, die gebrochenen Gliedmaßen, die geschundenen Körper der Opfer gesehen hatten, konnten nicht vergessen, wessen wir Zeugen geworden waren. Im guten Glauben hatten wir unser Beweismaterial gesammelt und vorgelegt, doch es hatte uns an juristischem Geschick gemangelt, um es der alles andere als leidenschaftslosen Prüfung durch ein Kolonialgericht angemessen zu unterbreiten. Natürlich hätten wir nicht stillschweigen können, nie, angesichts so vielen Übels. Doch wir hätten hinsichtlich der Zeugenaussagen gegen diejenigen, die wir selber, lange bevor wir genug wussten, für schuldig befunden hatten, vorsichtiger sein können. Wir hätten bei unserem Eintreten für Wahrheit und Gerechtigkeit weniger selbstherrlich, vor Gott demütiger sein können. Vielleicht hatten wir die Gefahren der Übertreibung und Aufblähung im Denken von Leuten, die Unerträgliches erlitten hatten, nicht ausreichend berücksichtigt. Und so war es ein Moment schrecklicher Verzweiflung, schließlich das Urteil der gelehrten Richter zu lesen:

> Hätten die Informanten, Messr. van der Kemp und Read, sich die Mühe gemacht, eine Übersicht und unparteiische Untersuchung der verschiedenen ihnen erzählten Geschichten vorzunehmen, hätten viele der Klagen, um die sowohl in der Kolonie als auch außerhalb so viel Lärm gemacht wurde, von ihnen selber als bloße Einbildung betrachtet werden müssen, und folglich wären weder die Regierung noch das Gericht damit behelligt worden.

Wir waren in der Tat in einer Reihe von Fällen fehlgegangen. Beispielsweise hatte die »zornige Martha« die Hütte der Frau, die bei dem Feuer ums Leben gekommen war, nicht in Brand gesteckt; im Gegenteil: Sie hatte die Frau während ihrer Krankheit mit Arzneitränken und Kompressen gepflegt und ihr zur Beruhigung eine Kerze im Dunkeln dagelassen, welche die Kranke in der Nacht versehentlich umgeworfen hatte, so dass die baufällige kleine Hütte Feuer gefangen hatte. Der kleine Junge Hendrik hatte sich mitten im Winter im Busch verirrt und war, fast zu Tode erfroren, im Haus der Frau abgeliefert worden; sie hatte ihn durchgebracht, indem sie ihn in einen Zuber mit heißem Wasser gesetzt und ihn dann mit warmem Wein, Hafergrützeumschlägen und einer Zubereitung aus gekochten wilden Feigen versorgt hatte. Als Folge dessen wurde ihm das Leben gerettet, wiewohl er in der Tat ein paar Zehen verloren hatte. Das Gericht hatte, vielleicht zu Recht, sich entschlossen, eher Martha Ferreiras Worten Glauben zu schenken als denen des Jungen oder anderer Arbeiter. Doch wenn einem erst einmal die fast ständig sich wiederholenden Formen der Misshandlung, Bestrafung und Folter in unserer Kolonie, gefolgt von Lügen, Verschleierung, betrügerischen Absprachen unter Verwandten und Bekannten, klar bewusst geworden sind, kommt des Abends der Schlaf nicht so ohne weiteres.

Dennoch, worauf dies alles hinausläuft, ist, mit den schonungslosesten Worten, die es gibt: dass wir verloren haben. Nicht weil das Urteil gegen uns gerichtet war. Sondern weil wir, da unsere Aussagen zurückgewiesen wurden, diese vielen hilflosen Männer, Frauen und Kinder, die zu uns als einer letzten Zuflucht vor Not und Gewalt und weil sie leiden mussten, nur weil sie schwarz waren, um Hilfe gekommen waren, im Stich gelassen hatten; sie hatten uns vertraut, hatten ihr kärgliches Wohlergehen und vielleicht ihr Leben aufs Spiel gesetzt, indem sie uns berichteten. Sie waren um Brot zu uns gekommen, und wir hatten ihnen stattdessen Steine gegeben. Das war geschehen trotz unserer besten Absichten und unserer besten Fähigkeiten. Doch diese waren nachweislich nicht gut genug gewesen.

Und heute, all diese Jahre später, beginne ich zu glauben, dass die Hottentotten möglicherweise nicht die Einzigen waren, die wir im Stich ließen, ihre Sache nicht die Einzige war, die wir unwissentlich verrieten. Wir ließen auch die Kolonisten des Landes im Stich. Es ist unvorstellbar schwer, dies heute einzugestehen, doch es muss gesagt sein. Wir haben sie im Stich gelassen. Selbst diejenigen unter ihnen, die grausam und verderbt, Mörder, Misshandler, Vergewaltiger gewesen waren, aus Angst – Angst vor dem, was sie nicht verstehen konnten an ihrem dunklen und gefährlichen Land, diesem Land, von dem ich weiß, es kann auch voll des blendenden Lichts sein, großherzig und großartig. Wir blickten nicht über ihre von Furcht beflügelte Schreckensherrschaft hinaus, und so übersahen wir die einfache Tatsache, dass auch sie Menschen waren, ebenfalls litten und ebenfalls nichts verstanden – von uns, von den Eingeborenen, von ihren eigenen Mängeln und Vorurteilen, und letztendlich von jener heillosen Furcht erfüllt waren, Furcht vor dem Land selber.

Wo gingen wir irre? Indem wir zu sehr auf den Körper und die Welt, nicht ausreichend auf den Geist, das Wort Gottes erpicht waren?

Was auch immer es war, was eine Feier hätte sein sollen, wurde eine Wehklage. Wir haben verloren. Mein Gott. Wir haben so viel verloren, weil wir so viel verraten haben. Indem wir gegen die Schwäche der anderen ankämpften, gerieten wir in die Falle unserer eigenen menschlichen Schwäche, versperrten den Weg zu so viel *mehr*, das wir hätten sein können. Sie haben möglicherweise nicht niederträchtig oder grausam sein *wollen*. Genauso sicher, wie wir nicht grausam sein wollten. Wir *wollten* nicht versagen. Und jetzt haben wir verloren. Gott sei unseren Seelen gnädig.

Bruder Kupidos Beschäftigung mit dem Wort Gottes wurde immer intensiver, je mehr seine Fertigkeit in Lesen und Schreiben sich verbesserte, und wir setzten ihn zunehmend für Predigtlesungen an Sonntagen ein. Diese begannen als einfache Passagen aus der Heiligen Schrift, doch aus eigenem Antrieb und gelegentlich trotz klarer gegenteiliger Anweisungen konnte er sich einfach nicht auf das Vorlesen beschränken, sondern fühlte sich getrieben, am Ende einige eigene Beobachtungen anzufügen. Es war irgendwie wie eine Radierung, der ein Titel hinzugefügt wird; und allmählich weiten die Titel sich aus und werden immer umfassender (wenn auch gelegentlich schwieriger zu erfassen), bis sie das Bild an Wichtigkeit überholen und sich zu literarischen Werken aus eigenem Recht entwickeln.

Das führte auch zu ganz und gar unvorhergesehenen Exzessen und Verwirrungen. Die maßloseste und auch fantastischste kam an einem späten Sonntagnachmittag ans Licht, als ich in einiger Entfernung von der Mission weg in einer kleinen, mit Euphorbien, Aloen und Blauer Bleichwurz (die ich damals mit viel Mühe zu bestimmen begonnen hatte) überwachsenen Schlucht zufällig auf Bruder Kupido traf. Es war ein Jahr oder so nach Anna Vigilants Tod, und er saß mit der Bibel auf seinen Knien da, in einem Winkel geneigt, dass er noch die letzten tief einfallenden gelben Strahlen der untergehenden Sonne erhaschte. Nach dem Tod seiner Frau hatte ich die Bibel von unserem Büro in Kapstadt erhalten, zu dem speziellen Zweck, sie Bruder Kupido zu schenken, als eine Quelle des Trostes nach seinem kürzlichen Verlust. Was mich bei dieser Gelegenheit verblüffte, war, wie dünn der große Band auf seinen Knien geworden war. Zwischen den schweren Deckeln der großen holländischen Staatsbibel mit ihren Messingschließen und ihrer Beschriftung in Goldprägung war nur noch ein dünnes Bündel von Seiten vorhanden, nichts im Vergleich zu dem gewaltigen Band, den ich ihm vor kaum einem Jahr gegeben hatte.

Er hatte mich nicht näher kommen sehen, da er so sehr in das vertieft war, was er tat, also blieb ich in einiger Verwirrung stehen, um ihn zu beobachten. Er las sich selber laut vor und drückte dabei mit einem Finger auf die Worte auf der großen Seite, als wäre ein jedes ein Insekt, das er zerdrücken musste, ehe er zum nächsten überging. Ich erinnere mich, es war ein Kapitel aus dem Brief des heiligen Paulus an die Römer. Das Lesen ging mittlerweile recht flüssig, aber es gab immer noch Wörter, über die er stolperte und die er dann mit gerunzelter Stirn genau untersuchte und mehrere Male wiederholte, ehe er weitermachte. Am Ende der Seite blätterte er sie um und begann am oberen Ende der nächsten. Ich weiß nicht, was mich wie angewurzelt dastehen ließ, aber ich konnte mich nicht dazu überwinden, näherzutreten und seine Konzentration zu stören.

Als er das Ende der Seite erreichte, gerade als ich mich anschickte, endlich vorzutreten und ihn anzusprechen, führte er eine ungemein erstaunliche Handlung durch. Er riss die Seite heraus, die er gerade vorne und hinten gelesen hatte, zerknüllte sie und machte sich daran, sie sich in den Mund zu stopfen.

Sowohl fasziniert als auch entsetzt rief ich aus: »Bruder Kupido!«

Er blickte auf, überrascht, klappte das große Buch zu, schüttelte dann den Kopf und fuhr noch eine ganze Zeit fort zu kauen, ehe er, mit leicht vorquellenden Augen und ganz beachtlicher Anstrengung, schluckte.

Mittlerweile kniete ich vor ihm im Staub.

»Bruder Kupido«, wiederholte ich in vollkommener Bestürzung. »Was geht hier vor? Was machst du?«

»Ich nehme das Wort Gottes in mich auf«, sagte er mit seiner Predigtstimme, anscheinend ungerührt.

»Aber …« Mir fehlten die Worte. »Das ist eine *neue* Bibel, Bruder!«, stammelte ich dümmlich, als sei dies das Wichtigste daran.

Er zuckte die Schultern.

»Warum machst du das?«, beharrte ich, mit weit entschiedenerer Stimme, als ich sie normalerweise einsetze.

»Da gibt es so viel, was ich immer noch nicht verstehe, Bruder Read«, erklärte er geduldig, als sei ich ein Kind, dem etwas Wichtiges beigebracht werden soll. »Also bin ich zu dem Schluss gekommen, ich muss es essen und schlucken, um es in meinen Körper aufzunehmen. Nur dann wird das Wort Gottes voll und ganz ein Teil von mir. Dann kann keiner es mir je wieder wegnehmen. Ist es nicht so?«

»Aber du hast fast die ganze Bibel verschlungen.«

»Ich habe noch die Korinther vor mir. Dann die Galater. Dann die Epheser. Dann …«

»Ich weiß, ich weiß«, unterbrach ich ihn. »Aber sicher ist das nicht die richtige Vorgehensweise.«

»Ich habe mit Gott gesprochen«, erwiderte er,

»und genau das hat Er mir gesagt.« Sein Mund war zu einer sehr verstockten Linie verzogen.

Nach langer Zeit drehte er sich um, um mich erneut anzusehen. Und ohne dazu aufgefordert worden zu sein, so als predige er nicht mir, sondern den Euphorbien, den Bleichwurzbüschen, einer zielstrebig vorbeischlendernden Schildkröte, den wenigen hohen Aloen, begann er zu rezitieren:

»Im Anfang war das Wort, und das Wort war bei Gott, und das Wort war Gott. Dasselbe war am Anfang bei Gott. Alle Dinge wurden von ihm geschaffen, und ohne ihn ward kein Ding gemacht, das geschaffen ward. In ihm war das Leben; und das Leben war das Licht der Menschen. Und das Licht leuchtete in der Finsternis; und die Finsternis erfasste es nicht.«

Die Szene hatte etwas Unheimliches an sich, als würde ich sie nicht sehen, sondern träumen. Und ich spürte, vielleicht merkwürdigerweise, meinen eigenen Glauben wiederhergestellt.

Nach dem *Black Circuit* gab es ein merkliches Absinken der Anzahl von Leuten, die zu uns nach Bethelsdorp strömten. Es war möglicherweise ein Zeichen, dass die Spannung an der Grenze langsam nachließ. Doch zweifelsohne wurden viele potenzielle Gemeindemitglieder auch deswegen davon abgebracht, weil sie das Vertrauen zu uns verloren hatten. Zudem hatten wir mit schlimmen Dürren zu kämpfen, die das schiere physische Überleben schwierig machten. Und dennoch wuchs und gedieh die Mission in mancher

Hinsicht auch, als wir begannen, wohlerwogen unsere Einrichtungen zu verbessern, indem wir einige neue und robustere Häuser bauten und einige kleine Handwerksbetriebe einrichteten: Weben von Matten und Flechten von Körben, Schuhmacherei, Färben von Schaffellen, Böttcherei, Zimmerei, Kalkbrennerei. Einige Zeit vor dem *Black Circuit* hatte ich Bruder Ullbricht geholfen, eine Windmühle und eine Wassermühle zu bauen, auch wenn es eine Sorge blieb, dass es außer in der Regenzeit nie genügend Wasser zum Mahlen geben würde. Es war Bruder Kupido, der darauf bestand, dass wir ausharrten. Es könnte Gottes Art und Weise sein, uns auf die Probe zu stellen, betonte er. Wenn die Mühle fertig sei und der Regen wegbliebe, könne das nur ein vorübergehender Rückschlag sein; doch wenn der Regen käme und keine Mühle da sei, wäre das ein Anklagegrund wegen Mangels an Glauben, was weit schwerwiegender wäre.

Und so, ja, so litten wir in mancher Hinsicht, während man in anderer Hinsicht von uns sagen könnte, wir prosperierten oder überlebten zumindest. Sicherlich war nach dem langen Gerichtsverfahren und dem bedauerlichen Ergebnis Überleben als solches schon von Bedeutung. Doch ich fühlte mich persönlich, als wandelte ich durch ein Niemandsland. Seit dem Tod unseres Vaters van der Kemp war ich mir einer Dumpfheit in mir bewusst, eines Gefühls der Benommenheit, verschlimmert durch Anna Vigilants Weggang und dann durch das lange sich hinziehende Gerichtsverfahren, das sich auf seinen deprimierenden Abschluss zubewegte. Heute habe ich, ohne die Hilfe meiner Tagebücher, deren ich mich nun entledigt habe, keine klare Erinnerung mehr an die Zeit, die zwischen Geschehnissen verstrich.

Ich fühlte mich in einer Art Vorhölle. Ich erinnerte mich an ein paar Zeilen, die unser Vater gelegentlich aus dem *Inferno* von dem Dichter Dante zitierte, das er in seiner Jugend gelesen hatte. (Meine eigene Lektüre war, das gebe ich bereitwillig zu, nie besonders umfassend. Vielen könnte ich als Ignorant erscheinen. Doch es ist schwer, und noch schwerer ist es, meinen Weg durch die Wildnis zu finden.) Die Worte, an die ich jetzt denke, haben etwas mit verlorenen Seelen in der Vorhölle zu tun, zwei Liebenden, erinnere ich mich irgendwie, es sei denn, solche Gedanken sind sündig, die »Hand in Hand auf dem dunklen Wind dahintreiben«. Da war ich, auf meinem dunklen Wind, ohne eine Hand, die ich hätte fassen können, ohne Ziel oder Richtung, vielleicht, zumindest gelegentlich, ohne Hoffnung. Wäre nicht Bruder Kupido gewesen, ich bin nicht sicher, ob ich diese umnachtete Phase durchgestanden hätte.

Der Wendepunkt kam unerwartet, wie solche Dinge zu geschehen pflegen (und selbst dann erkennen wir sie oft nicht, wenn sie eintreten), im Jahre 1813, als ein Abgesandter der LMS in London, Reverend John Campbell, geschickt wurde, um unsere Missionsstationen in der Kolonie und darüber hinaus zu inspizieren. Er musste von Kapstadt geholt werden. Unter normalen Umständen hätte es mir oblegen, die Reise zu unternehmen, doch in einer solch belastenden Zeit war es unvorstellbar für mich, Bethelsdorp zu verlassen. Es könnte einfach alles auseinanderfallen. Und so wurde, nach ernster Rücksprache mit Gott und Diskussionen mit meinen Kollegen, beschlossen, Bruder Kupido mit meinem Wagen loszuschicken. Abgesehen von jeglicher anderen Erwägung könnte es helfen, dachte ich, ihn aus der Schwermut herauszuziehen, die sich seit dem Tod seiner Frau auf ihn gelegt hatte.

Wie sich herausstellte, sollte dies ein entscheidender Moment in seinem Leben werden.

»Mein Herz geht mit dir«, sagte ich an dem Tag, als ich mich von ihm verabschiedete, und drückte seinen zerbrechlichen, ungestalten Insektenleib an meinen. Und auf höchst unerwartete Weise war dies genau das, was geschah.

Auf einigen meiner Reisen, wie ganz besonders auf jener schicksalsträchtigen letzten Fahrt nach Kapstadt, in deren Verlauf unser verstorbener, betrauerter Vater van der Kemp unerbittlich auf Enttäuschung und Tod zusteuerte, war ich, so könnte man sagen, zerstreut oder sogar geistesabwesend gewesen, da meine Gedanken so sehr mit anderen Dingen beschäftigt waren, dass ich nahezu auf die dinglichen Tatsachen der Reise, auf den Raum, den wir durchquerten, vergaß. Doch jetzt, bei dieser Gelegenheit, fühlte ich mich, wiewohl physisch abwesend von dem, was Tag für Tag geschah, so innig einbezogen in jeden Zentimeter von Bruder Kupidos Weg (als wäre ich, so fiel mir einmal ein, eine der Bibelseiten geworden, die er in sich aufgenommen hatte), dass ich in vollkommener und absolut genauer Bewusstheit dessen lebte. Ich wusste wenig über den jeweiligen Stand des Unternehmens, wiewohl einige Einzelheiten, insbesondere der Rückkehr, in der Folge von Bruder Campbell und anderen an mich weitergegeben wurden oder ich sie selber aus den Briefen an Gott ableitete, die mir im Anschluss an Kupidos Rückkehr nach Bethelsdorp zur Lieferung übergeben wurden (die nun eine überraschende Verbesserung von Orthografie und Syntax sowie eine neu entdeckte Vorliebe für Großbuchstaben offenbarten). Doch das Wissen um unseren Fortschritt war lebhaft: Als würden Bilder von der vorherigen Reise, die wahrgenommen zu haben ich mir zu der Zeit gar nicht bewusst gewesen war, sich jetzt in die derzeitige einfügen, befrachtet mit nahezu unerträglicher Schärfe.

Sie reichten von panoramischen Landschaften – eine Unmittelbarkeit reicher Vegetation an Hängen zu beiden Seiten des Wagens, die allmählich zu Bergen wurden und dann links und rechts in sattes Purpurrot und strahlendes Blau schwanden, dann sich zu Malvenfarben und Lila abschwächten, bis hin zu einem ungemein blassen, ganz zarten Blau, als die Ebene sich zu bauschen begann und in Hügel und Bergkämme und Täler und Einschnitte überging – bis hin zu den winzigsten Einzelheiten: eine kleine, muntere Schildkröte hier, das silberne Pergament der von einer jetzt verschwundenen Schlange abgeworfenen Haut, Vogelschwärme, sich drängend in großen Familiennestern, irisierende, langschnäblige Nektarvögel und vorwitzige Laubpicker, gesprenkelte Rebhühner, die durch das verdorrte Gras flitzten, im Gebüsch auseinanderstiebende Perlhühner, die verzweifelten Todesschreie der Ibisse, die sie in dieser Gegend Hadedas nennen, scharlachrote und gelb-schwarze Webervögel auf Bäumen, die über einen langen, schmalen Wasserlauf ausgreifen, langbeinige Sekretärsvögel, die mit ihrer gekünstelten Miene der Wichtigtuerei einherstolzieren, eine Familie von Erdmännchen, die eine gelbe Schlange angreifen, der Schrei eines Adlers hoch oben, Geier, an einem von aller Farbe ausgebleichten Himmel enge Spiralen beschreibend, wie sie auf den Kadaver einer Antilope oder einmal einer von Löwen oder Leoparden liegengelassenen Giraffe herabstoßen, das eilige Dahinflitzen eines unirdischen, schuppigen *ietermagô*, eines Ameisenbären, der sich in einen Ameisenhaufen gräbt, Mistkäfer, die um die Ausscheidungen eines Büffels oder eines Gnus (einmal zweifelsfrei eines Elefanten) herumhuschen, eine kleine grüne Gottesanbeterin, auf einen Zweig gekauert, lange Ameisenzüge, in die geborstene Oberfläche eines ausgetrockneten Flussbetts gezeichnet, bei seltenen Gelegenheiten ein kurzer Blick auf eine majestätische Elenantilope.

Letztere brachte Bruchstücke von Geschichten zurück, die Bruder Kupido erzählt hatte und die von Generation zu Generation seines Volkes oder desjenigen Anna Vigilants weitergegeben wurden. Ich erinnerte mich daran, was er mir von ihren Glaubensvorstellungen hinsichtlich der Buschmännerwelt der Schatten und Vorfahren erzählt hatte: von geheiligten Räumen, die sich in vertrockneten Baumstümpfen oder zwischen den roten Feuersteinfelsen eines Berges oder Hügels öffneten (aber nur für den Achtsamen und

Initiierten sichtbar waren), von wo aus man von der sichtbaren in die unsichtbare Welt reisen könne, von der Gegenwart in eine entlegene, zeitlose Vergangenheit, oder wo Wesen aus jener anderen Welt in unsere einbrechen. Und wie er so dahinfuhr – wie *wir* dahinfuhren –, konnte ich mir diese unfruchtbaren Ebenen in ein Füllhorn der Vegetation, exotischer Früchte und mächtiger Pflanzen und verschlungener Wurzeln, die wie Menschen aufschrien, wenn man sie herauszog, transformiert vorstellen, und jene anderen Wesen sehen, die den leeren Raum ringsum bevölkerten. Hunderte, Tausende, Millionen von ihnen, all die vergessenen und jetzt wiedererweckten Toten, seit dem Anbeginn der Erde, als die Söhne Gottes zu den Menschentöchtern eingingen, um Völker um Völker hervorzubringen. All die Toten dieses weiten Landes in feierlicher Prozession, durchscheinend vor ehrwürdigem Alter, wie sie zurückkehrten, um ihre Erde zurückzufordern, die wir mit unserem Jagen und unseren Kriegen und unseren Verwüstungen und Verheerungen in unserem Drang, uns auszudehnen, immer noch mächtiger, noch hochmütiger zu werden, ausgeplündert hatten – und unter unseren Füßen nicht nur die Generationen der Vergangenheit, sondern auch alle ihre Geister und Gespenster und Wiedergänger und Götter zertrampelt hatten; und nicht nur ihre Götter, sondern mit unserer plumpen Inbesitznahme der Schöpfung, die einst Seine gewesen war, *unseren* Gott, unseren Vater, beleidigt und entehrt und missbraucht hatten. Jenes große Wort des Beginns hallte immer noch in meinem Geist nach:

Seid fruchtbar und mehret euch und füllet die Erde und machet sie euch untertan und herrschet über die Fische im Meer und über die Vögel unter dem Himmel und über alles Getier, das auf Erden kriecht. Mein Gott, mein Gott, was haben wir im Namen dieser Herrschaft und um der Unterwerfung willen getan? All diese unzähligen Toten, die nun auferstehen, um mit dem Kopf zu uns zu deuten und in schweigender Trauer und Anklage ihre Fäuste wider uns zu schütteln. Nicht nur die Hunderte, die wir im Verlauf des *Black Circuit* im Stich gelassen hatten, sondern die unzähligen Toten, vernichtet in diesem weiten Raum, wo unsere Fußstapfen sich langsam mit Sand füllen, der in sie sickert und dann von den himmlischen Winden weggeblasen wird. Was hatte überlebt von all dieser endlosen Vergangenheit? Was wird von *uns* übrig bleiben, die wir jetzt über die verlassenen Räume dieses wunderschönen Landes auf welche ungewisse Zukunft zu taumeln? O mein Gott, mein Gott, was haben wir getan?

An eine meiner früheren Reisen erinnere ich mich sehr gut – nicht über Land, sondern über See: jene Reise von England nach Brasilien, nach Portugal und dann zurück nach England und weiter zum Kap, in einem zerbrechlichen, von den Wellen hin und her geschleuderten Schiff nach dem anderen. Woran ich mich am lebhaftesten erinnere, sind nicht die Wunder der Überfahrt (silbrige fliegende Fische, die aus einer ganz und gar anderen Art von Raum zu kommen schienen und nach dem kurzen, strahlenden Blitzen ihres Vorbeiziehens, um uns an eine Welt jenseits unserer eigenen zu gemahnen, in diesen zurückkehrten; drei- oder viermal das plötzliche, lautlose Auftauchen eines Walfisches von unten, Leviathan aus der unergründlichen Tiefe; das unmögliche tintenschwarze Blau des Ozeans; die Nähe der Sterne des Nachts, der zwischen den Sternbildern tanzende Masttopp), auch nicht die damit verbundenen Schrecken (die Krankheitsattacken, die bei fünf oder sechs, dann fünfzehn, dann fünfundzwanzig Männern dazu führten, dass sie unter Krämpfen starben und in zusammengehefteten Segeln in der See beigesetzt wurden; das schreckliche Schreien der Sklaven, die in einem plötzlichen Sturm, der es notwendig machte, das Schiff von Ballast zu befreien, über Bord geworfen wurden), sondern der prosaischere, aber unerträgliche von den Tieren verursachte Lärm, die an Bord mitgeführt wurden, um unseren Bedarf an frischem Fleisch zu liefern: das Grunzen und Quieken von Schweinen, das Blöken von Schafen, das Muhen und Brüllen von Rindern, das Krähen und Gackern von Hühnern, das Kollern von Truthähnen – eine Kakophonie, die in dieser veritablen Arche Tag und Nacht währte. Was mich an Vater Noah während seiner vierzig Tage und Nächte, welche jenseits aller Vorstellung gewesen sein müssen, gemahnte. Kein Wunder, dass das Erste, was er am Ende dieser ziellosen Reise tun konnte, war, sich sinnlos zu betrinken.

Diese Reise nun hatte ihre eigene Anzahl an Schafen und Rindern, Hühnern und Enten, doch es war erträglich, manchmal sogar beruhigend oder erheiternd (und sie konnten unterwegs, da wir von Farm zu Farm, von einer Bergkette zur nächsten weiter vorrückten, bis sich die letzte weite Ebene vor uns entfaltete und man die blaue Masse des Tafelbergs am anderen Ende erblickte, die das Ende des Festlands und den Beginn der Meere, die sich bis an die äußersten, frostigen Enden der Erde erstrecken, markierte, immer ersetzt werden).

> Lieber und geschätzter Reverent Gott ich möchte dir für Die Fart auf Diesem Wagen danken, der meinem Bruder Read gehört und der mich hierher an diesen Ort Kapstadt gebracht hat um den Neuen Bruder Campbell abzuholen der kommt um alle unsere Missions zu inspiziren. Das erinert mich ser an meine Fart vor langer Zeit mit dem Mann Mister Servaas Ziervogel auf seinen zwei Wagen. Vielleicht hast du diese Fart jetzt vergesen es ist lange her und Du musst schon alt sein den Du lebst Seit vor aller zeit der Welt aber ich werde sie nie vergesen so lange ich lebe wegen der vielen Sachen die Mister Ziervogel mich gelehrt und mir gezeigt hat besonders die Spigel denn ich finde Spigel sind das wundervollste was Du bei Deinem Schöpfen geschafen hast. Es war so traurig dass in klein Karoo in die Rooiberge, wo wir dem Mann Genant Izaac Levinsohn begegnet sind auf seinem weg vom Great Fish River, er uns gesagt hat, das der Arme Mister Ziervogel vor vir Jaren auf der anderen Seite vom Keiskamma River getötet worden ist, von Xhosa-Leu-

ten, die seine Zwei Wagen gestolen haben. Jetzt frage ich mich was mit allen diesen Spigeln passirt ist irgendwo weit drinnen im Land und alle mit meinem Gesicht drauf. Vielleicht ist es das, was Du gewollt hast Reverent Gott um Dein Wort unter den Heiden auszubreiten. Und ich danke Dir für die Gelegheit die Du mir auf dieser Fart gibst, meine Sele auf die Begegnung mit unserem Neuen Bruder Campbell zu bereiten denn den ganz weg kann ich zu den Leuten predigen. Ich habe in Boschfontein und in den Kouga Mountains und in Kransberg gepredigt, ich habe auf dem Kammanassie Berg und in Rooiheuwel und Onrust und sogar in Touwsberg geprediget, ich habe in den Waboomsberge und am Fonteintjiesberg und am Kwadouwsberg gepredigt, ich habe in Waaihoek und Blomfontein und Wolwedans und Klipheuwel und dann am Tygerberg und jetzt hier in Kapstadt gepredigt. Und auf dem ganzen Weg bereite ich meine sele für dich und den Neuen Reverend. Wo immer wir hinkomen reiße ich die Steinhaufen von Heitsi-Eibib ab um zu zeigen dass ich jetzt auf der Seite von Gott bin, auch wenn es meinem Herz ein bischen weh tut wegen allem was meine Mutter mir gesagt hat aber jetzt weiß ich es ist eine Sünde und ein Greul im Gesicht des Herrn meines Gottes dort oben im Himmel wo Du sitzt. Es muss in der Nähe von dort sein wo Tsui Goab wont und ich will Dich Reverent Gott bitten, dass Du ihm Grüse von mir überbringst wenn Du in siehst und ihm sagst dass ich mein bestes tue für Dich und für ihn alle meine libe sende ich Dir Reverent Gott von Deinem libsten und libvollsten diener Bruder Kupido Kakrlak.

Nur ein oder zwei Tagreisen von unserer Missionsstation entfernt verfasste Bruder Kupido auf dem Rückweg einen weiteren Brief, enthaltend seine Eindrücke von Reverend John Campbell und ihrer gemeinsamen Fahrt, die, wie bald bekannt wurde, nur der Beginn einer Reise war, die bald auch mich einbeziehen sollte und die uns weit über die Grenzen unserer Kolonie hinaus zu jenem fernen Ort bringen sollte, wo er nun seine eigene Missionsstation hat, während ich in der täglichen inneren Einkehr ob meiner Sünde lebe.

Libster und hochgeschätztester Reverend Gott, wider setze ich mich hin um mit Dir von der Fart auf dem Wagen von Bruder Read zu sprechen die jetzt fast vorbei ist und um Dir zu sagen das ich in Kapstadt den Neuen Reverent John Campbell getroffen habe den Du noch nicht kennst weil er noch nicht in Bethelsdorp ist. Deshalb möchte ich Dir sagen das ich in für einen guten Menschen halte, er hat ein bischen kurze Beine und ist zimlich fett aber er wird es bald verliren wenn er unser Leben teilt. Auserdem schauen seine zwei Augen nicht imer in die gleiche Richtung gleichzeitig aber ich denke das hilft ihm mer zu sehen wie ein Chameleon er wird also gut sein beim inspiziren von allen unseren Missions im wird nichts entgen. Er hat ein freundlichs Wesen und versucht sein essen mit Allen von uns auf dem Wagen jeden Tag zu teilen was das Zeichen für einen Mann Gottes ist. Und er vertraut mir in allem was auch das Zeichen für einen Mann Gottes ist. Ich muste die Flüse auf unserem Weg probieren und im sagen ob wir uns beeilen oder anhalten müssen oder den langen Umweg nehmen müsen und er widerspricht auch nicht wenn ich etwas entscheide wie dann als wir zwölf Stunden ohne halt faren musten aber es war notwendig um die Oxen rechtzeitig zu einem besseren Platz zu bringen und er hat mir geglaubt. Ich kann Bruder Campbell also auch trauen und wir haben auf dem Trek viel gesprochen nicht nur über seine Aufgabe in Bethelsdorp und in der Kolonie sondern weit weit darüber sogar über dem Great River wo sie es Gariep nennen und wo die leute in Orten mit seltsamen Namen wohnen die ich sehen will eh ich sterbe weißt Du Reverent Gott meine Mutter hat gesagt ich mus weit gehen auf der Welt also wird das Begegnen mit diesem Neuen Reverent mich vielleicht dorthin bringen wo Du es haben willst. Es gibt nicht vil was ich jetzt in Bethelsdorp noch tun kann weil Anna tot ist und ich schetze es war Dein Wille aber ich habe Dir schon früher gesagt und ich bin sicher Du weißt es auch wenn Du zu stolz bist es zu sagen doch ich vergebe Dir vom Grund meiner Sele auch wenn es das dümmste war was Du in Deinem Leben getan hast. Ein Man mus eine gute Frau lib haben wenn er sie sieht so wie ich. Ich weiß das ich sie lib hate seit der Nacht als sie die Funken gemacht hat es war die beste Libnacht in meinem leben. Ich sage

Dir das weil Du uns sagst das wir erlich sein müsen und das ist mein erenwort von deinem libsten und gelibsten gehorsamen Diner Kupido Kakrlak.

Ich muss meinen Bericht über Bruder Kupidos Rückkehr mit Bruder Campbell im März jenes Jahres 1813 wiederaufnehmen. In diesem Moment bin ich zu sehr verwirrt durch meine Erinnerung an jenen Brief für Gott und Bruder Kupidos Äußerungen über seine Liebe zu Anna Vigilant, die mich an die Traurigkeit, ja, in der Tat, das Entsetzen (wenn es nicht eine Sünde ist, etwas, das so wunderschön war, mit dem Begriff »Entsetzen« zu belegen) meiner Missetat wegen denken lassen. Ich habe kein Interesse daran, hier einen Bericht über mein Leben zu schreiben, was tatsächlich auch der Grund dafür ist, dass ich meine Tagebücher vernichtet habe, sondern lediglich einige zufällige Erinnerungen an den Teil davon, den mit Kupido Kakerlak zu teilen ich das Vorrecht hatte, die ich zusammensuchen will, um, glaube ich, Klarheit in meine Existenz zu bringen, die zerschmettert worden ist. Nur indem ich das tue, kann ich Hoffnung hegen, eine Richtungsweisung darin zu finden, irgendeine neue Hoffnung, die mich vielleicht dazu führt, als Sühne für meine Sünde wieder etwas für den Ruhm Gottes zu tun. Denn dies ist die Finsternis, mit der ich ringe: dass ich in meiner Jugend bewusst auf ein eigenes Leben verzichtete, um es dem Dienst an anderen zu weihen, genau jenen anderen, für die ich jetzt durch mein Fehlverhalten ein Stolperstein geworden bin.

Und selbst das ist zu bezweifeln. Waren es wirklich andere, denen ich mich widmen wollte, oder war ich von der Jagd nach einem Bild der Lüsternheit getrieben, das ich seit jenem Tag, als ich das erbärmliche schwarze, in Angst und Schmerz hingekauerte Mädchen gesehen, und jener Nacht, als ich die Zuckungen ihrer fleischlichen Vereinigung mit ihrem ruchlosen Herrn, an dessen Stelle ich mich mein Leben lang in Gedanken gesetzt habe, beobachtet hatte, in meinem Busen gehegt hatte?

Verschlimmert wird dies durch die Ironie, resultierend aus der kurzer Zeit im Anschluss an ihre Rückkehr vom Kap und ehe ich mich zusammen mit Bruder Campbell und Kupido aufmachte, die entlegenen Missionsstationen der LMS aufzusuchen, um sie zu inspizieren und Empfehlungen für ihre zukünftige Entwicklung zu formulieren (ein Unternehmen, für das ich nach dem Tod unseres Vaters van der Kemp als ungeeignet betrachtet wurde – auch wenn mir das niemand ins Gesicht sagte; aber ich bin nicht dumm, auch wenn ich ein Narr sein mag). Bruder Kupido hatte seine Mission zum Kap so erfolgreich abgeschlossen, dass ich jetzt zum weiteren Fortgang seiner Karriere beitragen wollte. Er war kein junger Mann mehr und sah eigentlich viel älter aus, als er war, folglich beschloss ich, ihn zu einem Ältesten in der Kirche zu befördern. Um sicherzustellen, dass es keine Spur einer Günstlingswirtschaft gäbe, beförderte ich gleichzeitig einen anderen Mann, einen höchst pflichtbewussten und gewissenhaften älteren Mann, das Halbblut Andries Pretorius (in dieser Gegend als »Bastard« bekannt, was allerdings keine Verunglimpfung, sondern lediglich eine Bezeichnung ist).

Es war, das sollte ich erwähnen, eine besonders schwierige Zeit für mich. In Kupidos Abwesenheit, als er am Kap war, war es mir eine Qual, die Mission ohne Hilfe zu leiten; bei vielen Gelegenheiten musste ich mir selber eingestehen, dass, falls unsere Vorgesetzten in London mit der Mission Bruder Campbells tatsächlich ihr Missfallen über meine Fähigkeiten zum Ausdruck bringen wollten, sie in der Tat Recht hatten. Doch es gab bei meinem wachsenden Gefühl der Wertlosigkeit auch eine weit persönlichere Komponente. Ich zögere, dies öffentlich zuzugeben, aber es ist Teil meiner Last und Teil meines Schmerzes. Seit der Hinrichtung ihres Bruders Oktober während unseres Besuchs in Kapstadt im Jahre 1811 hatte meine liebe Frau, der ich, das schwöre ich, immer höchste Wertschätzung entgegenbrachte, mir ihre ehelichen Gunstbezeugungen (auch wenn im Sakrament von ehelichen Pflichten und Verpflichtungen die Rede ist) entzogen. Dies hatte mich zu einer Einschränkung selbst der wenigen persönlichen Freuden, so sündhaft sie auch gewesen sein mögen, in meinem Leben verdammt. (Nicht, bei Gott nein, dass ich mich beklage. Es war alles meine Schuld. Aber es war hart. Es war sehr hart. Ich bin, glaube ich, von Natur aus ein leidenschaftlicher Mensch.)

Ein- oder zweimal hatte ich versucht, dies in einem privaten Gespräch mit Bruder Kupido anzuschneiden, wie ich wohl noch berichten werde, doch ich fand es nicht schicklich oder gar meiner würdig, zu viel Privates mitzuteilen. Aus irgendeinem Grund fiel es mir leichter, familiäre Probleme mit Kupidos Ältestenkollegen zu erörtern, dem gütigen Andries Pretorius. Und wie der Zufall es wollte, hatte Bruder Pretorius eine Tochter im heiratsfähigen Alter, Sabina, eine ungewöhnlich schöne junge Frau. Ich widerstand. Ich betete Tag und Nacht. Es half, während jener langen, langen Reise mit meinen Brüdern Campbell und Kupido (den ich zu gegebener Zeit in den Status eines Missionars befördert hatte), die uns über die Grenzen der Kolonie hinausführte und Kupidos Schicksal besiegelte, von Bethelsdorp weg zu sein. Doch nach unserer Rückkehr und sobald er zu seiner eigenen Mission und aus meinem Leben hinaus – davon werde ich zu gegebener Zeit berichten – geschickt worden war, konnte ich es nicht länger ertragen. Ich fuhr fort zu beten, aber es war vergeblich. Das Fleisch war zu schwach. Ich schätze, ich hätte Bruder Pretorius und seine Familie irgendwo anders hinschicken können, nach Graaff-Reinet oder wohin auch immer, doch wie hätte ich einen solch drastischen Eingriff in ihrer aller Leben vornehmen können, nur um die Versuchung aus meinem zu entfernen? Es erschien in der Tat als eine Herausforderung, die Gott mir in den Weg gelegt hatte. Ich musste die Festigkeit meiner christlichen Überzeugung und die Verfasstheit meines ganzen Lebens unter Beweis stellen, indem ich bewies, dass ich widerstehen konnte.

Ich versuchte, im allerwahrsten Sinn des Wortes, zu meiner Frau Maria zurückzukehren; ein paarmal, es beschämt mich, dies zu sagen, zwang ich mich ihr sogar auf. (Und jedes Mal, jedes Mal war hinter meinen geschlossenen Augen die Erinnerung an jene andere, missbrauchte Frau aus dem tiefsten Afrika.) Aber am Ende sündigten wir. Ein paar Monate lang lebten wir, ich schäme mich und schäme mich nicht, dies zu sagen, in Glückseligkeit. War das die einzige kleine Ecke des Paradieses, die ich in meinem Leben erkunden durfte? Und dann gefiel es Gott, dass Sabina schwanger wurde. Seine Strafe, allen deutlich sichtbar. (Aber warum *sie* bestrafen? Ist das recht und billig? Diese Fragen zeigen die Größenordnung meines Falls, das Ausmaß meiner Gotteslästerung und meiner Sünde.) Erst jetzt wurden sie nach Graaff-Reinet verbannt. Und ich in die Hölle. Oder zumindest ins Fegefeuer.

Es ist ein schwacher Trost, dass Bruder Kupido zu der Zeit nicht mehr in Bethelsdorp war, um Zeuge dessen zu werden. Doch es ist der Überlegung wert, dass es, wenn er dagewesen *wäre*, vielleicht gar nicht passiert wäre.

Ich muss zum anstehenden Thema zurückkehren. Bruder Campbell lieferte einen günstigen Bericht über Kupidos Verhalten und Betragen während ihrer monatelangen Rückreise von Kapstadt. Er konnte, sagte er, während der Fahrt die gesamte Organisation des Trecks unserem vertrauenswürdigen Bruder überlassen, den er anerkennend als »unseren Reiseleiter« bezeichnete. Hinsichtlich seines Charakters, ausgehend davon, wie er die ihm anvertrauten Bediensteten und die Ochsen behandelte und allen Leuten predigte, die sie unterwegs trafen, ob einzeln oder in Gruppen, beschrieb Bruder Campbell ihn als »einen menschlichen Hottentotten«.

Ihm fiel eine Neigung auf, die ich von Anfang an ebenfalls bemerkt hatte, und zwar Kupidos Angewohnheit, jeden oder jeden zweiten Tag allein wegzugehen und eine Stunde oder so, gelegentlich bis zu einem halben Tag, wegzubleiben. Diesbezüglich befragt, zuckte er lediglich die Schultern und erklärte, er sei weggegangen, »um im Busch zu beten«; angesichts solch frommen Eifers schloss Bruder Campbell, dass es besser sei, nicht allzu neugierig nachzuforschen. Ich versuchte, ihm einige der Überspanntheiten unseres Bruders zu erklären, doch da ich sie selber nicht immer verstanden hatte, war dies keine leichte Aufgabe und musste fallengelassen werden. Der Mann, das muss ich selbst heute einräumen, war ein Geheimnis und eine unergründliche Anhäufung von Widersprüchen, insbesondere hinsichtlich seiner Auffassung und Ausübung christlichen Gottesdienstes; doch an seiner Aufrichtigkeit und äußerster Überzeugtheit konnte nie auch nur die Spur eines Zweifels bestehen, selbst wenn manche, und manchmal auch ich, dies als Verrücktheit hinstellten. Ich dachte oft und tue dies immer noch, wenn ich so zurückdenke, dass, wenn mehr von uns die felsenfeste Überzeugtheit seines Glaubens hätten, die Welt ein besserer Ort sein könnte.

Unter anderen Umständen wäre unsere gegenseitige Nähe vielleicht ungewöhnlich und schwierig aufrechtzuerhalten gewesen, doch in der trostlosen Umgebung von Bethelsdorp war er oft, vor allem nach dem Ableben unseres Vaters, die einzige Person, der gegenüber ich wirklich mein Herz ausschütten konnte. Bei einer Gelegenheit, die ich bereits flüchtig erwähnt habe, kurz nach seiner Rückkehr vom Kap mit Bruder Campbell, wandte unser Gespräch sich seiner Ehelosigkeit seit dem Tod seiner Frau und meiner Beziehung zu Maria zu.

»Ich vermisse meine Anna jeden Tag und jede Nacht meines Lebens«, gab er zu. »Aber jetzt hat Gott beschlossen, sie wegzuholen, also muss ich es hinnehmen. Am Anfang war es sehr schwer, und ich habe voller Bitterkeit mit Ihm gesprochen. Ich habe es für falsch gehalten. Aber es steht mir nicht zu, mein Herz gegen Ihn zu verhärten. Und Er weiß es am besten. Kann ich sagen, dass ich ein einsamer Mann bin, jetzt, wo sie weg ist? Ja, ich bin einsam. Aber bist du nicht einsam? Ist nicht jeder einsam? Ist das nicht so, wie Gott uns gemacht hat? Du kannst direkt neben jemandem sitzen, so wie ich neben dir sitze, und ich kann trotzdem einsam sein. Ich kann daliegen und eine Frau im Arm halten, und trotzdem einsam sein. Ist das nicht so? Und da ist da noch dies: Was ich von ihr tief in mir drinnen trage, da, wo ich auch das Wort Gottes aufbewahre, das ich gegessen habe, das kann kein Mensch mir je nehmen. Wie kann ich mich also beklagen?«

»Ja, ich habe dich und Anna zusammen gesehen. Ich weiß, du hast gute Erinnerungen.«

»Du brauchst keine Erinnerungen, Bruder«, sagte er. »Du hast immer noch deine Frau neben dir.«

»Sie ist neben mir«, erwiderte ich, »aber ist sie wirklich *bei* mir?«

»Das zu sagen, steht mir nicht zu.«

»Vielleicht ist das Fleischliche zu sehr bei mir«, sagte ich nach einer langen Pause fast flüsternd. Es schien fast frevlerisch, dies ihm, irgendjemandem, mitzuteilen. »Ich weiß, wir trachten nach dem geistlichen Leben. Doch eben die Tatsache, dass sie *da* ist, stellt mir ihr Fleisch vor Augen.«

»Hast du nie mit einer Frau Funken gemacht?«, fragte er plötzlich.

Ich konnte ihm keine direkte Antwort geben, doch ich spürte, wie mein Gesicht sehr heiß und rot wurde.

Nach geraumer Zeit und tastenden Versuchen räusperte ich mich und sagte: »Wir sollten nicht über derlei Dinge sprechen.«

»Gott machte einen Mann, und Gott machte eine Frau. Hat Er nicht auch Funken gemacht?«

»Doch, aber sie sind unanständig.«

»Wenn Gott sie gemacht hat, wie können sie dann unanständig sein?«

»Gott will, dass wir nach geistigen Dingen streben.«

»Wohnt der Geist denn nicht in einem Körper?«

»Der Körper ist nur ein armseliges irdisches Gefäß«, erwiderte ich, mehr zu mir denn zu ihm.

»Doch dann hat er den Tontopf mit Träumen gefüllt«, beharrte er. »Das hat Anna immer gesagt. Und ich habe jetzt, auch wenn sie tot ist, immer noch ihre Worte. Und ihre Träume. Ich muss auf ihre Träume aufpassen, wie ich früher auf die Schafe meines Baas aufgepasst habe, als ich ein Kind war. Und ich kann sie nur behalten, wenn mein Tontopf gut behandelt wird.«

Erneut schwieg ich.

»Als ich sehr klein war«, setzte er plötzlich wieder an, »ging ich eines Nachts aus unserer Hütte raus, um zu pinkeln, und die Sterne waren so nah über mir, da habe ich einen gepflückt und meiner Mutter gebracht.«

»Hat sie sich darüber gefreut?«

»Nein, sie hat mich rausgeschickt, um ihn wieder aufzuhängen.«

»Warum erzählst du mir das?«

»Ich weiß es nicht. Meistens, glaube ich, sage ich das, was Gott mir in den Kopf tut. Wenn du es nicht verstehst, ist das nicht deine Schuld. Wenn Gott will, dass du verstehst, wird er es geschehen lassen.«

»Vielleicht«, sagte ich, wiederum nach einem Schweigen, »hat deine Mutter gewusst, dass der richtige Platz für einen Stern droben am Himmel ist. Wir können nicht versuchen, ihn in einer Hütte aufzubewahren, wo er ersticken und sterben kann.« Es war ein kleines Gefühl des Triumphes in mir, als ich hinzufügte: »Vielleicht gilt das auch für den Geist und den Körper.«

»Ein Stern ist kein Geist«, erklärte er geduldig. »Ein Stern ist ein Stern. Er ist eher einer Elenantilope oder einer Gottesanbeterin oder dem Mond gleich als einem Geist.«

»Aber du glaubst doch an den Geist«, wandte ich ein. »Ansonsten hättest du dich nicht taufen lassen.«

»Ja«, meinte er, offenbar unbekümmert. »Natürlich glaube ich an den Geist. Aber auch an den Stern. Und an den Tontopf, in dem ich meine Träume aufbewahre.«

Wie oft habe ich mir in den darauffolgenden Jahren diese Worte in den Sinn gerufen, insbesondere in der Finsternis, die über mich kam, nachdem ich mit Sabina Pretorius gesündigt hatte. Und ich bin immer noch nicht sicher, dass ich sie ganz verstanden habe.

Bruder Ullbricht, der neue Missionar in unserer Station, war dem Beispiel unseres Vaters und dem meinen (Gott sei ihm gnädig) gefolgt und hatte ein junges Hottentottenmädchen zur Frau genommen. Bethelsdorp war nun also, darauf vertrauten wir, in guten Händen; ich war nun ungebunden und konnte Bruder Campbell und einige andere, darunter Bruder Kupido, auf der langen Inspektionsfahrt, die uns über die Grenzen der Kolonie hinausführen sollte, um den Weg für die Zukunft unseres Unternehmens bei den Heiden zu ebnen, begleiten.

Es war eine erstaunliche Reise, anstrengend und manchmal gefährlich, doch sie flößte mir ein neues Gefühl der Ehrfurcht vor der Weite des Kontinents, auf dem wir uns befinden, ein. Ich glaube, sie brachte mir auch ein tieferes Verständnis für Bruder Kupido. In diesen entlegenen Regionen – öde und doch nicht öde – sah man sie allmählich mit den Augen unseres Bruders und wurde sich der mannigfaltigen Kleinigkeiten bewusst, in denen Leben seinen Ausdruck finden kann: Ein immer wieder neues Entdecken der Reichtümer an Eingeborenenvölkern, Tieren, Vögeln, Insekten, Pflanzen, selbst Felsen und Steinen. Ich hatte von einigen der Berichte des Naturforschers und Reisenden Burchell gehört, der kürzlich diese Landstriche durchquert hatte und auf dessen Spur wir durch das bislang unberührte Land der Buschmänner (unberührt heißt natürlich, noch nicht von Weißen wie ihm und mir betreten) dahinzogen, und diese Berichte hatten in gewissem Maße meinen Geist auf die Entdeckungen, die uns hier erwarteten, vorbereitet.

Es war ein erhellendes Erlebnis, die sich hindehnende, schimmernde Weite des großartigen, doch (um diese Jahreszeit) nicht sehr tiefen Gariep River zu überqueren, der so lange als Grenze der bekannten Welt betrachtet worden war und jenseits dessen angeblich Dämonen und fremde Rassen gelebt hatten; in unseren Augen schien das Land auf der anderen Seite weitgehend eine Fortsetzung dessen, was wir vorher schon gesehen hatten, eine endlose, trockene, flache, sanft gewellte weite Fläche, sporadisch unterbrochen von Hügeln oder niedrigen Bergketten aus Feuerstein und mit Akazien, von denen manche ziemlich groß werden, als hauptsächlicher Vegetation. In diesen Ebenen stießen wir oft auf kleine Herden von Quaggas, jenen fast ausgestorbenen Zebras, oder von Springböcken oder Gnus, diesen merkwürdigen Tieren, die etwas vom Pferd, vom Ochsen, vom Hirschen und von der Antilope an sich haben. Von Zeit zu Zeit gab es auch Hinweise auf Raubtiere, einschließlich Löwen. Diese Landschaft, die sich wie ein riesengroßes Pergament entfaltete, als wir weiter vordrangen, auf dem unsere Fußabdrücke als eine primitive Form von Schrift gedient haben müssen, setzte sich fort, bis wir nahe dem Zusammenfluss des Gariep und eines anderen Stroms die winzige Missionsstation Klaarwater, nicht mehr als eine Ansammlung von kleinen, runden Hottentotten-Hütten um eine größere Konstruktion aus Schilf herum, die als Kirche und Schulzimmer diente, erreichten. Dort trafen wir den für die Station verantwortlichen Missionar, Bruder Anderson, an, einen untersetzten, irgendwie mürrischen Mann, der uns seine Gastfreundschaft, aber nicht viel an Gemütlichkeit anbot; selbst Bruder Campbell, normalerweise so fröhlich und zufrieden, schien irgendwie betroffen von seinem Mangel an Großzügigkeit. Sein Helfer, der leutselige, aber irgendwie kränkliche Bruder Lambert Janz, machte einen sehr viel angenehmeren Eindruck. Ebenso das örtliche Oberhaupt der Griqua, Adam Kok, der darauf bestand, uns zu einer Flusspferdjagd am Fluss mitzunehmen.

In der unmittelbaren Nachbarschaft von Klaarwater traf ich auf eine große Mannigfaltigkeit von Vögeln, einige schier unglaublich schön, und ungeheuer farbenprächtig in dieser weitgehend gelbgrauen Umgebung. Insekten, zumeist schwer klassifizierbar, gab es nur wenige, aber im Dachstroh der Kirche erkannte Bruder Kupido an dem Sonntagmorgen, als er eingeladen wurde, dort eine Predigt zu halten, eine sehr kleine grüne Gottesanbeterin, die ihn ungeheuer zu irritieren schien. In der Tat so sehr, dass er, nachdem er wie gebannt das Insekt angestarrt hatte, auf dem

Absatz kehrtmachte und aus der Kirche floh, es mir überlassend, den Gottesdienst zu leiten.

Ich hoffte, anschließend die Angelegenheit mit ihm besprechen zu können, doch er vermied es ziemlich lange Zeit sehr angestrengt, in eine Diskussion dieses Themas einbezogen zu werden.

Von Klaarwater aus legten wir eine beträchtliche Strecke durch die große Ebene von Lattakoo, einigen auch als Dithakong bekannt, zurück, wo nichts als der ferne Horizont unsere Aussicht begrenzte, ausgenommen hinter uns, wo die blauen Gipfel der Kamhanni Mountains nahe dem Krumänner-Gebiet aufragten und die Ebenmäßigkeit der Linie durchbrachen. Der Boden war in den meisten Teilen sandig und von sehr satter Farbe. Meinem Gedächtnis wird die dürftige kleine Station des Matchappee-Stammes in Dithakong, eine bloße Ansammlung verstreuter, baufälliger kleiner Schilfhütten in der unbarmherzigen Ebene, für immer als »der Ort der Steine« eingeprägt bleiben: Trockener Staub bedeckt den kargen Boden, der wie ein Leichnam, dem man die Haut abgezogen hat, daliegt, markiert von weißlichen Steinwällen und ausgetrockneten, zerklüfteten, vermutlich von Wolkenbrüchen in Jahreszeiten jenseits menschlicher Erinnerung in die Erde eingeschnittenen Tälern. Es gab ein ausgetrocknetes Flussbett, dessen Lauf von großen blauen Felsbrocken gesäumt war, welche, so versicherten uns einige der hier Ansässigen, zu Zeiten starker Überflutung vom tosenden Wasser einen oder zwei Tage, aber nicht länger, mit fortgerissen würden. Über diesem kargen Lauf erstreckte sich ein langer Grat mit den Überresten von, wie man uns sagte, alten Hottentotten-Festungen; doch dies schien mir, ich gestehe es, den derzeitigen Fähigkeiten des Bauens und der Veranlagung dieser Menschen nach zu urteilen, eher ein Produkt von Wunschdenken und ausschweifender Fantasie als irgendetwas sonst zu sein. Ein recht wenig anziehender Ort in einer rauen und sogar feindseligen Landschaft, nicht gedacht für menschliche Besitznahme. Als wir so dastanden und um uns blickten, kam ein kleiner roter Sandsturm, ein Sandteufel, entlang des Flussbetts auf uns zu, der vertrocknetes weißes Gras, Zweige, Dornen und Rindenstücke in die Luft wirbelte. Zu meinem Erstaunen war Bruder Kupido von diesem Anblick zu Tode erschrocken. Sofort rannte er zu unserem Wagen, holte ein kleines Fass Wasser daraus hervor und verspritzte die kostbare Flüssigkeit (bei weitem wertvoller, unter diesen Umständen, als Wein oder Branntwein) direkt in der Bahn des sich nähernden Wirbelwinds auf den Boden.

»Sarês, Sarês«, brüllte er, warf das leere Fass auf die Seite und rannte zum Wagen zurück, um dort Zuflucht zu suchen, und kauerte sich unter eine Zeltleinwand.

Noch überraschter als von dieser Reaktion auf den Sandteufel war ich, als ich beobachtete, wie dieses seltsame, aber nicht sehr beeindruckende Naturphänomen sich auflöste, sobald es sich einem dunklen Fleck Wasser auf dem Erdboden näherte, und völlig verschwand, noch ehe es den Fleck erreichte.

»Wie konntest du so etwas tun?«, zankte ich ihn

später aus. »Was ist, wenn wir hier in dieser Gegend vor Durst sterben?«

»Besser verdursten, als von so einem Ding mitgenommen zu werden«, brummte er.

»Aber warum denn, Bruder? Was ist damit?«

»Es ist *Sarês*«, erwiderte er und wich meinem Blick aus.

»Was ist *Sarês?*«, drang ich in ihn.

»Der Teufel.«

Das war alles, was ich aus ihm herausbekam, wie drängend ich auch versuchte, etwas Zusammenhängendes, Bedeutungsvolles aus ihm herauszulocken.

»Du sprichst wie der Heide, der du einst warst«, ermahnte ich ihn. »Du bist jetzt Christ.«

»Der Teufel ist immer noch der Teufel.«

Davon wollte er nicht abrücken, und am Ende musste ich den Versuch aufgeben.

Zum Glück für uns war der Verlust an Wasser nicht schwerwiegend. Lediglich einen Tagestreck von dort entfernt erreichten wir einen Platz in der Kru-Gegend, wo sich ein tiefer Weiher befand, von dem die dort Ansässigen sagten, er sei so tief, dass noch nie jemand den Grund gefunden hatte. Er war umgeben von der üppigsten Vegetation, die man sich vorstellen kann, und es schien nicht zu weit hergeholt, als ein junger Mann von der dortigen Mission uns, mit großer Zurschaustellung seiner Überzeugung, versicherte, das hier sei der Ort, wo sich einst das Paradies befunden habe. Er zeigte uns sogar einen Felsbrocken, der, so versicherte er, der Stein sei, auf den Moses einst mit seinem Stab geschlagen habe, um eine

Quelle hervorsprudeln zu lassen. Es war tatsächlich etwas Alttestamentarisches an dieser Gegend, das es schwermachte, unseren jungen Informanten zu streng zu behandeln.

Und immer noch ging unsere Reise weiter – westwärts, entlang dem Gariep nach Namaqualand, ehe wir endlich entlang der öden Küstenlinie zum Kap und dann im letzten Monat des Trecks nach Bethelsdorp zurückkehrten.

Auf diesem letzten Abschnitt unserer Reisen kam es noch zu einem Zwischenfall, den ich nicht aus meiner Erzählung weglassen kann. Es geschah auf der Farm des Kolonisten Johannes Coetzer in der Nähe des Piquet-Bergs landeinwärts von der Westküste. Wir kamen dort gerade vor Einbruch der Dunkelheit an, bei unfreundlichem Wetter. Der Wind heulte und trieb uns den Regen fast waagrecht ins Gesicht, als wir haltmachten, um die Erlaubnis zu erbitten auszuspannen. Als der Farmer hörte, dass sich Missionare in unserer Reisegesellschaft befanden, wurden wir unverzüglich eingeladen hereinzukommen. Das Haus war größer als die Gehöfte, an die wir uns gewöhnt hatten: Es war aus behauenem Stein erbaut, und der quadratisch angelegte, große, von einer Reihe schattenspendender Bäume geschützte Hof, flankiert von mehreren weitläufigen Außengebäuden – ein Schuppen, Ställe, Schweineställe, ein Hühnerauslauf – war recht beachtlich.

Wir wurden eingeladen, am Abendessen mit der Familie teilzunehmen, die aus einer ziemlichen Ansammlung bestand: der Farmer und seine Frau, siebzehn Kinder, eine Großmutter und ein Onkel. Von unserer Gesellschaft waren Bruder Campbell und ich und tatsächlich auch Bruder Kupido dabei; in dem Moment, als Mr. Coetzer erfuhr, dass er mein Assistent war, wurde er gedrängt, sich uns anzuschließen. Es war das erste Mal, dass unser Bruder eingeladen wurde, am Tisch eines holländischen Farmers zu speisen. Er war ziemlich bewegt von dieser Erfahrung, das konnte ich sehen. Im Gegenzug schlug ich nach dem gewaltigen Mahl vor, dass er uns beim Gebet anführe. Ich bin mir nicht sicher, ob dies aufs Ganze gesehen klug war, da er den größten Teil von zwei Stunden brauchte, um sich durch eine ausgedehnte Lesung aus der Heiligen Schrift hindurchzuarbeiten, gefolgt von einem langen, überaus leidenschaftlichen Kommentar zu der Lesung, einem ziemlich weitschweifigen, doch nichtsdestoweniger inspirierenden Gebet und einem kräftigen Absingen von Hymnen, bei dem Bruder Kupido, wie zu erwarten gewesen war, uns alle übertönte. Am Ende waren alle Familienmitglieder sichtlich bewegt, und sein Gesicht war tränenüberströmt. In dem trüben Schein des Lampenlichts fiel mir zum ersten Mal auf, wie alt er geworden war.

Ich glaube, es war sein Vortrag bei dieser Gelegenheit, der Bruder Kupido bald danach dazu brachte, bei einem Treffen von Missionaren aus allen Landesteilen in Graaff-Reinet darum zu bitten, dass mein Vorschlag angenommen werden möge, Bruder Kupido zusammen mit fünf anderen Männern zu Missionaren zu bestellen, um unsere Anstrengungen, über die Grenzen der Kolonie, die wir erst so kürzlich besucht hatten, hinaus in die Wildnis Afrikas vorzudringen, auszuweiten.

Diese Initiative hatte Gott offensichtlich gefallen, denn nur wenige Monate später kam eine dringende Nachricht von Bruder Anderson in Klaarwater, der Bruder Kupido aufforderte, in dieses Dorf zurückzukehren, um die Stelle von Bruder Lambert Janz, der, wie jetzt bekannt wurde, kürzlich gestorben war, auszufüllen.

Nach dem eher nicht sehr günstigen Eindruck, den Klaarwater während unserer Reise auf uns gemacht hatte (auch wenn es zumindest weniger trostlos war als Dithakong), erwartete ich eigentlich nicht, dass Bruder Kupido irgendwelche positiven Gefühle hinsichtlich dieser Berufung an den Tag legen würde. Aber sehr zu meiner Überraschung reagierte er mit ungezügelter Begeisterung, offensichtlich in dem Glauben, die bloße Tatsache, dass nach ihm gerufen worden war, bedeute, das Gott höchstpersönlich dies bewirkt habe. Als ich versuchte, die mit einem solchen Schritt verbundenen Hindernisse zu diskutieren, erinnerte er mich ziemlich schroff an die Vision des heiligen Paulus an dem Troas genannten Ort, wie sie in der Apostelgeschichte, Kapitel 16, Vers 9 beschrieben wird: *Sie zogen aber an Mysien vorüber und kamen hinab gen Troas. Und Paulus erschien ein Gesicht bei der Nacht; das war ein Mann aus Mazedonien, der stand und bat ihn und sprach: Komm herüber nach Mazedonien und hilf uns. Als er aber das Gesicht gesehen hatte, da trachteten wir alsobald, zu reisen nach Mazedonien, gewiss, dass uns der Herr dahin berufen hätte, ihnen das Evangelium zu predigen.*

»Wie könnte ich also nicht gehen?«, fragte Bruder Kupido. »Dieser Ruf kommt von Gott höchstpersönlich.«

Ich versuchte immer noch, ihn dazu zu bringen, sich das mit einer solchen Antwort verbundene Risiko bewusst zu machen, konnte jedoch gegen seine leidenschaftliche Überzeugung nichts ausrichten. Und sogar obwohl Kupido, wie Bruder Campbell und ich, in Klaarwater weniger als beeindruckt von Bruder Andersons Bärbeißigkeit gewesen war, tat er das nun als bedeutungslos ab. Gott hatte ihn gerufen, er hatte keine andere Wahl, als dorthin zu gehen.

Doch es gab einen einzelnen Faktor hinsichtlich jener Gelegenheit, der so etwas wie eine düstere Wolke über seine Zukunftsaussichten breitete. »Es ist diese Gottesanbeterin«, versuchte er zu erklären, als er schließlich gedrängt wurde.

»Welche Gottesanbeterin?«, erkundigte ich mich.

»Erinnerst du dich nicht an die Gottesanbeterin im Dachstroh der Kirche in Klaarwater?«

Ich musste angestrengt überlegen, um mich zu entsinnen; schließlich nickte ich, immer noch verwirrt.

»Eine Gottesanbeterin im Veld ist etwas Gutes«, sagte er und wich dabei meinen Augen aus. »Meine Mutter hat immer gesagt, es sei Heitsi-Eibib selber.«

»Warum hat dich dann diese so beunruhigt?«

»Weil sie drinnen war. Eine Gottesanbeterin darf,

wie ein Stern, nicht ins Haus kommen. Es geschehen dann schlimme Dinge.«

»Das ist nur ein Aberglaube, Bruder Kupido«, wandte ich ein. »Du bist jetzt Christ.«

»Das versuche ich ja selber, mir vorzusagen«, erklärte er leise. »Aber man kann nie wissen.« Und nach einem Augenblick fügte er hinzu: »Es könnte sogar sein, dass Gott mich auf diese Weise auf die Probe stellt.«

Er lehnte es ab, sich noch einmal darauf einzulassen, und von da an gingen unsere Vorbereitungen ungehindert weiter.

Mit etwas schwerem Herzen schrieb ich Bruder Anderson, um ihn von unserem Entschluss zu informieren, und schickte auch ein Schreiben an den Gouverneur in Kapstadt, um für Bruder Kupido die Erlaubnis zu erwirken, die Kolonie im Auftrag des Herrn zu verlassen. Die Antwort traf mit ungebührlicher Verspätung ein, woraufhin mehrere von uns unserem lieben Bruder halfen, die Abreise vorzubereiten. Ich übernahm es selbst, ihn für die Unternehmung auszurüsten. Einen kleinen Wagen hatte er selber, doch eine gründliche Reparatur musste wohl auf die Rechnung für die Missionsgesellschaft gesetzt werden.

Er hatte eine letzte Bitte. Er wollte eine neue Bibel, um sie mit in die Wildnis zu nehmen. Um die Wahrheit zu sagen, ich war erst etwas zögerlich, da ich daran dachte, was mit der vorherigen passiert war. Doch für ihn war es vollkommen klar.

»Ich brauche eine Bibel, um daraus zu predigen«, sagte er. »Wenn ich sie in der Hand halte und daraus vorlese, werden die Worte draußen in dem Buch zu den Worten in mir drinnen sprechen, um die Leute zu bestärken.«

Es gab wenig, was ich sagen konnte, um dies zu widerlegen. Und mit Sicherheit war es sinnvoll für einen Missionar im tiefsten Landesinneren, eine Bibel zu haben. Am Ende bot ich ihm also meine eigene an, mit der strengen Ermahnung, sie nicht wieder in sich aufzunehmen wie die erste.

Nun, da alle Hindernisse aus dem Weg geräumt waren und Bruder Kupido eine solche Begeisterung an den Tag legte, wichen meine Befürchtungen einer neuen Aufwallung von Optimismus. Unzweifelhaft bereitete der Herr ihn auf ein großes Werk vor. In den vorangegangenen Monaten hatte er abwechselnd mit uns öffentliche Unterweisungen abgehalten und sich im Allgemeinen als bei seinem Vortrag so gerührt erwiesen, dass sein Gesicht jedes Mal von Tränen glänzte.

Am 18. April 1815 brachen wir beide auf dem neu reparierten Wagen nach Graaff-Reinet auf, von wo aus er zu seinem neuen Posten weiterfahren sollte. Ich erinnere mich, mit welchem Stolz er in Erinnerung rief, dass er bei der Ankunft in der Algoa Bay, ungefähr dreizehn Jahre zuvor, vier Ochsen und einen Karren besessen hatte; jetzt hatte er nicht weniger als zehn Ochsen und einen Wagen. Die Zukunft, versicherte er mir, als er erneut seinen Mut zusammenzunehmen begann, konnte seine Stellung in der Welt nur noch weiter verbessern.

Doch auf dem Weg, sogar noch ehe wir Graaff-Reinet erreicht hatten, gab es ein einziges Missgeschick von an sich geringer Bedeutung, dem Bruder Kupido jedoch eine Tragweite zuschrieb, die im Verhältnis zu dem Ereignis mehr als übertrieben war: Als wir am späten Nachmittag des dritten Tages den Wagen abluden, um alles für das Abendessen vorzubereiten, stolperte unser Bruder über eine dicke Wurzel und ließ das Päckchen, das er gerade getragen hatte, fallen: einen in schwarzen Krepp gehüllten Spiegel. Die Wucht, mit der er auf den Boden auftraf, war so groß, dass er in eine ungeheure Zahl sehr kleiner Scherben zersplitterte.

Es bereitet mir nach wie vor Schmerzen zu berichten, dass das Missgeschick ihn dazu veranlasste, in Tränen auszubrechen. Er fiel auf die Knie und fing an, so recht untröstlich zu weinen, und nichts, was ich bei meinen Versuchen, ihn zu überzeugen, dass ein rein materieller Gegenstand nicht der Anlass für solchen Kummer sein sollte, sagen konnte, hatte irgendeine Wirkung. Ich glaube, er hat diese ganze Nacht nicht geschlafen, saß in einiger Entfernung vom Feuer, starrte ins Dunkel, gab keinen Laut von sich, außer dass er von Zeit zu Zeit einen tiefen Seufzer hervorstieß. Den Großteil des folgenden Tages blieb er stumm, saß hinten auf dem Wagen, als sei er in das hinter uns entschwindende Veld versunken, das von einem Kunterbunt der Farben zu einem gleichförmigen graufarbenen Ocker verblasste. Mit einer Hand umklammerte er eine einzelne unbedeutende Scherbe des Spiegels, als sei er wild entschlossen, sie mit sich in die unbekannte, nicht vorherzukennende Zukunft, mit der es dieses eine Mal sein Glaube anscheinend nicht aufzunehmen vermochte, mitzunehmen. Ganz klar stand hinter der Tatsache des kleinen Zwischenfalls ein Stück Hoffnungslosigkeit und Leidensfähigkeit jenseits meines Verständnisses.

Während der darauffolgenden Tage versuchte ich, ihn in ein Gespräch über den Vorfall zu verwickeln, doch er blieb ausweichend. Eine Zeit lang glaubte ich sogar, er würde sich entscheiden, umzukehren und seinen Entschluss, den Ruf nach Klaarwater anzunehmen, widerrufen.

»Bruder«, sagte ich schließlich, als uns alles andere fehlzuschlagen schien, »lass uns beten.«

Verglichen mit der nahezu übertriebenen Hingabe, mit der er sonst solche Gelegenheiten wahrnahm, schien er wiederum eher resigniert als begeistert oder leidenschaftlich. Ich griff auf alle meine Reserven an Glaube und Eifer zurück, um seinen Fall dem Herrn zu unterbreiten; und nach langer Zeit, in der er eher eine stumme, teilnahmslose Resignation als irgendeine Art von Überzeugtheit an den Tag legte, schien er sich in das Unvermeidliche zu fügen. Alles, was er sagte, als wir uns endlich von unseren Knien erhoben, war: »Ich war in dem Spiegel, Bruder Read. Jetzt habe ich mich hinter mir gelassen. Was wird mit mir geschehen?«

Es war diese einfache Bemerkung, die mir die Erinnerungen an zahllose Gelegenheiten in den vorhergehenden Jahren zurückbrachte, bei denen ich ihn in seiner Hütte oder in irgendeinem Dickicht im Busch vorgefunden hatte, den Spiegel vor sich aufgestellt und sich an ihn wendend, als wäre er ein Gast, ein Freund, ein Vertrauter. Ich hatte oft in Betracht gezogen, das Thema anzusprechen, ängstlich besorgt, wie ich wegen einer Spur von Abgötterei in dem, was fast einer Anbetung eines Artefakts gleichkam, war; doch ich hatte mich dessen immer enthalten, da ich das Gefühl hatte, dass ein solcher Schritt ein unverzeihliches Eindringen wäre, nicht nur die Privat-, sondern die Intimsphäre verletzen würde, die zu teilen nicht meine Angelegenheit noch mein Vorrecht war. Ich konnte es immer noch nicht ergründen; selbst jetzt, da ich schreibe, muss ich gestehen, es liegt jenseits meines Vorstellungsvermögens. Es gibt Momente, da denke ich: Hätte ich bis zum Grund dessen vordringen können, hätte ich möglicherweise endlich etwas von dem Mann verstanden. Doch es entzog sich mir beharrlich, tut es immer noch. Und ich muss mit dem schrecklichen Verdacht leben, dass es mehr ein Versagen oder eine Unzulänglichkeit meinerseits war als ein Geheimnis oder eine Wahnidee bei ihm.

Was mich betrifft, so glaube ich, hoffe ich, dass ich dadurch, dass ich all diese Erinnerungen niederschreibe, mich zwinge, mich alldem zu stellen, was ihm, mir, uns geschehen ist, dass ich mich dadurch an ein Maß von Verständnis dessen, was wir durchlebt haben, wie auch dessen, was noch vor mir liegen mag, herantaste. Er war so zuversichtlich hinsichtlich seiner Berufung und des Weiter-Fortschreitens und Durchhaltens auf seinem Weg. Auch ihm zuliebe kann ich jetzt nicht aufgeben. Dem Tal der Todesschatten zum Trotz, das ich in letzter Zeit durchquert habe, durch meine Erniedrigung und Schande und mein Leiden hindurch, werde ich weitermachen. Ich werde in einen entlegenen Teil unserer Kolonie gehen, nicht um, wie Jonas, vor meiner Pflicht oder meinen Erinnerungen zu fliehen, sondern um einen Platz zu finden, wo man mich dringlicher braucht, wo die Herausforderung größer ist und das Leben zweifellos viel härter, damit ich so viel Finsternis in Licht verwandle. Ich kann nicht sagen, ob ich Erfolg haben werde, ich war bislang ein so schwacher Mensch. Aber ich muss es versuchen. Nicht zuletzt, weil ich, auf eine Weise, die ich noch nicht fassen kann, glaube, dass ich es Bruder Kupido schulde – jenem dürren kleinen Mann, der mir einen Blick auf den wahren Glauben gewährt hat, selbst wenn es anderen so oft wie Verrücktheit erschien.

Ich habe ihn einmal wiedergesehen, gegen Ende des folgenden Jahres. Kurz davor hatte ich einen betrüblichen Brief von ihm über die nicht ganz unvorhersehbare Verschlechterung seiner Beziehung zu Bruder Anderson, zu der es auf entschieden unangenehme Weise, wenn ich das so sagen darf, gekommen war, erhalten. Auf dem gleichen Wagen aus dem tiefen Landesinneren kam ein weiterer Brief, von Bruder Anderson selbst, um ein irgendwie unterschiedliches Licht auf die Angelegenheit zu werfen.

Es scheint, dass unser Bruder binnen Tagen nach

seiner Ankunft in Klaarwater auf seine übliche ungezügelte Art begonnen hatte, sich den Seelen und Gefühlen seiner neuen Gemeinde zu widmen. Etwa um neun Uhr abends fing er mit einer Singveranstaltung an, machte einen Rundgang zu allen Häusern, singend, bis alle sich anschlossen, und machte dann weiter bis morgens. Wiewohl einige sangen, redeten und lachten offenbar andere, so dass die ganze Veranstaltung, wie es Bruder Anderson zu formulieren beliebte, »eine Tür für Unreinheit und Unmoral, auch eine Ermutigung zu Faulheit tagsüber« öffnete. Er habe nichts gegen Singen, versicherte er, »aber warum muss das abends stattfinden?«

Bruder Kupido betonte in seinem Brief, dass er einfach der gleichen Vorgehensweise gefolgt sei, die sich in Bethelsdorp als so erfolgreich erwiesen hatte, und fügte hinzu, er könne nicht dazu überredet werden, Gott zu beleidigen, indem er sich Anweisungen beuge, die dem christlichen Geist der Nächstenliebe und Großherzigkeit zuwiderliefen.

Was mich irritierte, waren die abschließenden Zeilen in Bruder Andersons Brief:

»Ich möchte nicht eines Vorurteils Kupido gegenüber beschuldigt werden, doch ich muss betonen, dass ich viel zu tun hatte, um diesen frevelhaften Praktiken ein Ende zu setzen.«

Das waren drastische Worte. Es war eindeutig die Zeit für mich gekommen einzugreifen. Mit schwerem Herzen machte ich mich auf die beschwerliche Reise, ohne auch nur eine Andeutung all dessen, was vor mir liegen mochte.

Die Nachricht von meiner bevorstehenden Ankunft musste mir vorausgeeilt sein, den bei meinem Eintreffen am Zusammenfluss des Gariep und des Hei-Gariep (der, den die Buschmänner Cuoa und die Kolonisten Vaal nennen) erspähte ich Kupido und andere am gegenüberliegenden Ufer. Sie kamen unverzüglich durch den Fluss auf mich zu, hängten sich an die Schwänze ihrer Ochsen. Es war für uns alle wahrhaft ein freudiges Zusammentreffen.

Während meines darauf folgenden Aufenthalts in Klaarwater erfuhr ich, dass er trotz der Sprachhindernisse fleißig den Kora und den Griqua in dieser Gegend gepredigt hatte, so weit wie möglich unter Verwendung von Übersetzern; doch aufgrund der angespannten Beziehung zu Bruder Anderson war er zutiefst unglücklich. Nach einer kurzen Untersuchung beschloss ich, die einzige Art und Weise, die Spannung zu lösen, wäre es, Bruder Kupido nach Dithakong zu versetzen, wo er zukünftig allein, ohne Einmischung agieren könnte.

Die Arbeit würde anstrengend, denn ich schätzte, dass es in dem ausgedehnten Gebiet, in dem er aktiv sein würde, sechs- bis achthundert Kora gab, aber er betrachtete das nicht als Problem. Beunruhigender war es, kurz darauf zu erfahren, dass unsere Direktoren von ihm erwarteten, in zwei Jahren zu erreichen, was man, so schien es, realistischerweise eher in zehn zu schaffen vermochte. Kein Mensch außer denen, die es erlebt haben, kann sich eine Vorstellung machen, wie schwierig es ist, einem barbarischen Volk das Evangelium und Zivilisation nahezubringen. Die

Corannas von Malapietze befinden sich derzeit auf Wanderschaft, und es dürfte einigermaßen schwierig sein, sie zusammenzubringen. Es war beunruhigend zu wissen, dass er ihre Sprache nicht konnte. Doch bestimmt sind die Eingeborenensprachen des Kontinents alle miteinander verwandt. Ich zwang mich zu glauben, dass alles noch gut werden würde. Er hatte Glauben, oder etwa nicht?

Vor allem war Kupidos Erleichterung, aus Vater Andersons Nähe weggebracht zu werden, dergestalt, dass nichts, was ich sagte, seine Begeisterung mindern konnte.

Es könnte auch noch einen zusätzlichen Grund dafür gegeben haben, denn ich erfuhr, nicht ohne einige schlimme Vorahnungen, dass er kürzlich eine Hottentottenfrau aus Vater Andersons Gemeinde geheiratet hatte und dass ihnen schon ein Kind geboren worden war. Während meines Besuchs bat er mich sogar, den Säugling zu taufen. Ich versuchte ernstlich, ihn in ein Gespräch über diese ganze Angelegenheit zu verwickeln, da ich mich nur allzu gut erinnerte, was er anlässlich unserer letzten Diskussion über das Thema Ehe und Frauen so vehement betont hatte, doch er entzog sich allen Versuchen, ihn in die Enge zu treiben. Erst als ich mich anschickte, mit meinem Wagen wieder aufzubrechen, kam er auf mich zu und übergab mir einen weiteren Brief, den er an Gott geschrieben hatte und den er mich, wie so oft zuvor, zu übermitteln bat.

Und dann reiste ich ab. In vieler Hinsicht war ich, was ihn betrifft, in dem Augenblick, den man, so nehme ich an, als den Höhepunkt seines Lebens bezeichnen könnte, als Missionar und Leiter seiner eigenen Station tief im Landesinneren, beruhigt. »Hier will ich sein, Bruder Read«, hatte er mir versichert, als ich versucht hatte, einige letzte Befürchtungen zu äußern. »Ich gehöre hierher, zu den Steinen. Gott wird sie in Brot verwandeln.« Er hatte solchen Glauben an Ihn. Außerdem hatte er – wie gut erinnerte ich mich dessen – das Wort Gottes in sich, ganz buchstäblich. Es war etwas Unbezähmbares an dem kleinen Mann. Warum war dann aber auch so ein Gefühl trauriger Vorahnung in mir? Als würde ich – oder vielleicht nicht ich, sondern unsere Missionsgesellschaft – mich seiner hier in der Wildnis entledigen, ihm den Rücken kehren, ihn seinem Schicksal, Afrika überlassen? Ich werde nie den letzten Anblick von ihm vergessen, als ich durch das Verdeck des Wagens zurückspähte, seinen zerbrechlichen und mittlerweile gealterten Körper, einem Schnipsel Dörrfleisch gleich, den Kopf gebeugt, auf den die Sonne so heftig prallte, dass es schien, als ginge ein Strahlen von seinem kleinen, runden Schädel aus. Immer kleiner wurde er in der Ferne, verhüllt von dem roten Staub, den die dahintrampelnden Ochsen und unsere Räder aufwirbelten, kleiner und immer kleiner, bis zur Bedeutungslosigkeit, auf die Größe eines Insekts schrumpfend.

Alles an Vorrat, was ich ihm lassen konnte, war ein einziges Schaf, denn ich vertraute darauf, dass hinsichtlich des Rests die Corannas ihn versorgen würden. Und dann hatte er ja wenigstens seinen Wagen, nicht wahr? Und seine Frau. Und seinen neuen kleinen Sohn. Und natürlich das Wort Gottes.

Allerlibster und hochgeschätzter Referent Gott, ich muss Dir erklären sonst bist Du nie gewiss. Bruder Read hat mich hierher an diesen platz gebracht wo fast nix ist, nur die Dornenbäume und das trockene Gras und die Steine. Und die leut die meisten davon weit weg aber ich habe meinen wagen ich kann fahren und sie suchen wo sie sind und zusammen werden wir den Herrn preisen. Überall wo ich hingehe nehme ich das kleine stük von meinem Spigel mit damit ich den Leuten die Liblichkeit Gottes zeigen kann. Auch habe ich eine neue Frau die ich Dir vorstellen muss Du bist vielleicht überrascht sie zu sehen nachdem ich Dir so vile male gesagt habe dass ich zufriden bin alleine zu sein nachdem Du Anna weggehen lassen hast. Aber das war weil ich wirklich geglaubt habe, es ist so. In Bethelsdorp hatte ich all die Arbeit zu tun und die ganze Zeit waren vile Leut da aber an einem fernen ort wie dem hir ist meist nur stille. Als ich also in Klarwater bei dem dummen Bruder Anderson war, vergib mir dass ich das sage, aber er ist dumm, habe ich Katryn getroffen eine junge Frau und sie hat leben in sich. Sie ist nicht die Art Frau die Funken sprüen lasen kann aber das suche ich nicht ich hatte meine Anna und es gibt auch viele arten von Funken. Aber was ich gedacht habe war dass der heilige Paulus Du weißt schon der heilige Paulus hat so klar gesagt Ich sage also das die unverheirateten und die Wittiber, das es gut für sie ist wenn sie so bleiben so wie ich aber wenn sie sich nicht zügeln können sollen sie heiraten denn es ist besser zu heiraten als zu verbrennen.

wenn wir hir verbrennen dann verbrennen wir zusammen und wegen der Sone und nicht wegen dem Fleisch. Der Ort hir ist auch nah am Flus mit dem tiefen Wasser wo die Leut sagen das das Paradis war vor langer zeit. Ich denke also daran wie Du hirher gekomen bist und gesagt hast Lasset uns Menschen machen nach unserem Bilde und sie sollen über die Fische des Meres und über die Vögl in der Luft und über alles Vih und über alles was auf Erden kreucht und fleucht herrschen. Und Gott schuf den Menschen nach seinem Bilde und Gott sah das es gut war. Aber Du Gott kennst die Einsamkeit die einem Mann zu schafen macht an einem solchen Ort und deshalb hast du gesagt es ist nicht gut das der Mensch alein sei also will ich im eine Gehilfin und Gefärtin geben. Und Du hast es besser gewust als der heilige Paulus weil Du warst zuerst da. deswegen bin ich jetzt da und meine frau katryn ist bei mir und wir werden die wildnis zum blüen bringen und Bruder Anderson kann zur Höle faren aber ich sage Dir ich werde hir sein mit dem kleinen Stük von meinem Spigel und alles liebe Dein immer gehorsames libliches kind Kupido Kakrlak.

III

1815–?

DITHAKONG

1. Der Ort der Steine

Drei Dinge, so dachte Bruder Kupido, als er in Dithakong ausspannte, drei Dinge bezeichnen diesen Ort als einen, wie es sonst keinen gibt. Das eine ist die Oryx, die Gämsantilope, die ihre Hörner dem weißen Himmel entgegenreckt. Das andere ist die Kamelakazie, von uns *kameeldoring* genannt, die mit dem harten Holz und der fasrigen Rinde, den gelben Bauschblüten, den Schoten, die Menschenohren gleichen, und mit den Vögeln, die in ihrem Gezweig nisten, und dem Schatten, den ihr Schirm allem schenkt, was der Rast und Erfrischung bedarf, und den Flammen, die aus ihrem Stamm züngeln, wenn du nach ihrem Sterben ein Feuer gegen die Raubtiere und die graufüßigen Geister der Verstorbenen brauchst, die des Nachts umherstreifen. Und das Dritte an dem Ort hier ist die Felssohle aus Jonasstein, dem ältesten Gestein der Welt – laut denen, die es wissen müssen (und vor allem jenen, die es nicht wissen) –, denn es war das Gestein, das Tsui-Goab als Erstes machte, noch bevor er Menschen und Schlangen schuf, nach denen dann erst viel später die anderen Tiere drankamen.

Und ganz am Ende, wenn die Leute und die Schlangen und die Tiere und der Wind und die Sterne alle weg sind, wird nur noch Stein übrig sein. Am Anfang waren Fußabdrücke menschlicher Wesen zwischen den Felsen verstreut. Aber wie wir wissen, gibt es für jeden Menschen einen Wind, der nur für diesen Mann oder diese Frau geschaffen worden ist. Dieser Wind folgt dir wie dein Schatten. Und wenn du eines Tages stirbst, kommt sanft dein Wind und bläst über deine Fußspuren und deckt sie mit Sand zu. Und danach dann weht er deine Geschichte durch die Welt, damit du sicher sein kannst, dass ferne Menschen sie erfahren. Doch eines Tages, wenn die Zeit selbst weggeweht ist, gibt es in dieser Zeitlosigkeit niemanden, der weiß, dass du hier einst deine Fußabdrücke hinterlassen hast.

Die Heilige Schrift, das ist wahr, erzählt die Geschichte anders. Doch allmählich, als Folge des langen Aufenthalts in Dithakong und der Dürre und des Hungers und des weiten leeren Raums um ihn herum kommt Kupido zu der Ansicht, so, wie Anna Vigilant es ihm vor langer Zeit gesagt hat, dass es gar nicht so wichtig ist, ob Tsui-Goab das eine sagt und Tkaggen etwas anderes und der Herr Gott noch einmal etwas anderes. Denn wer weiß, vielleicht gibt es woanders auch noch andere Götter. Man kann nicht auf alle hören. Man kann nicht einmal alle beim Namen kennen. Und solange du nichts weißt, kannst du nichts weiter tun, als deine Ohren für das, was der Stein selbst zu sagen hat, aufzusperren.

So erklärt er das seiner neuen Frau Katryn. Sie ist

anders als Anna Vigilant, und sie ist auch keine San; aber es tut ihm gut, sie bei sich zu haben. Und hier können sie nun, wie das Wort Gottes es sagt, fruchtbar sein und sich mehren. Obwohl er nicht mehr jung und eigentlich darüber hinaus ist, Kinder zu haben.

Die Leute in dieser Gegend sind, so scheint es, einigermaßen gastfreundlich. Aber arm. Es wird sich erst noch zeigen müssen, wie gut sie für einen Missionar sorgen können. Bruder Read hat ihm versichert, sie bräuchten sich keine Sorgen zu machen: Laut dem, was man ihm gesagt habe, müssten sie keine Entbehrung leiden. Darüber hinaus wird die Missionsgesellschaft in Kapstadt ihnen in regelmäßigen Abständen Nachschub schicken. Und dann ist da ja auch noch sein Geistlichengehalt. Es ist noch nicht ausgemacht, wie viel es sein wird, aber laut Bruder Read wird es nicht weniger als hundert Rixdollar pro Jahr betragen.

»Und dann kann ich wahrscheinlich auch weiter Holz sägen«, erklärt er Katryn. »Ich könnte sogar ein bisschen Handel treiben.«

»Woher willst du denn Sachen kriegen, mit denen du handeln kannst?«

»Wart nur. Wir werden bald merken, was hier am meisten gefragt ist.«

»Du bist jetzt Missionar, Kupido«, schilt sie ihn. »Für andere Dinge wirst du kaum Zeit haben.«

»Hier werden wir keine große Gemeinde haben, mit der ich die ganze Zeit beschäftigt wäre«, entgegnet er. »Sechs- bis achthundert alle zusammen, hat Bruder Read gesagt. Du hast es selbst gehört.«

»Aber die wohnen nicht alle an einem Platz, Kupido. Die sind von einem Horizont zum anderen verstreut.«

»Ich habe einen Wagen, schau ihn dir an. Ich bin in meinem Leben weit gekommen. Und ich komme noch viel weiter, das sag ich dir. Wir beide zusammen. Mit der Hilfe des Herrn.«

»Die werden wir auch brauchen. Diese Kora-Leute können ganz schön schwierig sein. Du kannst nicht mal ihre Sprache.«

»Ich komme schon zurecht. Und du kannst mir dabei helfen, du sprichst die Sprache.«

»Nicht gut. Und die Kora-Leute können recht störrisch sein, ich sag's dir.« Sie kneift die Augen zusammen, als wolle sie durch ihn hindurchschauen. »Weißt du, was der Name bedeutet? ›Kora.‹«

»Ist das nicht nur so ein Name?«

»Nein, Kupido. Es bedeutet *Gericht.* Wie in Jüngstes Gericht.«

»Ein guter Name. Weil die, welche nicht auf mich hören wollen, gerichtet werden. Ich werde sie mit dem Richterspruch Gottes schlagen.«

»Was ist, wenn *du* derjenige bist, der gerichtet wird?«

»Ich vertraue auf Gott, Katryn. Wir sind in Seiner Hand.«

»Pass auf, dass Er dich nicht durch Seine Finger rutschen lässt. Das würde keiner auch nur merken.«

»Sei nicht kleingläubig. Gemeinsam mit Gott und den Kora werden wir diese Ödnis in ein Paradies verwandeln.«

»Es wäre besser gewesen, wenn sie uns in Kuruman

eingesetzt hätten. Die haben dort Wasser, und alles ist grün.«

»Wir sind aus einem bestimmten Grund hierhergebracht worden. An diesem Ort sind wir weit jenseits aller Grenzen und Beschränkungen. Wir sind am Rand von allem, was jenseits ist. Damit will Gott uns auf die Probe stellen.«

»Genau das macht mir Sorgen. Schau dir diesen Himmel an.«

Sie deutet nach oben. Gerade ist die Sonne untergegangen. Der Himmel ist schwarz und blau, als hätte jemand ihm eine gewaltige Ohrfeige gegeben.

»Wir sind erst am Anfang«, beharrt er.

»Von was?«

»Von allem.«

»Dieser Ort hier sieht eher nach nichts aus, Kupido.«

»Geh und ruf unsere Gemeinde zusammen«, sagt er. »Es ist Zeit für den Abendgottesdienst. Heute Abend können wir lange singen. Hier stört uns keiner, und wir können keinen stören.«

Mit einem kleinen Seufzen gehorcht sie. Das Singen sänftigt auch ihr Herz. Dadurch hat sie sich überhaupt erst zu ihm hingezogen gefühlt.

Auch für die Mitglieder seiner Gemeinde gilt das. Nur eine Handvoll. Vielleicht achtzig. Hundert vielleicht. Aber es ist ein Anfang.

Von Zeit zu Zeit kommen neue, dafür sind ein paar von den Brüdern und Schwestern schon weitergezogen. Die Kora sind keine Leute, die gern an einem Ort bleiben, sie ziehen immerfort weiter, hierhin und dorthin, folgen dem Wind oder den Sternen oder dem Regen. Das bedeutet, auch Kupido muss immerfort weiterziehen, um sie wie eine Herde Schafe zusammenzutreiben. Das macht ihm Freude. Seit seiner Kindheit hat er von einem solchen Leben geträumt. Und auf den Tag gewartet, an dem er auf den Schwingen eines Adlers davonflöge. Eines eigens und nur für ihn gesandten *Arends.* Immer wenn er davon zu reden anfängt, weiß Katryn, dass ein langes Gespräch bevorsteht. Dann holt er unausweichlich seine große Bibel und liest ihr vor, immer die gleichen Stellen. Aus dem Fünften Buch Mose: *Er fand ihn in der Wüste, in der dürren Einöde, da es heult. Er umfing ihn und hatte acht auf ihn; er behütete ihn wie seinen Augapfel. Wie ein Adler ausführt seine Jungen und über ihnen schwebt, breitete er seine Fittiche aus und nahm ihn und trug ihn auf seinen Flügeln. Der Herr allein leitete ihn* … Oder aus den Psalmen, oder aus Hesekiel: *So spricht der Herr Gott: Ein großer Adler mit großen Flügeln und langen Fittichen und voll Federn, die bunt waren, kam auf den Libanon und nahm den Wipfel von der Zeder* … Und anschließend singen sie gemeinsam, und er predigt ihr. Davon, wie er eines Tages mit diesem Adler davonflöge, warte nur. Um in der ganzen weiten Welt zum höheren Ruhm Gottes die Heiden zu bekehren. Etwa nicht? Nutze die Talente, die der Herr, dein Gott, dir gegeben hat, und stell dein Licht nicht unter den Scheffel, so das Wort Gottes. Das Wort Gottes in seinen Händen, das Wort Gottes in seinem Bauch.

Von Zeit zu Zeit bekommen sie auch Besuch von

anderswoher. Kirchenleute aus Kuruman oder Lattakoo oder sogar von so weit weg wie Namaqualand. Und dann, eines Tages, die zwei Wagen den ganzen Weg vom Kap herauf, man stelle sich das vor. Zwei Wagen mit je sechzehn Ochsen, begleitet von acht berittenen Männern. Und einer ganzen Schar Hottentotten, einige auf Mauleseln, die meisten zu Fuß. Ganz grau vor Erschöpfung, dabei ist das erst der Beginn ihrer Reise.

»Wie wir gehört haben, soll es hier eine Missionsstation geben«, sagt der Führer der Gruppe zu Kupido. Ein riesengroßer Mensch mit breitkrempigem Hut und struppigem schwarzem Bart, in der Hand eine ungeduldig schnalzende Reitpeitsche. »Wo finde ich den?«

»Den haben Sie gerade gefunden«, erklärt Kupido mit einem breiten Willkommenslächeln.

»Erbärmliche Gegend«, sagt der Mann, offen feindselig. »Also, wo steckt er?«

»Ich bin der Missionar.«

»Hör zu, Mann.« Das Zucken der Reitpeitsche verrät, dass ein Gewitter im Anzug ist; sie zappelt wie eine Schlange in verdorrtem Gras. »Ich glaube, du verstehst mich nicht recht. Ich suche den Missionar. Jetzt geh und hol deinen Baas.«

»Ich bin Missionar der London Missionary Society«, erklärt Kupido und nimmt eine Haltung ein, die nicht so ganz in Einklang mit seinem eher ramponierten Aussehen steht. »Ordiniert in Graaff-Reinet von den Brüdern Read und Campbell. Im Juni des Jahres Unseres Herrn 1814.«

Der riesige Mann umfasst die Reitpeitsche fester. Einen Augenblick scheint es, als wolle er auf die unscheinbare Person vor ihm losgehen. Dann öffnet sich unerwartet ein klaffendes rotes Loch in seinem schwarzen Bart. »Wir werden ja sehen, mein kleiner Hottentotte«, sagt er. Es klingt wie ein Donnerschlag in einer dunklen, blauen Wolke in der Ferne. »Zuerst spannen wir aus. Reden können wir dann.«

»Willkommen im Namen des Vaters und des Sohnes und des Heiligen Geistes«, erwidert Kupido.

Wiederum ist es einen Augenblick lang schwer zu sagen, wie der bärtige Mann reagieren wird. Wiederum kommt tief aus seiner Kehle ein Brummen, dann wendet er sich zu seinen Männern um und gibt Anweisungen für den Abend. Seine zahlreichen Helfer schwärmen auf der Suche nach Brennholz in alle Richtungen aus.

»Ich nehme doch an, du hast etwas zu essen für uns?«, fragt er.

Bruder Kupido spürt, wie eine große Hand ihn da packt, wo es wehtut. »Was für eine Art Speise habt ihr denn im Sinn?«, begehrt er zaghaft zu wissen.

»Ein Schaf oder so was.«

»Ai«, stöhnt er. Im Kopf überschlägt er, was er hat. Doch dann seufzt er und erklärt: »Gott hat uns geheißen, unseren Nächsten zu lieben. Viel haben wir nicht. Aber was wir haben, werden wir in Liebe teilen.«

Kurz nachdem der Hammel eingefangen und geschlachtet ist – ebenjenes Schaf, das Bruder Read ihm beim Abschied gegeben hat –, stellt Katryn ihn zur Rede.

»Was soll denn das mit dem Schaf?«, fragt sie.

»Die Leute müssen etwas essen, Katryn.« Doch er weicht ihrem Blick aus.

»Die haben selber genug.«

»Woher willst du das wissen?«

»Weil ich nachgeschaut habe. Einer der Wagen ist vollbeladen mit Fleisch. Strauß, Giraffe, Gämsantilope, Kuhantilope, Zebra, alles. Was wollen die denn mit unserem kleinen Schaf?«

»Gott hat uns geheißen, mit unserem Nächsten zu teilen.«

»Wieso sollen die unsere Nächsten sein? Das ist eine Bande Taugenichtse. Wenn die mit uns fertig sind, haben wir nichts mehr.«

»Sprich nicht so, Katryn. Gib mit offenen Händen, heißt es in der Bibel.«

»Unsere Hände werden bald leer sein.«

»Der Herr wird für uns sorgen.«

»Der Herr wird uns selbst das nehmen, was wir nicht haben.«

»Dafür sammeln wir im Himmelreich einen Schatz an.«

»Was nützt uns das Himmelreich? Wir leben *hier*.«

Sie hört sich immer mehr wie Anna an, denkt er. Doch er beharrt: »Jetzt sündigst du im Geiste, Katryn.«

»Es ist keine Sünde, wenn man am Leben bleiben will. Wir müssen an unser Kind denken. Und an das zweite, das in mir heranwächst.«

»Uns wird es wohlergehen, und wir werden reich werden an diesem Ort, an den Er uns gebracht hat.«

»Das glaube ich erst, wenn ich es sehe. Wenn du weiter mit anderen teilst, was wir nicht haben, werden wir bald so arm wie Kirchenmäuse sein.«

»Wir brauchen einzig Glauben.«

»Wir brauchen mehr als nur Glauben.«

Ein tiefer Seufzer. »Komm schon, wir müssen uns um die Leute kümmern. Es ist unsere Pflicht.«

»Deine vielleicht«, widerspricht Katryn. »Meine nicht.«

»Du bist meine Frau«, erklärt er mit allem Nachdruck.

Sie zuckt die Schultern. »Na gut. Ich komme. Aber lass sie erst einmal eine gehörige Portion Bibel hören. Vielleicht beschämt sie das.«

Kurz vor dem Abendessen holt Kupido seine Bibel, lässt sich auf dem Vordersitz seines Wagens nieder und schlägt das Buch auf seinen knochigen Knien auf. Anfangs schwatzen und spötteln die Männer gedämpft, aber als er mit seiner gewaltigen Stimme vorzulesen beginnt, werden sie still. Während des Gebets könnte man eine Ameise krabbeln hören. Dann kommt das Singen. Es hallt unter den Sternen, als wäre der Himmel umgedreht worden, wie eine große Schüssel, um den Klang zu einem übermächtigen Schallen zu verstärken. Und wie sie so singen, löst der Mond sich vom Horizont und treibt wie eine Ochsenblase nach oben.

Von jetzt an behandeln die Männer Kupido respektvoll. Und als das Essen aufgetischt wird, serviert man ihm und seiner Familie eine solche Überfülle an Wildbret, wie sie noch nie zuvor gegessen haben.

Mit dem Älterwerden der Nacht lösen sich die Zungen der Männer. Sie fangen an, von der bevorstehenden ausgedehnten Jagd zu sprechen, und Bruder Kupido zittert vor Begeisterung. Ihr Reden lässt seine eigene Jugend wiederaufleben, die Zeit, als er und Heitsi-Eibib gemeinsam die Ebene durchstreiften, den Tag, als er mit seinem Starren den Löwen tötete, den Tag, an dem der Elefant sich anschickte, ihn zu zertrampeln und dann in sich zusammensackte, all die Tage, als kein anderer Jäger es in der Wildnis mit ihm aufnehmen konnte, als Fremde aus der ganzen Kolonie kamen, um ihn als Jäger anzuheuern. Es ist, als erwache ein altes Feuer, das schon vor langer Zeit zu grauer, kaum glimmender Asche heruntergebrannt war, die nun in einem plötzlichen Windstoß aufzüngelt, zu einem schwachen Flackern und dann zu tanzenden Flammen wird. In ihm regt sich der Drang, an der Unterhaltung teilzunehmen, doch er hält sich zurück. Das ist nicht mehr erlaubt. Sein Leben gehört jetzt dem Herrn. Er hat sich entschieden, und daran sollte er sich jetzt halten. Obwohl das, weiß Gott, schwer ist. Vor lauter Konzentration runzelt er die Stirn, lauscht so angespannt, als wolle er einen Löwen aus einem Dornengebüsch herauslocken.

Es ist das dritte Jahr, in dem die Jagdgruppe in die Wildnis aufbricht, erzählen sie ihm. Bislang führten ihre Ausflüge sie eher ins Namaqualand; dieses Jahr wollen sie unbedingt in eine andere Richtung. Sie sind darauf aus, alles niederzuschießen, was ihnen über den Weg läuft. Was die Träger nicht schleppen können oder auf den Wagen keinen Platz mehr hat, wollen sie einfach liegenlassen. Denn alle sind sie Könige der Jagd, wohlgemerkt, und wo auch immer sie vorbeikommen, wollen sie den Busch von ausgebleichten Knochen übersät zurücklassen. Als Zeichen für jene, die nach ihnen kommen. Schwarz von Geiern wird der Himmel sein, und die Nächte werden vom Schnattern und Kreischen der Aasfresser widerhallen. Antilope, Zebra, Gnu, Giraffen, Tiger (genau das sagen sie) und Wölfe (wiederum genau das Wort, das sie gebrauchen), Löwen, Flusspferde, Nashörner. Und dann, vor allem: Elefanten.

Vor zwei Jahren, berichtet einer der Jäger, haben sie eine Herde Elefanten in einen Sumpf getrieben, wo sie im Morast stecken geblieben sind, und an einem Vormittag wurden siebenundfünfzig getötet. Schade nur, dass es meistens Kühe oder Kälber waren, viel Elfenbein war also nicht zu holen; aber, zum Teufel, was soll's. Für einen Jäger ist ein Elefant ein Elefant, und was zählt, ist das Töten.

Der bärtige Mann lässt sich von seinem Erzählen regelrecht mitreißen; er zittert wie im Fieber, glüht im Schein des Feuers wie glimmende Kohle.

»Nichts gibt es in Gottes ganzer Schöpfung, das ich mehr liebe als einen Elefanten«, ruft er aus und springt vor Erregung auf. Klettert auf eine umgestürzte *Kameldooring*, um eine Rede zu halten. »Das Wunderschönste, was Gott je geschaffen hat. Das Allerschönste, das Alleredelste, das Allergrößte. Voller Ehrfurcht steht man davor. Wenn er den Rüssel schwingt und Sand in die Luft schleudert und mit seinen großen Ohren zu wedeln anfängt und trompetet, als sei der Tag des Jüngsten Gerichts angebrochen, gibt es kein Lebewesen, das einem Elefanten gleichkommt. Ich liebe und achte ihn als Bruder, als Vater, als Ururgroßvater. Schaut, es mag Leute geben, die glauben, Gold, oder Diamanten, oder eine schöne Frau seien das Begehrenswerteste auf der Welt, aber lasst mich euch eines sagen: Das alles ist nichts gegen einen Elefanten. Wenn ich auf meinem Weg auf seine Fährte stoße, ich schwöre bei Gott – selbst wenn ich auf einer Handelsreise und gar nicht auf der Jagd bin, habe ich keinen Augenblick mehr Ruhe, bis ich diesem Elefanten gefolgt bin und ihn getötet habe. Auch wenn es Tage dauert. Was sage ich? Auch wenn es Wochen oder Monate dauert. Es ist einfach zu viel für mich. So sehr liebe ich Elefanten.«

Nach dieser erstaunlichen Liebeserklärung herrscht langes, sehr schwarzes Schweigen – unter dem Mond sitzen sie alle in der hohlen Hand der Nacht wie in einer Falle –, ehe irgendeiner ein Wort zu sagen wagt.

Dann, ganz langsam, setzt das Reden wieder ein. Jetzt sprechen sie über das Jagdgebiet, zu dem sie unterwegs sind. Und jetzt kann Kupido sich den Namen und nochmals Namen hingeben. Wie in der alten Zeit, als er mit dem Händler Servaas Ziervogel unterwegs war; und die Namen sind, wenn dies denn möglich ist, noch verlockender, noch fremdartiger, Namen, mit denen man eine endlose Straße träumen kann, die in die Wildnis führt. So wie Anna Vigilant es machen würde, wenn sie heute Nacht hier wäre. Er kann nicht sagen, ob er sich richtig an die Namen oder die Reihenfolge erinnert – vielleicht gab es nie eine Reihenfolge. Aber das ist unwichtig. Es sind Namen. Namen von Orten jenseits von allem, was er kennt oder wovon er sich je hätte träumen lassen.

Da gibt es Ghanzi und das Tebraveld
da gibt es den tiefen Brunnen in Tkams und die
Gegend um Otjimpolo
und es gibt Damaraland und den Kunene
und hier und da wird auch der Okavango und der
See bei Ngami erwähnt,
und auch die Kalahari und die Chella-Berge
und Lebebe und Omabonde
und der Okawabga River und Andara und Humpata,
der Honey River und Mossamedes
und Lubango und Benguela
und Ekundju und Humbe und Ondanguena und
Kuamati
und dann der Shinboro und der Caculuva River,

und als Kupido sich so richtig warmgeredet hat, ist er so weit, aus seinen Erinnerungen an den vor langer Zeit verblichenen Händler hinzuzufügen:

Samarkand und Sumatra
Wladiwostok und Nischni Nowgorod
und der Große Bär und der Orion mit seinem
Gürtel und das Kreuz des Südens
und, so wie es aussieht, Saturn und Uranus
und das Neue Jerusalem mit seinen Straßen aus
Gold, eingelegt

mit Opalen, Perlen und Smaragden,
mit Rubinen und Jaspis und sieben Toren und
Engeln, die empor- und herabsteigen

Herr Gott dort oben, welch ungezählte und unzählige Herrlichkeiten warten noch auf diese Wagen, auf diese Männer? Was – wagt er in der dunklen Höhlung der Nacht-ohn-Ende zu denken – wartet noch auf *ihn*?

2. Hier und dort und überall

Nachdem die Wagen und die Männer wieder aufgebrochen sind – Gott sei Dank wollten sie nicht länger verweilen, die Jagdgründe warten –, fängt Kupido an seinem kleinen Wagen herumzubasteln an. Von jetzt an, so hat er beschlossen, wird er vom Wagen aus Gottesdienste für seine Gemeinde abhalten. Wenn die Kora nicht zu ihm kommen, dann, bei Gott, geht er eben zu ihnen.

Ein uraltes Feuer brennt in ihm, ein Feuer wie ein Dornbusch, der sich nicht verzehren will. Hier ist jetzt ihr Platz, dieser Fleck eines nahezu grenzenlosen Landes; hier werden sie blühen und gedeihen.

Einfach ist es nicht, das merkt er bald. Die erste Schwierigkeit ist die Sprache. Nur hie und da gibt es ein paar vereinzelte Kora, die ihn verstehen, und was *sie* sagen, damit kann er recht wenig anfangen. Glücklicherweise kann Katryn hie und da übersetzen, da sie in dieser Gegend aufgewachsen ist. Aber es dauert nicht lange, und sie stellt ihn zur Rede:

»Kupido, du musst die Sprache lernen. Anders geht es nicht.«

»Für derlei bin ich zu alt«, sagt er und schüttelt das ergrauende Haupt. »Die Wörter machen mir einen wirren Kopf.« Doch schnell strahlen seine Augen wieder. »Bestimmt ist das gar nicht so wichtig. Gott wird machen, dass sie mich verstehen. Selbst wenn Er sich in feurige Zungen aufspalten muss, damit sie zuhören.«

»Die Zeiten sind vorbei«, erinnert sie ihn in ihrer praktischen Art.

»Bis dahin musst du einspringen und für uns übersetzen.«

»Fürs Reden bin ich nicht geschaffen«, erklärt sie. »Dazu hab ich nicht Ja gesagt, als ich dich zum Mann genommen habe.«

»Die Wege des Herrn sind nicht unsere Wege«, sagt er ruhig. »Wir können nur folgen, wohin er uns führt.«

Von Zeit zu Zeit führt der Weg ihn, wie in alten Zeiten, an für Heitsi-Eibib errichteten Steinhaufen vorbei. Pflichtgetreu zügelt er dann die Ochsen, trägt den ganzen Steinwall ab und schleudert die Steine auf die Seite. »Heidnisches Zeug«, murmelt er. Sieht man jedoch genau hin, könnte man wohl merken, er erfüllt seine Pflicht nicht mehr mit ganz so viel Leidenschaft wie in den Tagen nach seiner Bekehrung. Vielleicht weil mit den Jahren sein Rücken steif wird. Und nach ihren ersten Fahrten fällt Katryn allmählich auf, dass er gelegentlich an einem solchen Steinhaufen vorbeifährt. Ganz bewusst verzichtet sie darauf, deswegen zu fragen; nach einer Weile hält er es ohnehin für nötig, es zu erklären.

»Man kann nicht seine ganze Zeit darauf verwenden, Steine wegzuschmeißen«, grummelt er barsch. »Das macht so müde. Ich glaube, ich brauche meine Kraft für Wichtigeres. Wenn Gott sie wirklich loswerden will, wird Er das auf Seine Weise erledigen.«

Sie ist klug genug, nicht zu antworten. Da in ihr das neue Kind heranwächst, ist auch sie der Ansicht, dass er seine Kraft für wichtigere Dinge aufsparen soll.

Immer wenn sie auf ihrem Weg, der in dem öden Land immer weitere Kreise beschreibt, ausspannen, tauchen hinter den Steinen und Dornbüschen Leute auf und wagen sich näher, um zuzuhören. Kein Mensch weiß, woher sie eigentlich kommen. Fliegenden Ameisen nach einem heftigen Regenguss gleichen sie: In dem einen Augenblick ist da nichts, und im nächsten lässt ihre Anwesenheit die ganze Welt zittern und rascheln, wie ganz zu Anfang, als Tsui-Goab aus den Steinen Menschen herausrief. Dann hält Bruder Kupido eine Predigt, und sie stehen da und hören mit offenem Mund zu. Denn dieser Mann versteht sich darauf, das Wort Gottes zu verkünden: Seine Stimme beginnt flüsternd und wächst zu einem Donnerrollen an, steigt auf und taucht hinab wie ein Vogel im Flug; in dem einen Augenblick ein Bergadler in den schwindelnden Höhen des Himmels, dann eine knapp über der Ebene dahinsegelnde Schwalbe; oft spricht er, bis er in Weinen ausbricht, und auch seinen Zuhörern entlockt er jede Menge Tränen, selbst wenn sie kein Wort von dem verstehen, was er sagt.

Anschließend räumt Katryn ein: »Gott ist offenbar wirklich mit dir, Kupido. Ich weiß nicht, wie du das machst, aber selbst *mich* verwandelst du nur dadurch, dass ich dir zuhöre, in eine Gläubige.«

Durch die ganze weite Gegend aus Sand und Stein fahren sie. Erst in nördlicher Richtung, zu Orten wie Bothitong und Magwagwe und Logageneng und Tokolwane und Paropeng; dann in der genau entgegengesetzten Richtung, oftmals angelockt von den Namen:

Vlermuislaagte und Makukukwe
Gemsbok, Bloubospan
und weiter nach Heuningkrans oder Honey Cliff,
  nach Pramberg
oder zum Tit Mountain
nach Denkbeeld, was Denkbild bedeutet,
und nach Grootgewaag oder Viel-Riskiert
nach Vuilnek, Dreckhals, und Omvrede, Überall-
  friede,
nach Dammetjie und Titiespoort
und nach Jakkalsrus und Miershoopholte
und von da aus nach Diepdruppels, Tieftropf, und
  Vyboom, Feigenbaum
und nach Geduld,

bis er alle Namen auf die Karte in seiner Handfläche schreiben kann. Jeder hat seine Erinnerung in sein Gedächtnis eingeprägt: Hier hat der Ochse vorne rechts gelahmt, hier hat der Ochsenführer sich den Fuß verstaucht, weil eine Trappe ihn erschreckt hat, hier hatte ein Kind Masern, hier haben sie den süßesten Honig gefunden, den man sich nur wünschen kann, aus einem Bienennest in einem Schwarzdorngebüsch, auf das sie ein unbekanntes Vögelchen aufmerksam gemacht hatte, hier ist es so trocken gewesen, dass er in die Hand pissen musste, um ein wenig Feuchtigkeit abzubekommen, hier war die Wagenplane so zerrissen, dass man stattdessen zwei Ochsenhäute darüberspannen musste, hier tauchten mehr als dreizehn Leute aus einigen wilden Granatäpfelbüschen auf, um seiner Predigt zu lauschen, und das nur, um dann zwei ihrer Ochsen zu stehlen, als sie nach dem Gottesdienst schliefen, hier brach eines der Hinterräder, hier wurde Katryns neues Kind geboren, und hier starb es …

Kreise und Linien, die sich im Zickzack durch das Land ziehen, überall und nirgendwo hin. Immer noch muss er gegen den Drang ankämpfen, einfach weiterzufahren, nicht umzukehren, niemals, und zu sehen, wo ihn das hinführt, schnurstracks durch Afrika, durch die Welt, überallhin, wo je Menschen waren, und dann darüber hinaus. Zum entlegensten Ende von Jenseits.

Einmal geschieht das beinahe von selbst. Er sitzt vorne auf dem Wagen; die Ochsen trotten gelassen ihres Wegs. Seine Augen spähen nicht, wie gewöhnlich, nach vorne, sondern blicken nach oben. Hoch droben über der Erde zeichnet ein Vogel, ein Sprenkel nur, einen dünnen Strich auf den fahlen Himmel, höher, immer höher, schließlich fast zu weit, als dass man es mit dem bloßen Auge noch sehen könnte. Ein Adler. Ein

Arend. Und Bruder Kupidos Herz wird ganz leicht in ihm, er selbst wird immer leichter, er spürt, wie er zu schweben beginnt, mit den Aufwinden des leeren Himmels dahintreibt, immer weiter, immer dem Adler nach. Bis von hinten unter der Plane hervor Katryn sich beschwert:

»Sind wir nicht schon längst an unserer Abzweigung vorbei? Wo fährst du denn hin? Auf die Weise kommen wir nie nach Hause zurück.«

Mit einem Seufzen wendet er den Wagen. Eines Tages vielleicht, denkt er. Vielleicht eines Tages. Sein *Arend* kommt bestimmt, der, von dem seine Mutter gesprochen hat. Jetzt aber heißt es: zurück nach Dithakong. Zurück, immer wieder zurück. Und jedes Mal wenn sie ausspannen, sind noch weniger Kora übrig, zu denen sie nach Hause kommen.

3. Ein Himmelsbrief

Ob es an Katryns Nörgeln liegt (seit dem Tod des Kindes ist sie eine Last für ihn geworden) oder einfach nur daran, dass er in dieser Leere so viel Zeit zum Grübeln hat, Bruder Kupido kann es nicht sagen. Doch allmählich zehrt Sorge an seinem Gleichmut. Wegen des Dahinschwindens seiner Herde, so wie die Raubzüge von Schakalen, oder Wüstenluchsen, oder namenlosen Nachtgeschöpfen eine Herde Schafe schrumpfen lassen. Nicht die abnehmende Zahl als solche ist es, die ihm Kummer bereitet, sondern die Tatsache, dass immer weniger Leute da sind, die ihn und seine Familie versorgen können. Von dem Tag an, als sie hier an diesem Ort abgesetzt wurden, lautete die Abmachung mit der Missionsgesellschaft, so wie Bruder Read sie ihm dargelegt hat, dass die Gemeinde sich um ihn kümmern und ihre schützenden Adlerflügel über ihn breiten würde. Wenn keine Kora mehr da sind, wer wird sich dann ihrer annehmen? Die wenigen, die noch da sind, haben selber nichts. Einige wenden sich sogar um Hilfe an *ihn*. Jetzt müssen sie alle die steinigen Hügel und Bergketten nach Früchten des Buschs absuchen. Eine Schildkröte hier, eine wilde Wassermelone, eine *tsamma* da, oder eine essbare Wurzel, eine wilde Pflaume, gelegentlich ein Hase oder – gepriesen sei der Herr! – eine kleine Antilope. Man kommt durch auf die Weise, aber so dürr wird man, dass man das Gefühl hat, der Nabel scheuert am Rückgrat.

Er versteht einfach nicht, was aus dem Nachschub und dem Gehalt geworden ist, das die Missionsgesellschaft zur Verfügung stellen soll. Das hat Bruder Read immer wieder versichert. Mindestens hundert Rixdollar pro Jahr – *mindestens* hundert, hat er gesagt –, und in regelmäßigen Abständen ein Schaf oder sogar ein Ochse, Mehl, Zucker und Kaffee, auch eine Ration Tabak und irgendwelche Kleidungsstücke ab und zu. Doch bisher: nichts. Bei Gott, nichts. Und es steht geschrieben: *Der Mensch lebt nicht vom Brot allein, sondern von jeglichem Wort aus dem Munde Gottes.* Doch mit dem Wort Gottes hat er sich schon vollgestopft; ein Stück Brot wäre auch nicht schlecht.

Immer wieder heißt es: zurück zum Wort Gottes, um Trost und Beruhigung zu finden. *Ich hebe meine Augen auf zu den Bergen, von welchen mir Hilfe kommt.* Viel ist da nicht, auf diesen Hügeln, nur raue, felsige Steinauswüchse, und doch sind auch sie Gottes Werk, etwa nicht? Doch von Hilfe ist nichts zu sehen. Aber mit eigenen Augen sieht Kupido, wie das Kind immer dünner wird, immer mehr, wie sein Vater, einem kleinen, stabförmigen Insekt gleichsieht; nur der kleine Blähbauch wird immer runder, und die Augen sind von einem milchigen Häutchen überzogen, und auf seiner Oberlippe verkrustet der Rotz und wird schorfig.

Und jetzt holt Bruder Kupido sein kostbares Schreibwerkzeug hervor. Das hübsche kleine Kästchen, das er vor langer Zeit gemacht hat, in Bethelsdorp, als er das Schreiben erst noch gelernt hat. Eine Handvoll Federn hat er im Busch aufgelesen und zurechtgeschnitten: Wildente, Wildgans, Sekretärsvogel, alle sind sie Gottes Geschöpfe. Tintenpulver, das er sparsam mit ein paar Tropfen Wasser vermengt und das sich besorgniserregend schnell dem Ende zuneigt. Ein sorgsam gehegter Stoß Papier, reinweiße Blätter, die er mühsam, eins nach dem anderen, mit seiner großen, spindeldürren Schrift füllt.

Liebwertester Bruder Read, ich setze mich hin, um Dir zu sagen …

Manchmal auch: *Unser aller verehrter und hochgeschätzter Bruder John Campbell …*

Und wenn es ganz schlecht um ihn steht, was jetzt offenbar immer häufiger vorkommt: *Liebwertester und hochverehrter Refrent Gott …*

Diese Briefe müssen sorgfältig verstaut werden, bis sich eine Gelegenheit ergibt, nach Kuruman zu reisen oder sich an jemanden von dort zu wenden, damit sie von dieser Station aus verschickt werden können. Er weiß, es dauert vielleicht Monate, möglicherweise auch ein Jahr oder mehr, ehe sie an ihren Bestimmungsort, Kapstadt oder Bethelsdorp, gelangen, aber Gott schert sich nicht um Zeit.

Gelegentlich treffen Nachrichten von der Außenwelt ein, nicht in einem Brief, sondern irgendjemand, der von weither kommt, berichtet: Der und der ist gestorben, der und der ist nach England zurück, ein anderer ist gekommen, durch die unermessliche Gnade Gottes geht die Arbeit in seinem Weinberg weiter, bete für uns.

Bete auch für mich, sagt Bruder Kupido zu sich selber.

»Die hören dich nicht«, bemerkt Katryn. »Wir sind zu weit weg. Zu uns hier schafft es keine Gnade.«

»Nein, wir müssen nur warten«, versichert er ihr. »Denk daran, auch wenn es dem Leib schlecht ergeht, wir haben doch immer noch das Wort Gottes.«

»Das Wort Gottes gibt uns nichts zu essen und nichts zum Anziehen. Und das Wort Gottes hat es auch nicht fertiggebracht, den Tod daran zu hindern, mir mein Kind zu nehmen«, erklärt sie grämlich.

Bruder Kupido bleibt fest: *»Wachet und betet, auf dass ihr nicht in Versuchung fallet. Gott wird für euch sorgen.«*

Und dann schreibt er noch einen Brief an Bruder Read. Diesmal einen langen, um ausführlich alles darzulegen, was sich in ihm angestaut hat, und auch alles, worüber Katryn sich beklagt hat. Denn jetzt sieht es wirklich schlecht aus, das muss er nun selber zugeben. Nicht weniger als acht seiner kostbaren weißen Seiten verwendet er auf diesen Brief. Es ist nicht mehr viel da zwischen ihm und endgültigem Schweigen.

Doch es kommt keine Antwort. Stattdessen weht der Wind beunruhigende Nachrichten über seinen Bruder Missionar vorbei. Dass er mit Sabina, der Tochter des Kirchenältesten Andries Pretorius, die Ehe gebrochen hat. Dass er aus seiner Stellung entlassen worden ist. Dass über seine Zukunft Bruder Campbell entscheiden soll, dem dafür der neue, kürzlich aus England eingetroffene Missionar Bruder Moffat zur Seite stehen soll; dieser leitet jetzt die Station in Kuruman.

Er schreibt einen herzzerreißenden Brief an den neuen Reverend. Hauptsächlich diktiert Katryn ihn; er muss nur hie und da den Ton abmildern. Davon, wie lange sie jetzt schon hier sind. Zwei Jahre. Länger. Und seit jenem ersten Schaf haben sie nichts mehr bekommen. Dass seine Leute hungern. Dass kein Geld hereinkommt. Aber viel, viel wichtiger als Geld: keine Nahrungsmittel. Bitte, schick Hilfe, verehrter, hochgeschätzter Revrent!

Und dann kommt eines Tages ein Brief. Ein *Smous*, ein reisender Hausierer auf einem langen, engen Wagen, liefert ihn ab. Er ist nicht sicher, wer ihn geschickt hat: Soweit er weiß, ist er von einer Hand zu anderen gegangen. Und wer weiß, meint er grinsend, er könnte auch den ganzen Weg vom Himmel herunter gekommen sein – schau dir nur den wunderschönen blauen Umschlag an.

Bruder Kupido nimmt den Brief. Den *Smous* lässt er einfach da stehen, wo sie sich begrüßt haben. Jetzt braucht er vor allem eines: Er muss mit diesem Brief allein sein, im Busch.

Still ist es, und grässlich heiß. Die Steine liegen verstreut herum, so wie Gott sie an einem der ersten Schöpfungstage wohl hingeschleudert hat, als er die Geduld verloren und versucht hat, die verdammte Schlange zu töten. *Derselbe soll dir den Kopf zertreten, und du wirst ihn in die Ferse stechen.*

Immer wieder schaut er sich um. Keiner soll ihn hier sehen. Das ist etwas äußerst Persönliches zwischen ihm und diesem Brief. Und zwischen ihnen beiden und dem Herren Gott.

Als er ganz sicher ist, dass niemand in der Nähe weilt, setzt er sich auf einen Jonasstein. Auf seinen spitzen, knubbeligen Knien streicht er den Brief glatt. Versucht, all die Falten der Monate oder vielleicht Jahre des Reisens zu glätten. Alle Entfernung ist aufgehoben. Es ist, als stünde er vor Gott selbst. Mit einem hornigen Daumennagel fährt er unter das Lacksiegel und beginnt es sorgsam zu lösen, Stück für Stück. Er hat Zeit.

Als es schließlich entfernt ist, faltet er den Brief auf und glättet ihn erneut.

Jetzt wird er es erfahren. Endlich, nach dem endlosen Warten, wird alles aufgedeckt werden. Und sein Leben wird sich zum Besseren wenden.

Doch zuerst senkt er den Kopf und schließt die Augen. Um den Segen des Herrn für diesen Tag und diese Botschaft zu erbitten. Dass sie zu Seinem höheren Ruhme gereichen möge.

Er blickt auf und lässt seine Augen über die Landschaft schweifen. Über den Landstrich, für den er jetzt verantwortlich ist. Endlich hat er das Gefühl, das alles ist es wert. Er spürt Gottes Hand auf sich ruhen.

Doch er hat auf den Teufel vergessen.

Aus dem Nichts, in dieser kahlen Landschaft, in der man viele Tage weit in jedwede Richtung blicken kann, taucht ein Wirbelwind auf. Das Kind des Teufels, *Sarês.* Über die Ebene sieht er ihn näher kommen, durchscheinend fast, anfangs nicht mehr als eine kleine Wolke aus Staub und dürrem Gras, Zweigen, Dornen, leeren Hülsen, toten Insekten, dem vertrockneten Vorderbein einer Gottesanbeterin, vermutlich von einem Männchen, das nach der Paarung vom Weibchen verschlungen wurde. Sie kommt näher, die Wolke, wird größer, dichter, dunkler. Wie gelähmt sitzt er da. Er hat kein Wasser, um es ihr in den Weg zu spritzen. Nicht einmal einen Tropfen Pisse hat er in sich.

Sarês wirbelt direkt auf ihn zu, zerrt an den Fetzen seines Gewands, lässt seine Knie klappern. Reißt ihm den Brief aus der Hand. Schleudert ihn in die Luft, wirbelt ihn außer Sichtweite. Bis nichts mehr davon zu sehen ist. Nur Licht, flirrend vor Hitze. Als sei es nie geschehen.

Der Himmelsbrief ist ihm entrissen worden, auf immer.

4. Ein Fluch

Eine Weile geht Bruder Kupido Katryn aus dem Weg; er weiß, sie kann nicht anders, sie muss ihn wegen des Briefs fragen, doch jetzt gleich kann er den Vorwurf in ihren Augen nicht ertragen. Aber ihr lange auszuweichen ist schlecht möglich – dafür sorgt sie schon selber –, und sobald sich eine Gelegenheit findet, als sie noch am gleichen Abend neben dem Feuer sitzen und ihre karges, im Busch zusammengesuchtes Mahl verzehren und mit kleinen Schlucken Wasser hinunterschlucken, fragt sie ihn ohne Umschweife:

»Was hat in dem Brief gestanden?«

»In welchem Brief?«

»In dem Brief, der mit dem *Smous*-Wagen gekommen ist.«

»Der Herr gibt, und der Herr nimmt.«

»Was soll das heißen?«

Er seufzt. Es hat keinen Sinn, etwas vor ihr zu verheimlichen. Und so erzählt er ihr von dem Wirbelwind.

»Ein *Sarês*«, sagt sie, ohne zu zögern.

Lange schweigt, dann nickt er. »Ich hatte auch den Eindruck.«

»Du hast ihn also gar nicht gelesen?«

Er schüttelt den Kopf.

»Weißt du wenigstens, wo er hergekommen ist?«

Wiederum schüttelt er den Kopf.

»Jetzt werden wir es nie erfahren«, erklärt sie, schicksalsergeben beinahe.

»Wenn Gott will, dass wir es wissen, wird Er uns eine Botschaft senden.«

»Du hältst immer noch an deinem Glauben fest?«

»Was soll ich denn sonst tun, Katryn?«

»Du musst noch einmal eine Botschaft an diesen neuen Missionar schicken, von dem die Leute erzählen. Wie heißt er doch gleich? Der in Kuruman. Moffat, oder?«

»Ja, Moffat. Dem habe ich schon viermal eine Botschaft geschickt.« Er zuckt die Schultern. »Das muss ein sehr beschäftigter Mann sein.«

»Er ist zu wichtig für dich, das ist es.«

»Es heißt, dass er noch sehr jung ist.«

»Kleiner Hosenscheißer. Eine Rotznase.«

»Von einem Mann Gottes darfst du so etwas nicht sagen, Katryn.«

»Er verhält sich nicht wie ein Mann Gottes. Er hätte dich schon längst mal besuchen können. Du bist viel länger bei der Missionsgesellschaft als er. Der hat noch an der Mutterbrust gehangen, als du schon Missionar warst.«

»Er wird zur rechten Zeit kommen.«

Das macht sie zornig. »Glaubst du vielleicht, die Zeit wird je recht sein? Muss ich dir das erst erklären, warum er nicht kommt? Weil er aus England ist. Er ist zu weiß für unsereiner. Wir sind braun wie Steine.«

»So etwas zu sagen, ist Sünde.«

»Ich sage es, wie es ist.«

»Ich bin Missionar, getauft im Sunday's River, von Gott berufen.«

»Der Fluss wird dich aber nie weiß waschen, Kupido. Krieg das doch endlich in deinen Schädel rein.«

»Das ist es nicht.«

»Was denn sonst? Ich sage dir, wenn du weiß wärst, wäre der schon längst hergekommen. Wenn du weiß wärst, hättest du schon längst dein Geld bekommen. Wenn du weiß wärst, hätten die sich um uns gekümmert. Essen und Anziehsachen und so.« Sie spuckt auf den Boden. »Nicht mal die Kora respektieren dich. Die glauben nur einem Weißen. Du bist ihnen zu ähnlich.«

»Das hat Bruder Read uns nicht gelehrt.«

»Nicht alle von denen sind wie Bruder Read. Der Gott von denen ist weiß.«

»Nein, Katryn!« Ehrlich, bei Gott, wenn das nicht verboten wäre, hätte er jetzt, heute die Hand gegen sie erhoben. »Ein Kind Gottes darf keine solchen Sachen sagen.«

»Ich will nicht das Kind eines weißen Gottes sein.«

»Du bist getauft worden.«

»Ein Wasserspritzer macht mich nicht weiß. Ich wünschte, er hätte mich ersäuft. Dann würde ich heute nicht in dieser gottverlassenen Gegend rumsitzen.«

»Katryn, Katryn.« Ihm ist nach Heulen zumute. »Sei doch nicht so, Mann. Wir müssen gemeinsam gehen, den ganzen Weg, um Gottes willen, bitte. Was soll sonst aus uns werden?«

»Was *ist* aus uns geworden?«, fährt sie mit seltener Sturheit fort. »Schau dir doch an, was wir gehabt haben, als wir hierhergekommen sind. Und schau dir an, was wir jetzt haben.«

»Das ist ohne Bedeutung. Du musst die Augen auf den Herrn gerichtet lassen.«

»Du lässt deine Augen auf Ihn gerichtet und tappst in einen Scheißhaufen.«

»Oh, Katryn.«

»Ja, Kupido.«

Wie viele solcher Gespräche haben sie schon geführt? Es ist, als schicke ein Mann sich an, in tiefes Wasser zu steigen, und entledigte sich nach und nach seiner Kleider, bis er nackt wie dein Finger ist. Und dann ist da plötzlich kein Wasser.

Und Katrin wird immer widerspenstiger. Schon bald ist sie nicht mehr bereit, mit ihm auf dem Wagen loszuziehen, wenn er zu seinen Predigtfahrten aufbricht. Sie bleibt lieber, wo sie ist. Bei den Kindern. Bei dem kleinen, das jetzt zu gehen angefangen hat, und dem neuen, dem sie die Brust gibt.

Er zieht weiterhin seine Striche und Kreise in der endlosen Ebene. Nach einer gewissen Zeit spannt er nur noch zwei Ochsen an, lässt die anderen zu Hause, zum Ausruhen. Er selbst ist ein Federgewicht; und die meiste Zeit sitzt er gar nicht auf dem Wagen, sondern marschiert neben den Ochsen her. Mit dem winzigen Ochsenführer vorneweg.

Vor jeder Fahrt setzt er sich nach wie vor auf den Vordersitz und schlägt die Bibel auf. Mehr aus Gewohnheit und Aberglauben als sonst was, und die paar Leute, die noch in der Missionsstation sind, bilden dann einen kleinen Kreis und hören ihm zu. Die meisten verstehen nicht, was Bruder Kupido da vorliest, aber wenigstens kommen sie. In Totenstille lauschen sie. Selbst die Steine und die Dornbüsche und die wenigen wilden Granatapfelbüsche schweigen.

Jedes Mal der gleiche Psalm: *Meine Hilfe kommt von dem Herrn, der Himmel und Erde gemacht hat. Er wird deinen Fuß nicht gleiten lassen; und der dich behütet schläft nicht. Der Herr behüte deinen Ausgang und Eingang von nun an bis in Ewigkeit.*

Und dann zieht er auf dem immer klapprigeren kleinen Wagen los. In dieser Richtung nach Nokaneng und Ga-Ramatale und Magobeng, dann in der entgegengesetzten nach Dwaalhoek und Duine. Und nicht weit von hier, in der Losberg Plain, als sie gerade vom Berg Koranna herunterkommen, schwankt der Wagen zum letzten Mal hin und her und steht dann still; die Hinterachse ist gebrochen.

Auch vorher ist es schon vorgekommen, in immer kürzeren Abständen, dass sie Schwierigkeiten hatten. Eine Felge, eine Radnabe, die Zugstange, der Querbalken, eine paar Speichen oder Joche. Aber solche Sachen konnte er richten, seine Hände fanden ein Heilmittel dafür. Als wäre der Wagen ein Kranker, der nichts weiter will, als dass man weiß, was ihm alles wehtut; und wenn man ihm nicht genügend Aufmerksamkeit schenkt, wird er immer lästiger. Aber diesmal ist es schlimmer. Jetzt hat es den Wagen in seinem Kern getroffen. Und das ist das Ende. Kupido weist den kleinen Ochsenführer an, zwischen den Kalksteinfelsen Stellung zu beziehen, und beginnt zu beten. Inbrünstig, wie er das so gut kann. Bis sein Gesicht tränenverschmiert ist: das einzige Feuchte in der Landschaft. Steig hernieder und hilf mir heute, lieber Gott, fleht er. Ich habe mich immer an Deine Gebote gehalten, oder etwa nicht? Jetzt ist es an der Zeit, dass

Du etwas für *mich* tust. Und überhaupt erbitte ich ja nichts für mich, sondern um Dein Wort ausbreiten zu können. Also hilf mir!

Doch Gott hat offenbar anderswo zu tun. Drei Tage stehen sie da in der gnadenlosen Sonne, ehe ein dünner, grauer Strich von einem Mann auf einem Maultier vorbeikommt. Er willigt ein, Hilfe zu holen. Nach weiteren zwei Tagen kommt er mit ein paar Helfern zurück. Gemeinsam betten sie die Achse zwischen zwei Schienen, so wie man das mit einem gebrochenen Bein macht. Aber damit kommen sie nur bis nach Hause: Die Achse ist tot. Und sie müssen ganz, ganz langsam dahinholpern. Zwei Wochen dauert es, bis sie die armselige kleine Ansammlung von Hütten sehen, die sich in Dithakong unter den Schwarzdornbüschen aneinanderdrängen wie eine kleine Herde Schafe neben einem ausgetrockneten Wasserloch.

»Ich hab schon gedacht, du kommst überhaupt nicht mehr zurück«, raunzt Katryn lustlos.

»Wäre es nach Gott gegangen, wäre ich immer noch da draußen«, erklärt er, und eine seltene Bitterkeit schwingt in seiner ausgedörrten Stimme mit. »Wir mussten alleine zurechtkommen.«

»Du hättest früher kommen müssen. Die meisten Leute sind weg. Sie haben gesagt, sie könnten nicht einfach hier rumsitzen und auf den Tod warten.«

»Wie viele sind noch übrig?«

»Vierzehn.«

»Immer noch besser als nichts. Mit vierzehn Gläubigen können wir auch jetzt noch den Berg da ans Meer versetzen.«

»Besser wäre es, das Meer zu dem Berg hier zu bringen. Oder einen Fluss. Oder auch nur einen Brunnen. Wir verdursten hier.«

»Lass mir nur die Zeit, den Wagen zu richten.«

Aber diesmal geht es nicht. Es ist, als hätte der Wagen selber die Hoffnung aufgegeben. Als er die Achse repariert hat, bricht eines der Vorderräder. Nicht nur beschädigt ist es: Es fällt auseinander, und zurück bleibt nur ein Haufen zersplitterter Holzteile. Einen Monat für ein neues Rad. Und dann bricht das zweite.

Und nun ruft Kupido seine Familie und seine Gemeinde zusammen. Von den vierzehn sind jetzt noch acht übrig. Mit seinen spindeligen Armen hebt er die Bibel hoch über seinen Kopf, beugt sich dann nach vorn und legt sie zu seinen Füßen in den Staub. Streckt einen Arm zum Wagen hin aus. Er zittert am ganzen Köper vor Zorn. Und dann beginnt er mit einer Stimme, wie sie nicht einmal die vertrautesten Mitglieder seiner Gemeinde jemals für möglich gehalten hätten:

»Du, Wagen!«

Er hält inne, zu weit ist er schon gegangen, um ohne Unterbrechung weiterzumachen.

»Du, Wagen!«, singt die Gemeinde, als hätte man ihr genaue liturgische Anweisungen gegeben.

»Im Namen des Vaters und des Sohnes und des Heiligen Geistes …«

»Im Namen des Vaters und des Sohnes und des Heiligen Geistes …«

»… der Fluch des Himmels und der Hölle komme über dich.«

»… der Fluch des Himmels und der Hölle komme über dich.«

Und jetzt gerät er so richtig in Fahrt:

»Ich verfluche deine Felge und deine Nabe, deine Speichen und deine Achsen, ich verfluche deinen Vordersitz und dein Schutzbrett und deinen Spieß und deine Zugstange, ich verfluche deinen Teereimer und deine Achsenriemen.

Ich verfluche dich, auf dass du nie wieder erfahren mögest die Wonne und Wohltat des Regens oder Taus, sondern im Sonnenlicht und Mondlicht sollst du ausdörren und bersten, bis nichts mehr von dir bleibt und du im Veld von Ameisen und Spinnen und Wespen und Fliegen und Schmeißfliegen verzehrt werdest.

Ich verfluche dich, auf dass Halsbräune und Schwindsucht und Schwarzwasserfieber und Sodbrennen und Menstruationsschmerzen über dich kommen.

Ich verfluche dich über die Enden der Welt hinaus und in die tiefsten Tiefen des Feuer- und Schwefelpfuhls hinab.

Ich verfluche dich, auf dass du der Sitz der Hure von Babylon werdest und sie dich mit den Flammen eines schwelenden Feuers verzehre.

Ich verfluche dich …«

Bruder Kupido schnappt nach Luft, sein Gesicht glänzt von Schweiß, seine Augen sind blutunterlaufen. Mehr kommt ihm nicht mehr in den Sinn, nichts noch Schrecklicheres oder Vernichtenderes. Erschöpft, taumelnd, mit einem Ächzen in der Kehle, das wie ein Schluchzer klingt, schließt er:

»Und ich wünsche dir den *Tod!*«

In dieser Nacht machen sich noch drei von seinen Kora davon. Jetzt sind, außer Bruder Kupido und seiner Familie, nur noch fünf Leute in der Missionsstation:

– ein Tauber, der zudem auf dem einen Auge blind ist, aus dem ständig Eiter tropft

– zwei ältliche Schwestern, beide plemplem

– ein junger Krüppel, von Geburt auf Waise

– ein uralter Mann, der nicht mehr gehen kann.

5. Das Ende der Missionsstation

Nichts und niemand kann Bruder Kupido davon abhalten, weiterzupredigen. Von dem alten, ausgebleichten Skelett eines Schafs im Busch holt er sich ein Widderhorn, mit dem er dreimal am Tag – bei Sonnenaufgang, um die Mittagsstunde und bei Sonnenuntergang – die letzten Gläubigen zum Gebet ruft. Genaugenommen bräuchte er das Horn gar nicht, denn seine Familie und die fünf restlichen Mitglieder seiner Gemeinde sind nie weit weg; sie suchen den kärglichen Schatten der wilden Granatapfelbüsche und des Schwarzdorns, bleiben lieber nahe bei der einzigen Kamelakazie, wo er seinen Gottesdienst abhält; doch für den Fall, dass ein Fremder sich in diese Gegend verirrt – Entlaufener, Besucher, Überläufer –, könnte das Horn ihn zum Gebet locken. Gottes großes Werk muss weitergeführt werden, ob nun jemand zuhört oder nicht. Darüber hinaus, bringt er vor, könnte Gott, wenn sein Ruf nur laut genug ertönt, wenn er nur mit genügend Nachdruck spricht, doch eine ganz neue Gemeinde aus dem Busch hervorrufen; von den Steinen und dem Gestrüpp und den seltenen Bäumen, von den immer wenigeren Buschkreaturen könnten sehr wohl etliche sich noch als empfänglich erweisen. Denn zu Beginn der Welt gab es keinen Unterschied zwischen Mensch und Tier und Stein und Baum: Sie alle sprachen dieselbe Sprache und verstanden einander. Dies könnte also in der Tat wiederum geschehen.

Er braucht nur an seinem Glauben festzuhalten. Das *muss* er einfach. Denn was würde sonst aus ihm werden? Alle blicken sie zu ihm auf. Er *muss*. Und das beflügelt ihn, um immer feuriger zu predigen, immer überzeugter zu beten, immer hingebungsvoller zu singen. Besonders dann, wenn Katryn in der Nähe ist.

Nur dass er weiß, in Wirklichkeit versucht er, sich selber zu überzeugen.

Wenn er nicht mit kirchlichen Dingen beschäftigt ist, streift er allein durch den Busch. Gerade so, wie er vorher mit seinem Wagen umhergefahren ist, dreht er jetzt seine Runden zu Fuß und lernt so jeden Fleck Erde, jedes Gestrüpp und jeden Felsen, jedes ausgebleichte Skelett, jeden weißen Knochen und jedes schwarze, gebogene Horn sehr gut kennen. Er geht umher und lauscht aufmerksam auf ihre vielfältigen Stimmen. Denn er kann sie sprechen hören. Allüberall sind Stimmen. Die Stimme Gottes – es sei denn, es ist die von Tsui-Goab – spricht aus jedem Baum und Stein und Staubkorn, aus jedem vertrockneten Grashalm und Insekt, und des Nachts durch die Sterne und den Mond.

Ganz von sich aus spricht auch Katryn zum Mond. Sie erinnert sich nicht mehr an das, was die Missionare ihr gesagt haben – sie kehrt zu Quellen und Ursprüngen zurück. An den Mond singt sie:

Tsui-Goab, ich grüße dich!
Gib uns Überfülle an Honig
Gib uns Gras für unser Schaf
Gib uns genug Milch …

Einmal, als sie spürt, dass noch jemand anderer da ist, blickt sie auf und sieht Bruder Kupido, der sie beobachtet.

Jetzt wird er sie schelten, das weiß sie. Sie hat gesündigt. Nie wird er ihr vergeben, dass sie sich so offen gegen seinen Gott gewandt hat.

Aber er starrt sie nur eine Weile an. Dann dreht er sich um und wandert in die Nacht hinaus. Daran wird sie sich erinnern: an die Traurigkeit in seinem Gesicht, an diese wenigen Augenblicke, als er so dastand und sie im Licht des Feuers ansah. Eine Verlassenheit, die über diesen Fleck Erde und den Mond und die Sterne hinausgeht. Bis zu etwas, das sie nicht kennt. Er vielleicht auch nicht.

Als sie wieder miteinander reden, geht es nicht um ihren Gesang an dem Abend, sondern um andere Dinge, die in letzter Zeit so oft zur Sprache kommen.

»Ich sehe, dass du mir nicht glaubst, Katryn«, sagt er mit dieser neuen Traurigkeit in der Stimme.

»Es ist nicht so, dass ich dir nicht mehr glaube, Kupido«, wendet sie ein. »*Niemand* glaubt dir mehr.«

»Sie müssen!«, sagt er zornig. »Dem Wort Gottes dürfen sie ihr Herz nicht verschließen. Aber vielleicht reicht das Wort Gottes nicht mehr aus. Nicht hier, an diesem Ort.«

»Nein, das ist es nicht. Es ist das, was ich dir neulich schon gesagt habe: Sie können dir nicht glauben, egal, was du sagst. Weil, für die wirst du nie ein richtiger Missionar sein. Du bist kein Weißer.«

»Es gibt so vieles, das ich noch tun will!«, bricht es ihm heraus. »Wenn sie mir nur eine Möglichkeit dazu gäben!«

»Das werden sie nicht. Weil sie nicht können.«

»Muss ich also aufgeben?«, fragt er. Seine schmalen Schultern sacken nach unten, als wären keine Knochen in ihnen. »Wie könnte ich das? Ein paar von uns *müssen* weiter glauben, egal, wie schwer es ist.«

»Und wenn das nicht mehr hilft?«

»Auch dann. Ganz besonders, wenn es nichts bringt. Denn nur ihrethalber glaube ich. Wenn ich das nicht tue, was wird dann aus dieser Welt?«

»Sie halten dich für verrückt. Wozu also?«

»Darauf weiß ich keine Antwort. Ich weiß nur, wenn ich aufhöre, ist alles aus. Nicht nur für mich selber, sondern auch für sie. Ich muss hier sein, muss hier stehen zwischen ihnen und …«

»Und was?«, fragt sie.

Er zuckt die Schultern. »Ich weiß es selbst nicht, Katryn. Irgendetwas anderes. Etwas, das keinen Namen hat.«

»Wenn du ihm keinen Namen geben kannst, dann ist es egal. *Du* bist derjenige, der immer vom Wort gesprochen hat. Was also ist passiert? Ist es dir abhandengekommen?«

»Vielleicht genügt das Wort nicht mehr.«

»Was gibt es dann überhaupt noch?«

»Vielleicht ist nur das wichtig, für das es keine Worte gibt.«

»Jetzt redest du Scheiße, Kupido.«

Und dann beginnt das Kind zu weinen – immer öfter weint es, so scheint es –, und das setzt ihrem Gespräch ein Ende.

Doch es geht weiter, wieder und immer wieder. Und wird immer schlimmer. Bis das Wort auch für sie stillsteht und Katryn in seiner Anwesenheit zu einem Stein wird, ihm verdrossen, in stummem Zorn den Rücken zudreht.

Eine Zeit lang. Eine Zeit lang, in der vier seiner restlichen fünf Kirchenmitglieder ebenfalls einfach verschwinden. Selbst der verkrüppelte Junge. Jetzt ist nur noch der alte Mann da, der, der nicht mehr gehen *kann*.

Selbst das setzt dem Predigen Bruder Kupidos kein Ende. Da der alte, vertrocknete Mann sich nicht rühren kann, bleibt ihm keine andere Wahl, als dazusitzen und zuzuhören. Und wenn Bruder Kupido mit ihm fertig ist, nimmt er seine einsamen Runden im Busch wieder auf, um Fels, Baum und Knochen zu predigen. Von Zeit zu Zeit hockt er sich vor einem sandigen Fleck nieder und kritzelt mit einem Zweig auf den Boden. Es ist dies das einzige Schreibzeug, das ihm geblieben ist, direkt aus der Hand Gottes. In dem flachen Kästchen in ihrer Behausung ist von den wunderschönen weißen Seiten nur noch eine übrig, doch die bewahrt er auf, er weiß noch nicht, zu welchem Zweck. Er muss vorbereitet sein, falls es dem Herren gefällt, zu ihm zu kommen. In der Zwischenzeit wird er seine Tage hier im Busch verbringen, in den Sand oder auf Baumstämme schreiben oder zu den Steinen oder der einsamen Kamelakazie sprechen, die keine andere Wahl hat, als dazustehen und mit ihren vielen Ohrenschoten zu lauschen.

Gelegentlich bleibt er tagelang im Busch, ohne nach Hause zu kommen; er ernährt sich von was immer er zusammensuchen kann: eine *Tsamma*, eine Eidechse vielleicht, oder, wenn er sehr viel Glück hat, eine Handvoll wilden Honigs, ein, zwei Heuschrecken. Gott ist gut, immer noch. *Preise den Herren, meine Seele.*

Zuzeiten, nach ein paar Tagen ohne Essen und Trinken, wird ihm schwindlig. Dann stolpert er über die eigenen Füße und windet sich im Staub. Wie Anna, vor vielen Jahren, in ihren Traumtrancen. Wenn Katryn ihn so vorfindet, bekommt sie Angst, er könnte sterben. Doch ärgerlich stößt er sie weg. So spricht Gott zu ihm, sagt er. Mag ja sein, dass er wie tot aussieht, aber sein Kopf ist immer noch hellwach. Und gerade, wenn er so auf dem Bauch daliegt, macht er seine weitesten Wanderungen: auf all den Straßen, die sein Wagen nicht mehr befahren kann, zu all den Orten, von denen Servaas Ziervogel vor so vielen Jahren erzählt hat und Bruder Read und der Reverend van der Kemp, und diese Jäger damals; all diese Orte und die Namen vieler anderer, die ihm einfallen, ohne dass er weiß, wo sie ausgeheckt worden sind – Namen wie Haskrnmy und Zwglno und Khowrtz und Skrtahmpi. Namen, so seltsam, dass keine Zunge sie aussprechen kann, doch die in seinem Kopf wie Glocken erklingen, wie Kirchenglocken, große und kleine. Und auf diesen Reisen im Kopf kann er wandern, ohne müde zu werden und ohne dass sein Körper alt und schwach wird, kann gehen und gehen, bis die Füße unter ihm verschwinden. Und wenn er an sich hinunterblickt, sieht er, dass er am ganzen Körper von Federn bedeckt ist, dass seine Arme zu Flügeln geworden sind, dass er in einen Adler verwandelt ist, in einen großen *Arend*, und dass er nun fliegen kann, so wie er es sich seit seiner Kindheit erträumt hat, über all die felsigen Berge und die blauen Hügelketten in der Ferne, über Gamohaan und die Skurweberge und die Nuweveldsberge, über ganz Afrika, über die Welt, ohne je innezuhalten, um zu rasten, er, Kupido Kakerlak, das Kind Gottes.

»Du redest zu viel, Kupido«, sagt Katryn. »Komm mit, du musst dich hinlegen.«

»Wenn ich still bin, werden die Steine aufschreien.«

Jetzt fragt auch sie sich allmählich, ob er nicht doch verrückt ist.

Und sie macht sich Sorgen um ihre Kinder. Beide verhungern, das sieht sie. Was hat sie denn erwartet? Was ist denn noch Essbares da?

»Du musst noch einmal eine Botschaft an diesen Reverend in Kuruman schicken«, drängt sie ihn.

»Der ist wie Gott«, beharrt er. »Er wird zur rechten

Zeit kommen. Das ist die Art und Weise der Missionsgesellschaft, uns auf die Probe zu stellen. Und auch, wie Gott dies tut. Wenn wir erst einmal das hier durchgestanden haben, wird alles anders werden. Du wirst schon sehen. Wenn er kommt, wird er eine ganze Wagenladung Essen mitbringen. Und eine Herde Schafe. Das haben sie uns versprochen, als sie uns hierhergeschickt haben, und es sind Gottesleute, die lügen nicht. Dann werden auch die Kora zurückkommen, denn Essen wird ihren Glauben stärken. Einem hungrigen Menschen fällt es schwer zu glauben. Wir müssen einfach weitermachen, Katryn.«

Sie macht sich gar nicht erst die Mühe, ihm zu antworten. Schüttelt nur den Kopf.

Bis er eines Morgens aufwacht und sieht, wie sie in ihrem kleinen Verschlag geschäftig hin und her rennt.

»Was machst du da?«, fragt er; schwindlig ist ihm, da er des Nachts kaum Schlaf findet.

»Ich gehe«, sagt sie. Zum ersten Mal seit Wochen hat sie ihm eine Antwort gegeben.

»Wohin?«

»Zurück nach Klaarwater. Das sie jetzt Griquatown nennen. Die Kinder nehme ich mit.«

»Was gibt es in Klaarwater, das es hier nicht gibt?«

Ein hässliches Lachen ist die Antwort. »Leben«, sagt sie.

»Gott ist aber hier.«

»Dann ist es Zeit für mich, von hier wegzugehen und Ihm den Rücken zu kehren.«

»Du kannst mich nicht hier allein zurücklassen«, sagt er, von plötzlicher Panik ergriffen.

»Du kannst ja mit mir kommen«, sagt sie, nun doch mitleidig. »Das liegt ganz bei dir. Aber ich bleibe nicht länger. Ich kann meine Kinder nicht einfach sterben lassen.«

Er sagt nichts, sondern hockt sich neben das Bettzeug und kramt unter der Decke nach etwas.

»Was machst du da?«, fragt Katryn.

»Ich möchte, dass du das da mitnimmst«, murmelt er verwirrt und streckt ihr das kleine blitzende Spiegelstück hin, das er den ganzen Weg von Bethelsdorp mit hierher gebracht hat. Nur eine Scherbe ist es, aber immerhin.

»Und was soll ich damit machen?«, fragt sie argwöhnisch.

»Das ist alles, was von mir übrig ist«, erklärt er und drückt es ihr in die Hand.

Sie möchte fragen und streiten, doch an seinem Gesicht sieht sie, dass es besser ist, jetzt nichts zu sagen.

»Danke, Kupido«, sagt sie nur und steckt das Spiegelstück in ihr kleines Bündel.

Er beugt sich vor und nimmt das ältere Kind hoch.

»Dann komm jetzt«, sagt er.

»Gehst du auch mit?«, fragt sie überrumpelt.

»Nein. Du weißt, ich kann nicht. Doch einen Tag lang begleite ich dich. Sonst werden dir die Kinder zu schwer.«

Von Sonnenaufgang bis Sonnenuntergang wandern sie dahin, ohne ein Wort zu sagen. Den ganzen Tag über weht ein scheußlicher Wind. Dann legt er sich mit ihr nieder, die Kinder neben ihnen. Der Mond geht auf, dann die Sterne. Keiner von beiden schläft. Sie hält seine Hand, das ist alles.

Bis Tagesanbruch. Jetzt steht sie auf und bindet sich die Decke um, das einzige Kleidungsstück, das sie noch besitzt. Die Kinder sind nackt. Er hilft ihr, sie hochzuheben: den Säugling auf den Rücken, das ältere Kind auf die Hüfte. Er steht da und sieht ihnen nach. Sie blickt sich nicht um. Immer kleiner wird sie, bis sie vollständig verschwindet. Und immer noch bläst der Wind durch die Leere. Als er zu Boden blickt, sieht er, dass er ihre Fußabdrücke verwischt hat.

Erst jetzt dreht er sich um und macht sich auf den langen Weg zurück.

Von Zeit zu Zeit, wenn er an einem Sandfleck vorbeikommt, kauert er sich hin, streicht ein Stück davon glatt, sucht sich einen Zweig und fängt an zu schreiben. Er weiß nicht mehr, an wen er eigentlich schreibt. Aber es ist sein allerletztes Festklammern an Worten.

Als er abends in Dithakong eintrifft, ist es still. Nicht die Art von Stille, die von schlafenden Leute spricht, sondern Stille ohne jedwedes Leben.

Er geht hinter seinen baufälligen Unterschlupf aus trockenen Zweigen, wo der fast schon tote Mann immer gelegen hat, um nach ihm zu sehen. Aber da ist niemand.

Er richtet sich auf und fängt an, durch die zu einem Trichter geformten Hände zu rufen: »Großvater!« Er lauscht eine Weile, ehe er nochmals ruft: »Großvater!«

Kein Laut antwortet.

Er umrundet den Unterschlupf, greift nach seinem Widderhorn, geht ein paar Schritte in das Veld unter dem freien Himmel und fängt an zu blasen. Es klingt, als brülle ein Ochse, ein mächtiges Vieh, das die ganze Leere mit seinem widerhallenden Schrei füllt.

Nur die Stille antwortet. Die Sterne bleiben ungerührt.

Sollte er versuchen, heute Abend wieder einen zu pflücken? Ob das helfen würde?

Doch sie hängen zu weit oben. Als er klein war, konnte er an sie heranreichen. Jetzt nicht mehr.

Noch einmal brüllt er wie ein sterbendes Tier.

Wieder nichts als Stille.

Der alte Mann wird nicht zurückkommen. Das ist ihm jetzt klar. Und bei dem Wind, der den ganzen leeren Tag hindurch geblasen hat – was soll er denn sonst tun außer blasen? Nichts kann ihn daran hindern –, weiß er, morgen werden keine Spuren zu sehen sein. *Wie* der Alte weggekommen ist, schwach wie er war, kaum fähig dahinzuschlurfen, wird keiner je erfahren.

Er ist einfach nicht mehr da. Und jetzt gibt es in seiner Kirche keinen mehr.

6. Ankunft des Reverend

Es muss so um diese Zeit sein, um die dreiundsechzigste Jährung von Kupidos Geburt, dass der Reverend Moffat aus Kuruman beschließt, die Zeit sei reif für seinen lange versprochenen Besuch der Missionsstation Dithakong. Dies erfolgt auf eine weitere Botschaft aus Dithakong hin, die ihn über die traurige Lage der Dinge dort informieren sollte. Es erfolgt auch auf ein weiteres an den Himmel gerichtetes Gebet des geschlagenen, aber ungebrochenen Bruders Kupido Kakerlak hin:

»Lieber Gott! Hab Erbarmen mit diesem armen Sünder. Du weißt, ich tue mein Bestes, aber das jetzt ist unmöglich, mir ist nichts geblieben. Keine Frau, kein Kind, keine Gemeinde, nichts. Nicht einmal die Kamelakazie ist bereit, mir noch zuzuhören. Und deswegen wende ich mich heute an Dich. Bitte, komm herunter und hilf uns. Ich weiß, Du bist sehr beschäftigt. Aber das hier macht mich fertig. Und es ist eine Sache für Erwachsene, Kinder haben da nichts zu suchen. Ich bitte Dich also sehr ernstlich, Gott: Schick nicht Deinen Sohn. Komm selber!«

Ob es die Botschaft oder das Gebet ist, was das Wunder wirkt, niemand wird es je wissen. Wir wissen nur, dass der gottesfürchtige Missionar Robert Moffat endlich geruht, aus Kuruman anzureisen und selber nachzusehen, wie es in Dithakong läuft.

Allein kommt er, auf einem Ochsenkarren, begleitet nur von seinen Helfern: einem Kutscher, einem Ochsenführer und zwei anderen, die sich um Aufgaben wie Kochen, Be- und Entladen sowie um Jagen kümmern. Schwarz glänzende Schuhe trägt er und einen dunkel gestreiften Anzug mit langem Schwalbenschwanz, drei Knöpfe zu, der unterste offen, ein seidenes, um den Stehkragen geschlungenes Halstuch – ein exotischer, krähenähnlicher Vogel im graubraun verfärbten Veld des Frühwinters. Dunkles, frühzeitig schütteres Haar, eine hohe Stirn, dichte Augenbrauen. Rötliches, fleischiges Gesicht, tief eingekerbtes, rundes

Kinn. Backenbart, weiche, leicht aufgedunsene Hände, feucht, wenn man sie drückt. Eindeutig eine gerettete Seele.

Stilvoll kommt er angereist, nachdem Nachrichten ihn erreicht haben, dass die Lage unseres Bruders verzweifelt ist. Nun, es ist schon ein paar Jahre her, dass Bruder Read das Schaf gebracht hat, und es hat eine schlimme Dürre gegeben. Selbst die Dornbüsche werden selten, sind nur mehr ausgefranstes und ausgedörrtes Gestrüpp zwischen den unbarmherzigen Jonassteinen.

Schon von weitem sieht der Reverend, wie schlecht es hier in der Tat steht, noch schlechter als die vereinzelten Berichte ihn annehmen ließen. Das betrübt ihn, denn für einen wichtigen, erfolgreichen Mann wie Reverend Moffat ist es keineswegs angenehm, Entbehrung sehen zu müssen. Sein Hauptbüro in London hat er bereits wissen lassen, dass die Missionsgesellschaft sich einen Mann wie diesen Kupido Kakerlak – was für ein heidnischer Name! – nicht mehr leisten kann. Zu alt, um die Sprache der Kora zu lernen und in der Welt der Missionare irgendwie von Nutzen zu sein. Noch eine der ungemein unvernünftigen Ideen des übereifrigen und maßlosen Bruders Read. Zu dünn und ausgelaugt für sinnvolles Wirken, und nun auch noch völlig mittellos, ohne Frau und Familie an diesem wahrhaft gottverlassenen Ort. Nichts, was man als Haus oder Hütte bezeichnen könnte, lediglich ein baufälliger Verschlag aus ausgedörrten Dornbuschzweigen, hochgezogen an einer zerfledderten Kamelakazie und mit einem Stück verschrumpelter

Rindshaut gedeckt. Auf der einen Seite, über der grauen Asche einer Feuerstelle, ein schwarzer Eisentiegel (ein Fuß fehlt und wurde durch ein paar flache Schieferplatten ersetzt). Irgendwelche Buschfrüchte, die wie verhutzelte Tsammas aussehen. Etwas, das kein zivilisierter Mensch anrühren würde. Und der Bruder selbst, fast nackt, der staubige graue Körper unzureichend mit einem einzigen Felllappen geschmückt, sieht in jeder Hinsicht einem Insekt oder einer Kreatur aus dem Busch gleich, wie er so dahockt und mit einem stachligen Weißdornzweig auf einen Fleck glattgestrichenen Sands kritzelt, so tut, als schreibe er. Wartet, bis er den Wagen unter der Kamelakazie zum Stehen kommen sieht, ehe er sich langsam aufrappelt und näherschlurft. Zeigt nichts von der Eilfertigkeit, oder der Beflissenheit oder der Ehrerbietung, die ein Weißer, ein Missionar obendrein – und nicht nur irgendein gewöhnlicher Missionar, sondern der Vorsteher aller LMS-Stationen in diesem entlegenen, heidnischen Land – wohl erwarten darf, nachdem er die beträchtliche Mühe auf sich genommen hat, hierherzureisen, um sich ein Bild von der Situation zu machen.

Reverend Moffat hat sich bereits ein Bild gemacht, sogar noch bevor er in Kuruman aufgebrochen ist, und seine Entscheidung ist zur Genüge durch das gerechtfertigt worden, was er bis jetzt gesehen hat, doch er hat es nicht eilig. Die Mühlen Gottes mahlen langsam und schrecklich gründlich. Er wird zuerst einen Kaffee zu sich nehmen, schlägt er vor; Milch, zwei Stückchen Zucker.

Hoffentlich macht es dem Reverend nichts aus, dass es nur Weißwurzelkaffee gibt? Vielleicht mit einem Hauch Honig, der Süße wegen? Milch ist keine da.

Ganz so tief ist er noch nicht gesunken, erklärt Reverend Moffat. Kann jemand Kaffee und Zucker vom Ochsenkarren holen? Bruder Kupido lehnt ab; er hat sich bereits an das gewöhnt, was der karge Boden liefert, erklärt er. Auch gut, denkt sich der Missionar, man sollte diese Leute nicht verwöhnen. Heute Kaffee und Zucker, morgen Alkohol und Tabak.

Hinter ihnen spannen die Helfer die Ochsen aus, legen die Zugstange des Wagens auf ein paar Steine, damit sie nicht einstaubt.

»Wie kommst du hier voran, Bruder?«, erkundigt der Missionar sich, nachdem er es sich auf einem Korbstuhl, den einer der Helfer herangeschafft hat, unter den sich breitenden Zweigen der Kamelakazie, die dasteht und lauscht, ganz Ohr anlässlich dieser speziellen Gelegenheit, bequem gemacht hat. Zwischen seinen fleischigen Händen kräuselt sich ein Hauch Dampf aus dem Kaffeebecher.

»Das sehen Sie ja, Reverend.«

»Ich habe keine sonderlich befriedigenden Berichte über deine Arbeit erhalten, Bruder.«

Bruder Kupido zuckt die knochigen Schultern. Die späte Sonne wirft seinen kantigen Schatten auf die weißen Büschel vertrockneten Grases, auf die ausgedörrte rote Erde.

»Du kannst nicht erwarten, dass deine Gemeinde das Evangelium achtet, wenn du selber wie eine verlorene Seele aussiehst.« Der Missionar zieht ein großes weißes Taschentuch hervor und betupft sich die feuchtroten Lippen. Einer der Bediensteten kommt näher, um den leeren Becher entgegenzunehmen.

»Meiner Gemeinde macht das nichts aus, Reverend.«

»Wo ist denn deine Gemeinde? Ich habe auf dem Weg hierher keine Menschenseele gesehen.«

»So ist es.«

»Bruder Kupido, du zeigst dich wirklich nicht sehr kooperativ.« Er beugt sich vor, um ein Stäubchen von einer der Schuhspitzen zu wischen. »Dir ist doch klar, dass ich einen Bericht über dich bei unserem Hauptbüro in London einreichen muss.«

»Dann interessieren die sich also für mich?«

Der Mann in gestreiftem Anzug und Schwalbenschwanz erhebt sich, ein Stirnrunzeln im rötlichen Gesicht. »Entdecke ich Anzeichen von Undankbarkeit, Bruder?«

»Undankbarkeit? Niemals. Gott kümmert sich um mich, wie Sie sehen. Denn Gott ist hier, nicht in London. Ich spreche jeden Tag mit ihm.«

»Ich muss sagen, das klingt ziemlich gotteslästerlich, Bruder.«

»Was hat London denn für mich getan?«, fragt Bruder Kupido. Er blickt Moffat nicht an, sondern direkt an ihm vorbei, über den Horizont hinaus, dorthin, wo der Tag allmählich über diesen hinausquillt. Und als er spricht, merkt man, allmählich – langsam, ganz langsam, ohne jede Eile – steigert er sich hinein. »Als ich noch in Bethelsdorp war, erhielt ich den Ruf, über den Gariep und nach Klaarwater zu fahren. Bruder

Read hat mich auf der ganzen Reise begleitet und mir ein Schaf gegeben. Auch andere Sachen hat man mir versprochen. Ungefähr jeden Monat gäbe es Fleisch für mich und meine Leute. Und auch anderes Essen. Und ein jährliches Gehalt, nicht weniger als hundert Rixdollar. Was ist aus alldem geworden? Oder wurde es mir hinter dem Rücken Gottes versprochen, so dass er es nicht hören konnte? Was habe ich in all den Jahren von Ihnen und Ihrer Gesellschaft gekriegt? Anfangs hatte ich zumindest noch meinen Wagen und meine Ochsen. Die, welche nicht eingegangen sind, haben mir die Kora genommen. Meine Gemeinde. Jetzt sind sie alle zum Teufel. Doch damals hatte ich immer noch meine Frau. Und mein Kind. Dann haben wir noch eines bekommen, aber das ist gestorben. Und noch eines, aber das hat die ganze Zeit geweint. Und wo ist sie jetzt, wo sind die Kinder? Sie konnten es nicht mehr ertragen, diese Armut. Es gibt keinen mehr, der sich um mich kümmert, außer Gott. Und dann kommen Sie und erzählen mir etwas von London?«

»Ich will verdammt sein …«, setzt Bruder Moffat an; sein Gesicht ist jetzt tief purpurrot. »All die Jahre haben wir versucht, einen zivilisierten Menschen aus dir zu machen. Ich habe all die Berichte gelesen, glaub ja nicht, dass ich nicht Bescheid weiß. Wir haben dich dafür ausgebildet, den Heiden das Evangelium zu verkünden. Und das kriegen wir dafür. Niederträchtige Undankbarkeit. Du bist noch tiefer gesunken, als du es je warst. Man könnte genauso gut versuchen, ein wildes Tier zu zähmen.«

»Sie können Bruder Read über mich befragen.«

»Erwähne den Namen dieses Ehebrechers nicht in meiner Gegenwart.«

»Gott war mit Bruder Read.«

»Heute bin *ich* es, der vor dir steht, im Namen des Herrn, unseres Gottes.«

»Und hätte der Liebe nicht«, murmelt Bruder Kupido vor sich in.

»Was war das?«

»Nur etwas, das so ein armer Apostel irgendwann mal gesagt hat.«

»Mit einem Heiden rechte ich nicht«, fällt der Reverend ihm ins Wort.

»Ich bin nur arm, Bruder. Das ist nicht ansteckend.«

»Nenn mich nicht ›Bruder‹.«

Einen Augenblick scheint das Ganze außer Kontrolle zu geraten, doch Reverend Moffat gelingt es, seinen gerechten Zorn zu zügeln. Er macht auf dem Absatz kehrt, schlägt einen weiten Bogen um den Ochsenkarren, bleibt lange dahinter stehen und starrt in die ihn umgebende Leere, dann kommt er zurück. »Es wird dunkel«, sagt er mit lobenswerter Beherrschtheit. »Vielleicht solltest du uns zuerst beim Gebet leiten.«

Woraufhin Bruder Kupido aufsteht und aus seinem armseligen Verschlag sein gekrümmtes, abgenutztes Widderhorn holt. Er entfernt sich ein Stück weit von der Kamelakazie, presst das Horn an die Lippen und bläst gen Sonnenuntergang.

Genau in diesem Augenblick steigt hinter ihm im

Osten der Mond auf; wie ein Kürbis sieht er aus, der ganz schwach von innen heraus glüht.

Totenstille liegt über dem Busch. Nicht einmal ein Schakal ist zu hören, nicht einmal eine Grille, nichts.

Noch ein Hornruf. Er hallt wider, schrecklich in dieser Stille.

Abwartend steht Bruder Kupido da. Die Bediensteten neben dem Ochsenkarren rühren sich auch nicht von der Stelle, gerade so, als hätten sie Wurzeln geschlagen.

»Heute Abend ist deine Gemeinde anscheinend nicht besonders groß«, bemerkt Reverend Moffat spitz. Der Schatten eines Grinsens spielt um sein Doppelkinn.

»Ich habe schon lange keine Gemeinde mehr«, sagt Bruder Kupido. »Das habe ich Ihnen oft geschrieben. Aber auch wenn sie alle weg sind, man muss dennoch der Rufer in der Wüste bleiben.«

»Ich dachte, ein paar Kora seien dir noch geblieben?«

»Mittlerweile ist auch der letzte Alte weg.«

»Und du erwartest von der Missionsgesellschaft, dass sie dich weiterhin bezahlt, bis du …« Er besinnt sich und versucht es noch einmal: »Glaubst du denn, das sei hinnehmbar, dass du in Faulheit und Müßiggang verfällst? Wenn sie nicht mehr zu dir kommen, dann kannst doch gewiss du zu *ihnen* gehen?«

»Wie denn?«

»Du hattest doch einen Wagen.«

»Der ist auseinandergebrochen. Von dem ihnen Hinterdreinfahren. Die Ochsen sind eingegangen. Das Holz haben wir verwendet, um Feuer zu machen. Da drüben liegt das letzte Rad. Das alles habe ich Ihnen schon zehn- oder zwölfmal geschrieben.«

Allmählich scheint der Missionar sich in seiner Haut nicht mehr so recht wohl zu fühlen; er weicht Bruder Kupidos Blick aus. »Na schön, wollen wir weitermachen?«, fragt er barsch.

Aus seinem Unterschlupf holt Bruder Kupido eine Bibel. Fast ist sie zu schwer für ihn; er taumelt auf seinen wackligen Beinen; das Buch ist vom vielen Gebrauch abgewetzt, aus dem abgenutzten Einband quellen zerfledderte Seiten zwischen den zerbrochenen Messingschließen hervor.

»Lasst uns mit der Lesung beginnen.«

Mit ausgestreckten Beinen sitzt er dicht neben dem Feuer, dem einzigen Lichtspender, im Staub; die Sonne ist untergegangen, und der Kürbis strahlt noch nicht genug Glühen aus. Allerdings ergibt das, was er vorliest, nicht viel Sinn, auch kein Muster: Er blättert vor und zurück, greift unterwegs zufällig Textstücke heraus, vergisst dann darauf, schlägt eine andere Seite auf, vertieft sich in eine neue Passage, eine Namensliste etwa, einen am Rand angestrichenen Text, raschelt erneut durch die losen Blätter, hier und dort, dies und das. Schließlich gibt er es einfach auf, bleibt mit dem sperrigen Buch auf den spitzen Höckern seiner Knie sitzen und starrt ins Feuer, während er planlos weiterredet, irgendetwas, was ihm gerade in den Sinn kommt, immer wieder unterbrochen von *Preise den Herren*, wieder und immer wieder die gleichen bedeutungslosen Sätze. Die Männer, die zu dem Ochsenkarren gehören, sitzen grinsend da, feixen hinter vorgehaltener Hand, stoßen einander mit den Ellbogen an.

Endlich: »Lasst uns beten.«

Es ist vorbei, noch ehe Reverend Moffat sich entscheiden kann, ob er im Staub niederknien oder nur den Kopf neigen soll (das würde seinen allmählich kahl werdenden Schädel entblößen).

»Geht und macht uns etwas zu essen«, befiehlt er seinen Helfern mit einem Handwedeln. »Wir können unser Abendessen hinter dem Ochsenkarren einnehmen, um unseren Bruder nicht zu stören.«

Bruder Kupido geht sein Buch wegbringen. Der Schein des Feuers flackert über sein zerfurchtes Gesicht, das wie die rissige Oberfläche eines ausgetrockneten Sees aussieht.

»Ich glaube, es ist Zeit für ein offenes Wort, Bruder«, sagt der Besucher mit in die Westentaschen gehakten Daumen. Seine silberne Uhrkette spannt über dem Bauch, der für einen so jungen Mann beträchtlich ist. »Ich habe, wie gesagt, alle Berichte durchgearbeitet. Sehr eingehend über die Angelegenheit nachgedacht. Führung von Oben erbeten. Und dann beschlossen, selbst hierherzufahren und mir ein Bild zu machen.«

»Ja. Ich bin seit mittlerweile acht Jahren hier«, erklärt Bruder Kupido.

»Jetzt habe ich alles mit eigenen Augen gesehen«, übergeht der Missionar den unmissverständlichen Hinweis. »Meine schlimmsten Befürchtungen haben sich bestätigt.«

»Man braucht keine Gemeinde, um zu predigen.«

»In der Tat, in der Tat«, stimmt Reverend Moffat zu, verwirrt von dem starren Blick des alten Mannes, vom Licht des Feuers auf seinem Gesicht. Der ist schon so alt, denkt er, vielleicht ist er nicht mehr ganz bei Verstand. Ein Grund mehr, dieser Travestie ein Ende zu setzen.

»Hier kann sich keiner mehr seinen Lebensunterhalt verdienen, Bruder Kupido«, sagt er bestimmt. Er beginnt, auf und ab zu gehen, doch er setzt seine Füße mit Bedacht, damit er keinen Staub aufwirbelt. »Die Gesellschaft kann es sich nicht leisten zuzusehen, wie du zugrunde gehst. Es erscheint mit weit besser, dich an einen fruchtbareren Ort zu bringen, wo du dein Brot auf weniger mühsame Art und Weise verdienen kannst.«

»Wir haben hier genügend Steine«, erklärt Bruder Kupido ruhig.

Reverend Moffat macht den Mund auf, um eine Erklärung zu fordern, überlegt es sich dann jedoch anders.

»Haben wir uns verstanden?«, fragt er nach einer Weile.

»Ich glaube nicht«, erwidert Bruder Kupido. »Wollen Sie damit sagen, dass Sie mich wieder wegschicken wollen? Wohin denn diesmal?«

»Genau das versuche ich ja dir zu sagen, Bruder Kupido. Im Auftrag unserer Missionsgesellschaft. Diesmal schickt keiner dich irgendwohin. Du kannst gehen, wohin du willst. Aber jedenfalls wird es besser für dich sein, von hier wegzugehen. Die Gegend hier ist nicht mehr sicher. Zu viele Verbrecher und unerwünschte Personen kommen auf dem Weg ins Niemandsland hier durch. Banditen, entflohene Sklaven, flüchtige Sträflinge, Kriminelle.«

»Solche Leute habe ich hier keine gesehen.«

»In Kumuran kommen ständig welche durch.«

»Ich würde lieber hier bleiben.«

»Das liegt ganz bei dir. Wir werden dich nicht zwingen. Was auch immer wir sagen oder tun, sagen und tun wir aus Liebe. Und, schau, wir wissen zu schätzen, was du hier geleistet – oder zu leisten versucht hast. Jedermann muss die Größe haben, einen Fehler einzugestehen. Sei gewiss, dass wir dich auch weiterhin in unsere Gebete einschließen werden.«

»Wollen Sie mich jetzt loswerden, Reverend?«

»Wenn du es so nennen willst. Vorausgesetzt, du erwartest dir nichts mehr von der Gesellschaft.«

»Ich habe nie etwas von ihr gekriegt. Wie sollte ich da jetzt etwas erwarten?«

»Dann ist das geklärt. Ich muss gehen. Zeit zum Abendessen. Wir müssen uns morgen früh auf den Weg machen. Ich muss weiter, zu einer Inspektion nach Griquatown. Daher verabschiede ich mich jetzt, dann brauche ich dich morgens nicht zu stören. Ich wünsche dir Gottes Segen.«

Der kleine, alte Mann antwortet nicht. Die ausgestreckte Hand des Missionars, die sich unentschlossen in seine Richtung bewegt, scheint er nicht zu bemerken, so dass dieser sie schlaff wieder sinken lässt.

Der Fremde zögert noch einen Augenblick, dann geht er, dem Geruch von bratendem Fleisch nach, der von seinem Feuer hinter dem Ochsenkarren kommt.

Im letzten Moment ändert er anscheinend seine Meinung – das könnte seine letzte Chance sein. Er geht nicht zurück, sondern wendet sich nur halb um und erklärt im Dunkeln: »Ich weiß wirklich nicht, was aus der Kirche in diesem gottverdammten Land geworden ist. Es hat den Anschein, als würde alles wieder in heidnisches Elend, Barbarei, Schmutz, Entwürdigung, Übel zurückfallen. Doch eines verspreche ich dir: Wo die Kirche erst einmal Fuß gefasst hat, lässt sie sich nicht so ohne weiteres vertreiben. Was auch immer es kosten mag, Kupido, ich werde dafür sorgen, dass wieder Raum für Gott geschaffen wird.«

»Sie brauchen keinen Raum für Ihn zu schaffen. Lange, ehe Sie gekommen sind, war Er schon hier.«

Der Mann ist bereits in der Dunkelheit verschwunden, als Kupido immer noch dasitzt, als wären die Worte wie ein Wind an ihm vorbeigeweht. In gewisser Weise sieht er fast zufrieden aus.

Erst als die Geräusche hinter dem Ochsenkarren allmählich für die Nacht abebben, steht er auf und wandert in die Dunkelheit. Das schwache Schimmern des Mondes färbt nun auf den Busch ab. Wo immer er auf die Erde zwischen den Felsen trifft, senkt er seine Samen ein. Längliche Knollen wachsen im Dunkel, schwarze Blätter schenken der Nacht die Wohltat von Schatten, verbreiten den Geruch von Fruchtbarkeit im Staub. Bruder Kupido findet seinen Weg, ohne hinzusehen; er braucht kein Licht. Bei dem größten der Dornbüsche, die es in der Umgebung noch gibt, weit weg von seinem Unterschlupf, bleibt er stehen und pflückt Trauben, das einzige große Büschel, das während des Tages für ihn herangereift ist, durchscheinend vor Süße. Um ihn herum sind Steine verstreut, die er, als sie hierherkamen, in seinem frühen Eifer von einem Hügel Heitsi-Eibibs heruntergerissen und weggeschleudert hat. Im Schein des Mondes nimmt er einen davon, einen Stein, der zu einer Zeit vor der Zeit von Urwasser wie ein Becken ausgehöhlt wurde; in seine gerundete Höhlung presst er seine Trauben aus. Der klebrige Saft rinnt von seinen sehnigen Handgelenken zu seinen spitzen Ellenbogen; und als er kostet, hebt er den Kopf wie zum Gebet – es ist reinster Wein. Von einem Ameisenhügel bricht er ein Stück hartgebackener Kruste, die sich in seiner Hand in Brot verwandelt.

Im Mondlicht, das sich über ihn ergießt wie gesiebtes Mehl, isst und trinkt er. Dies ist mein Fleisch, dies ist das Blut meines Sohnes Heitsi-Eibib.

Mit dem, was von seiner Stimme noch übrig ist, singt er zum Himmel hinauf: *Lobet den Herrn.*

Seltsam erfrischt steht er auf und geht in die Nacht zurück, das Gesicht immer noch aufwärts gewandt. Das erklärt, warum er mit dem Fuß gegen etwas stößt und stolpert und fällt, sich übel die Knie aufschrammt. Das Ding, über das er gefallen ist, scheint im Dunkel zu schimmern. Erst als er näher kriecht, entdeckt er, es ist ein gefallener Stern. Wohl denn! Ganz so weit kann er sich nicht zurückentsinnen, doch irgendwie erinnert er ihn an den Stern, den er als kleines Kind für seine Mutter gepflückt hat – der hatte die gleiche leicht eingekerbte Kante an einer der unteren Zacken. Doch wie ist er hierhergekommen?

Kupido schüttelt den Kopf. Manche Dinge untersucht man besser nicht allzu genau. Er beugt sich vor und hebt den Stern auf. Er ist gar nicht schwer. Ein Kind kann ihn hochheben. Im Steinewerfen war er stets gut, immer seit der Zeit, als er Ziegen und Schafe hütete. Und er schleudert das glänzende Ding so weit er kann in den nächtlichen Himmel. Als es an den anderen Sternen vorbeifliegt, zieht es eine glänzende Spur schimmernden Staubs hinter sich her. Gut. Jetzt ist endlich auch er dort, wo er hingehört.

Er setzt seinen Weg fort. Von Zeit zu Zeit bleibt er stehen und blickt auf; mit Genugtuung bemerkt er, der staubige Pfad des Sterns zieht sich immer noch wie ein feines Milchrinnsal über den Himmel. Mit größerem Seelenfrieden, als er ihn seit Jahren gespürt hat, geht er zurück.

Als er ankommt, wiederkäuen die Ochsen unter der Kamelakazie immer noch friedlich vor sich hin. Aus dem Ochsenkarren dringt ein Schnarchen. Ansonsten ist alles ruhig. Heute Nacht geben nicht einmal die Sterne irgendeinen Laut von sich. Ein schweres, schweres Schweigen, als sitze eine riesige schwarze Henne auf ihrem schwarzen Nest; unmöglich zu sagen, was sie ausbrütet.

Auf den hornigen Sohlen seiner nackten Füße geht Kupido hinter den Wagen. Einen Augenblick lang hört das Schnarchen auf, dann dreht der Schlafende sich unter seiner Decke auf die andere Seite, und das Geräusch setzt wieder ein. Wie sein Sägen, damals in Graaff-Reinet, als er noch mit Holz arbeitete, oder mit Bruder Read in jener Zeit der Unschuld in Bethelsdorp.

Auf der einen Seite, ein klein wenig von den anderen schlafenden Höckern entfernt – wie vom Wagen gerutschte Gepäckbündel sehen sie aus –, stößt er auf den Reverend, den Mann, der ihn besuchen gekommen ist. Im Mondschein glänzt sein schlafendes Gesicht. Ein rötliches Glimmen, wie von innen heraus glühende Kohle.

Im Schein des großen erleuchteten Kürbis kann er es ganz deutlich sehen: die zwei kurzen gekrümmten Hörner auf beiden Seiten der Stirn des Mannes, dort, wo das spärliche dunkle Haar zurückgestrichen ist. Und die Ziegenfüße am unteren Rand der Decke, die er gegen die Nachtkälte hochgezogen hat. Die glänzend geputzten Schuhe stehen ordentlich neben dem Bündel.

»Nicht, dass mir das viel hilft«, sagt Kupido zum Himmel hinauf. »Aber trotzdem danke, Gott.«

Er geht zu seinem dunklen Verschlag und setzt sich davor auf den Boden. Nimmt seine Pfeife. Tabak ist keiner mehr da, aber er hat gelernt, alles zu verwenden, was gerade zur Hand ist – meistens trockenes Gras, gemischt mit etwas bitterer Aloe, oder ein wenig Buchukraut, eine kostbare Prise Hanf.

Bis Sonnenaufgang bleibt er da sitzen. Dann geht er zu der Stelle, wo das Feuer war, und drückt ein kleines morsches Stück Holz in die schwelende Glut, stochert eine Weile damit herum, lässt sich auf alle Viere nieder und bläst, um ihm Leben einzuhauchen, Asche gerät ihm in die Augen, wieder bläst er, bis die kleine blaue Flamme zu flackern beginnt; und dann steckt er den Ochsenkarren in Brand. Kehrt zu seinem flachen Stein zurück und beobachtet, wie die Männer aufwachen und zu brüllen und umherzurennen und mit den Armen zu wedeln anfangen. Und sieht, wie sie schließlich anspannen und losfahren – der Teufel Gaunab auf dem Vordersitz, inmitten der Flammen, Zügel in den Händen, durchscheinend und brennend, die ganze Bande –, direkt in die Sonne hinein.

7. Der letzte Brief an Gott

Liebwertester Refrent Gott,

Du, der du Leut und Stein geschafen und gemacht hast, das sie sich vermehren, und ihnen beibracht hast, miteinand zu sprechen

Du, der du im Roten Himmel der Morgendämmerung wonst und manchmal in Gestalt von einem Löwen und manchmal von einem Baum und manchmal von einem Mensch zu uns kommst

Du, der du Waser in Wein verwandeln und die Kranken heilen und die Toten auferweken kannst

Du, der du Gaunab auf die Hüfte geschlagen und verkrüppelt und sterben lassen und kräftig in der Hölle von Feuer und Schwefel braten lassen hast,

es ist nicht so, das ich mich klagen will, aber du warst nicht gerecht zu mir, und heute must du mir zuhören, weil, das ist mein letztes blat Papir. Ich habe es aufgehebt, die ganz Zeit hab ich es aufgehebt für dich, aber jetzt ist es die Zeit es herauszuholen aus der schachtl und zu gläten auf dem grosen stein da und mich zu bereiten dir zum letzen mal zu schreibn. Die tint ist schon lang ausgangn und hab ich versucht mit drek schreiben und mit dem grün von bletern die ich zwischen den fingern geriben hab und mit blut schlangenblut schildkrötblut und heut an disem ort mit meinem ganz eignen blut lobe den heren mein sele. Also, ales was ich dich fragen will: ob du jetzt zufriden bist? wi weit kanst du einen menschen jagn? stük für stük hast ales weggenomen was wir ghabt haben. jezt ist mein leben was man volleer nennen kann, so vol wi ein Ei und so leer wie ein Schal.

Ales, was ich noch machen kann is predgen. ich predge steinen und dornbuschen und der eidechs auf irem felsen und der schlang und der schildkröt im staub und ich kan dem staub selbst predgen und der grünen Gotsanbetin die in unsrer gegnd seltn is. Aber für was? kan ein stein oder ein baum oder ein heuschrek sich bekern?

Ich kom jetzt also zum end. das ist jezt das end vom wort und im anfang war das wort und das wort war got und dasselbe war im Anfang bei got. Erst bin ich den weg des fleischs gangn hab gjagt grauft gsäuft bin mit fraun gangn. und hab dan ales aufgebn und bin den weg des worts gangn. Abr jezt is das wort nicht mer ich mus drüber hinausgehn ich weis nicht wie. hir kom ich heut um dir lebwol zu sagn. ich geh weg. von deinem geschezten und geerten und gelipsten bruder Kupido Kakrlak.

8. Adlerschwingen

Als kleinwinziger Punkt in der allerweitesten Ferne auf dem winterlichen Veld beginnt es. Kupido sieht zu, wie es näher kommt. Er sitzt zwischen den umherliegenden Steinen, die er vor so langer Zeit von Heitsi-Eibibs Haufen gezerrt hat; es ist sein Lieblingsplatz, um dort zu sitzen und nachzudenken, allein. Auch sein Schreibplatz ist es, denn hier gibt es große sandige Flecken. Fast ohne hinzusehen, streckt er die Hand nach einem dünnen Zweig aus. Doch es fällt ihm schwer, sich zu konzentrieren. Er will ein Auge auf den Punkt haben, der sich vom Horizont her nähert. Den Zweig wirft er wieder weg. Nicht heute. Nicht mehr. Die Zeit für Schreiben ist vorbei. Er ist jenseits der Worte.

Wo jenseits? Unmöglich, das jetzt schon zu sagen.

Er beobachtet weiter den Punkt. Wie ein Vogel sieht es aus, der sich auf einem ausgebleichten Himmel nähert und allmählich, aber ganz allmählich nur, größer wird.

Er erinnert sich an die Geschichte, die seine Mutter ihm vor so langer Zeit erzählt hat, eine Geschichte, die der Wind von sehr weit hergeblasen hat. Von dem *Arend*-Jungen, das dachte, es sei ein Huhn, weil es in einem Hinterhof groß geworden war. Bis ein Mann kam, der es auf den Gipfel des höchsten Berges mitnahm, es dort in die Höhe warf und sagte: »Flieg, *Arend*, flieg!« Und der Adler breitete seine mächtigen Schwingen aus und flog los und wurde in der Weite des Himmels zu einem kleinen Punkt, hoch droben über der ganzen Welt, für immer und ewig.

Kupido sitzt da und beobachtet. Der Punkt wird größer, dehnt sich zu einem kleinen Maultierkarren, der seinen Schatten hinter sich herzieht. Ein einziges Maultier vor, ein einziger Mann auf dem Karren.

Der Wagen kommt näher, hält bei ihm an. Der Mann zügelt das Muli. Ein großer Mann ist es, dessen bloßer Kopf der Sonne ausgesetzt ist. Ein Schwarzer, aber wie ein Weißer gekleidet. Ziemlich ramponiert, aber nicht in ganz so traurigem Zustand wie Kupido. Neben ihm auf dem Brett sitzt, aufrecht und hochmütig, eine grüne Gottesanbeterin. Sitzt sie wirklich da, oder ist es etwas, das einem von prallem Sonnenlicht vorgegaukelt werden kann?

Vom Wagen aus ruft der Mann einen Gruß: »Einen guten Tag wünsche ich dir, Bruder.«

Kupido starrt so angestrengt die Gottesanbeterin an, dass er das zuerst gar nicht hört. Erst als der Fremde sich räuspert und seinen Gruß wiederholt, entschuldigt er sich und sagt seinerseits: »Guten Tag, Bruder.«

Der Mann steigt ab. Sie schütteln sich die Hände. Die kleine Gottesanbeterin regt sich nicht.

Der Fremde stellt Fragen, die Kupido ausführlich beantwortet. Der Mann scheint interessiert, und Kupido hat eine Unmenge Zeit, genug, um bis zum Anfang zurückzugehen. Zu seiner Mutter. Zu seiner Geburt. Wie die Leute dachten, er sei tot, und begannen, ein Loch in die harte Erde zu graben, und wie die Gottesanbeterin kam und sich auf ihn setzte und betete. Wie er ins Leben zurückkehrte. Die Jahre, in denen er auf der Farm aufwuchs, der lange Weg zum Nachbargehöft, auf dem der Brief unter dem Stein ihn verriet, was in ihm den Entschluss keimen ließ, schreiben zu lernen. Wie der fahrende Händler mit seinen bepackten Wagen bei ihnen auf der Farm eintraf. Seine in schwarze Leichentücher gehüllten zaubrischen Spiegel. Und wie er mit dem Mann wegging, auf der Straße der vielen Namen.

Dann Anna Vigilant, die mit Glühwürmchen und Sternen zu ihm kam und die Seife sieden konnte wie sonst keine. Anna, die sich im Siedekessel ihren Fuß verbrannt hatte, weil sie weiß sein wollte.

Er spricht von Graaff-Reinet. Von Vater van der Kemp mit dem großen, knollenartigen Kopf, von seinem Gewand, das immer mehr zerschliss, da er Hunger und Armut mit seiner Herde teilte. Und von Bruder Read, dem sanften, aber entschlossenen Mann, der sein Leben jenen geweiht hatte, die zwischen die Schleifsteine des Landes geraten waren, doch dann dem Fleisch unterlag und in Dunkelheit gestoßen wurde, wo Heulen und Zähneklappern ist.

»Und du?«, fragt er den Fremden.

»Ich bin ein Sklave«, verkündet der Mann gelassen.

»Schwer zu glauben.«

»Muss ich es dir zeigen?« Der Mann dreht ihm den Rücken zu und zieht seinen Kittel bis zu den breiten Schultern hoch.

Kupido starrt das Gittermuster aus alten Narben auf seinem Rücken an.

»Wie ist das passiert?«, fragt er.

»Oft ist es passiert«, erwidert der Fremde und lässt den Kittel wieder fallen. »Jahrelang. Bis ich genug gehabt habe. Und weggerannt bin. Erst zum Ostkap und nach Xhosaland. Aber die Farmer waren hinter mir her, also bin ich wieder weg, zum Gariep hinauf. Und jetzt bin ich hier, immer noch unterwegs.«

»Wo willst du dich verstecken?«

»Nicht nötig, jetzt liegt der Gariep hinter mir, und die Kapgesetze reichen nicht bis hierher. Aber in der Gegend hier, bei den Griqua und den Mantatees, gibt es gefährliche Leute, viele Entflohene und Verbrecher. Also ziehe ich weiter. Sklave will ich nie wieder sein. Ganz Afrika liegt da oben.« Gegen die grelle Sonne kneift er die Augen zusammen. »Willst du mitkommen?«

»Wie denn?«

»Steig einfach auf, dann fahren wir.«

»Wie heißt du?«

»Mein Name ist Arend«, sagt der Sklave, der kein Sklave mehr ist.

Kupido spürt einen Schauder sein Rückgrat hinunterlaufen, der von ganz weit weg kommt, als hätte er jahrelang in seinem Körper gewartet.

»Ich komme mit«, sagt er. »Aber zuerst brauche ich deine Hilfe.« Er deutet mit dem Kopf auf die verstreuten Steine von Heitsi-Eibibs Haufen.

»Was müssen wir tun?«

»Hilf mir einfach.«

Sie fangen mit der Arbeit an. Stein für Stein, bis der Haufen wieder zu seiner vollen Höhe aufgeschichtet ist, so, wie er in der Zeit vor aller Zeit ausgesehen haben muss.

Und jetzt geschieht etwas Unerwartetes. Als Kupido sich schließlich wieder aufrichtet, deutet Arend auf etwas am Himmel. Kupido blickt auf. Eine kleine Feder wirbelt von ganz weit oben herunter, wirblig und quirblig, bis sie zu seinen Füßen landet. Ein Vogel ist nicht in Sicht, Berge sind keine irgendwo in der Nähe. Kein Wind weht, nicht die leiseste Brise. Nur diese Feder.

Er beugt sich nach vorn und hebt sie auf.

Der Arend sagt: »Komm, fahren wir.«

»Ja, komm.«

Sie steigen auf den Wagen. Die Gottesanbeterin ist nicht mehr da. Aber die brauchen sie auch nicht mehr.

Um sie herum der Tag wird alt und grau, müde an seinen Ecken. Aber sie fahren weiter, immer weiter. Doch es scheint nicht dunkel zu werden. Vor ihnen, hoch droben, eilt der Stern dahin, sein strahlender Lauf weist ihnen den Weg. Dorthin. Dorthin.

1984. 1992. 2004.

Schlussbemerkung

Begonnen habe ich diesen Roman im Jahre 1984, legte das Manuskript dann aber zur Seite, und es dauerte bis 1992, dass ich ihn mir wieder vornahm. Doch erst 2004 erhielt er seine endgültige Form, als ich beschloss, zu meinem siebzigsten Geburtstag ein Buch zu schreiben.

Wiewohl der Roman in seiner vorliegenden Form fiktional ist, beruht er in den wesentlichen Grundzügen auf einer wahren Geschichte. Hinweise auf Kupido Kakerlak (in der holländischen Schreibweise Kupido Kakkerlak) sind über zahlreiche Dokumente der London Missionary Society in Südafrika verstreut, doch der bislang ausführlichste Bericht über sein Leben, ›The Life and Times of Cupido Kakkerlak‹ wurde von V. C. Malherbe für das *Journal of South African History* 20, 3 (1979) verfasst. Allerdings bringt einem genau das, die Lektüre eines solch gut dokumentierten Berichts, klar zu Bewusstsein, in welchem Maße sich das Rätsel eines anderen Lebens nur mittels Imagination fassen lässt (die nicht weniger verlässlich ist als das Gedächtnis).

Was das Leben des Missionars van der Kemp angeht, habe ich, sieht man von den Dokumenten der LMS ab, Ido H. Enklaars *Life and Work of Dr. J. Th. van der Kemp 1747–1811* (1988) viel zu verdanken, dem ich eine Reihe von Zitaten und Beschreibungen entnehmen konnte. Reverend John Campbells *Travels in South Africa* (1819; van Riebeeck Society 1974) lieferte mir wertvolle Informationen zum Leben dieses Missionars. Von der südafrikanischen Geschichtsschreibung wurde Reverend James Read sträflich vernachlässigt, bis mit Christopher Saunders' ›James Read: Towards a Reassessment‹, in: *Collected Seminar Papers on the Societies of Southern Africa in the 19th and 20th Centuries*, Teil VII (Institute of Commonwealth Studies, 1976f.) sowie Elizabeth Elbournes *To Colonise the Mind: Evangelical Missionaries in Britain and the Eastern Cap, 1790–1837* (1991), unter dem Titel *Blood Ground* 2002 nachgedruckt, eine Art Neubewertung einsetzte. Die zweifelhafte Dokumentierung der frühen Jahre Reads lud regelrecht dazu ein, sich auszumalen, was weggelassen oder vertuscht worden war. Reverend John Moffat, lange Zeit als einer der berühmtesten Missionare der LMS am Kap hoch geachtet, liefert mit *Missionary Labours and Scenes in Southern Africa* (1849) selbst einen Bericht über sich. Seine mitleidlose, ja skandalöse Behandlung Kupidos ist selbst in seinen eigenen Aufzeichnungen gut dokumentiert.

Die Geschichte des entlaufenen Sklaven (Joseph) Arend wurde unter anderem von Edward C. Tabler in ›Addenda and Corrigenda to Pioneers in Rhodesia‹ in: *Africana Notes and News* XVII: 8 (1967) erzählt.

Für den allgemeinen zeitgeschichtlichen Hintergrund konnte ich auf eine Vielfalt von Quellen, insbesondere Martin Hinrich Lichtensteins *Travels in Southern Africa in the Years 1803, 1804, 1805 and 1806* (Cape Town, 1928–30; dt.: *Reisen im südlichen Africa in den Jahren 1803, 1804, 1805 und 1806*. Berlin: Salfeld o. J.) und William J. Burchells *Travels in the Interior of Southern Africa* (2 Bände, 1822; Nachdruck 1953), zurückgreifen. Bei Burchell findet man selbst etwas scheinbar so Nebensächliches wie die Gottesanbeterin in Klaarwater. Weiteren Aufschluss über den historischen Hintergrund gab *The Shaping of South African Society, 1652–1844*, herausgegeben von Richard Elphick und Hermann Giliomee (1989).

Im Hinblick auf Lebensweise, Traditionen, Kultur, Religion und Kosmologie der Khoi und San bediente ich mich großzügig L. Schaperas *The Khoisan Peoples of Southern Africa* (1930) sowie verschiedener Texte, die sich auf die berühmte Bleek-Lloyd-Sammlung stützen, darunter *Stories That Float from Afar*, herausgegeben von J. D. Lewis-Williams (2000), *Living Legends of a Dying Culture* von Coral Fourie (1994) und *Return of the Moon* von Stephen Watson (1991). Die Geschichte von dem Adler, der bei den Hühnern aufwuchs, wurde zum ersten Mal angeblich von dem 1875 geborenen Ghanesen James Aggrey niedergeschrieben.

Die Episode, wie Kupido anscheinend von dem unter einem Stein versteckten Brief verraten wird, stammt aus John Wilkens, *Mercury, or the Secret and Swift Messenger* (1641), wie Umberto Eco sie in *I limiti dell' interpretazione* (1990; dt.: *Die Grenzen der Interpretation,* München/Wien: Hanser, 1992) nacherzählt hat.

Die Bemerkung des Händlers Servaas Ziervogel, er werde der Abzweigung von der Straße folgen, habe ich mir von dem amerikanischen Baseballspieler Yogi Berra geliehen.

Die Biografie Jan Robbertses, des Jägers, der die Elefanten so sehr liebte, dass er sich genötigt sah, sie zu schießen, taucht in J. von Moltkes *Jagkonings* (1943, neu veröffentlicht 2004) auf.

Zu Kupidos Anrufung Gottes am Anfang von Teil 3, Kapitel 6 regte mich ein Gebet an, das laut Ryszard Kapuscinski Adam Kok II. 1823 in Kuruman sagte, als er sich, zusammen mit Robert Moffat, auf eine kriegerische Auseinandersetzung mit durch die *Difaqane* (Vertreibung, Notzeiten: blutige Migration vieler unterschiedlicher Gesellschaften) entwurzelten schwarzen Stämmen vorbereitete.

Briefe Kupidos sind in den Cape Archives einsehbar, unglücklicherweise allerdings von anonymen, fantasielosen Funktionären der LMS übersetzt und transkribiert; für Ausdrucksweise und Orthografie in seinen Briefen in vorliegendem Text war ich also auf meine Intuition und Imagination angewiesen; ich glaube schon, dass ich ihm dabei gerecht geworden bin. Kupido schrieb wohl spontan und ungekünstelt, aber er war kein dummer Tölpel.

Aus erzählerischen Gründen musste ich einige Abänderungen am historischen Material vornehmen. Beispielsweise ist bekannt, dass Read Kupido mehrmals in Dithakong besuchte (leider ohne dass dies dessen Situation verändert hätte) und dass auch Moffat ihm mehrmals einen Besuch abstattete (auch in diesem Fall bedauerlicherweise ohne Einfluss auf Kupidos Schicksal zu nehmen), dass Kupido später von Dithakong nach Nokaneng versetzt wurde (dies hätte die Geschichte unnötig aufgebläht), dass seine zweite Frau ihn nicht verließ, sondern sich gemeinsam mit ihm dem Sklaven Arend zu einem Feldzug gegen die ›Matatees‹ (Eindringlinge) anschloss (dies hätte ein ›sauberes‹ Ende unnötig erschwert).

Im Lauf so vieler Jahre haben so viele Leute auf vielerlei Art und Weise ganz maßgeblich zur Ausgestaltung der Geschichte beigetragen, dass ich nur einigen wenigen meinen ganz besonderen Dank abstatten kann: Tim Huisamen, Dan Sleigh, Annari van der Merwe, Peter Anderson, Jeanette Ferreira, Willemien Brümmer, Susan Mann, Dolf van Niekerk und Matty Malherbe in Keinpasie, Worcester.

Kapstadt, im Oktober 2004